我爱
写诗词

律诗写作
快速进阶

①

高昌 著

SPM 南方出版传媒 广东人民出版社
·广州·

图书在版编目（CIP）数据

我爱写诗词.1，律诗写作快速进阶 / 高昌著.—广州：
广东人民出版社，2021.1

ISBN 978-7-218-14009-4

Ⅰ.①我… Ⅱ.①高… Ⅲ.①律诗－诗歌创作－创作方法－
中国－教材 Ⅳ.① I207.2

中国版本图书馆 CIP 数据核字（2019）第 252775 号

WO AI XIE SHICI.1, LÜSHI XIEZUO KUAISU JINJIE

我爱写诗词.1，律诗写作快速进阶

高昌 著

版权所有　翻印必究

出 版 人： 肖风华

责任编辑： 刘　宇
责任技编： 吴彦斌　周星奎
装帧设计： 今亮后声 HOPESOUND pankouyugu@163.com ·胡振宇

出版发行： 广东人民出版社
地　　址： 广州市海珠区新港西路 204 号 2 号楼（邮政编码：510300）
电　　话：（020）85716809（总编室）
传　　真：（020）85716872
网　　址： http://www.gdpph.com
印　　刷： 山东临沂新华印刷物流集团有限责任公司
开　　本： 787mm×1092mm　1/16
印　　张： 26.5　**字　　数：** 378 千
版　　次： 2021 年 1 月第 1 版
印　　次： 2021 年 1 月第 1 次印刷
定　　价： 58.00 元

如发现印装质量问题，影响阅读，请与出版社（020-85716849）联系调换。
售书热线：（020）85716826

诗歌写出来之后，只要对照相应的固定格式检查一下平仄，再对照相应韵部检查一下是否出韵，格律问题就基本万事 OK 了。

"高深"的格律难道就这么简单？是的，就是这么简单。不要理会那些故弄玄虚的所谓学问家们酸文假醋的唠叨。这层看起来很厚的窗户纸，其实用指尖轻轻一捅，就破！

目录

一　前言

二　学诗锦囊

　　　　　　　——以《中华诗词》杂志为例

一

前言

写诗，并不难

2017 年 11 月 13 日，我收到湖北省荆州市沙市区读者王传华先生辗转寄来的一封信，信中说：

高昌老师：

您好，我是你忠实的读者，我读过你著的《玩转词牌》和《玩转律诗》两本书，使我学到了很多知识。像《玩转律诗》这种讲格律诗的教程我看过几本，各有千秋，您著的这本书是最好的一本。里面讲的"对仗""变体""范诗品赏""诊诗举例"都是其他书里面没有讲到的。但我个人认为此书中还有少数的美中不足，下面我就谈谈我个人认为不足的几点：

一、发行量太少，我是在佛山打工时先买的《玩转词牌》，之后才知道她还有姊妹书《玩转律诗》，后来多次到书店怎么也买不到了。直到 2016 年退休还乡，问一书店老板，老板才答应帮我高价购进一本复印的。

......

王先生的信很长。他的信让我很感动，也让我更自信，同时也促使我加快了修订这本书稿的工作速度。他信中提出的一些具体修改意见引起我的特别注意，并在此次修订中进行了补正。《玩转律诗》一书 2010 年 12 月初版至今已经 9 年，喜爱写作旧体诗的读者朋友们更多了，他们的作品质量也越来越好了。这一现象本身就说明旧体诗这一诗体的艺术生命力和美学魅力是多么顽强，多么美妙。

伟人说过："世上没有无缘无故的爱，也没有无缘无故的恨。"西哲也说过："存在即合理"。旧体诗在当下诗坛的兴旺和繁荣，就是回击一切偏见的证据。现在不仅有发表旧体诗歌作品的多家公开刊物，而且也有一支稳定而庞大的来自社会各界的作者队伍。其中不乏社会精英，而更多的作品还是出自基层百姓之手。这样的局面，无疑为旧体诗的发展提供了更加广阔的空间。当代旧体诗以新的精神、新的感受、新的思考和新的活力，逐渐在日益萧索的诗坛上，重新树起了一面属于自己的生动旗帜。

诗词作者队伍不断扩大，尤其是青年诗词作者队伍生机勃勃，出现不少好苗子，写出不少好作品，是令人欣喜的一个文学现象。因为从事编辑工作的关系，我对当代诗人们的作品有着直接的阅读感受，也有着深厚的个人感情，并热切地追随着他们的创作脚步，关注他们的艺术成就、经验和教训，也探寻着当代诗人的审美理想和艺术情趣的演变轨迹。

新时期以来，旧体诗词为主题的文化活动也不少，但参加者大多白发如霜，年龄特征非常明显，队伍老化现象也格外突出。最近几年来，这种现象已经大大改观。众多青年诗词作者因为反映了新的现实生活，注入了新的文化内涵，借鉴了许多新的艺术手法，而得到了众多当代读者的关注。这些年轻的旧体诗人们继承了古典诗歌的优良传统，使旧形式与新内容得到完美结合，创造了不少鲜明生动的抒情形象，形成了新鲜自由的艺术面貌。由上海交通大学主办的2015全球华语大学生短诗大赛在短短的54天征稿期间，共收到全球1560所高校2.3万大学生的投稿，其中传统诗词的作者超过1/4。我参加了这次大赛的终评工作。同学们鲜活生动的表达，让我感受到了一颗颗年轻诗心的深情跃动和激情汹涌，让我分享了他们的襟抱、情怀和本真，也让我又一次看到了中华诗词从复苏到复兴、从复兴到振兴的写照。

可以说，在新的时代面前，旧体诗歌并没有如某些人所断言的那样完全迷失自己。如果只看到静止状态下的一些表面的局限和缺憾，却忽略了旧体诗词随着时代发展而产生的种种新变化、新探索，那才是真正的冥顽不化、抱残守缺。请看今日之诗坛，竟是谁家之天下？应该说是新诗和旧体诗共同的天下。无论新诗还是旧体诗，诗心应该都是相通的。这两种诗体不是截然对立的，是完全可以共存共荣、友好竞争的。即使有人执意用偏见的黑布蒙住自己的眼睛，也只能说明自己看不见了欣欣向荣的红花绿草，并不能证明窗外就没有春光。

如果您愿意瞭望一下当代诗坛，您就会发现，经常被忽视的旧体诗不仅还活着，而且活得很健康。有人说写旧体诗很难。因为那些平仄格律似乎是一副沉重的镣铐。其实，那些平仄格律并不是什么高深的学问，只不过是一层薄薄的窗户纸罢了。写好旧体诗并不难，更不神秘。只要捅破格律那层窗户纸就可以了。古代十几岁的小孩子都能写得很出色，比如白居易的《赋得古原草离别》就是17岁时写出来的。以今天人们的教育普及程度和文化水平，学好那点格律常识并不是什么高不可攀的事情。

学写旧体诗，绝句和律诗是基础。绝句和律诗也就是古代文学课堂上常讲的"近体诗"。近体诗是跟古体诗相对应的一个诗学概念。这里的"近"，是以唐代为参照系来说的。唐代以后，对诗歌形式的美学规范越来越多，要求越来越严，而后对于韵律、平仄、对偶甚至诗歌篇幅都有了形式趋同的固定的审美规格，这种固定的审美规格得到了诗人们的普遍接受，并得到科举考试等形式的官方认可，成为我国唐代以后至清末民初文坛上的最主要的诗歌形式。依照这种固定的审美规格写作的诗歌形式，被称为"近体诗"或"今体诗"。就像学书法先从楷书入手一样，学写旧体诗最好也是先从近体诗学起。掌握了律绝的一般写作，再触类旁通去研究词、曲等等其他格式的写法，相信就会收到举一反三、事半功倍的效果。

绝句（四句）和律诗（八句）是要求最严格的旧体诗，不仅要讲究节奏、声韵，还要讲究格式、字数、对偶、粘连、篇章布局等。这些格律是前人在研究汉语音韵时总结出的艺术经验，要求非常严格，也非常管用，可以为诗歌增加不少的节奏美和韵律美。廖沫沙先生认为，"妙处就在于既守格律，又成佳句，文字简洁，意趣无穷，引人入胜"。其实，只要掌握了格律，写作过程中可能比别的体裁的文学作品更加容易和简便些。因为在高速公路上行车，跟在荒野里乱闯相比，那感觉确实是不一样的。

我们常听说谁谁作诗可以口占一绝什么的，就是因为作者掌握了必要的诗词格律，生活中偶有触动，就可以随口吟出，方便简洁，而且意味深长，意趣盎然。格律上的事情，其实也并不难掌握。只要有初中水平的人，随便找一本格律常识的书本看看，就能很快"自学成才"。前人王力、启功都有这方面的通俗著作，近人赵京战先生的《诗词韵律合编》、易行先生的《中国诗学举要》、徐晋如先生的《大学诗词写作教程》、尹贤先生的《诗词写作指导》、王同兴先生的《诗词声韵谈》等很多著作，都很不错。只要把这些书中的平仄格式记熟，然后再自备诗韵一册，用来记不准诗韵时查阅，写诗歌的准备工作就万事 OK 了。

初学诗词格律，重点是要掌握平仄，分清韵部，格式上注意对偶、粘连，避免出现一些孤平、合掌、三仄脚等常见毛病。可以先用普通话为基础的新韵试笔，赵京战、星汉等当代学者对新韵多有著述。到一定阶段，也可学习一些旧韵，就近体诗而言也就是平水韵的用法，并学习辨认一些混入普通话平声中的入声字，技术上就基本过关了。

入声字在普通话中已经消失，有的分入阴平和阳平声，有的分入上声和去声。因为入声字在近体诗中是作仄声用的，部分混入普通话阴平和阳平声的入声字就需要仔细辨认出来，免得用错平仄。其实，这种工作的工作量很少，尽量熟悉一下就能轻易解决。本书"学诗锦囊"部分有一个资料就是"混入普通话平声中的入声字"，基本上已经将这部分捣乱的家伙一一揪了出来。

最后，剩下的工作就是"三多"的了——多读、多写、多琢磨。归根结底，重要的是要动笔——我手写我口。明朝刘伯温说过："盖闻物有甘苦，尝之者识；道有夷险，履之者知。"食物有甘苦之分，尝过的人才会知道其中的滋味；道路有平坦和坎坷之分，走过的人才知道凶险与否。写作诗词，只有在探索和实践中才能真正识得个中三昧。

拿起笔来吧，人生岁月里有一段写诗的日子，是多么美好的一段旅程啊。如果一个人的心中埋有一粒诗歌的花籽，就如同为生命珍藏了一片常青的春天。如果一个人的手中擎着一把激情的圣火，就如同为灵魂准备了一片燃烧的彩霞！

2020年8月9日，年届九五的老诗人刘征老师赠我一幅字，上书老杜名句"会当凌绝顶，一览众山小"。感受着老诗人的美好情谊，我用老杜《望岳》韵写了一首小诗，不计工拙，不揣浅陋，附在本文文末，也献给亲爱的读者吧：

> 百劫美如斯，三生情不了。
> 风雷出莽苍，星斗罗分晓。
> 横地拔奇峰，压云穿健鸟。
> 起看清格高，知是乾坤小。

二

学诗锦囊

本书主要探讨的是律诗、绝句两类诗歌形式的写作。这两类诗歌最常见的是五律、七律和五绝、七绝。

锦囊一：说名

律诗的韵脚、平仄、对偶、句式都有很多规矩，格律非常严格，所以叫律诗。律诗每首至少是八句。从开头第一句开始，往下依次两句相配，称为"一联"。每联的上句称"出句"，下句称"对句"。第一、二句称作首联，第三、四句称作颔联，第五、六句称作颈联，第七、八句称作尾联。五律每句五个字，七律每句七个字，韵脚必须是平声字，不押韵的句尾必须用仄声。每句中的平仄声调也有严格的规定。每一首诗的中间四句必须用对偶。第一句可以押韵，也可以不押韵。但第二、四、六、八句必须是押韵的。因为第一句押韵或不押韵都行，所以古人对这一句的韵脚要求就比较宽松，可以用相邻的韵部的字来押韵，称作"邻韵通押"。不过，现代人写诗，在这方面也有提出改革。比如鲁迅等人的旧体诗中，有时不但第一句邻韵通押，在其他的句子中，也有用邻韵的韵脚来押韵的情况。五律第一句，多数是不押韵的；七律第一句，多数是押韵的。不过，这仅仅是人们的创作习惯，并不是硬性规定。

下面，我用主要篇幅介绍一下绝句。有位近来很有名的写新诗的诗人叫冯唐。他有一首诗最近很红，是这样写的：

春水初生，春林初盛，春风十里，不如你。

绝句短小精悍，但是绝不浅薄简单。另外，我前面说过，写旧体诗，绝句和律诗（也就是古代文学课堂上常讲的"近体诗"）是基础。就像学书法，先从楷书入手一样，学写旧体诗，我认为最好也是先从近体诗学起，先绝句，后律诗。待掌握了绝句、律诗的一般写作，再触类旁通去研究词、曲等其他格式。

我们先来分享唐代薛用弱著《集异记》中的一个旗亭画壁的小故事：

开元中，诗人王昌龄、高适、王之涣齐名。时风尘未偶，而游处略同。

一日，天寒微雪，三诗人共诣旗亭，贳酒小饮，忽有梨园伶官十数人，登楼会宴。三诗人因避席隈映，拥炉火以观焉。

俄有妙妓四辈，寻续而至，奢华艳曳，都冶颇极。旋则奏乐，皆当时之名部也。昌龄等私相约曰："我辈各擅诗名，每不自定其甲乙。今者，可以密观诸伶所讴，若诗入歌词之多者，则为优矣。"

俄而，一伶拊节而唱，乃曰："寒雨连江夜入吴，平明送客楚山孤。洛阳亲友如相问，一片冰心在玉壶。"昌龄则引手画壁曰："一绝句。"寻又一伶讴之曰："开箧泪沾臆，见君前日书。夜台何寂寞，犹是子云居。"适则引手画壁曰："一绝句。"

寻又一伶讴曰："奉帚平明金殿开，强将团扇共徘徊。玉颜不及寒鸦色，犹带昭阳日影来。"昌龄则又引手画壁曰："二绝句。"之涣自以得名已久，因谓诸人曰："此辈皆潦倒乐官，所唱皆《巴人》《下里》之词耳，岂《阳春》《白雪》之曲，俗物敢近哉！"因指诸妓之中最佳者曰："待此子所唱，如非我诗，吾即终身不敢与子争衡矣。脱是吾诗，子等当须列拜床下，奉吾为师。"

因欢笑而俟之。须臾，次至双鬟发声，则曰："黄河远上白云间，一片孤城万仞山。羌笛何须怨杨柳，春风不度玉门关。"之涣即揶揄二子曰："田舍奴，我岂妄哉？"因大谐笑。诸伶不喻其故，皆起诣曰："不知诸郎君何此欢噱？"昌龄等因话其事。诸伶竞拜曰："俗眼不识神仙，乞降清重，俯就筵席。"三子从之，饮醉竟日。

从这个著名故事中，我们可以看出三位诗人在当时谁最红，或者说谁的作品传播度最广泛、谁是唐代的"流量诗星"。同时，还可以看出一个有趣的诗歌现象，这就是相对古风、律诗而言，比较容易流传并为人们所喜爱的体裁其实都是绝句。

不过，这个流传甚广的故事中，其实有一个非常明显的错误。因为故事中出现的四首绝句中，有一首其实不是"一绝句"——高适先生的"开箧泪沾臆，见君前日书。夜台何寂寞，犹是子云居。"其实是一首古风《哭单父梁九少府》的前四句，并不是单独的诗篇。全诗是这样的：开箧泪沾臆，见君前日书。夜台何寂寞，犹是子云居。畴昔贪灵奇，登临赋山水。同舟南浦下，望月西江里。契阔多离别，绸缪到生死。九原即何处，万事皆如此。晋山徒嵯峨，斯人已冥冥。常时禄且薄，殁后家复贫。妻子在远道，弟兄无一人！十上多苦辛，一官常自晒。青云将可致，白日忽先尽。唯有身后名，空留无远近。

为什么"开箧泪沾臆，见君前日书。夜台何寂寞，犹是子云居"这四句会被《集异记》的著者、唐人薛用弱误认为是"一绝句"呢？实际上这四句构成了一个独立完整的美学结构。层次分明，脉络清晰，起承顺畅，转合自然。记得一位女明星对记者说到自己的男友时，说过"他满足了我对男人的全部想象"。套用一下，其实高适的这四句诗，也满足了读者对绝句的"全部想象"。下面我们详细来分析一下。

"开箧泪沾臆，见君前日书"写诗人翻开书箱无意中发现了亡友以前寄给他的书信，回想起二人的友谊，心里非常悲伤。上句的"泪"是起，而"书"则承接上句，交代了泪的原因。下句想象九泉之下的亡友生活，用了一句"夜台何寂寞"巧妙地调转笔锋，然后用一句"犹是子云居"接合上句，抒发对亡友身世悲凉的感慨痛惜，同时表达了对亡友高洁情怀的赞美和怀念。子云，是汉代扬雄的字。扬雄曾经说过"爱清爱静，游神之庭。惟寂惟寞，守德之宅"。高适这句诗把亡友类比扬雄，虽然质朴直白，然而情深意重。可见，这四句诗通过平直顺畅的起承转合，本身就组成了一个完整、独立的美学空间。所以人们把它看成一首单独的绝句，也是可以理解的。通过旗亭画壁故事的传播，这种误会也就有了某种约定俗成的感觉，很多人把这四句诗看成高适老先生的"一绝句"。

关于绝句起源，学术界有不同说法。我们此处探讨创作，不做深入研讨。按照格律，绝句分为律绝和古绝；按照每句的字数，绝句可分为五言绝句、六言绝句和七言绝句，其中以五言绝句、七言绝句居多，六言绝句少些。律绝中的五言绝句称"五绝"，七言绝句称"七绝"。

绝句分为古体绝句和近体绝句两种。古体绝句是那种不严格遵守平仄诗韵等格律要求的绝句，近体绝句是指那种受格律限制的绝句。古体绝句不仅可以押平声韵，也可以押仄声韵，并且根本不遵守平仄相粘和平仄相对的规矩，尤其是句尾经常出现三个平声字或仄声字，形式非常自由。比如著名的《静夜思》：床前明月光，疑是地上霜。举头望明月，低头思故乡。还有《春晓》：春眠不觉晓，处处闻啼鸟。夜来风雨声，花落知多少。都是很优秀的古绝。

近体绝句实际上相当于律诗的一半，五绝每句五个字，七绝每句七个字，韵脚也要求必须用平声字，每句中的平仄声调也有严格的规定。不过，绝句没有必须用对偶的要求。

关于绝句的出现时间，有人认为比律诗晚，比如赵翼文章中出现的古人说法"绝句后于律诗，盖截律诗之半，或截首尾两联，或截半首，或截中二联而成"。另外也有人认为绝句的出现比律诗早，因为汉代乐府民歌中就有类似的例子。还有人认为绝句产生于南北朝时期，是当时人们互相"联句"合作的诗歌形式中变化出的一种诗体。不过，认为绝句出现比律诗早些的学者占大多数。汉乐府中著名的《枯鱼过河泣》："枯鱼过河泣，何时悔复及。作书与鲂鲔，相教慎出入"，已经与绝句的形式十分相似了。

从字数来说，除了五绝和七绝，还有六言绝句的诗体。比如：

谪仙怨·晴川落日初低
刘长卿

白云千里万里，明月前溪后溪。
独恨长沙谪去，江潭芳草萋萋。

冬景
李白

冻笔新诗懒写，寒炉美酒时温。
醉看墨花月白，恍疑雪落前村。

望月
王昌龄

听月楼高太清，南山对户分明。
昨夜姮娥现影，嫣然笑里传声。

惠崇芦雁
苏轼

惠崇烟雨芦雁，坐我潇湘洞庭。
欲买扁舟归去，故人云是丹青。

铅山立春
朱熹

行尽风林雪径，依然水馆山村。
却是春风有脚，今朝先到柴门。

今人也有写得很不错的六言绝句，比如中央民族大学的诗人、画家老树：

土豆已经发芽，不能炒菜下饭。
那有什么要紧？可以当作花看。

有时特恨一人，就想把他干掉。
过后重新想起，自己真是可笑。

借居溪上茅舍，看花听雨听风。
只与闲梦为伴，不跟傻人纷争。

别说得失成败，无论是非好坏。
那枝清逸梅花，开在人世之外。

忙时像个孙子，闲了也挺无聊。
身心没个放处，看水流过小桥。

当然常见的还是五言绝句和七言绝句。绝句"在泉为珠，在壁为绘"，短小精悍，许多诗人喜欢运用这种体裁来抒情言志，留下了许多精美的佳作。因为古绝在格律上没有什么更多的平仄要求，本书不做过多说明。作为一本格律诗的实用写作教程，本书介绍的，主要是近体诗的律诗和绝句的写作方法。

近体诗的律诗和绝句要求，一般有八个形式特点，是其身份识别的八个标识：

（1）每行字数一样，五个字或七个字。
（2）每首行数一样，四句或八句。

（3）每行有特定的平仄格式。

（4）每联有特定的相对规律。

（5）每联与每联的连接句有特定的相粘规律。

（6）每首的第一句可以押韵也可不押韵，而偶数句的句尾必须押韵，一般要求押平声韵。

（7）五律或七律的中间两联平仄相对，语义也要相对，要用对偶句。

（8）避免出现孤平、三平尾、三仄尾等，并有特殊的拗救规律。

锦囊二：押韵

除特殊情况下，一个汉字的音节一般由声母和韵母两部分组成。韵，指的就是普通话发音中的韵母或韵母中的主要部分。诗歌中的韵，一般用在特定句子（大多是偶数句）的末尾，称作韵脚。韵母相同或韵母中的主要部分相同的字，就是同韵字。诗人在诗歌写作中把同韵的两个或更多的字放在诗句同一位置上（大多是句尾），就叫押韵。同韵的字都可以用来押韵。押韵是律诗、绝句写作最基本、最直观、最坚决的形式要求，也是律诗、绝句形式美、典雅美、和谐美的重要体现和组成内容之一。为了增强诗歌的音乐性和表现力，可以使诗歌声调和谐、便于记忆，还能起到渲染气氛、烘托情绪的作用。

比如：

亥年残秋偶作

鲁迅

曾惊秋肃临天下，敢遣春温上笔端。

尘海苍茫沉百感，金风萧瑟走千官。

老归大泽菰蒲尽，梦坠空云齿发寒。

竦听荒鸡偏阒寂，起看星斗正阑干。

这里"端""官""寒""干"的韵母中都有 an，并且都读平声，所以，这里的"端""官""寒""干"就是同韵字，它们作结尾的句子排列在一起就叫押韵。而"下""感""尽""寂"的韵母都不是 an，它们作结尾的这几句就是不押韵的。用汉语拼音注音，韵母可分为韵头、韵腹、韵尾三个部分。韵母只有一个元音的，这个元音就是韵母的主要成分，叫作韵腹，比如 a、o、e；韵母有两个或三个元音的，其中开口度较大、声音较响亮的那个元音是韵腹，它是韵母发音的主部；韵腹前面的是韵头，比如

i、u、ü等；后面的是韵尾，比如 o、i、u、n、ng 等。以"香"和"光"的韵母为例，其中的 ang 前面还各有一个 i 和 u，韵母中开头的 i、u 称为韵头；韵头后面的元音部分 a 称为韵腹，韵腹后面的辅音部分，即 ng，称为韵尾。韵腹和韵尾合称韵身。不同韵头的字，只要后面的韵身相同，也算是同韵字，也是可以用来押韵的。所以"香"和"光"也是同韵字。

汉字中还有的韵母没有韵头，只有韵身，比如"溪""齐"，韵母只有 i，那么 i 就是韵身。也有的韵母没有韵尾，比如"先""年"，韵腹 an 即是韵身。显然，韵身相同的字，发音取同一收势，读起来是和谐统一的，因而是押韵的。

民国三十年 10 月 10 日，也就是 1941 年 10 月 10 日，当时的中华民国教育部国语推行委员会编定而成的《中华新韵》由主席林森、行政院长蒋中正、教育部长陈立夫命令公布施行。这本《中华新韵》是由黎锦熙、卢前、魏建功三位先生准照当时的"国音"编定而成，分为 18 个韵部，即麻、波、歌、皆、支、儿、齐、微、开、模、鱼、侯、豪、寒、痕、唐、庚、东，并在分类中专列"丙"类，标示原入声字。民国三十年的这本《中华新韵》，成为后世所有新韵的基础。

中华诗词学会以普通话为读音的依据公布的"中华新韵"中，采用"同身等韵"的方法，将汉语拼音的 35 个韵母，划分为 14 个韵部：麻、波、皆、开、微、豪、尤、寒、文、唐、庚、支、齐、姑。为了便于记忆，可用两句七言韵语来代表 14 个韵部："中华诗国开新岁，又谱江涛写玉篇。"

所谓"同身同韵"，即是将韵身相同的字，归于同一韵部。这样就使音韵划分有了明确的可操作的标准和尺度，从而使其建立在科学的基础之上。《韵部表》具体如下：

一、麻　　a，ia，ua

二、波　　o，e，uo

三、皆　　ie，üe

四、开　　ai，uai

五、微　　ei，ui（uei）

六、豪　　ao，iao

七、尤　　ou，iu（iou）

八、寒　　an，ian，uan，üan

九、文　　en，in（ien），un（uen），ün（üen）

十、唐　　ang，iang，uang

十一、庚　　eng，ing（ieng），ong（ueng），iong（eng）

十二、齐　　i，er，ü

十三、支　　－i（零韵母）

十四、姑　　u

当然，在诗歌写作实践中，有以下几个特殊情况也是需要说明一下的：

（1）e、o同韵。e与o在汉语拼音中发音的区别，是依赖于声母的，当其与b、p、m、f相拼时，发o音，与其他声母相拼时，发e音。因此，把e、o归入同一韵部，在实际发音上是不违反"同身同韵"的标准的。

（2）eng、ong同韵。韵母ong的使用，只是《汉语拼音方案》的特殊处理。从音韵学角度上讲，ong、iong的韵腹都不是o，而是e，即应为ueng、üeng，其韵身都是eng。《汉语拼音方案》中还有一个韵母ueng，与ong同音，可见ong与ueng是等效的。

（3）ü、i同韵。

（4）ie、ue不能与e通押。《汉语拼音方案》为了简便，对个别字母的使用做了调整。比如，ie、ue中的e实际应是ê，为了简便，以e代之。划韵时却必须按照其实际读音划韵。因此ie、ue不应与e同韵，而应自成一韵。

（5）an、en不同韵。这两个韵母的字虽然都是以鼻音n作为韵尾，但在普通话中区分明显。因为其韵腹的主元音不同，因而韵身不同，不应同韵。

（6）en、eng不通押。普通话中，它们的读音差别是非常明显的，不能通押。

为更规范使用新韵，教育部、国家语委于"十三五"期间研究制定汉语普通话韵的国家标准，并委托中华诗词学会、北京大学、中国社科院等机构的专家学者进行课题研究，重新制定以普通话为基础的《中华通韵》，日前，课题组研制的《中华通韵》已正式实施。《中华通韵》共十六韵，即将原十四韵中的波韵细分为喔、鹅两韵，并增加了儿化韵。

《中华通韵》十六韵简表

（依据《汉语拼音方案》韵母的排列顺序）

韵部	韵母	韵部	韵母
一啊	a ia ua	九敖	ao iao
二喔	o uo	十欧	ou iu
三鹅	e ie üe	十一安	an ian uan üan
四衣	i -i	十二恩	en in un ün
五乌	u	十三昂	ang iang uang
六迂	ü	十四英	eng ing ueng
七哀	ai uai	十五雍	ong iong
八诶	ei ui (uei)	附：儿	er

2018年5月9日，《中华通韵》实验教学暨诗词创作征集活动启动仪式在京举行，来自全国20个大、中、小实验学校的校长、实验教师参加了启动仪式。教育部要求与会人员要充分认识制定《中华通韵》的重要意义，在确保不影响学校正常教学的前提下，对实验教学进行统筹规划、合理安排。贵州省仁怀市城北小学校长丁坷折、河南省洛阳市第二实验中学教师鲍莹珂作为实验学校代表分别发言。与会人员对实验教学方案进行了热烈讨论，针对各自学校的特点、优势，提出并明确了落实实验教学任务的具体措施。2019年11月1日，《中华通韵》由教育部、国家语言文字工作委员

会发布试行。

依笔者个人观点而言，无论是 20 世纪 40 年代黎锦熙先生等编的《中华新韵》，20 世纪 60 年代中华书局上海编辑所出版的《诗韵新编》中的十八韵、十三辙等，还是中华诗词学会的《中华新韵》的十四韵，以及教育部颁布的《中华通韵》的十六韵，都是以汉语拼音文字及以普通话语音系统为基础的，也都可以作为押韵依据。就具体创作而言，没有必要纠缠于学术细节，除《佩文韵府》（平水韵）和《词林正韵》以外，没有入声字的所有通行韵书均可适用。

另外值得注意的是：在普通话中，"一""不"等字的读音还会随着前后字的不同声调而发生有规律的变化，这种现象被称为变调。

"一"和"不"的变调规律如下：

"一"的变调

（1）"一"在单用、用在词的末尾或作为序数时，读一声。例如：

一二三、第一、一……

（2）在四声前读二声。例如：一片、一路、一面……

（3）在一声、二声、三声字前念四声。例如：一番、一排、一朵……

（4）夹在重叠动词中间念轻声。我个人认为在新韵押韵中的轻声字读起来短促急快，可类比平水韵中的入声字，作为仄声来使用。例如：比一比、见一见、靠一靠、想一想……

（5）夹在动词或者形容词与量词中间读轻声。可类比平水韵中的入声字，作为仄声来使用。例如：看一次、走一遭、轻一点、来一桶……

"不"的变调

（1）"不"在单用、用在词尾或用在一、二、三声字的前面时，读四声。例如：不、不该、不能、不如、不好、不满……

（2）在四声前念二声。例如：不快、不似、不再、不爱……

（3）用在动补结构的中间或重叠字词中间时读轻声。可类比平水韵中的入声字，作为仄声来使用。例如：走不到、来不来、用不着、差不多……

用新韵创作诗词，如果不注意变调，就容易出现声韵错误，读起来的谐和效果就会受到影响。

比如我的新韵诗《七夕》：

七夕

诗多枕畔伤红豆，缘聚星河累鹊桥。

四面冷嘲杂作霰，满怀热恋猛于潮。

情深更愧杯何浅，梦近偏愁路特遥。

把卷关雎舟一叶，载些风雨在云霄。

这首诗中的"一叶"，按照变调规律应该根据后一个字"叶"（四声）的读声变调读为阳平，用在这首诗里的这个地方就不合格律了，所以最后我把"舟一叶"这一句改了一下，改稿为"总是心舟飘似月"。这样就符合平仄规律了。

除了以上几种情况之外，为什么我们在读古人或今人的诗歌时，还会遇到一些韵脚与以上十四韵、十八韵等所标不同的押韵情况呢？比如马君武的这首《寄南社同仁》：

唐宋元明都不管，自成模范铸诗才。

须从旧锦翻新样，勿以今魂托古胎。

辛苦挥戈挽落日，殷勤蓄电造惊雷。

远闻南社多才俊，满饮葡萄祝酒杯。

其中的"才""胎"与另外的"雷""杯"的韵脚，在现代读音中是不同的，但在古代读音中，它们却都属于灰韵，是可以通押的。这种现象的出现，就是因为古人的语音与现代普通话的读音不同的缘故。

古代人作诗，是需要严格依照韵书来押韵的。这种韵书在唐朝时期与日常口语还是大致近似的，宋代以后人们的语音其实就已经与唐朝有了比较大的变化，但读书人作诗仍然被要求严格依照韵书来押韵。南宋刘渊依据唐人用韵情况，把汉字划分成107个韵部。因为刘渊是平水人，所以这种韵书被称为平水韵，一般叫"诗韵"，以和填词时所依据的《词林正韵》等"词韵"相区分。后人又把平水韵合并为106个韵部，作为科举考试的官方用韵（本书后面有专章介绍平水韵，此处不赘），要求律诗、绝句必须押平水韵，而且只押其中的平声韵。

所以我们要对平水韵的106个韵部有所了解，尤其必须熟悉其中的30个平声韵部及每个韵部的常用字，这样写起旧韵诗歌来才能得心应手。

下面来看看平水韵中这些韵部：

平声

一东二冬三江四支五微六鱼七虞八齐九佳十灰十一真十二文十三元十四寒十五删一先二萧三肴四豪五歌六麻七阳八庚九青十蒸十一尤十二侵十三覃十四盐十五咸

上声

一董二肿三讲四纸五尾六语七麌八荠九蟹十贿十一轸十二吻十三阮十四旱十五潸十六铣十七筱十八巧十九皓二十哿二十一马二十二养二十三梗二十四迥二十五有二十六寝二十七感二十八俭二十九豏

去声

一送二宋三绛四置五未六御七遇八霁九泰十卦十一队十二震十三问十四愿十五翰十六谏十七霰十八啸十九效二十号二十一个二十二祸二十三漾二十四敬二十五径二十六宥二十七沁二十八勘二十九艳三十陷

入声

一屋二沃三觉四质五物六月七曷八黠九屑十药十一陌十二锡十三职十四缉十五合十六叶十七洽

东、冬等字都只是韵的代表字，表示韵母的种类。每个韵部包含若干字，创作绝句和律诗的时候用韵，韵脚的字必须出自同一韵部，不能错用。

实际上，有一些不同韵部的字音在今天已经非常接近，虽然在古代属于不同韵的韵部，但是现在按普通话音读，韵母完全一样或大致一样，已经看不出来有多少差别，比如东和冬、江和阳、鱼和虞、真和文、萧、看和豪、先、盐和咸、庚和青、寒和删等。尤其是十三元的字音，在明清时期已经常常和其他韵部的读音弄混。但是在古代韵书划分初期，它们的读音肯定是有一定差别的。

当然，也有一些另外的情况，就是古人分到同一个韵部里的字，在普通话读音里却根本押不上韵，比如飞和稀、猜和回、书和居等，这些字用今天的普通话读，就根本不押韵。但是，我们要知道，在古代的时候，这些字的读音肯定是押韵的。所以如果我们是依照旧韵来写作，那么就要遵照古人的韵部分法，严格依照韵书中的要求去做，不能按普通话的读音来押韵，不能靠查《现代汉语词典》和《新华字典》等今天的工具书，来找同韵母的字去押韵。特别是一些"限韵诗"更是应该严格遵守这一规矩。比如《红楼梦》香菱学诗那段描述中，林黛玉叫香菱用寒韵写一首咏月诗歌。探春看香菱作诗很辛苦，就隔窗笑道："菱姑娘，你闲闲吧。"香菱怔怔答道："'闲'字是十五删的，错了韵了。"这里的"错了韵了"，说的也就是古人作诗的一种大忌。

当然，人类的记忆力是有限的。除了个别特异人才，我们不可能把每个韵部的字都记得滚瓜烂熟，不出丝毫差错。所以，为了不"错韵"（又称"出韵""落韵"），一首新诗完成之后，可以对照韵书检查一下，看看有没有韵部上的错误，尤其要注意新、旧韵不能在诗歌中混用。

从隋唐的《切韵》到唐代的《唐韵》、宋代的《广韵》和《礼部韵略》、清代的《佩文韵府》，韵书大多由当时朝代的音韵学家制定再由当时朝代的官方颁布推行。目前社会上流行的旧韵韵书主要是《佩文诗韵》（平水韵）、《词林正韵》（词韵）、《中原音韵》（曲韵）、《十三辙》（接近普通话，在戏曲曲艺的剧本唱词中常用）。宋代以后的科举考试中一直是"诗遵平水"（以平水韵为标准）。

20世纪以来的各种新韵韵书，则多由音韵学家或民间组织自行制定和颁布。1941年由黎锦熙等语言学家根据当时的"国语"编写、由中华民国教育部颁行的《中华新韵》共分18个韵部。1965年，中华书局上海编辑所沿用《中华新韵》体例编辑出版了《诗韵新编》。1978年上海古籍出版社再版《诗韵新编》。这本书对当代诗坛的新韵创作产生了不小的影响。后来陆续出现的《诗韵新编》（十八部）、《中华韵典》（二十部）、《中华今韵》（十五韵）、《中华诗词曲今古声韵简编》和《袖珍诗韵》，还有中华诗词学会2004年于《中华诗词》第五期上发表的《中华新韵（十四韵）》《佩文新韵》等，因为读音差异和学术观点的不同，目前还存在一些学术争论。不过，根据现代普通话读音来区分韵部则是所有新韵韵书的共同的学术基础和分韵依据。因此，《新华字典》《现代汉语词典》等现代汉语工具书，也可视同具有类似韵书性质的查韵功能。由教育部和国家语言工作委员会正式颁布的《中华通韵》，给诗词作者提供了更多的便利。

平水韵的韵部中，有的字数比较多，比如四支、一先、七阳、八庚、十一尤、一东、十一真、七虞等，写诗时用这些韵，可以选择的空间比较宽大，就叫"宽韵"。十三元、十四寒、六鱼、二萧、十二侵、二冬、十灰、八齐、五歌、六麻、四豪等的字数相对来说也不少，被称为"中韵"。五微、十二文、十五删、九青、十蒸、十三覃、十四盐等可供选择作为韵脚的字就较少了，选择的空间就比较狭窄，所以被称作"窄韵"。而三江、九佳、三肴、十五咸这些韵部里的字非常少，挑选起来比较艰难，所以被称为"险韵"。用宽韵、中韵写诗，比较顺手，但也有诗人喜欢选用窄韵、险韵写诗，更加显示了自己驾驭语言的能力高超。

古人写作，尤其是写作"应制诗""试帖诗""分韵诗""限韵诗"等，是必须严格按照韵书的规定去做的。试帖诗，也称"赋得体诗"。是古代的学生参加客场考试时所作的一种命题诗。唐代以后很多朝代的科举考试都特别看重诗赋，所以试帖诗的规定和限制也就越来越严，尤其是押韵必须要用官方规定的韵书，如果出了韵，写得再好也要被扣掉一大块分数。唐朝诗人钱起在参加省试时的试帖诗是《省试湘灵鼓瑟》，他的这篇"应试作文"被后人称为试帖诗的典范：

善鼓云和瑟，常闻帝子灵。
冯夷空自舞，楚客不堪听。
苦调凄金石，清音入杳冥。
苍梧来怨慕，白芷动芳馨。
流水传潇浦，悲风过洞庭。
曲终人不见，江上数峰青。

这首诗押的是下平声"九青"韵，而且一韵到底，结尾两句隽永含蓄，余韵悠悠，非常著名。

应制诗是指应帝王之命而吟写的诗歌，而且也出现了分韵得某字、赋得某某题以及赋得某某句的格式，如宋之问《奉和九日幸临渭亭登高应制得欢字》，就是按皇帝要求写一首必须押"十四寒"韵，而且其中必须有一个韵脚是"欢"字的诗。宋之问是这样写的：

令节三秋晚，重阳九日欢。
仙杯还泛菊，宝馔且调兰。
御气云霄近，乘高宇宙宽。
今朝万寿引，宜向曲中弹。

到了清朝乾隆出题的时候，甚至还出现了在韵部之外，韵脚也必须为某几个字的规定。比如一首七律就规定必须以"溪""西""齐""啼"为韵，并要嵌入一二三四五六七八九十百千万丈尺这些字，而且题限必须写《闺怨》。纪晓岚最后的"答卷"是这样写的：

> 六曲围屏九曲溪，尺书五夜寄辽西。
> 银河七夕秋填鹊，玉枕三更冷听鸡。
> 道路十千肠欲断，年华二八发初齐。
> 情波万丈心如一，四月山深百舌啼。

作诗限韵甚至限字，在古人看来，是很庄重风雅的事情。限韵诗要求押本韵的韵部里的字，绝对不能出韵，即使限定的是窄韵、险韵也必须在自己的韵部里解决。所以考生必须牢记 106 个韵部，尤其是 30 个平声韵部。清朝有一个叫高心夔的人，有一次参加考试时，诗题限押"文"韵，而高心夔的诗歌却误写入了"十三元"韵，被列入四等。后来第二年他又参加考试，试题是《纱窗宿斗牛得门字》，"纱窗宿斗牛"出自唐朝诗人孙逖的《夜宿云门寺》一诗，要求押"门"字所在的"十三元"韵，结果高心夔又记错了韵部，押韵的字除了"门"字外，都押到了"十一真"韵，所以又被列入四等，没能够成为进士。高心夔写了对联来自嘲，说是："平生双四等，该死十三元。"

其实，《平水韵》的上平"十三元"这个韵部中的字，今古读音变化很大，确实很容易与其他韵部混淆。比如魂、浑、温、孙、门、尊、存、昏、痕、根、臀、跟、瘟等很容易和真、文、侵等混淆；而元、原、源、樊、喧、萱、暄、冤、言、掀、圈等很容易和寒、删、先、覃、盐、咸等混淆。这就要求我们按旧韵作诗时，要作为重点来仔细分辨。尤其是"十三元"把 an、en 韵通押，押韵时不注意就很易出错。

押韵除了应该避免像高心夔和《红楼梦》中的香菱说的那样"错韵"之外，还要注意避免以下几种错误：

重韵：就是一首诗中，同一个字两次出现在韵脚，即使是用的这个字的两个不同的意思，也算重韵。不同的字而同一个读音，也是重韵，押韵时也应尽量避免。比如杜甫《春夜喜雨》中的"好雨知时节，当春乃发生。随风潜入夜，润物细无声"。这里的"生""声"就是重韵。为了音韵和谐，重韵现象应该尽量避免。

倒韵：就是为了凑韵脚，把一个正常的词的次序颠倒。比如把"泰山"变成"山泰"，"梅花"变成"花梅"等，就很不通顺。

哑韵：就是选择韵部不对，比如表现慷慨激昂情绪该用响亮韵部，却用了低哑险僻的韵部，表现不出那种应有的豪迈和气势。

同义韵：就是韵脚的字不能是表示同一意思的近义词。比如"芳""香"和"忧""愁"这些字虽然在同一韵部，但因为意义相同，就不能在一首诗中同时用作韵脚。

换韵：就是一首诗中（除第一句可押邻韵之外），押的不是同一个韵部，中途去更换了另一个韵部。这在近体诗中是不允许的。

混韵：包括平仄混和新旧韵混。尽管韵母相同，但是声调平仄不同，也不能用来押韵。尤其是混入现代汉语平声中的古入声字，如二、八、轴、发等字，用旧韵写诗的时候尤其应该注意不要当作平声用韵。还有就是普通话声韵和平水韵混押，也是应该避免的。

窜韵：这主要是指一些多音多义字。异义、异音的同一个汉字分属不同的韵部，比如"思"字属支韵、真韵和灰韵"丰"属东韵和冬韵，"差"属麻韵、佳韵和祸韵这些字的意义不变，却可以分别用于不同的韵目。作诗时，就要仔细分辨。除了辨别字音，还要辨别字义。

挤韵：就是在句子中多次出现与韵脚同韵的字音，这样读起来声韵不和谐，破坏阅读的音乐美。比如：宋代孔武仲的《关山路》："朝来晴色颇鲜妍，最爱群峰雪皓然"，这里的"鲜"字就和韵脚同一韵部，就是挤韵了。

诗人们之间，有时会写"唱和诗"，就是按照别人的诗歌中使用的韵脚来做诗。完全按照原诗的韵脚和前后次序来做的唱和诗，就叫"次某某韵"。只使用原诗中的韵脚的字，而调换了原诗韵脚字的次序位置，叫"用某某韵"。只用与原诗韵部相同的字，但不必是原诗中的韵脚用字，就叫"依某某韵"。还有一种只是自己写一首诗来与对方的诗歌唱和，却和对方的诗歌原韵没有什么关系，就只能称作"和诗"，而不能叫"依韵""次韵"或"用韵""步韵"了。套用古人某首诗的韵脚作诗，也叫"用某某韵"，实际上就是步韵唱和古人的诗。比如郁达夫先生的《怀扬州，用姜白石"小红低唱我吹箫"韵》：乱掷黄金买阿娇，穷来吴市再吹箫。箫声远渡江淮去，吹到扬州廿四桥。这首诗用的就是姜白石的《过垂虹》诗的韵脚。姜白石《过垂虹》诗是这样写的：自作新词韵最娇，小红低唱我吹箫。曲终过尽松陵路，回首烟波十四桥。郁达夫诗中的韵脚"娇""箫""桥"和姜白石诗中的韵脚完全相同。

有时候，作者也可以步自己的作品的原韵作诗，称作"叠韵"，如果连步多首，可以称作"再叠""三叠"等，清末诗人易顺鼎《自关入都道中八叠韵》居然写到"八叠"之多。

前面已经说过，五律第一句，多数是不押韵的；七律第一句，多数是押韵的。不过，这仅仅是人们的创作习惯，并不是硬性规定。第一句可以押韵，也可以不押韵，但第二、四、六、八句必须是押韵的。因为第一句押韵还是不押韵都行，所以古人对这一句的韵脚要求就比较宽松，可以用相邻的韵部的字来押韵，称作"邻韵通押"。盛唐以前，这种例证很少。中晚唐之后，则渐渐多了起来，到宋代就更加流行起来。第一句借用邻韵，被称为"孤雁入群格"。比如苏轼的《题西林壁》：

横看成岭侧成峰，远近高低各不同。
不识庐山真面目，只缘身在此山中。

这首诗的"同""中"均在东韵，而第一句的韵字"峰"则属冬韵，这就是"孤雁入群格"。

后来，这种借用邻韵来押韵的风习又扩展到一首诗的最后一句，称为"孤雁出群格"。比如鲁迅的《无题》：

惯于长夜过春时，挈妇将雏鬓有丝。
梦里依稀慈母泪，城头变幻大王旗。
忍看朋辈成新鬼，怒向刀丛觅小诗。
吟罢低眉无写处，月光如水照缁衣。

前面的韵脚都是支韵，最后一句的韵脚"衣"字则属于微韵。

这里说的可以通押的邻韵，并不是平水韵韵部表上的所有邻韵都能通押，而是有以下一些规律：东冬通押，江阳通押，支微齐通押，鱼虞通押，佳麻通押，佳灰通押，萧肴豪通押，庚青蒸通押，覃盐咸通押，真文元寒删先则除了真与寒、文与删先、先与真文不能通押之外，其余可以通押。

到了现代人写诗，在邻韵通押这方面更进一步放宽了限制，继续进行了一定的改革和变通。比如鲁迅等人的旧体诗中，有时不但第一句（或者最后一句）邻韵通押，在一首诗的其他的句子中，也有用邻韵的韵脚来押韵的情况。

《中华诗词》杂志原常务副主编赵京战曾经说过："古人除了科举考试中严格遵守平水韵，不敢越雷池一步外，真正的诗词创作中也大量的存在着'以词韵入诗'等摆脱束缚、拓宽韵部的现象。"因为词韵比诗韵要宽一些，所以古代诗人有时也借用《词林正韵》等词韵韵书来做诗。今天的诗人受此启发，也有人尝试将旧韵中的诗韵、词韵适当合并并进一步放宽，制定了一种称为"宽韵"的韵部标准。中华诗词学会主办的刊物《中华诗词》，在2006年第三期，有赵京战先生的文章《宽韵说略》。《宽韵说略》中说："有很大的一部分作者在诗词创作中，突破了平水韵的限制，基本上按照比《词林正韵》还宽的韵部作诗和填词。"文章说，古人今人在创作时大量的"以词韵入诗"，现在我们正式统一诗韵词韵，应该是有必要和有可能性的。宽韵"只是沿着《词林正韵》的路子，继续对平水韵韵部划分的不合理性进行调整"。 文章说，诗词通用的宽韵，仍然是旧韵。"在使用新韵和旧韵的问题上，我们的方针是'双轨并行'。 在使用旧韵的《宽韵》和《平水韵》《词林正韵》的问题上，也应该'双轨并行'的。"

宽韵对于旧韵做出适当的调整，主要是以《词林正韵》为基础，参照"同身同韵"的原则，适当合并韵部，诗词通用。 具体调整如下：

（1）第一部"东冬"与第十一部"庚青"合并为"东庚"部，可以通押。但仍保留原词韵的"东冬"与"庚青"两个子部。

（2）第六部"真文"与第十三部"侵独用"合并。

（3）第七部"寒删"与第十四部"覃盐"合并。

（4）第十五、十六、十七、十八、十九部，即所有的入声部合并，全部通押。但仍保留原词韵的"屋沃""觉药""质陌""物月""合恰"五个子部。

这种宽韵无疑给旧体诗写作带来了一定方便，所以对于初学者来说，也应该对宽韵有所了解。 不过具体写作中，对于有志于旧韵的作者来说，还是应该严格遵守平水韵的有关要求，在熟练之后再考虑这些变通和改革的措施。

现在人们写诗，可以用新韵，也可以按照旧韵（也就是"平水韵"）。 所谓"倡今知古，双轨并行；今不妨古，宽不碍严"说的就是这个道理。 但在同一首诗中的押韵，对于新、旧韵则不能混用，这已经成为诗词界的共识。从目前的理论成果上来看，似乎关于新韵研究的学术文章较多，也较成熟，而从创作实践来看，习惯用旧韵的诗人和作品还是占多数。 所以，用新韵的作品，为了方便读者欣赏和编辑审稿，也为了跟旧韵作品有所区别，现在报刊中多见的形式是在诗题后面标注"新韵"标记。

以旧声韵创作的当代旧体诗，是诗词百花园中一朵有着独特芳香的鲜花。但旧声韵的缺陷和局限，也是很突出很鲜明的。 比如《平水韵》在韵部划分上的不合理现象就十分明显。 囿旧韵为风雅，拟古声为荣耀，甚至用旧韵来嘲笑鄙薄新韵，都是一种不科学的创作态度。 诗词用韵的目的无非是为了增加音乐性和感染力，是为了更好地表达作者的思想和情感，这种表达不能脱离具体的时代和具体的语言环境。时代在变革，诗韵改革也是势在必行。不过，实事求是地说，目前诗词界以旧声韵为"正格"的创作观念还十分顽强，新韵的推广工作还需进一步努力。

令人欣慰的是，赵京战、星汉、尹贤、王同兴等众多方家的新韵理论成果给当代诗词创作在格律上"减了负"，也给新声韵作品的探索和创新提供了学术基础和技术准备。我看到众多诗人在新韵方面的辛勤耕作和美好收获，尤其还读到孙轶青、霍松林这样著名的老诗人带头创作的新声韵作品，更是极为感动和深受鼓舞。和旧韵相比较来说，新韵比较宽，并且与当代人的日常口语相一致，自然也就更易于表达崭新的意境和丰沛的情感，读来也就更加清新和亲切。比如徐淙泉的《野花插瓶》：三支盛夏四支秋，蝶舞蜂嘤一并收。风雨声中常入梦，生活似酒此开头。这首诗明白如话，意蕴无穷。色调和谐，节奏欢快，生动鲜活，芬芳扑面，在新韵作品中有着很典型的示范意义。我很愿意把这插瓶的野花，看作当代新声韵作品的一个美好象征——"生活似酒此开头"啊。

新韵作品时代色彩鲜明，生活气息浓郁。诸如飞船上天、青藏列车、三峡大坝、江河绿化等题材，更多更频繁地出现在新韵诗人们的笔下，也更贴近了当代读者的生活和体验。其中有的题材在旧体诗词中更是具有开拓意义的。不过客观地说，目前新韵作品中浅、露、陋的毛病还是很突出的，其中还有少部分作品从韵脚上来看是新韵，但在句内语词的平仄调值上却又遵循的是旧读音，很不协调，很有点穿西服戴礼帽的感觉，令人忍俊不禁。我想，这是应该坦率地提请新韵诗人们注意的。

当代旧体诗词用韵，出现了新韵和旧韵的论争。有的人激烈反对新韵，有的人坚决摒弃旧韵。无论是报刊还是网络上，都有不少的争鸣文章。我因为从事诗词刊物编辑的原因，在工作中是认真执行"双轨并行、知古倡今"原则的。但如果从一个诗词作者的角度来谈点个人观点，我是坚定地为新韵点赞的。

我所说的新韵，是以当代普通话读音为基础，以《现代汉语词典》为正音标准的。为什么要做一位"新韵派"呢？

　　因为我认为，新韵确实为当代旧体诗词带来了新的生命。

　　生活在当代的人，用当代的语言说话。诗词要贴近时代，表现生活，就要考虑当代人的语音习惯，考虑当代人的审美需求。从我手写我口到我歌用我声，是水到渠成、自然而然的事情——

　　第一，新韵具有广泛的群众基础。请问是说普通话的人多，还是说古汉语的人多？当然是说普通话的人多。那么我们表现当代人思想情感的诗词作品，为什么非要在诗韵上脱离当代最大多数人的声韵环境呢？这种削足适履的做法，就如同用一张昨天的旧船票来登今天的客船，本身就有着解释不清的悖论和怪圈。

　　第二，新韵催生新鲜的艺术感觉。旧韵早已被现实生活所淘汰，其艺术思维也仅仅保存在汗牛充栋的古代书卷里，成为需要小心翼翼地保护的文化遗产。而旧韵形成的惯性思维模式很容易束缚诗人的艺术想象，新韵则洋溢着崭新的与古人不同的艺术活力。只有大力提倡新韵，直面现实人生，抒发家国情怀，捕捉时代意象，才能为当代诗词催生出新鲜的艺术感觉和艺术创造。

　　第三，新韵体现当代的文化自信。美好的生活，沸腾的时代，正是无边风景悠悠在，不尽诗情滚滚来。今人写作旧体诗词，并不一定就要用旧瓶来装新酒。我们在诗词中用新韵，可说就是在用一种新的杯盏来斟新醅的春茶，肯定是别有一种清香和甘醇。抛掉旧的坛坛罐罐之后，正可以描摹新的时代风采，打造新的时代风流啊。

　　第四，新韵占据天然的题材优势。新韵较比旧韵所具有的语音环境优势，同时也占有了比旧韵更多、更直接的题材优势。新韵诗人们更容易走近快节奏的社会生活，便于更快捷地对社会生活进行敏锐而直接的反馈和反思。

　　……

　　诗词用韵问题，曾经被认为非常重要。清人就有一种说法，认为"诗中韵脚，如大厦之有柱石。此处不牢，倾折立见"。但我不赞成这种夸张的说法。试想诗词为什么用韵？无非是为了更好地表达思想情感，更多地增强作品的亲和力和感染力。"韵脚"在诗词中的作用，与其说是大厦的柱石，倒不如说是墙面的涂料更贴切罢。只有诗人的思想、情感和境界，才是诗词真正的"大厦的柱石"，是诗词作品的"核儿"。

诗词的生命体现在"核儿"上，而不是"核儿"外边的那些起装饰作用的"皮儿"。

的确，古人参加科举考试而作诗，有着严格的韵律要求。前面我已经提到，清代有位高心夔先生，就因为两次考试都在"十三元"这个韵部上出问题而影响了考试成绩，所以留下了一句"该死十三元"的感叹。以今天的普通话语音来看，平水韵"十三元"中的很多字的读音都发生了改变，分散到了众多的不同韵部之中。如果今人作诗遵循这种韵脚要求，当然未尝不可。但是如果要求别人也全部都要遵循这样的韵脚要求，否则就把别人写的东西一律称作"不是诗"，则未免太苛。

前人说："宜以诗生韵，不宜以韵生诗。意到其间自然成韵者，上也；句到其间韵自来凑者，次也；以句求韵尚觉妥者，又其次也；若由韵而成诗，是诗由韵生而非由我做，诗之下者也。"诗词用韵，无关乎学力浅深，功夫疏密，仅仅只是增强诗歌表达力的一种艺术手段或曰艺术技巧，可以当成镰锄之类的劳动工具，不能当成玉牒金书，不能当成衡量诗词质量的圭臬。

有人说，诗词用韵，即使不当做亘古不变的信条，也应该看作是一种游戏规则。既然要玩这个游戏，就要遵守这个游戏的规则。比如乒乓球就要遵守乒乓球的规则，足球就要遵守足球的规则，否则玩的就不是那种游戏了。以此类推，既然要写旧体诗词，就要遵守旧韵规则。倘若改用旧韵，那么就不是原来的原汁原味的旧体诗词了。此说貌似有理，但实则大谬。现在人写的当代诗词作品，除了原样复制古人作品意境的某些假古董，哪里还去找古人的"原汁原味"？我们需要表现的是新感觉、新思想、新生活，而不是古人笔下已经说烂了的旧感觉、旧思想、旧生活。诗人刘章前几天在北京举行的古体诗词论坛就曾指出，现在还有一些诗人写诗喜欢用"炊烟"这个词。实际上，现在很多地方已经不再有炊烟，做饭都用煤气了。可某些诗人认为"炊烟"有诗意而坚持在诗词中写这个词，但是这种"诗意"实际上并不是当代的生活现实。说到底，诗词用新韵表现真实的新生活，比那种装腔作势来拾古人牙慧的假模假式的"原汁原味"，不知要高明多少倍。

话题重新回到用韵的话题上来，即使我们还用游戏规则来比喻的话，那么请问，乒乓球的国际比赛规则随着时间的流动变化过多少回？远的不说，即使最近一届的奥运会上，乒乓球比赛规则仍有不小的调整变化。那么经过这样的规则调整之后的乒乓球比赛还是乒乓球比赛吗？当然还是。同样道理，经过从旧韵到新韵变化的诗词作品，还是诗词作品吗？答案不言而喻。

就目前诗坛而言，新韵作品确实还需向旧韵作品认真学习，尤其是在意境和韵味上，尚须着力打磨。不过，江山代有才人出，每一时代也有每一时代的音韵。对新韵的明天和未来，我充满着信心和期待。

锦囊三：平仄

　　平仄是汉语言中很有趣的一种现象，也是旧体诗写作中常见的一个术语，涉及音节的高低、轻重、长短等因素。平，就是指发音平缓的字；仄，按语义讲就是倾斜，也就是不平的意思，这里指发音有升降曲折的字。随便举几个成语，比如排山倒海、一往无前、鹤立鸡群、虎踞龙盘、南柯一梦、山清水秀……大多都有明显的平仄变化。前面两个字和后面两个字的韵母声调读音都是有明显区别的。

　　辨认字的平仄，是近体诗写作的必要基础。

　　为什么要辨认平仄呢？主要还是为了使诗歌读起来声调和谐，富于变化。正如王力先生所说："因为平声是没有升降的，较长的，而其他三声是有升降的（入声也可能是微升或微降），较短的，这样，它们就形成了两大类型。如果让这两类声调在诗词中交错着，那就能使声调多样化，而不至于单调。"另外，不同平仄的字不能算是同韵字，一般情况下也不能用来押韵。

　　普通话中的声调有四种：阴平、阳平、上声、去声。简单点说，阴平、阳平的声调在诗歌写作中作平声用，上声、去声的声调在诗歌写作中作仄声用。也就是说，如果用新韵来写旧体诗，只要按音节的普通话的声调，就可以很轻易地把平声字和仄声字分开。

　　比如我的一首新韵作品《新雷》：

　　　　　胸藏锦绣终难默，便有豪情便不俗。
　　　　　举世风流革旧序，普天云起看新图。
　　　　　河头敢请冰挪步，山脚先携草驻足。
　　　　　一按门铃春到也，一声叱咤万花苏。

只要按普通话读音去读，就能把默、序、步、也读成仄声，把俗、图、足、苏读成平声。

除了韵脚的平声韵之外，我们还可以发现，平仄声在同一个句子中是交替变奏的，而在对句中却又是反向对奏的。比如"胸藏锦绣终难默"，是按照平平仄仄平平仄的声调规律来变奏平仄的。而在第二句"便有豪情便不俗"中，则是按照相反的仄仄平平仄仄平的声调规律重新排列平仄。这两句诗除韵脚外，每两个字构成一个音步，同一句中音步交替变奏，也就是平平后跟着的音步是仄仄。对句中则是音步反向对奏，也就是平平对句的音步则是仄仄。这样平仄音步交相变换，构成一个对立统一的音韵结构，体现了鲜明的和谐美和节奏美。

比较复杂的情况是按旧韵也就是依据平水韵来写近体诗，那么区分平仄就须认真下一点功夫。

平水韵也把常见汉字分为四声，并从中区分出平仄两类。不过，平水韵的声调和今天普通话的声调种类是不一样。平水韵的四声分为平声、上声、去声、入声。《康熙字典》前面载有一首《分四声法》的歌谣："平声平道莫低昂，上声高呼猛烈强，去声分明哀远道，入声短促急收藏。"平声包括不升不降的高平调和不高不低的中升调，也就是说，这个声调分化为了今天普通话读音中的阴平和阳平。上声包括低升调和一部分高降调，也就是今天普通话中的上声，以及少部分由上声转变成的去声。去声指发音中的高声调，这个声调到今天仍是去声。

最复杂的是入声。这个声调急促、短暂，在今天普通话的发音声调中已经消失了。这些入声字有的变为阴平，有的变为阳平，有的变为上声，有的变为去声。其中大部分变为去声，少部分变为阳平和阴平，极少部分变为上声。

比如汪兆铭的《自上海放舟，横太平洋经美洲赴法国，舟中感赋》：

一襟海气晕成冰，天宇沉沉叩不应。
缺月因风如欲坠，疏星在水忽生棱。
闻歌自愧隅常向，读史微嫌泪易凝。
故国未须回首望，小舟深入浪千层。

这里的"忽""国"就是入声字，在现代普通话中已经读平声，但是在这首诗里是作为仄声来用的。

平水韵中的平声，指的就是古代韵书中的平声字，也就是现代普通话中读阴平和阳平的字。仄声字，则包括古代读音中的上声、去声和入声。也就是现代普通话中读上声、去声和分化到上声、去声、阳平声调中的入声字。

用旧韵写作律诗和绝句的现代人，辨别平仄的障碍，就是入声字的辨别。古代入声字大部分在普通话里变成了去声，去声也是仄声，可以不去管它。还有一部分变成了上声，上声也是仄声，所以也不必去管它。现在只要把由入声字变为阳平和阴平的字找出来，就可以把平水韵的平仄关轻松闯过去。

如果在诗歌写作中，遇到格律要求用平声的字，诗人用了一个普通话中的平声字，却被人说成平仄错了，那么这个字可能就是分化到平声里的古代入声字。比如今天的一、二、三、四、五、六、七、八、九、十，除了"三"字是平声外，其他字在古代读音中都是仄声。好在混入平声字中的中古入声字不多，我这里有一个20多年前读书时的班主任、河北大学文学院韩成武教授传授的一个《混入普通话平声中的中古入声字（常用）》，只要熟记其中一些常用字，并掌握一些基本语音规律（比如凡韵尾是 èn 或 èng 的字，肯定不会是入声字），平时作诗已经够用了。遇到疑难的字，也可以查韵书或字典来解决。

混入普通话平声中的中古入声字（常用）

原入声：

一屋　屋竹服福熟族轴逐伏读犊渎牍椟黩粥缩哭幅仆叔淑倏独秃辐掬袱鹏
　　　槲扑匐螱蝠孰塾竺鞠国

二沃　俗足烛毒局鹄躅督赎

三觉　觉角捉卓啄琢剥驳雹壳浊擢濯学镯

四质　出实疾一壹吉失漆桔膝七虱悉戌蒺倅蟋诘苗

五物　佛拂屈掘吃弗不怫茀厥

六月　发伐罚窟歇突忽曰阀筏厥蕨橛掘核蝎勃渤揭碣脖饽鹁惚羯凸咄

七曷　葛钵脱夺割拔拨豁跋撮泼聒喝磕活鸹钹

八黠　點拔八察杀刹戛瞎刮刷滑辖猾捌叭札扎苗鹇

九屑　节绝说舌洁别缺折拙辙诀噎哲鳖截桔颉拮撷揭缬碣抉薛瞥迭臷垤
　　　谪撇楔杰桀霓蜺批

十药　薄阁爵约郭酌的托削铎凿箔度着著掠嚼勺膜博昨格灼芍爆踱摸涸缴

十一陌　石白泽伯宅席籍格帛额积夕革脊翮屐适索隔核责惜释择摘昔瘠谪
　　　　鹳碛只鬲骼磔拆喀舴啧箦帼

十二锡　锡击绩笛敌滴镝檄激狄获戚涤的吃霹翟析晰淅蜥劈嫡踢迪皙汨

十三职　职国德食蚀极殖息熄直值得黑贼饰则殖植丞棘织勒幅识逼即

十四缉　缉辑集急湿十拾袭及级楫汁隰汲吸岌什揖笈圾翕

十五合　合答杂匝阖蛤沓鸽拉塌盒搭磕溘跋

十六叶　帖贴牒接蝶叠捷颊楫协侠荚挟铗睫辄婕谍喋碟笈

十七洽　狭峡匣压鸭乏劫插押狎夹掐呷闸

　　需要注意的是部分多音字的读音，根据不同的字义会有平仄上的变化，要仔细分辨。比如"重"作"重复"解释时，为冬韵，作"轻重"解释时，为肿韵。中、从、纵、笼、空、供、遗、吹、为、治、衣、污、疏、分、殷、闻、论、冠、漫、翰、难、扇、鲜、便、扁、传、旋、要、调、号、教、荷、那、颇、过、和、华、行、盛、量、傍、丧、藏、当、强、长、相、降……等很多字都有这种现象。还有一些字在古代读成平声（或平、仄两读），现在则大多读仄声，比如"看俱忘场筒纵撞治（动词）誉（动词）竣闽纫奔蕴漫探翰叹倾患跳教（使）令（使）泡教（使）望醒惩胜（承受）售叟任（承担）"等字，当然也有少数字在古代读成仄声（或平、仄两读），现在则大多读读平声，比如"谊思骑茗暇癸暝"等字。语意不同，读音不同，声调不同，平仄也不同。如果不注意，写作过程中就会出现平仄错误。

另外，还有几个可读平声，也可读仄声，但是意义不变的常用字，这里介绍一下，供读者作诗时参考。比如"看"字，在诗里可以做平声用，如鲁迅的"忍看朋辈成新鬼，怒向刀丛觅小诗"，聂绀弩的"请看天上九头鸟，化作田间三脚猫"等；也可以做仄声用，如柳亚子的"孤愤真防决地维，忍抬醒眼看群尸"。这些字不同于前面提到的多音多义字。那些字是由于意义的不同，所以读音上有差异。但是这几个平仄两读的字在读音不同的时候，表示的却还是同一种意义。这类字在古代汉语中为数不多，仅列举如下：

车：鱼韵、麻韵意义相同

槐：佳韵、灰韵意义相同

醒：青韵、迥韵意义相同

听：青韵、迥韵意义相同

看：寒韵、翰韵意义相同

过：歌韵、个韵意义相同

挠：豪韵、巧韵意义相同

望：阳韵、漾韵意义相同

忘：阳韵、漾韵意义相同

患：删韵、谏韵意义相同

叹：寒韵、翰韵意义相同

钿：先韵、霰韵意义相同

撞：江韵、绛韵意义相同

柁（舵）：歌韵、哿韵意义相同

涯：佳韵、灰韵意义相同

蠡：支韵、齐韵意义相同

推：支韵、齐韵意义相同

莹：庚韵、径韵意义相同

凭：蒸韵、径韵意义相同

笼：东韵、董韵意义相同

售：尤韵、宥韵意义相同

漫：寒韵、翰韵意义相同

泯：真韵、轸韵意义相同

簪：侵韵、覃韵意义相同

关于辨别入声字，最权威、最准确的还是查阅工具书。比如《辞源》的每一个字条下都标注有平、上、去、入四声，《诗韵合璧》《诗韵新编》等许多韵书，有入声韵部或把入声字单独列出，都可翻查。在阅读和写作过程中，通过多次翻查，就会记住一些常用的入声字。除了查阅韵书和死记硬背以上那些枯燥的"生字"之类的"笨方法"之外，就没有什么其他便捷一点的方法了吗？当然有啦。从帮助创作实践的角度来看，以下三个办法对于快速掌握常用入声字还是颇有助益的。

1. 诗词中去记忆

单个的入声字不好记忆，但可以把它们放在具体的诗词之中去记忆。比如苏轼的《念奴娇》、王安石的《桂枝香》、岳飞的《满江红》、柳永的《雨霖铃》、李清照的《声声慢》等名作，所有韵脚都是入声字。如：

陆龟蒙的《峡客行》：万仞峰排千剑束，孤舟夜系峰头宿。蛮溪雪坏蜀江倾，滟滪朝来大如屋。涉及屋韵的入声字3个。

白居易的《村夜》：霜草苍苍虫切切，村南村北行人绝。独出前门望野田，月明荞麦花如雪。涉及屑韵的入声字3个。

李白的《古风·其五》：太白何苍苍，星辰上森列。去天三百里，邈尔与世绝。中有绿发翁，披云卧松雪。不笑亦不语，冥栖在岩穴。我来逢真人，长跪问宝诀。粲然忽自哂，授以炼药说。铭骨传其语，竦身已电灭。仰望不可及，苍然五情热。吾将营丹砂，永与世人别。涉及屑韵的入声字9个。

陆游的《醉歌》：读书三万卷，仕宦皆束阁；学剑四十年，虏血未染锷。不得为长虹，万丈扫寥廓；又不为疾风，六月送飞雹。战马死槽枥，公卿守和约。穷边指淮淝，异域视京雒。于乎此何心？有酒吾忍酌？平生为衣食，敛版靴两脚。尽虽了是非，口不给唯诺。如今老且病，鬓秃牙齿落。仰天少吐气，饿死实差乐！壮心埋不朽，千载犹可作！涉及药韵入声字11个（"雹"字觉韵）。

杜甫的《北征》和《自京赴奉先县咏怀五百字》等，韵脚中涉及的入声字数量就更多了。熟记这些诗词，可以帮助我们快速记忆一些常用入声字，尤其是某一具体韵部的常用入声字。

2. 利用拼音来记忆

（1）声母为 b、d、g、j、zh、z，读音为阳平的字，都是入声字。如薄、德、折、洁、隔、泽等。声母为 d、t、l、z、c、s，韵母为 e 的字都是入声字。如得、德、忒、则、择、泽、责、贼等。

声母为 k、zh、ch、sh、r，韵母为 uo 的字都是入声字。如桌、捉、酌、浊、镯、琢、啄、卓、拙、戳、说。

声母为 b、p、m、d、t、n、l，韵母为 ie 的字（除"爹"字外）都是入声字。如鳖、憋、别、瞥、碟、牒、喋、谍、迭、叠、帖、贴。

声母为 d、g、h、z、s，韵母为 ei 的字都是入声字。如黑、嘿、贼。

声母为 f，韵母为 a、o 的字都是入声字。如发、伐、乏、伐、阀、罚、发、佛。

（2）韵母为 ue 的字，除了"瘸""靴"二字外（台湾学者陈新雄在五南图书出版有限股份公司版的《诗词作法入门》一书中认为"嗟""瘸""靴"三字除外，实际因为读音差异，"嗟"字的普通话读音韵母是 ie，不是 ue，所以本书没有把"嗟"字统计在内）都是入声字。如曰、约。

韵母为 a、i、e、o、u、uo 的许多字是入声字，如八、一、额、迫、桌等，需要仔细辨别。

la、ye、ce 这三个音节组成的字，不论现在读什么声调，除极个别外，都是中古入声字。如拉、耶、册。

一个读音的韵母是元音收尾（如 u、e 或 o），另一个读音的韵尾是 i 或 u，而且语义区分不大的多音字，大都是入声字。如色、剥、血、壳、角、薄、摘、宅、择、塞、贼、黑、得、白、伯、摸、凿、粥、轴、熟、觉、嚼、削、学等。

（3）以 èn 或 èng 结尾的字，也就是韵母为 an、uan、ian、üan、en、un、in、ün、ang、iang、uang、ong、iong、eng、ueng、ing 的字，都不是入声字。

zi、ci、si 这三个音节的字，是没有入声字的。

er 和 wei（作韵母时写作 èuei）的音节，不是入声字。

读 uai 音节的字，不是入声字。"率"字等少数例外。

声母为 m、n、l、r 的字，一般不是入声字。"捏""辱"等少数例外。

韵母为 ai、ei、ao、iao、ou、iou 的字，一般不是入声字。

声母为 p、t、k、q、c、ch，声调为阳平的字，一般不是入声字。"咳""壳""察""仆"等例外。

3. 利用偏旁来记忆

汉字有形声造字法。一般情况下，同一个形声偏旁的字的读音大致相同，一个字读入声，相同的形声偏旁的字也会读入声。也就是说跟一个入声字的形声相同的字，大致也是入声字。根据这一规律，我们可以按照偏旁来大致推测出一个字是否是入声字。如：

知道"只"字是入声，那么可以推断职、织、识等也是入声字。

知道"及"是入声字，那么可以推断极、级、岌、芨、汲、吸等也是入声字。

知道"直"是入声字，那么可以推断值、植、殖等也是入声字。

知道"揭"是入声字，那么可以推断褐、羯、碣、竭等也是入声字。

知道"白"是入声字，那么可以推断舶、帛、伯、泊、柏、拍、箔等也是入声字。

知道"责"是入声字，那么可以推断簀、啧、绩 等也是入声字。

知道"夹"是入声字，那么可以推断狭、峡、侠、浃等也是入声字。

知道"各"是入声字，那么可以推断阁、胳、搁、咯、格等也是入声字。

知道"失"是入声字，那么可以推断迭、跌等也是入声字。

知道"析"是入声字，那么可以推断淅、晰、皙等也是入声字。

知道"读"是入声字，那么可以推断、犊、赎、牍、椟、黩等也是入声字。

……

锦囊四：范式

　　我们常说的律诗的格律，除了韵、对偶等要求之外，主要就是指句式中的一些平仄规则。七律的平仄规则实际上可以从五绝的平仄中推衍出来的，所以说五绝的平仄是律诗的基础。而五绝的平仄，其实也只有四个固定的句子类型，由这四个句子类型演化出四种固定的平仄格式，只要记住了这四种固定格式，看起来很高深的律诗的格律，掌握起来其实是很简单的。

　　由五绝的四种基础句式进行不同演化，就能分别得出五律和七绝、七律的四种平仄格式。

一、五绝的范式

　　五绝的四种基础平仄句式就是以下这四种：

　　仄仄平平仄，平平仄仄平；
　　平平平仄仄，仄仄仄平平。

　　这四种句式以每句的第二字和第五字来命名：
　　如果第二字是仄声，最后一句押韵，就叫仄起入韵式，即仄仄仄平平。
　　如果第二字是仄声，最后一句不押韵，就叫仄起不入韵式，即仄仄平平仄。
　　如果第二字是平声，最后一句押韵，就叫平起入韵式，即平平仄仄平。
　　如果第二字是平声，最后一句不押韵，就叫平起不入韵式，即平平平仄仄。
　　以这四种句式作为首句，区分五绝的四种基本范式，分别命名为仄起入韵式、仄起不入韵、平起入韵式、平起不入韵式。

如果诗人们创作过程中，还有一些字的位置不影响音乐感，可以从宽处理平仄，这就是格式中可平可仄的地方（⊙号标示）。如下：

1.仄起首句押韵

⊙仄仄平平，（韵）平平仄仄平。（韵）

⊙平平仄仄，⊙仄仄平平。（韵）

例诗：

行宫
元稹

寥落古行宫，宫花寂寞红。

白头宫女在，闲坐说玄宗。

听雨
文怀沙

滴滴更丝丝，江楼听雨时。

一灯红豆小，此夕最相思。

2.仄起首句不押韵

⊙仄平平仄，平平仄仄平。（韵）

⊙平平仄仄，⊙仄仄平平。（韵）

此一式，其实就是将上一式的首句改为⊙仄平平仄，其余没有变化。

例诗：

相思
王维

红豆生南国，春来发几枝。

愿君多采撷，此物最相思。

下马石

张智深

独立皇陵侧，端居孔庙前。
千官皆下马，一石冷无言。

3.五绝平起首句押韵

平平仄仄平，(韵)⊙仄仄平平。(韵)
⊙仄平平仄，平平仄仄平。(韵)

例诗：

婕妤怨

皇甫冉

花枝出建章，凤管发昭阳。
借问承恩者，双蛾几许长。

案上水仙

高昌

寒封千万村，腊雪压晨昏。
妻恐诗情淡，春留一小盆。

4.五绝平起首句不押韵

⊙平平仄仄，⊙仄仄平平。(韵)
⊙仄平平仄，平平仄仄平。(韵)

此一式，其实就是将上一式的首句改为⊙平平仄仄，其余没有变化。

例诗：

送郭司仓

王昌龄

映门淮水绿，留骑主人心。
明月随良掾，春潮夜夜深。

<h1 style="text-align:center">落花</h1>

袁世凯

落花窗外舞，疑是雪飞时。
刚欲呼童扫，风来去不知。

五绝以首句不入韵的格式为常见，诗人们使用得也比较多；首句入韵的不多，诗人们使用得也较少。只要在五绝的每种格式的每句前面加上两个平仄相反的字，就可以推演出七绝的格式。

二、七绝的范式

以下就是由五绝的四种句式增字之后，推演形成的七绝的四种固定格式。只要记住了这四种固定格式，七绝的格律就算基本掌握了。

1. 仄起首句押韵

⊙仄平平仄仄平，（韵）⊙平⊙仄仄平平。（韵）

⊙平⊙仄平平仄，⊙仄平平仄仄平。（韵）

例诗：

<h1 style="text-align:center">枫桥夜泊</h1>

张继

月落乌啼霜满天，江枫渔火对愁眠。
姑苏城外寒山寺，夜半钟声到客船。

<h1 style="text-align:center">立春日</h1>

郁达夫

陋巷原无客到门，草堂炉火爱微温。
闲来剪个宜春字，贴上兰花小瓦盆。

2. 仄起首句不押韵

⊙仄⊙平平仄仄，⊙平⊙仄仄平平。（韵）

⊙平⊙仄平平仄，⊙仄平平仄仄平。（韵）

此一式，其实就是将上一式的首句改为⊙仄⊙平平仄仄，其余没有变化。

例诗：

九月九日忆山东兄弟

王维

独在异乡为异客，每逢佳节倍思亲。

遥知兄弟登高处，遍插茱萸少一人。

本事诗

苏曼殊

乌舍凌波肌似雪，亲持红叶索题诗。

还卿一钵无情泪，恨不相逢未剃时。

3. 平起首句押韵

⊙平⊙仄仄平平，（韵）⊙仄平平仄仄平。（韵）

⊙仄⊙平平仄仄，⊙平⊙仄仄平平。（韵）

例诗：

凉州词

王翰

葡萄美酒夜光杯，欲饮琵琶马上催。

醉卧沙场君莫笑，古来征战几人回。

蚊

李汝纶

纱厨多洞自由风，底事迟留肉肆中？

大吼一声还我血，肚囊破处掌心红。

4. 七绝平起首句不押韵

⊙平⊙仄平平仄，⊙仄平平仄仄平。（韵）

⊙仄⊙平平仄仄，⊙平⊙仄仄平平。（韵）

此一式，其实就是将上一式的首句改为⊙平⊙仄平平仄，其余没有变化。

例诗：

江南逢李龟年

杜甫

岐王宅里寻常见，崔九堂前几度闻。

正是江南好风景，落花时节又逢君。

七绝

梁羽生

传家愧我无珠宝，剑匣诗囊珍重存。

但愿人间留侠气，不教狐鼠敢相侵。

三、五律的范式

五律的四种基础平仄句式也是以下四种：

仄仄平平仄，平平仄仄平。

平平平仄仄，仄仄仄平平。

由这四种基础句式进行不同演化，就能得出五律的四种平仄格式。诗人们创作过程中，还有一些字的位置不影响音乐感，可以从宽处理平仄，这就是格式中可平可仄的地方（⊙号标示）。如下：

1. 仄起首句押韵

⊙仄仄平平（韵），平平⊙仄平（韵）。

⊙平平仄仄，⊙仄仄平平（韵）。

⊙仄⊙平仄，平平⊙仄平（韵）。

⊙平平仄仄，⊙仄仄平平（韵）。

例诗：

访戴天山道士不遇

李白

犬吠水声中，桃花带露浓。

树深时见鹿，溪午不闻钟。

野竹分青霭，飞泉挂碧峰。

无人知所去，愁倚两三松。

向晚登长安亭

施蛰存

何事号长安，孤亭翼水寒。

举头惊日远，落叶觉衣单。

无限楚臣怨，争堪蜀道难。

曾阴望不极，怊怅独凭栏。

2. 仄起首句不押韵

⊙仄⊙平仄，平平⊙仄平（韵）。

⊙平平仄仄，⊙仄仄平平（韵）。

⊙仄⊙平仄，平平⊙仄平（韵）。

⊙平平仄仄，⊙仄仄平平（韵）。

此一式，其实就是将上一式的首句改为⊙仄⊙平仄，其余没有变化。

例诗：

春夜喜雨

杜甫

好雨知时节，当春乃发生。
随风潜入夜，润物细无声。
野径云俱黑，江船火独明。
晓看红湿处，花重锦官城。

十二月十六夜月下作

郑孝胥

岁尽寒殊苦，晴明得此宵。
月将冰共照，云似雪难消。
楼影清如画，江光静更摇。
谁怜庭下柏，相对不成凋。

3. 平起首句押韵

平平⊙仄平（韵），⊙仄仄平平（韵）。
⊙仄⊙平仄，平平⊙仄平（韵）。
⊙平平仄仄，⊙仄仄平平（韵）。
⊙仄⊙平仄，平平⊙仄平（韵）。

例诗：

晚晴

李商隐

深居俯夹城，春去夏犹清。
天意怜幽草，人间重晚晴。
并添高阁迥，微注小窗明。
越鸟巢干后，归飞体更轻。

登高

渔唱起三更（网络诗人）

山高一径斜，轻履踏云霞。

碧树寻常色，烟村四五家。

林幽听落叶，兴尽赏黄花。

迢递西风起，参差归路赊。

4. 五律平起首句不押韵

⊙平平仄仄，⊙仄仄平平（韵）。

⊙仄⊙平仄，平平⊙仄平（韵）。

⊙平平仄仄，⊙仄仄平平（韵）。

⊙仄⊙平仄，平平⊙仄平（韵）。

例诗：

酬张少府

王维

晚年唯好静，万事不关心。

自顾无长策，空知返旧林。

松风吹解带，山月照弹琴。

君问穷通理，渔歌入浦深。

辘轳·心同诗冷热，身与酒浮沉（选一）

辽东散人（网络诗人）

心同诗冷热，身与酒浮沉。

酒浅情难赋，诗空味不寻。

谪仙狂溢瓮，清照怨濡衾。

境遇因人异，悲欢各自吟。

此一式，其实就是将上一式的首句改为⊙平平仄仄，其余没有变化。

四、七律的范式

七律其实是五律基础上，在每个五字句的前面增加两字演化出来的，增加的方法是仄前面加平，平前面加仄。演化之后，七律的四种平仄句式即以下四种：

平平仄仄平平仄，仄仄平平仄仄平。
仄仄平平平仄仄，平平仄仄仄平平。

下面就是由这四种句式的变化组合之后，可以形成的七律的四种固定格式。诗人们创作过程中，也有一些字的位置不影响音乐感，可以从宽处理平仄，这就是格式中可平可仄的地方（⊙号标示）。只要记住了这四种固定格式，七律的格律就算基本掌握了。

1. 仄起首句押韵

⊙仄平平⊙仄平（韵），⊙平⊙仄仄平平（韵）。
⊙平⊙仄⊙平仄，⊙仄平平⊙仄平（韵）。
⊙仄⊙平平仄仄，⊙平⊙仄仄平平（韵）。
⊙平⊙仄⊙平仄，⊙仄平平⊙仄平（韵）。

例诗：

锦瑟

李商隐

锦瑟无端五十弦，一弦一柱思华年。
庄生晓梦迷蝴蝶，望帝春心托杜鹃。
沧海月明珠有泪，蓝田日暖玉生烟。
此情可待成追忆，只是当时已惘然。

钓台题壁

郁达夫

不是樽前爱惜身，佯狂难免假成真。
曾因酒醉鞭名马，生怕情多累美人。
劫数东南天作孽，鸡鸣风雨海扬尘。
悲歌痛哭终何补，义士纷纷说帝秦。

2. 仄起首句不押韵

⊙仄⊙平平仄仄，⊙平⊙仄仄平平（韵）。
⊙平⊙仄⊙平仄，⊙仄平平⊙仄平（韵）。
⊙仄⊙平平仄仄，⊙平⊙仄仄平平（韵）。
⊙平⊙仄⊙平仄，⊙仄平平⊙仄平（韵）。

此一式，其实就是将上一式的首句改为⊙仄⊙平⊙仄仄，其余没有变化。

例诗：

遣悲怀

元稹

昔日戏言身后事，今朝都到眼前来。
衣裳已施行看尽，针线犹存未忍开。
尚想旧情怜婢仆，也曾因梦送钱财。
诚知此恨人人有，贫贱夫妻百事哀。

草宿同党沛家

聂绀弩

成百英雄方夜战，一双老小稍清闲。
眠于软软茅堆里，暖过熊熊篝火边。
高士何需刘秀榻？东风不揭少陵椽。
清晨哨响犹贪睡，伸出头来雪满山。

3. 七律平起首句押韵

⊙平⊙仄仄平平（韵），⊙仄平平⊙仄平（韵）。

⊙仄⊙平平仄仄，⊙平⊙仄仄平平（韵）。

⊙平⊙仄⊙平仄，⊙仄平平⊙仄平（韵）。

⊙仄⊙平平仄仄，⊙平⊙仄仄平平（韵）。

例诗：

望蓟门

祖咏

燕台一望客心惊，箫鼓喧喧汉将营。

万里寒光生积雪，三边曙色动危旌。

沙场烽火连胡月，海畔云山拥蓟城。

少小虽非投笔吏，论功还欲请长缨。

狱中杂感

汪兆铭

煤山云树总凄然，荆棘铜驼几变迁。

行去已无干净土，忧来徒唤奈何天。

瞻乌不尽林宗恨，赋鹏知伤贾傅年。

一死心期殊未了，此头须向国门悬。

4. 平起首句不押韵

⊙平⊙仄⊙平仄，⊙仄平平⊙仄平（韵）。

⊙仄⊙平平仄仄，⊙平⊙仄仄平平（韵）。

⊙平⊙仄⊙平仄，⊙仄平平⊙仄平（韵）。

⊙仄⊙平平仄仄，⊙平⊙仄仄平平（韵）。

此一式，其实就是将上一式的首句改为⊙平⊙仄⊙平仄，其余没有变化。

例诗:

客至
杜甫

舍南舍北皆春水, 但见群鸥日日来。
花径不曾缘客扫, 蓬门今始为君开。
盘飧市远无兼味, 樽酒家贫只旧醅。
肯与邻翁相对饮, 隔篱呼取尽馀杯。

乙酉初度寄友
赵伯先

百年已过四分一, 事业茫茫未可知。
差幸头颅犹我戴, 聊持肝胆与君期。
欲存天职宁辞苦, 梦想人权亦太痴。
再以十年事天下, 得归当卧大江湄。

五、格律平仄范式的快速记忆

诗歌写出来之后,只要对照一下上面几种相应的格式,把平仄调准确,诗的格律问题就基本解决了。诗歌格律难道就这么简单?是的,不要理会那些故弄玄虚的所谓学问家们酸文假醋的唠叨,其实诗歌格律就是这么简单。有时候,遇到一些词汇平仄不合适的问题,还可以调换一些近义词来代替。比如"一"可以换成"单","二"可以换成"双","金陵"可以换成"白下","浪"可以换成"波","碧"可以换成"蓝","红"可以换成"赤","次"可以换成"番","岁"可以换成"年"等。只要写得多了,词汇量丰富了,调起平仄来自然就会得心应手。

这几种格律的格式乍看起来挺复杂的,要背下来是不是太难了?其实一点都不难。初学者写近体诗,根本不用全部死记硬背,这里有四个诀窍,可以帮助我们尽快记下这些啰里啰唆的平仄格式。

1. 句式推论法。

熟记五言的四种基本句式：仄仄平平仄，平平仄仄平。平平平仄仄，仄仄仄平平。然后分别组合，就是五绝的四种基本格式。然后再按"粘"和"对"的规律，分别多出来一半，就是五律的格律。只要搞通本句、对句和联间的平仄规律和连环规则就可以了。五绝的每句前边加上与开头的两个字平仄相反的两个字，就是七绝的格式，七绝的格式再按"粘"和"对"的规律，分别再多出来一半，就是七律的格式。对，就是相反的意思，指同一联内上句和下句的平仄必须相反，也就是仄对平，平对仄。粘，就是粘连在一起的意思，指上一联的下句与后一联的上句的平仄必须相粘，也就是平粘平，仄粘仄。"对""粘"的时候，主要是看每句的偶数字的平仄是否正确。事实上，只要我们熟记那四种基本句型，再根据本联之内必须对，两联之间必须粘的规律，基本的格律格式就都能够解决了。

其实这四种基本句式也根本不用死记硬背，因为这四种句式按一定顺序排列下来，实际可以构成一种"平起首句不押韵"的五绝格式。如下：

平平平仄仄，仄仄仄平平。
仄仄平平仄，平平仄仄平。

这种格式中的第一句换成第四句的句式，就成为了平起首句押韵的五绝格式。如下：

平平仄仄平，仄仄仄平平。
仄仄平平仄，平平仄仄平。

再将前面第一种平起首句不押韵的五绝格式中的第一、二句和第三、四句的位置对调，就能得到仄起首句不押韵的五绝格式，如下：

仄仄平平仄，平平仄仄平。
平平平仄仄，仄仄仄平平。

如果我们将上面这个格式中的第一句换成第四句，就能得到仄起首句押韵的五绝格式，如下：

仄仄仄平平，平平仄仄平。
平平平仄仄，仄仄仄平平。

平起起首句不押韵的五绝格式中的这四个句式错综变化，就又能构成五律的四种基本格式。

首先我们把五绝平起首句不押韵的四种句型原样多重复一遍，就能得到五律平起首句不押韵的格式，如下：

平平平仄仄，仄仄仄平平。
仄仄平平仄，平平仄仄平。
平平平仄仄，仄仄仄平平。
仄仄平平仄，平平仄仄平。

如果我们把上面五律平起首句不押韵格式的第一句换成第四句，就得到五律平起首句押韵的格式，如下：

平平仄仄平，仄仄仄平平。
仄仄平平仄，平平仄仄平。
平平平仄仄，仄仄仄平平。
仄仄平平仄，平平仄仄平。

同样道理，如果我们把仄起首句不押韵的五绝格式原样多重复一遍，就得到仄起首句不押韵的五律格式，如下：

仄仄平平仄，平平仄仄平。
平平平仄仄，仄仄仄平平。
仄仄平平仄，平平仄仄平。
平平平仄仄，仄仄仄平平。

如果我们把上面五律仄起首句不押韵格式的第一句换成第四句，就得到五律仄起首句押韵的格式，如下：

仄仄仄平平，平平仄仄平。
平平平仄仄，仄仄仄平平。
仄仄平平仄，平平仄仄平。
平平平仄仄，仄仄仄平平。

掌握了五绝和五律的格式，七绝和七律的格式就更好记了。因为前边已经讲过，七绝和七律的格式都是在五绝和五律的基本格式基础上，每句前面加两个与原来字头平仄格式相反的字即可构成。比如五绝平起首句不押韵的第一句是"平平平仄仄"，那么我们在前面加上两个仄声字，构成"仄仄平平平仄仄"，这就是七绝和七律的仄起首句不押韵的格式第一句。这一点只要对照前面几个格律格式仔细分辨，就会搞明白。限于篇幅，这里不再赘述。

2. 口诀记忆法。

律诗绝句的平仄范式中，为什么还有那么多⊙符号？也就是说为什么还有那么多可平可仄的字呢。比如郑孝胥《十二月十六夜月下作》的颔联"月将冰共照，云似雪难消"，平仄格式是"仄平平仄仄，平仄仄平平"，而按照格律范式，这一联应该是"平平平仄仄，仄仄仄平平"。那么这一联是否是违反格律了呢？答案是没有。

再比如马一浮《移桐庐所留残书新至，喟然有述》的最后两句"看月每因中夜起，捡书如见故人来"，平仄格式是"仄仄仄平平仄仄，仄平平仄仄平平"，而按照格律范式，这一联应该是"仄仄平平平仄仄，平平仄仄仄平平"，那么这一联是否是违反格律了呢？答案也是没有。

律诗绝句的格律范式中的那些平仄格律虽然看起来很严格，其实这中间还有很大的放松的空间，也就是说其中很多字是可平可仄的。这也就是前文中表示可平可仄意思的⊙符号的来历。

古人想出来的格律变通办法，就是两句口诀，叫"一三五不论，二四六分明"。"不论"就是平仄可以从宽的意思，"分明"就是平仄不能改易的意思。也就是七言诗的每一句的第一、三、五个字可以放宽平仄，而第二、四、六字正在节奏基础点上，既要注意"粘"，又要注意"对"，所以必须严格遵守平仄要求，平仄不能变通。该平不能用仄，该仄不能用平。之所以不提第七个字，是因为结尾这个字在下联结尾需要押韵，自然是平声字，在上联的结尾（首句除外）自然是仄声字，所以尤其要"分明"，就根本不用在口诀里再提了。按这个口诀往下推，五绝和五律的口诀就应该是"一三不论，二四分明"了。

这个口诀很有用，尤其下句"二四六分明"，是一个"硬杠杠"，可以帮助我们快速分辨一首诗的格律基准。

对于上句"一三五不论"，遇到个别句式和情况则尤其需要特别注意一下。比如五言的"平平仄仄平"（或七言的"仄仄平平仄仄平"）句式，如果第一字（或七言的第三字）不"论"而用了仄声，同时第三字（或七言的第五字）仍然用了仄声，就成了"仄平仄仄平"（或七言的"仄仄仄平仄仄平"），这就成了"孤平句"，比如唐人钱起的"海月非常物，等闲不可寻"中的"等闲不可寻"，再比如唐人白居易的"不明不暗胧胧月，不暖不寒慢慢风。独卧空床好天气，平明闲事到心中"中的"不暖不寒慢慢风"，这种例子在唐诗中是极少见到的，一般需要进行"拗救"（后文有详细介绍）。所以这时候就不能说"一三五不论"了。

另外一种情况，就是五言的"仄仄仄平平"（或七言的"平平仄仄仄平平"）句式，如果第三字（或七言的第五字）用仄声，就成了"仄仄平平平"（或七言的"平平仄仄平平平"），在句尾连续出现了三个平声，叫作"三平尾"，比如唐人常建《题破山寺后禅院》中的"山光悦鸟性，潭影空人心"，这里的"空人心"为三个平声字，即是"三平尾"。当代毛泽东的"乱云飞渡仍从容"这句诗也很有名，其中的"仍从容"三字均为平声，即是"三平尾"。为方便读者记忆，所以这里举的几个例子都是名句，而以一般的平仄格律标准来衡量，这种情况是需要尽量避免的。

只要能够避免孤平和三平尾、三仄尾，"一三五不论"还是可以作为一句简便的口诀来帮助记忆的。

孤平与三平尾、三仄尾在诗歌吟诵时会破坏音律的和谐美，所以被认为是诗家"大忌"。好在这种情况不多，只要死记一下也就可以了。另外像唐代诗人王维的"草色全经细雨湿，花枝欲动春风寒"，上一句结尾是三个仄声，下一句结尾是三个平声，诗人故意用三仄尾来对三平尾，这种情况不是常例，但作为一种艺术探索，也并不算违律。

近体诗四种句式"一三五不论"简表：

（1）五言"仄仄平平仄"、七言"平平仄仄平平仄"，可"一三不论"或"一三五不论"。

（2）五言"平平平仄仄"、七言"仄仄平平平仄仄"，不可"一三不论"或"一三五不论"；五言第三字或七言第五字必用平声。

（3）五言"仄仄仄平平"、七言"平平仄仄仄平平"，不可"一三不论"或"一三五不论"；五言第三字或七言第五字必用仄声。

（4）五言"平平仄仄平"、七言"仄仄平平仄仄平"，不可"一三不论"或"一三五不论"；五言第一字或七言第三字必须是平声。

3.例诗记忆法。

最管用的,就是熟记几种格式的例诗,诗歌写完后,再对照例诗检查一下格律就大功告成了。

4.网上查验。

伴随着互联网的发展,带有网上格律查验功能的网站和微信平台多了起来,可以很方便地在手机和电脑等现代载体上查验诗词格律的情况,为诗词创作和推广带来巨大的时代便利。以下是几个笔者目力所及的公益性格律查验平台:

搜韵,网址: http: //www.sou-yun.com

搜韵是我所见最方便、最实用也最全面的一家诗词门户网站,功莫大焉。有了搜韵,使复杂的诗词格律知识变得简洁明了,一键搞定。

通过该网站的查询功能,可以轻松查询古今诗词名篇名句、典故词汇、词谱、对仗词汇、类书集成、诗词地图和微信工具。

通过该网站的韵典功能,可以轻松查阅平水韵、词林正韵、中原音韵的各种韵字。

通过该网站的校注功能,可以轻松进行律诗校验、词格校验、对联查验、自动笺注和简繁转换。

搜韵网最让我感觉方便的地方就是韵典、诗词校验及诗词检索等一系列简单、全面而有精准的免费工具。韵典整合了《汉语大词典》《康熙字典》《典故大全》《历代诗词库》《佩文韵府》及《词林正韵》等多种资源。诗律校验能根据上下文提出一字多音在不同词汇下的平仄情况和参考词汇。词格校验能校验各种变体,也能指出修改参考。诗词检索能按照各种体裁、朝代和韵部进行筛选过滤。

稻香居电脑作诗机网络版,网址: http: //www.poeming.com

稻香居网站带有格律校验功能。这家网站的电脑作诗、电脑填词、电脑对联功能更加有趣。

诗词吾爱网，网址：http://www.52shici.com

这家网站也带有格律在线检测功能。

另外，《中华诗词》杂志公众号等众多微信公众号平台都有格律检测功能，为格律诗词的创作提供了巨大便利。这些带有格律检测功能的网站和微信公众号、平台只要在百度、搜狗等众多搜索平台输入"格律检测"即可搜出，此处不赘。

六、六言绝句和六言律诗的范式

六言诗可分为六言近体诗和六言古体诗。六言近体诗可分为六言绝句和六言律诗，另外也有六言排律或只有六句的六言小律。

六言古体诗比较常见，除了押韵规定之外，没有平仄要求。这样的六言诗在唐代以后的作品中比比皆是。而极其严格意义上的六言近体诗实际上较少，格律范式要求也不固定，不过也有一定的格律范式规律，聊述如下，略备一说，仅供读者参考。

每句六个字的绝句被称为六言绝句，或六绝。虽然和五言绝句、七言绝句相比，六言绝句比较少见，但是也属于近体诗的范畴，有一定格律要求。唐代之后也有不少六言绝句的著名作品。

除了六言绝句，也有六言律诗的作品形式。全诗八句，中间两联对仗，称为六律。

六言绝句或律诗，要求每句六字，本句平仄错落，对句平仄相对，邻联平仄相粘。偶句入韵，平仄韵均可押。对仗规则与七律相同。六言诗的对仗频率相较七言更高一些，六绝一般首联用对仗，甚至全诗都用对仗。

六言绝句和律诗根据以下六种句式进行推演：

仄仄平平仄仄
平平仄仄平平
平平仄仄平仄
仄仄平平仄平

平平平平仄仄

仄仄仄仄平平

前人写作六绝、六律和七绝、七律不同的是，一般第一句不押韵，所以六绝、六律的格律范式常用的其实可以分为平起式和仄起式两种。另外因为古代诗人追求古意，故意在六绝诗中不避三仄和孤平，相邻的两联也故意不用粘连，亦即折腰体。这种范式在尤其是仄起式中较为常见，成为六绝的另外一种范式，本书也聊录一格。

六绝不同于七绝平仄规律的是仄收句式的第五字可以不拘平仄，这就比七绝有了更多的"一三五不论"的变通空间。六绝仄收句的第一、三、五字可平可仄，平收句的第一、三字可平可仄。下面的六绝范式中的可平可仄符号即据此推演而来。

1. 六绝仄起首句不入韵范式：

这一格式是六绝的主要范式，历代写作者最多如下：

⊙仄⊙平⊙仄，⊙平⊙仄平平。

⊙平⊙仄⊙仄，⊙仄⊙平仄平。

这一格式一般首联用对仗。

例诗：

送陆澧还吴中

刘长卿

瓜步寒潮送客，杨花暮雨沾衣。

故山南望何处，秋草连天独归。

归山作

顾况

心事数茎白发，生涯一片青山。

空林有雪相待，古道无人独还。

2. 六绝仄起首句入韵范式：

⊙仄⊙平仄平，⊙平⊙仄平平。

⊙平⊙仄⊙仄，⊙仄⊙平仄平。

例诗：

发越州赴润州使院，留别鲍侍卿

刘长卿

对水看山别离，孤舟日暮行迟。

江南江北春早，独向金陵去时。

3. 六绝仄起折腰体范式：

⊙仄⊙平⊙仄，⊙平⊙仄平平。

⊙仄⊙平⊙仄，⊙平已仄平平。

例诗：

和诸庵花光十梅颂（其三）

王柏

空里翻身透出，风前玉立精神。

百草头边未觉，还他独占先春。

4. 六绝平起首句不入韵式：

这也是历代诗人采用较多的范式之一。

⊙平⊙仄⊙仄，⊙仄⊙平仄平。

⊙仄⊙平⊙仄，⊙平⊙仄平平。

例诗：

宿牧马山胜果寺

范成大

佛灯已暗还吐，旅枕才安却惊。

月色看成晓色，溪声听作松声。

梅

刘辰翁

花前速到速到，月下一杯一杯。
好语被人道尽，簪花步月归来。

5. 六绝平起首句不入韵又一式：

⊙平⊙平⊙仄，⊙仄⊙仄平平。
⊙仄⊙平⊙仄，⊙平⊙仄平平。

例诗：

田园乐

王维

桃红复含宿雨，柳绿更带朝烟。
花落家僮未扫，莺啼山客犹眠。

6. 六绝平起首句入韵式：

⊙平⊙仄⊙平，⊙仄⊙平仄平。
⊙仄⊙平⊙仄，⊙平⊙仄平平。

例诗：

仲天贶、王元直自眉山来见余钱塘，留半岁，既行，作绝句五首送之

苏轼

三人一旦同行，留下高斋月明。
遥想扁舟京口，尚余孤枕潮声。

7. 六言律诗仄起不入韵范式：

⊙仄⊙平⊙仄，⊙平⊙仄平平。
⊙平⊙仄⊙仄，⊙仄⊙平仄平。

⊙仄⊙平⊙仄，⊙平⊙仄平平。

⊙平⊙仄⊙仄，⊙仄⊙平仄平。

例诗：

胥口即事六言二首（其二）

皮日休

拂钓清风细丽，　飘蓑暑雨霏微。

湖云欲散未散，　屿鸟将飞不飞。

换酒帕头把看，　载莲艇子撑归。

斯人到死还乐，　谁道刚须用机。

8. 六言律诗仄起入韵范式：

⊙仄⊙平仄平，⊙平⊙仄平平。

⊙平⊙仄⊙仄，⊙仄⊙平仄平。

⊙仄⊙平⊙仄，⊙平⊙仄平平。

⊙平⊙仄⊙仄，⊙仄⊙平仄平。

例诗：

六言

吕岩

春暖群花半开，　逍遥石上徘徊。

独携玉律丹诀，　闲踏青莎碧苔。

古洞眠来九载，　流霞饮几千杯。

逢人莫话他事，　笑指白云去来。

9. 六言律诗平起不入韵范式：

⊙平⊙仄⊙仄，⊙仄⊙平仄平。

⊙仄⊙平⊙仄，⊙平⊙仄平平。

⊙平⊙仄⊙仄，⊙仄⊙平仄平。

⊙仄⊙平⊙仄，⊙平⊙仄平平。

例诗：

送李亿东归

温庭筠

黄山远隔秦树，紫禁斜通渭城。
别路青青柳弱，前溪漠漠苔生。
和风澹荡归客，落月殷勤早莺。
灞上金樽未饮，燕歌已有余声。

10. 六言律诗平起入韵范式：

⊙平⊙仄⊙平，⊙仄⊙平仄平。
⊙仄⊙平⊙仄，⊙平⊙仄平平。
⊙平⊙仄⊙仄，⊙仄⊙平仄平。
⊙仄⊙平⊙仄，⊙平⊙仄平平。

例诗：

苕溪酬梁耿别后见寄

刘长卿

清川永路初低，落日孤舟解携。
鸟向平芜远近，人随流水东西。
白云千里万里，明月前溪后溪。
惆怅长沙谪去，江潭芳草萋萋。

锦囊五：病和救

《红楼梦》里的林黛玉说到作诗的时候，说了这么一句话："若是果有了奇句，连平仄虚实不对都使得的。"这话是很有道理的。但是如果作为初学者，还是先严格掌握格律知识为好。只有真正入乎其内，才能最后出乎其外。具体诗歌写作中，有时会出现一些格律上的错误，这里也简单介绍一下。

一、失对

仔细研究律诗的四种固定格式就会发现，律诗的首联、颔联、颈联、尾联中的句子平仄是两两相对的，比如首联第一句某位置是平声，那么第二句的该位置就是仄声。有时因为首句押韵的缘故，首联中奇数位置的字的平仄相对可以从宽，但颔联、颈联、尾联中这种平仄相对的现象就十分突出了。如果上下两句的平仄不是相对，那么上下句的平仄就成了一顺儿的了，这种现象就叫失对。另外，如果句子中该用对偶的地方，没有用对偶，也叫失对。

二、失粘

律诗和绝句要求相邻的两联的句子之间，要用粘。所谓粘，就是平粘平，仄粘仄，上一联的尾句和下一联得得出句的偶数位置字上的平仄要一致。比如第二句的第二字用的是平声，那么第三句的第二字也要用平声字，违反了这一规则，就叫失粘。这是律诗和绝句中应该避免的。

需要特殊说明一下的是，格律诗在平仄上的被称为折腰体的一种变格。比如王维著名的"渭城朝雨浥轻尘，客舍青青柳色新。劝君更尽一杯酒，西出阳关无故人"，再比如杜牧的"娉娉袅袅十三余，豆蔻梢头二月初。春风十里扬州路，卷上珠帘总不如"，再比如李贺的"男儿何不带吴钩，收取关山五十州。请君暂上凌烟阁，若个书生万户侯？"再比如韦应物的"独怜幽草涧边生，上有黄鹂深树鸣。春潮带雨晚来急，野渡无人舟自横"。这四首著名诗歌的第二句和第三句都存在失粘的情况，不符合一般绝句的规律，被人们称为"折腰体诗。"

折腰体的说法在唐代高仲武编选的《中兴间气集》中就已经出现，这本书选录崔峒的《清江曲内一绝》：八月长江去浪平，片帆一道带风轻。极目不分天水色，南山南是岳阳城。这首题下特意注明"折腰体"。韦应物《宿中山》：幽人自爱山中宿，更近葛洪丹井西。庭前有个长松树，夜半子规来上啼。这首诗也常被前人当作"折腰体"的例诗。北宋惠洪认为"折腰体"的特征为"虽中失粘而意不断也"。南宋魏庆之进一步定义说："折腰体，谓中失粘而意不断。"所谓"中失粘"，就是在诗歌中部位置的奇数句和偶数句处违反粘连规律；所谓"意不断"，就是在诗意上要连接文脉，气韵相连。

正如南宋严羽《沧浪诗话·诗体》所言："有绝句折腰者，有八句折腰者。"这里表述容易有歧义，"八句"当然指的不是绝句，而是作为律诗的代称。律诗中的"折腰体"，就是在诗中间的一处奇偶句应该粘连的地方违反粘连规律的作品格式。比如杜甫的《严公仲夏枉驾草堂，兼携酒馔，得寒字》：竹里行厨洗玉盘，花边立马簇金鞍。非关使者征求急，自识将军礼数宽。百年地辟柴门迥，五月江深草阁寒。看弄渔舟移白日，老农何有罄交欢。这首诗的第四句和第五句处就没有粘连。

律诗的折腰体不一定都在中间位置，比如杜甫的《咏怀古迹》：摇落深知宋玉悲，风流儒雅亦吾师。怅望千秋一洒泪，萧条异代不同时。江山故宅空文藻，云雨荒台岂梦思。最是楚宫俱泯灭，舟人指点到今疑。这首诗是在第二句和第三句处"折腰"。再比如王维的《和贾至舍人早朝大明宫之作》：绛帻鸡人报晓筹，尚衣方进翠云裘。九天阊阖开宫殿，万国衣冠拜冕旒。日色才临仙掌动，香烟欲傍衮龙浮。朝罢须裁五色诏，佩声归到凤池头。这首诗是在第六句和第七句处折腰。

一般情况下，一首诗只有折腰一次。但也有例外，比如李白的《别中都明府兄》：吾兄诗酒继陶君，试宰中都天下闻。东楼喜奉连枝会，南陌愁为落叶分。城隅渌水明秋日，海上青山隔暮云。取醉不辞留夜月，雁行中断惜离群。这首诗在第二句和第三句处折腰，在第四句和第五句处再次折腰，此种"双折腰体"，我个人认为就不好当作律诗了。不过，"单"折腰前后的诗句，仍然需要遵守律诗、绝句的粘对的规律，所以这种折腰体作为律诗、绝句的一种变体，依然还是被当作一种近体律绝来看待。比如清朝蘅塘退士编选的著名的《唐诗三百首》，就把折腰体收入于律绝的部分。

采用折腰体，可以使诗句更多一些语感变化，更添加一份古意，"如兵之出奇，变化无穷，以惊世骇目"。另外，诗人采用折腰体，有时也是为了表达一种特殊的用意，比如王维《和贾至舍人·早朝大明宫之作》，还有李白《别中都兄明府兄》，都有一番诗外之意存焉。再比如今人刘如姬《与高昌老师，用其赠诗韵》：我从闽越下，来作片云游。青眼蒙君向，红莲与鹭俦。长忆石桥月，方乘洪泽舟。相交能有几？挥别在清秋。诗人这里特意选用"折腰体"，实际上也是在借用"折腰"二字来委婉地表示一种尊师之意。

三、孤平

孤平是律诗中非常大的毛病。在具体写作时，应该尽力注意调整改正。具体说，就是句中的平声被拆开了伴儿，孤立起来了。五言"平平仄仄平"这个句型中，第一字如果用了仄声，那么这一句中的平声字都没有了相邻的平声字，就是犯了孤平。七言是五言的演化，在"仄仄平平仄仄平"这个句型中，第三个字如果用了仄声，这一句中的平声字也没有了另外的平声字相邻，也算犯了孤平。在绝大部分唐诗中，都没有犯孤平的句子。

前几年我为中华诗词刊授学院带了几个学生，工作紧张，但也很愉快。但忙起来的时候，对格律也就有疏忽和懒惰的地方。有一次评点奚凤翔吟友的《为大运河申遗而作》，其中有一句"胞妹依然泪水流"被我改成了"依旧运河碧水流"，实际上我的改稿犯了孤平，出律了。尽管第一个字平声，成了"平仄仄平仄仄平"，但是七言的第一个字的平声往往不太重要，不足以救第三个字的仄声，从较严格意义上来说，仍然是犯孤平。

学者王力先生认为，"除了韵脚的平声字外，只剩一个字是平声字，称为孤平"。清朝有学者认为，"被两仄声所夹的单一平声，称为孤平"。启功先生赞同此说，认为"孤平实指一平被两仄所夹处，句子首尾的单平并不在内"。今人赵京战则认为两平声失邻即为孤平。笔者支持后一种关于孤平的观点。不过话说回来，定义虽言人人殊，对孤平的避忌却是应该遵守和尊重的。"依旧运河碧水流"的毛病出在"运"字上。所以，调整的目标也应从"运"字入手。最后这句诗歌调成了"依旧长河碧水流"。不过，这只是正常的调整平仄，并非"拗救"。

如果在前面的句型中的五言第一字或者七言第三字位置上遇到必须用仄声字，怎么办呢？这时就必须用"拗救"的办法，把这个拗了的句子救过来（具体做法参看本节下文"拗救"篇）。

需要注意的是："孤平"只出现在以平声字收尾（也就是押韵句）的句子中，而以仄声字收尾的句子即使只剩下一个平声字，也不算"孤平"。例如把"仄仄平平仄"改成"仄仄仄平仄"，这不算犯孤平，是可以用的。

在对联中还有所谓"孤仄"的说法，不过近体诗中没有"孤仄"的说法，不需要避忌。

四、三平尾

三平尾是指五言的"⊙仄仄平平"句式和七言的"⊙平⊙仄仄平平"句式的倒数第三个字用了平声字，结果形成结尾三个字都是平声字。比如：柳宗元的"自谐尘外意，况与幽人行"，"幽人行"这三个字全是平声字，就是三平尾。元稹的"鹊巢移旧岁，载羽旋高风"，"旋高风"这三个字全是平声字，也是三平尾。韦庄的"昨日施僧裙带上，断肠犹系琵琶弦"，最后的"琵琶弦"这三个字全是平声字，也是三平尾。这种情况是应该避免的。

如果倒数第三个字必须用平声字，实在避不开了怎么办呢？这时可以把上一句的倒数三个字全弄成仄声，用三仄来对三平。比如，杜甫的"萧萧古塞冷，漠漠秋云低"，"秋云低"就是三个平声字，作者将前面的"古塞冷"换成三个仄声字，这样就把"秋云低"的三平尾给救了过来。王维的"草色全经细雨湿，花枝欲动春风寒"，"春风寒"就是三个平声字，作者将前面的"细雨湿"换成三个仄声字，这样就把"春风寒"的三平尾给救了过来。李白的五律《春日游罗敷潭》更是把这种三仄对三平的句式发挥到了极致：*行歌入谷口，路尽无人踪。攀崖度绝壑，弄水寻回溪。云从石上起，客到花间迷。淹留未尽兴，日落群峰西。* 这首诗的四联的句尾干脆全部都是用三仄来对三平！不过，在古人的诗中，对七言的三仄尾要求严格一些，而五言诗中的三仄尾则要求不是太严。据说在《全唐诗》中，五言格律诗中犯三平尾的占 1% 左右，七言格律诗中犯"三平尾"的仅占 0.2% 左右。

古人为了避免三平尾等格律问题的出现，有时还会采用一种比较"无赖"的办法，就是特意选用那些可平可仄的字。放在平声处就当平声用，放在仄声处就当仄声用。比如李商隐的"春心莫共花争发，一寸相思一寸灰"中的"思"字是作为平声用的。而在"锦瑟无端五十年，一弦一柱思华年"中，如果"思"字是作为平声用就犯了三平尾，可是，作者把"思"字这个可平可仄的多音字在这里又当成仄声用了。这样"一弦一柱思华年"就成了律诗的标准句式"平平仄仄仄平平"了。

五、三仄尾

三仄尾是指五言的"⊙平平仄仄"句式和七言的"⊙仄⊙平平仄仄"句式的倒数第三个字用了仄声字，结果形成结尾三个字都是仄声字。比如韩愈的诗"露排四岸草，风约半池萍"中的"四岸草"就是三个仄声，这种情况要看具体语言环境，有的是应该尽量避免的，有的也可通过调整本句或下句奇数位置字的平仄来解决，不要盲目避之。

如果因为专有名词或表达需要，诗歌创作中避免不了的三仄尾情况，也有一种对句相救的办法。就是在对句的第一个字（五言）或第三个字（七言）处改用一个平声来救，比如"云霞出海曙，梅柳渡江春"，平声"梅"字就可救仄声"出"字。

六、出韵

该押韵的地方没有押韵，或者押错了韵部，就叫出韵。在唐宋诗中，出韵是非常罕见的。在诗歌"诊所"里来说，"病情"算是很重的了。改正的方法很简单，就是把押错的韵字再调整过来。

七、拗救

拗，意思就是别扭、不顺的意思。格律诗中，凡不合平仄格式的字称"拗"。凡"拗"的地方就须要用"救"的办法来补正。

平仄不依常规格式的句子，读起来比较拗口，所以叫作拗句。拗句可以通过调整其他位置的字的平仄的方法"救"过来。一般说来，前面该用平声的地方用了仄声，那么后面就必须在适当位置上换一个平声字来"救"。平拗用仄救，仄拗用平救，称为"拗救"。

第一种是自救。即孤平拗救。比如五言该用"平平仄仄平"的地方（或七言该用"仄仄平平仄仄平"的地方），如果五言第一个字（或七言第三个字）用了仄声，那么就犯了孤平，后面第三个字（或七言第五个字）就必须用平声字，这样就变成了"仄平平仄平"（或"仄仄仄平平仄平"）。算是在自己句子里把自己"救"了过来。比如李白的"恐惊天上人"，"恐"字处本来应用平声字的，现在却用了仄声字，那么只好用"天"这样一个平声字来救。

第二种是对救。对救又分两种情况，一种是"大拗"，必须救。比如在五言该用"仄仄平平仄"（或七言该用"仄仄平平仄"）的地方，五言第四字用了仄声或第三、四两字都用了仄声（七言第六字用了仄声或五六两字都用了仄声），就在对句的第三字（或七言的第五字）改用平声来"救"。这样就成了"仄仄平仄仄，平平平仄平"（或七言的"平平仄仄平仄仄，仄仄平平平仄平"）。比如白居易的"野火烧不尽，春风吹又生"，"不"字处本来应该用平声字的，现在用了仄声字，那么只好在下一句"吹"字处用一个平声字来

"救"。再比如经常被人们拿来做例证的陆游的"一身报国有万死，双鬓向人无再青"，"万"字处该用平声字的却用了仄声，那么在对句的第五字处用一个平声字"无"来救。这也就是说，"仄仄平平仄，平平仄仄平"的诗联，可以改为"仄仄平仄仄，平平仄仄平"；"平平仄仄平平仄，仄仄平平仄仄平"的诗联，可以改为"平平仄仄平仄仄，仄仄平平平仄平"。

还有一种情况是"小拗"，可救可不救。比如在五言该用"仄仄平平仄"的地方，第三字用了仄声，第四字没有用仄声，或者七言的第五字用了仄声。这时虽然也被称为拗句，但古人似乎认为这样的拗句不是那么严重，他们把这种拗句习惯上称作"小拗""半拗"，有时救，有时也可以不救。救的方法也是在对句五言的第三个字、七言的第五个字的地方用一个平声字作为补偿。比如杜甫《蜀相》"丞相祠堂何处寻，锦官城外柏森森"中，"何"字拗，而下句"柏"字来救，就是对句相救。再比如杜甫的"映阶碧草自春色"的"自"字处本该用平声，现在用了仄声，那么下句"隔叶黄鹂空好音"的"空"字处就改用了一个平声字。贺知章的"儿童相见不相识，笑问客从何处来"中的"不"字本来该用平声却用了仄声，那么"何"字就把该用仄声的地方用成了平声。不过，这一类的小拗一般是可以不救的。

第三种是复救。 就是在拗句的下一句出现了孤平句的情况下，用一个平声字救了本句的孤平，同时也把上一句的拗也救了过来。既收到了本句自救的效果，又收到了对句相救的效果。实际诗歌写作中，诗人们常常同时采用本句自救和对句相救这两种方法。还比如许浑著名的"溪云初起日沉阁，山雨欲来风满楼"，"日"字拗，而下句"欲"字犯了孤平，所以"风"字位置换了平声字来救这上下两句。许浑自编诗集《丁卯集》，喜用这种句式，所以后人也把这种拗救格式称作"丁卯体"。就是在拗句的下一句出现了孤平句的情况下，用一个平声字救了本句的孤平，同时也把上一句的拗也救了过来。既收到了本句自救的效果，又收到了对句相救的效果。

由此看来，律诗格律虽然规定得很严格，但人们执行起来还是有一些"商量"的余地的。有一些看起来是不合格律的地方，也可以用拗救的办法来调整。诗人赵京战先生总结出一个拗救的口诀,非常实用,谨录如下:"仄拗平来救,救前不救后。位置在三五,一平可双救。"

特别说明一下的是,"一身报国有万死"的"万"字处应平而仄,然后在对句的第五字处用一个平声字来救,这种情况即所谓大拗,当代人在诗词创作中运用不多,古人诗歌作品中的例证也不是很常见。

八、特殊句式

在五言"⊙平平仄仄"(或七言"⊙仄⊙平平仄仄")这个句型中,诗人们在写作时也可以把第三字和第四字(或七言的第五和第六字)的平仄互换,改变成"平平仄平仄"(或七言的"仄仄平平仄平仄")这样一种特殊句式。在这种情况下,五言第一字、七言第三字必须用平声,不再是可平可仄的了。比如孟浩然的"移舟泊烟渚"、杜甫的"正是江南好风景"、王之涣的"羌笛何须怨杨柳"等就是这种句式。因为这种句式在诗人们的诗歌中运用很广泛,人们不把它看成一种拗救,而是当成一种正格中的特殊句式来看待。这种特定的平仄格式,习惯上常常用在绝句的第三句或律诗的第七句,比如李白的《渡荆门送别》第七句"仍怜故乡水",还有毛泽东《送瘟神》第七句"借问瘟君欲何往"就都是这种句式。据说这种句式"如锦鲤翻波",可以使诗歌更加富于变化。

这个格式非常简单,死记硬背即可。

锦囊六：炼字

清人沈德潜《说诗晬语》中说："古人不废炼字法，然以意胜，而不以字胜，故能平字见奇，常字见险，陈字见新，朴字见色。"这里的所谓"炼字"，其实就是根据内容和意境的需要，对于诗中的某一个或几个部分精心推敲锤炼，并进行创造性的搭配，挑选其中最合适、最生动形象的字词来抒情达意，从而获得简练精美、形象生动、含蓄深刻的表达效果，使全句或全诗准确鲜活，凝练优美，新颖灵动，神采飞扬，熠熠生辉。

这种关键字词常被人们称作"诗眼"。比如宋朝诗人王安石的"春风又绿江南岸"中的"绿"字，就是这首诗的诗眼。刘坡公说："作诗点眼，犹之画龙点睛。诗无眼则佳处不见，龙无睛则神采皆失。故学诗者既知炼字造句矣，又不可不知点睛之法。眼要挺要响，用实字则挺，用动字则响。全在下笔之时，细细揣摩。五言诗之点眼在第三字，七言诗之点眼在第五字。"这话确实很有道理。

王安石乘船西上回金陵（今江苏省南京市）时路过京口（今江苏省镇江市），写了一首《泊船瓜洲》的诗：京口瓜洲一水间，钟山只隔数重山。春风又到江南岸，明月何时照我还？后来，他觉得"春风又到江南岸"的"到"字很死板，不生动，缺乏诗意，于是就把"到"字划掉，改成了"过"字。后来再仔细推敲，还是觉得"过"字太平凡，还是不太满意。于是他又划掉"过"字，改为了"入"字。再后来又改成了"满"字……这样折腾了半天，改了十几个字，王安石还是觉得没有找到那种春意盎然、生机蓬勃的感觉。这时他走出船舱，来到船头一望，只见江南一片绿草青葱的景象，突然灵机一动，一个"绿"字跳入脑海，于是，他最后把这句诗改成了"春风又绿江南岸"，这个"绿"字，写出了春风的生气和魅力，境界开阔，形象鲜明，使整首诗歌飞动丰盈，欢蹦乱跳，生意盎然。这个"绿"字的故事，就成为了文坛佳话，后来许多谈炼字的文章，都喜欢以这个故事为例。

需要注意的是，所谓炼字，重在炼意，重在更好地达意表情，并不是越奇险越雕琢的字就越好，主要的还是贴切和自然。钱锺书在《谈艺录》中曾引用过古人的一段话，说："句工只有一字之间，此一字无他奇，恰好而已。所谓一字者现成在此，然非读书穷理，求此一字终不可得。盖理不彻则语不能入情，学不富则词不能给意，若是乎一字之难也。"说的就是这个道理。

有一天，苏东坡、秦少游、黄庭坚和佛印四位诗人结伴出游，在一座寺庙的墙上读到了唐朝杜甫的一首七律《曲江对雨》："城上春云覆苑墙，江亭晚色静年芳。林花着雨胭脂湿，水荇牵风翠带长……"由于风雨侵蚀，"林花着雨胭脂湿"的"湿"字已经掉落，只显示"林花着雨胭脂"这几个字。那最后一个字是什么呢？这四位诗人于是就像比赛一样猜了起来。苏东坡说："我猜是'胭脂润'。"黄庭坚说："我猜是'胭脂老'。"秦少游说："我猜是'胭脂嫩'好。"佛印说："我猜是'胭脂落'。"他们四人争论不休，最后回来一起翻开杜甫的诗集查看，发现原来墙上剥落的是个平平常常的"湿"字。他们都很叹服。这四个人猜的几个字虽然各有特色，但终究不如杜甫一个寻常的"湿"字更加自然鲜活。

炼字最讲究的就是炼动词。比如张九龄的"海上生明月，天涯共此时"，很多人不知道这个"生"字的美妙，常常误写作"升"字。"升"字如果用在这里，仅仅是一个现象的描述。而诗人精心锤炼的"生"字，则是生长的意思，诗人运用拟人手法，写出了明月与大海相伴相生的壮丽图景，使明月和大海似乎也有了美丽的生命，意境开阔，内涵丰富，非常生动。再比如常建的"山光悦鸟性，潭影空人心"，"悦"字就用得非常好。尽管从表面上来看是用拟人的手法，写的是鸟的喜悦，但是从另一方面深入思考，就会发现，其实还是反映了人的喜悦心情，这就使诗歌的意蕴更加丰盈了。李白的几首诗中，对"挂"这个动词用得就非常美妙，比如"乘风破浪会有时，直挂云帆济沧海""日照香炉生紫烟，遥看瀑布挂前川""霜落荆门江树空，布帆无恙挂秋风"……读者朋友不妨仔细对照体味。

关于炼动词的例子，还有一个关于苏小妹的故事非常著名，我们不妨也来看一看：

相传，苏东坡的妹妹苏小妹说出"轻风细柳"和"淡月梅花"这样两组名词，要苏东坡从中各加一个动词，作为两句五言诗的诗眼。苏东坡马上说出了"摇"和"映"这两个字，组成为"轻风摇细柳，淡月映梅花"两句诗。不料苏小妹却说不好。苏东坡认真地思索后，又说出了"舞"和"隐"这两个字，组成为"轻风舞细柳，淡月隐梅花。"小妹说略好些，但还不是最好。苏东坡问她自己认为应该加哪两个字呢？苏小妹轻轻念了起来："轻风扶细柳，淡月失梅花。"苏东坡仔细玩味，不禁拍掌称妙。因为"轻风"吹来的时候，因为风很小，"细柳"根本"摇"不起来、"舞"不起来。只有用"扶"字才最准确自然，恰到好处，同时还把风拟人化了，让人感受到一种生动的情趣。下一句中的"映"这个动词也不准确。"隐"这个动词虽然把月色朦胧的时候，梅花好像被一层柔纱遮了起来的状态表现了出来，但还是不如一个"失"字更加有感情色彩。试想，月亮把梅花"丢失"了，这是怎样和谐朦胧的美妙意境？！

好的动词炼得精彩，为全诗增色。可有时候把动词炼没了，竟然也能收到奇妙的表达效果。最著名的就是温庭筠的"鸡声茅店月，人迹板桥霜"，仅仅是罗列了几个名词，根本不用一个动词，却比用动词更加生动和鲜明，意境清新，情趣宛然，格韵轻灵。这其实也是一种炼字的方式。

炼字在注意炼动词之外，还要注意炼形容词。尤其是形容词的重叠运用和颜色词在句首与句末的运用，更是炼字时的一些常见的小技巧。比如王维"草枯鹰眼疾，雪尽马蹄轻"中的"枯"与"疾"、"尽"与"轻"，两两映衬，关联紧密，衔接熨帖，炼出来的就是形容词的光彩。再比如杜甫的"红入桃花嫩，青归柳叶新"，把"红"和"青"这两个形容词特意放到句首，把春天的美景写的是多么鲜明生动！

另外，炼字还要注意推敲那些数量词、虚词、叠词和拟声词等。比如杜甫的"无边落木萧萧下，不尽长江滚滚来"，其中的"萧萧"和"滚滚"就用得非常令人赞叹。其中既有落叶纷飞、波涛汹涌的动感，又有凄凉痛苦、韶华易逝的悲凉，让人如临其境，如闻其声。再比如王驾"蜂蝶纷纷过墙去，却疑春色在邻家"，这里的一个动词"疑"用得虽然很好，但形容词"纷纷"用得也尤其精彩。"纷纷"一词写出了蜂蝶乱飞的热闹景象，让人真实地感觉出雨后初晴时那种特有的极富动感的画面。再比如齐己《早梅》中"前村深雪里，昨夜数枝开"的"数"字，后来改为了"一"字，就更加突出了早梅的"早"开之美，既隽永又贴切。

炼字不仅炼字的本义，还要有联想的翅膀，通过双关、谐音、通感、转义等等技巧，把关键字炼出新的境界。比如诗人哈声礼的《河口观涛》：耳畔涛声若有无，灵龟独览一湖珠。今朝佳节与君度，秋色当分我半壶？这里的"壶"字，提炼得就很巧妙。因为河口又因其形状而名壶口，诗人这里提炼出壶口的这个"壶"字，一语双关，举重若轻，妙不可言。

罗大经《鹤林玉露》指出，"作诗要健字撑拄，活字斡旋。撑拄如屋之有柱，斡旋如车之有轴"，这些"健字"和"活字"，就是需要我们仔细锤炼的诗眼所在。一般情况下，五言诗尤其要注意炼第三字，七言诗尤其要炼第五字。总之一定要把握好典型环境中的典型心境，仔细揣摩和锤炼推敲，尽量做到使"平字见奇，常字见险，陈字见新，朴字见色"。

以下简单分析前人炼字二十例：

过香积寺

王维

不知香积寺，数里入云峰。
古木无人径，深山何处钟。
泉声咽危石，日色冷青松。
薄暮空潭曲，安禅制毒龙。

这首诗中的"咽"和"冷"，历来被誉为炼字典范。"泉声咽危石，日色冷青松"表现环境的清寂。山泉在岩石中流淌，仿佛让石头发出呜咽之声，"咽"字用得非常贴切灵动，这里表现的是人的心情。阳光在寒松上闪耀，仿佛泛着一缕清凉和冷寂，所以用"冷"来形容"日色"，这里突出的是诗人的感受。如果改成"穿危石"和"照青松"，就平淡无奇了。

江南逢李龟年

杜甫

岐王宅里寻常见，崔九堂前几度闻。
正是江南好风景，落花时节又逢君。

这首诗中的"又"字乍看平淡无奇，但是用在这里确是平中见奇，意蕴无穷。一方面是再次的意思，揭示相逢的不同心境。另一方面是比较的意思，区分两种不同的心境。再一方面，寄托无限感慨，抒发无可奈何、悲喜交集的复杂情绪。

商山早行

温庭筠

晨起动征铎，客行悲故乡。
鸡声茅店月，人迹板桥霜。
槲叶落山路，枳花明驿墙。
因思杜陵梦，凫雁满回塘。

炼字不一定都是从此字到彼字的提炼变幻，有时候高手把字从有炼到无，也是一种高超技巧。比如《商山早行》值得注意的是"鸡声茅店月，人迹板桥霜"，这两句诗把所有的动词全都炼到乌有，反而获得了更广大的表现空间，炼字从来都是少少许胜多多许。炼没了那些动词，却炼出了更美好宏阔的意境。

十五夜望月

王建

中庭地白树栖鸦，冷露无声湿桂花。
今夜月明人尽望，不知秋思落谁家？

　　这首诗中的"湿"字和"落"字，历来被读者赞赏。用一个"湿"字来，更突出了露珠的清冷和桂花的沉重。用一个"落"字，把看不见的秋思变成可以看得到、感受得到的固体事物，仿佛可以和皎洁的月光一起撒落人间，显得新鲜贴切，蕴藉深沉。

登高

杜甫

风急天高猿啸哀，渚清沙白鸟飞回。
无边落木萧萧下，不尽长江滚滚来。
万里悲秋常作客，百年多病独登台。
艰难苦恨繁霜鬓，潦倒新停浊酒杯。

　　这首诗中的"萧萧""滚滚"两个叠字词锤炼得非常精致。落叶的声音、流水的气势，都通过这两个叠字词准确地传达了出来，大笔写意，神韵飞扬。

春夜洛城闻笛

李白

谁家玉笛暗飞声，散入春风满洛城。
此夜曲中闻折柳，何人不起故园情？

　　这首诗中的"散"字，把笛声从听觉感受变成视觉感受，既表现了笛声的形态和质感，又表现了笛声传播的范围。显得清幽深远，明快恬淡，沉郁洗练。

暮江吟

白居易

一道残阳铺水中，半江瑟瑟半江红。
可怜九月初三夜，露似真珠月似弓。

这首诗中的"铺"字用得非常准确鲜明。残阳渐落，接近地平，江面平静，此时的阳光照过来，就像平铺在水面上一样，所以诗人选用了这个"铺"字，同时还传达出散淡、平静、闲适的个人心情。

春怨

金昌绪

打起黄莺儿，莫教枝上啼。
啼时惊妾梦，不得到辽西。

此诗中的"儿"提炼得非常巧妙。这个字把整句诗变得轻灵俏皮，突出了女子的娇嗔之态，增加了清新自然的口语魅力。着一"儿"字，全篇皆活，一个沉重的主题，因之增加了冷峻的幽默风味。

破山寺后禅院

常建

清晨入古寺，初日照高林。
曲径通幽处，禅房花木深。
山光悦鸟性，潭影空人心。
万籁此俱寂，惟闻钟磬音。

"山光悦鸟性，潭影空人心"的意思是山光使鸟儿舒展天性，怡然饭费。潭影使人们消除俗念，变得干净清莹。这里的"悦"和"空"两个字都是使动词，一个喜悦，一个空寂，用得非常准确和含蓄。

题都城南庄

崔护

去年今日此门中，人面桃花相映红。
人面不知何处去，桃花依旧笑春风。

这首诗中的"笑"字非常精彩。女孩不见了，诗人很忧伤，桃花却还在乐呵呵地开着，与诗人的心境形成对比。一个"笑"字，使静态的桃花有了动感，使没有感情的桃花有了喜悦之情。注意这里的"笑春风"不是嘲笑春风，而是在春风里笑。

血压

聂绀弩

尔身虽在尔头亡，老作刑天梦一场。
哀莫大于心不死，名曾羞与鬼争光。
余生岂更毛锥误，世事难同血压商。
三十万言书说甚，如何力疾又周扬。

这首诗中的"不"字，炼得非常出彩。诗人把哀莫大于心死点化出新的意境，悲凉慷慨，妙在用否定词表示肯定义。

解晋途中与包于轨同铐，戏赠

聂绀弩

牛鬼蛇神第几车，屡同回首望京华。

曾经沧海难为泪，便到长城岂是家？

上有天知公道否，下无人溺死灰耶？

相依相靠相狼狈，掣肘偕行一笑"哈……"

这首诗中的"泪"字，先声夺人。唐诗人"曾经沧海难为水"在这里化水为泪，带着更强烈的伤痛和悲凉，体现了极强的凝聚力。

周婆来探后回京

聂绀弩

行李一肩强自挑，日光如水水如刀。

请看天上九头鸟，化作田间三脚猫。

此后定难窗在铁，何时重以鹊为桥？

携奖冰雪回京去，老了十年为探牢。

"铁"字，在这首诗中化名词为动词，词浅情深，新意十足。"铁"字暗喻再陷囹圄之劫。

柬周婆

聂绀弩

龙江打水虎林樵，龙虎风云一担挑。

邈矣双飞梁上燕，苍然一树雪中蕉。

大风背草穿荒径，细雨推车上小桥。

老始风流君莫笑，好诗端在夕阳锹。

这首诗中的"矣"字和"然"字，炼得精巧大胆。本来诗句一般少用虚词，用也是在句尾，而聂绀弩先生别出心裁的用在句中第二个字，既突出了邋和苍，使画面鲜明，形象突出，同时又增加了节奏感和幽默美。

秋老

聂绀弩

秋老天低叶乱飞，黄花依旧比人肥。
风前短发愁吹帽，雨里重阳怕振衣。
尊酒有清还有浊，吾谋全是亦全非。
感恩赠答诗千首，语涩心艰辩者稀。

这首诗中的"肥"字非常漂亮。"人比黄花瘦"的宋词令人赞赏，聂绀弩先生这里下的"肥"字，同样令人惊叹。翻旧句而出新意，幽默而不油滑，冷峻而不呆板。看起来漫不经心，读起来触目惊心。

喜晤奚如

聂绀弩

各经风雨未同舟，忽漫相逢楚水秋。
曾是塞翁因失马，来看织女会牵牛。
一谈龙虎风云会，顿觉乾坤日夜浮。
笑尔希文未当国，却于天下事先忧。

这首诗中的"一"字和"顿"字，值得特别关注。这两个字巧妙地把两个句子构成顺承关系，互相呼应，将作者与吴奚如一见如故的快感淋漓尽致地表现了出来。

雪峰六十
聂绀弩

举酒邀花花面酡，以花挝马马欢歌。
隔年风雪都晴了，如此江山奈老何。
津惜渔人归一棹，弈嗟樵子烂千柯。
太平天国多才杰，臣力犹堪施与罗。

这首诗中的"晴"字，用得特别好，值得注意。如果改换为"停""消""没"等字，虽然意思不变，但是没有"晴"字所特有的明快清爽欢欣之气。

希望
聂绀弩

我心孤寂欠安平，无乐有哀少色声。
今日毒仇刀血火，何时星月蝶鹃莺？
青春此世如乌有，迟暮于人亦等 0，
绝望之虚似希望，茫然回首望东明。

这首诗中的"0"字，充满创新魅力。诗人大胆地将阿拉伯数字引入诗中，并安排在韵脚位置。这个字更增添了虚无和空洞的感觉，比汉字"零"更直观，更有表现力。

疍户
聂绀弩

疍家儿女疍家装，赤脚挑鱼上市场。
男子风波深浅海，母亲心事旦昏香。
宵灯半宿争明灭，晓梦鱼龙辨现藏。
万顷波涛卓竿立，天苍苍处水茫茫。

这首诗中的"立"字，以万顷波涛和天苍苍水茫茫为背景，力度十足。

钟三往四清

不是山西便河北，四清当去半年多。
三千师弟人谁老，百八朝昏别奈何。
出问题时有毛选，得欢欣处且秧歌。
投身阶级斗争里，见汝诗材大马驮。

这首诗的最后一个"驮"字，把看不见的诗才，变成可以用大马运输的物
件儿，尖新奇诡，胆大心勇，俗中飘雅，鲜活灵动。

我 爱 写 诗 词

锦囊七：造句

一、对偶

对偶又称对仗，特指字数相同、语义相关、声调相对、句式相类、内涵相补的两个句子之间的固定关系。南北朝的刘勰在《文心雕龙》中把对仗分为言对、事对、反对、正对四种类型，认为"言对为易，事对为难，反对为优，正对为劣。言对者，双比空辞者也；事对者，并举人验者也；反对者，理殊趣合者也；正对者，事异义同者也。"

言对就是直抒胸臆、抒情议论的对偶，比如郁达夫的"一死何难仇未复，百身可赎我奚辞""忍抛白首盟山约，来谱黄衫小玉词""多病所须唯药物，此生难了是相思"。

事对就是引用典故、叙述经历的对偶，比如郁达夫的"士生乱世空弹铗，客到新亭漫举杯""略解娵隅称博雅，人言叔宝最风流""镇日临流怀祖逖，中宵舞剑学专诸"。

反对就是字词相反、语义相承的对偶，比如郁达夫的"方知竖子成名易，闻说英雄蹈海多""地来上谷逃禅易，人近中年弃世难""无恨岂宜歌慷慨，有生只合作神仙"。

正对就是字义相近、句义相同的对偶。比如郁达夫的"秋风江上芙蓉落，旧垒巢边燕子分""输降表已传关外，册帝文应出海涯""凤凰浪迹成凡鸟，精卫临渊是怨禽"。

唐代诗人上官仪认为："诗有六对，一曰正名对，天地日月是也；二曰同类对，花叶草芽是也；三曰连珠对，萧萧赫赫是也；四曰双声对，黄槐绿柳是也；五曰叠韵对，彷徨放旷是也；六曰双拟对，春树秋池是也。"另外他还提出了一种"八对说"，进一步把对偶又分成"的名对""异类对""双声对""叠韵对""联绵对""双拟对""回文对""隔句对"。这里的"六对""八对"其实是分成三类：①从单字来说，"正名对""的名对""同类对""异类对"指的是实词，尤其是名词的相对规律。②从声调上来说，"叠韵对"就是韵母相同的字相对。"双声对"就是声母相同的字相对。"连珠对""联绵对"就是叠字相对。"双拟对"就是间隔重字对，如杜甫的"自去自来堂上燕，相亲相近水中鸥"。③从句式上说，"回文对"就是可以反向阅读的对联，比如苏轼的"桥对寺门松径小，槛当泉眼石波清"，也可以读作"清波石眼泉当槛，小径松门寺对桥"。"隔句对"就是两联对偶隔句相对（详见后文）。这些关于对偶的分类，介绍的是一种对偶形式的简单而初步的技巧常识。简单了解即可，具体创作中不一定用得上多少。

律诗的首联可以用对偶也可不用，颔联和颈联规定应该用对偶句，尾联可以用对偶也可不用对偶，这是律诗的形式规则，无论五律还是七律，都把对偶作为基本要求。

比如孔凡章先生的《台儿庄大捷喜赋》：

整衣东向礼云麾，今日真成喜极悲。
百战哀兵贱生死，千秋名将系安危。
群情共快横磨剑，众口新留堕泪碑。
国有长城檀道济，江淮胡马敢重窥？

"百战哀兵贱生死，千秋名将系安危"和"群情共快横磨剑，众口新留堕泪碑"这中间的两联均用对偶，整散结合，端正灵动，神采飞扬。

当然古人的律诗也有只用一联的情况，一般安排在颈联位置。其中最著名的是崔颢的《黄鹤楼》：

昔人已乘黄鹤去，此地空余黄鹤楼。
黄鹤一去不复返，白云千载空悠悠。
晴川历历汉阳树，芳草萋萋鹦鹉洲。
日暮乡关何处是？烟波江上使人愁。

只有颔联"晴川历历汉阳树，芳草萋萋鹦鹉洲"用了对偶句。这种情况五律更多一些。比如杜甫的《春夜喜雨》：

> 好雨知时节，当春乃发生。
> 随风潜入夜，润物细无声。
> 野径云俱黑，江船火独明。
> 晓看红湿处，花重锦官城。

颔联"随风潜入夜，润物细无声"中的"潜"和"细"，"入"和"无"，基本在似对似不对之间。

再比如王勃的《送杜少府之任蜀州》：

> 城阙辅三秦，风烟望五津。
> 与君离别意，同是宦游人。
> 海内存知己，天涯若比邻。
> 无为在歧路，儿女共沾巾。

虽然用了两联对偶，却安排在首联和颈联位置，颔联不用对偶。这种结构方式也很独特，被称为"偷春格"，如梅花偷春色而先开的意思。这只是律诗初创阶段的特例。

另有一首诗中采用三联对偶的情况，比如杜甫的《秋兴》：

> 夔府孤城落日斜，每依南斗望京华。
> 听猿实下三声泪，奉使虚随八月查。
> 画省香炉违伏枕，山楼粉堞隐悲笳。
> 请看石上藤萝月，已映洲前芦荻花。

也有干脆四联都用对偶的情况，比如杜甫的《登高》：

> 风急天高猿啸哀，渚清沙白鸟飞回。
> 无边落木萧萧下，不尽长江滚滚来。
> 万里悲秋常作客，百年多病独登台。
> 艰难苦恨繁霜鬓，潦倒新停浊酒杯。

这样的四联对偶，首联尾联均用宽对，要求不太严格。

律诗的对偶句要求结构形式要相同，意义要互相对称，声调必须平仄相对，而且词性上的"对"要一致，比如名词对名词、形容词对形容词、数词对数词、颜色词对颜色词、方位词对方位词、动词对动词、副词对副词、虚词对虚词、代词对代词。

我们来看聂绀弩的《风车式收割机》：

> 八臂撩天捉紫云，黄金楼后掷缤纷。
> 镰光九转仍新月，茬字千行尽古文。
> 省去横刀劳动力，飞来插翅自由神。
> 堂吉诃德休惊诧，织女机旁一纺轮。

颔联以词性而言，"镰光"对"茬字"，名词相对；"九转"对"千行"，数量词相对；"仍"对"尽"，副词相对；"新月"对"古文"，名词相对。

颈联"省去横刀劳动力，飞来插翅自由神"的词性对仗也是很明显的。虽然个别字词对仗略有一定的弹性，但大路数是很严格的。

创作律诗中的对偶句时，以下几点尤其是需要特别注意的：

（1）孤、全、半、偶等有数目意义的词也可以与数词相对。数词很少和别的词相对。

（2）颜色词对颜色词，方位词对方位词。这两类词很少和别的词相对。

（3）名词细分为天文（日风星雨等）、时令（春秋晓夜等）、地理（山村湖海等）、宫室（楼堂府库等）、器物（刀剑杯盘等）、服饰（衣巾布帛等）、饮食（茶饭粮油等）、文具（纸笔琴棋等）、文学（诗书文字等）、植物（草木花絮等）、动物（鸟兽虫鱼等）、形体（身心魂魄等）、人事（道德才情等）、人伦（父子姑舅等）等小类，小类里的词互相构成对偶。

（4）专有名词与专有名词相对。最好是人名对人名，地名对地名。

（5）双声字或叠韵字与双声字或叠韵字相对。

（6）联绵词与联绵词相对，重叠词与重叠词相对。

（7）干支词自成一类，如甲乙子丑等。

对偶的上下句意思相近、相补或相衬的，称为正对。上下句意思上相反或相对的，称为反对。上下句意思具有承接、递进、因果、假设、条件等关系的。称为流水对。如聂绀弩的"请看天上九头鸟，化作田间三脚猫"就是流水对。

一般情况下，人们把词性对得比较工整的对偶句，称作工对。工对在形成文字的整齐美、增强韵律美、形式美方面有着重要作用。但是，诗中的工对绝不是对得越相近就越好。反过来说，如果过分拘谨和纤巧，反而显得生硬和做作了，容易束缚作者的创作思路和感情表达。一方面会使诗人自然的感情被句子的雕琢所异化，另一方面也束缚了诗人自由表达的艺术创造，容易产生模式化、类型化的弊端。这当然是创作中应该注意的一种问题。

如果对偶中的上下句相对的词意完全相同，结构完全一样，或者意思基本或完全一样，就是一种应该尽量避免的毛病了，叫"合掌"。

合掌的表现有三种，一种表现是上下句意思相同，纪晓岚曾在一个马神庙见到一个上联："左手牵来千里马。"他猜："下联当为——前身终是九方皋。"，结果真正的下联却是"右手牵来千里驹"，这种上下联就是合掌。当然这只是段子中的一个例子，难以辨别的是上下句文字不同的合掌。比如"红旗卷起农奴戟，黑手高悬霸主鞭"，上下句分别描写两个对立的意思，对比鲜明，就不算合掌，而同一位作者的"独有英雄驱虎豹，更无豪杰怕熊罴"，上下句语意是一样的，就是合掌了，一般情况下应该尽力避免。有人说这一联中的上句抗美，下句反苏，即使这种从特定历史环境出发的解释能够成立，但英雄豪杰的词义依然是重复的，上下联的字面意思也还是没有什么明显分别的。类似风格的"擒尽妖邪归地网，收残奸宄落天罗"（洪秀全《吟剑》），上下句语意相同，也是合掌。

合掌的第二种表现是上下联中的部分文字意思相同。比如皮日休的咏牡丹诗中的前两句"竞夸天下无双艳，独占人间第一香"，这里的"天下"和"人间"，"无双"和"第一"，都是重复的语义。再比如萨都剌《送诉上人笑隐住龙翔寺》诗"地湿厌闻天竺雨，月明来听景阳钟"中的"闻"和"听"语意相同，就是合掌。改为"地湿厌看天竺雨，月明来听景阳钟"，更换了两个语意不一样的动词，就解决了合掌的问题。

合掌的第三种表现是一首诗中的前后两联的同一位置词性相同，语音节奏一致，语法结构相同，也就是人们常说的"四言一法"。比如沈佺期的《嵩山石淙侍宴应制》：

金舆旦下绿云衢，彩殿晴临碧涧隅。
溪水泠泠杂行漏，山烟片片绕香炉。
仙人六膳调神鼎，玉女三浆捧帝壶。
自惜汾阳纡道驾，无如太室览真图。

中间两联的对应位置词汇的词性相同，节奏都是二二一二，语法结构都是主谓宾句式，这就是合掌了。

再比如清末民国初诗人沙元炳的一个诗例《壬子元夕雨》：

黄韭青芹劫后生，神镫佛火梦边明。

分无好月临宫阙，政藉甘霖洗甲兵。
病入酒杯成弃物，乱来铙吹作春声。
夜阑忽忆前朝事，延寿街前烂漫行。

　　中间两联对应位置的词性相同，节奏都是二二一二，语法结构都是主谓宾句式，这也是合掌了。

　　合掌并非诗歌的命门或死穴，也有诗人对此压根儿就不以为然。客观来说，若有了好的意境，合掌也确实无碍诗人的表达效果。不过诗歌毕竟是讲究凝练的艺术。若一联中的上下句意思相近或雷同，难免就显得词语浪费铺张，结构臃肿呆板，若两联句式结构完全一致，就显得单调呆板、缺少灵动，所以很多诗人们在作诗时还是大都尽力避免这种现象。可惜这种现象在目前的很多公开发表的诗歌作品中也经常出现，尤其是在很多初学写作的朋友那里，更是屡见不鲜。避免合掌的窍门之一，实际上就是尽量用反义词。诗中用反义词相对的效果比较好，而用同义词的效果相对较差。《文心雕龙》说"反对为优，正对为劣"，说的也就是这个意思。

　　实际写作中的对偶，不一定把词性对得那么细，只要名词对名词、动词对动词、形容词对形容词等，也就基本说过去了。正如钱锺书所说："律体之有对仗，乃撮合语言，配成眷属。愈能使不类为类，愈见诗人心手之妙。"比如贾岛"独行潭底影，数息树边身"，这一联中的"潭"与"树"、"影"与"身"就不是一个类别的，但是对得很巧妙，成为令人称道的千古名句。苏轼的"泥上偶然留指爪，鸿飞那复计东西"对得更是不工，比如"泥上"和"鸿飞"根本就对不起来，"指爪"是近义词，"东西"是反义词，对得也很勉强，可是由于诗人的比喻非常生动，阐发的哲理又很容易和读者产生共鸣，所以也收到了非常好的艺术效果和强烈的艺术感染力。这种对得不是那么工的句子，就叫宽对。在律诗中，一般颈联尽量用工对，而颔联则可以用宽对。

　　对偶句的创作中，除了要注意词性相对之外，还要注意语法结构的对仗，比如主语对主语、谓语对谓语、宾语对宾语。相同的句型互相对仗，这样的对偶句比较工稳。但是有时候，也有一些对偶的上下联句式的语法结构不一致，但也可以生发出一种活泼清新的别致的生趣。另外，如果对偶中适当调整语序，构成一种新异的句式，甚至还能给人一种新颖别致的美感。比如聂绀弩笔下的变换了常见语法格式的"此后定难窗再铁，何时重以鹊为桥""把坏心思磨粉碎，到新天地作环游"等联，就都很有意味。

再比如"永夜角声悲自语，中天月色好谁看"是鲜有的五二句式，也令人拍案称奇。刘坡公在《学诗百法》中谈到律诗四忌时说忌"不工，不贯，不自然，不典雅"，其实主要说的还是律诗中的对偶的避忌。他认为："律诗重对偶，苟配搭不匀，便不工矣。律诗八句中有起承转合，两两相凑，便不贯矣。徒尚对偶，生拍硬截，则不自然矣。琢句不精，好用迎眸屈指遥看好将从教等字，则不典雅矣。"此四忌，要营造好的对偶句的人不得不知也。

实际写作中，有的诗人为了使诗句多些变化，对律诗中的对偶安排经常会有一些别出心裁的变化，因而也出现了一些富有创意的变格，很有意思，简单介绍如下：

（1）当句对。也叫就句对。如陆游的"山重水复疑无路，柳暗花明又一村"，表面上看"山重水复"和"柳暗花明"对得似乎很勉强，但是"山重"和"水复"在句中自己又构成一对对偶，"柳暗"和"花明"也构成一对对偶，两个当句对互相为对，就很工稳了。再比如聂绀弩的"昔时朋友今时帝，你占朝廷我占山"——按上下句相对的规则看，它构不成对偶，但是"昔时朋友"对"今时帝"，"你占朝廷"对"我占山"，其中还含有同字对等技巧，所以也构成了一种工整的对偶。严羽在《沧浪对话》中说："有就句对者，又曰当句有对。如少陵'小院回廊春寂寂，浴凫飞鹭晚悠悠'，李嘉佑的'孤云独鸟川光暮，万里千山海气秋'是也。"严羽提到的两联中，"小院"和"回廊"成对，"浴凫"和"飞鹭"成对，这两对在诗句中又互相成对。"孤云"和"独鸟"成对，"万里"和"千山"成对，也是用这两对再构成对偶句。这种对偶句，也算工对。

（2）拆字对。也叫无情对。就是上下句相对应部分在语言结构（简称语构）上明显不成对仗，但拆开来（或加上词性转换）能逐字相对。如"荒原百战鹿谁手，大喝一声豹子头"，"鹿谁手"是成语"鹿死谁手"的省略，"豹子头"是《水浒》中林冲的绰号。两个词语构不同，意思不同，但拆开来看，"鹿"对"豹"、"谁"对"子（你）"、"手"对"头"，却对得极其工稳。

（3）**借对**。所谓借对，有两种情况。一种是一个词有两个意思，诗人在诗中用的是一个意思，用来与对句中的词相对时，借用的却是这个词的另一个意思。比如"丈夫白死花岗石，天下苍生风马牛"，诗中"生"的意思与"苍"相连，构成一个名词，而"生"还可以是动词，有滋生、生长的意思，所以被借来与"死"相对，这种借对可以说是借意对。再比如"冻笔封题签夏衍，寒梅消息报春先"，其中的"夏衍"本是一个人名，这里借用"夏"是一个季节的意思，与"春"构成对偶。

另外一种借对，借的不是意，而是声。比如"云到今宵飞喜泪，星从银汉涌情潮"，其中的"今"与"金"字谐音，所以被借用来和"银"字相对。再如"黄雀数声催柳变，清溪一路踏花归"，"清"谐音是"青"，与颜色词"黄"恰好构成对偶。借音对以颜色对居多。

（4）**偷春格**。就是首联用对偶，颔联却不用对偶，就像是梅花在冬天提前开放，把春天提前偷来一样，所以叫偷春格。如李白《挂席江山待月有怀》：待月月未出，望江江自流。倏忽城西郭，青天悬玉钩。素华虽可揽，清景不同游。耿耿金波里，空瞻鸤鹊楼。这首诗中的"待月月未出，望江江自流"大致成对，而"倏忽城西郭，青天悬玉钩"却对不起来。

（5）**错落对**。就是对偶句中的词汇位置在上下联中并不是两两相对，而是颠倒错综，巧妙变化构成的对仗。如王力先生曾经引用过的"裙拖六幅湘江水，鬓耸巫山一段云"，本来应该是"一段"对"六幅"、"巫山"对"湘江"，作者这里将这两组词错落开来组成对子，一方面是出于平仄方面的考虑，另一方面也使句式更多了一些变化。李商隐《隋宫》中的"于今腐草无萤火，终古垂杨有暮鸦"一联，"萤火"和"暮鸦"表面看对得不工，但是"萤"错落位置对"鸦"，"暮"错落位置对"火"，对得还是比较工稳的。

（6）**换位对。** 就是按正常的语序对不起来，但通过调换字的位置构成对偶。比如"过雨看松色，随山到水源"，其中的"过雨"其实是"雨过"的意思。通过调换"雨"的顺序，构成了一联很工稳的对子。

（7）**扇面对。** 就是隔句对偶。比如白居易《诗解》：新篇日日成，不是爱声名。旧句时时改，无妨悦性情。其中的"新篇日日成"与"旧句时时改"相对，"不是爱声名"与"无妨悦性情"相对。这里的隔句相对的方式，就叫扇面对，或者隔句对。《夜闻筝中弹潇湘送神曲感旧》：缥缈巫山女，归来七八年。殷勤湘水曲，留在十三弦。其中"缥缈巫山女"与"殷勤湘水曲"相对，"归来七八年"与"留在十三弦"相对。梅圣俞的"昔时花下留连饮，暖日天桃莺乱啼。今日江边容易别，淡烟衰草马频嘶"的对偶也是这种情况，这也是扇面对。另外还有一种半扇面对，也就是四句中只有隔句一联成对，比如郑谷《吊僧诗》：几思闻静语，夜雨对禅床。未得重相见，秋灯照影堂。这首诗中，就只有第二句和第四句构成对偶。

（8）**歧义对。** 就是按字面的本来意思不对，可是借用字面的另一种意思却可以相对。比如刘长卿的"汉文有道恩有薄，湘水无情吊岂知"中，用汉文帝的名号来对"湘水"，似乎非常勉强。可是"汉"还有一个意思是指汉江，那么用来和湘水对偶就很工稳了。另外比如骆宾王的"哪堪玄鬓影，来对白头吟"，如果单从字面上看，"影"是名词，"吟"是动词，二者根本对不上。可是"白头吟"还是古代一种乐曲的名字，借用这一词意，就可以和"玄鬓影"构成对偶了。

最后重复一下，对仗以工稳为基本要求，但是如果一味咬文嚼字、斧凿过度，缺少灵动和清新，就会显得死板生涩，被称为死对。最好的对偶方式是"活对"，即独出机杼，创作鲜活灵动、别开生面的对偶句。

附录：学对歌诀（节选）

平对仄，仄对平。平仄两分明。有无与虚实，死活并重轻。上去入声皆仄韵，东西南字是平声。虚对实，实对虚。轻重莫偏枯。留心勤事业，满腹富诗书。古人已用三更足，年少今开万卷余。寻义理，辨声音。呼吸务调匀。宫商角徵羽，牙齿舌喉唇。难呼语气皆为浊，易纽言词尽属清。须熟习，莫闲嬉。讲解更思微。磨穿桑氏砚，坚下董生帷。一旦首登龙虎榜，十年身到凤凰池。

天文 天对地，地对天，日月对山川。祥云对瑞雪，暮雨对朝烟。北斗七星三四点，南山万寿十千年。

地理 溪对谷，水对山，峻岭对狂澜。柳堤对花苑，涧壑对峰峦。舟横清浅水村晚，路入翠微山寺寒。

时令 朝对暮，夏对春，五戊对三更。重阳对七夕，冬至对秋分。三百枯棋消永昼，十千美酒赏芳辰。

宫室 楼对阁，院对宫，栋宇对垣墉。墙头对屋角，寺外对庭中。几万黄蜂寻苑囿，一双紫燕入帘栊。

国号 今对古，汉对唐，五帝对三皇。三国分吴魏，六朝有宋梁。虞夏商周为四代，禹汤文武是三王。

姓名 韩对赵，吕对申，张耳对李膺。贾山对潘岳，魏绛对陈平。萧曹汉代称良相，李郭唐朝是伟人。

身体 心对口，面对身，皓齿对朱唇。咽喉对肺腑，肝胆对腹心。赤面丹心诚烈士，朱颜绿鬓是佳人。

衣巾 襦对袜，帛对巾，束带对垂绅。罗帏对绣被，纱帐对锦茵。礼乐衣冠成上国，文章黼黻美吾身。

文史 经对史，赋对诗，传记对歌辞。典谟对风雅，赞语对箴规。萤窗励志穷经日，凤陛成名射策时。

珍宝 犀对象，玉对金，宝瑟对银筝。珠珰对象简，玉笛对瑶琴。玻璃可作床书枕，玳瑁常为食客簪。

器皿 书对画，碗对觥，砚匣对棋枰。藤床对竹几，晓角对寒砧。光射斗牛知剑气，志存山水辨琴音。

食馔 茶对酒，饭对羹，美酿对香粳。炮羊对脍鲤，煮笋对餐英。雪夜烹茶真韵事，春初煎韭见交情。

果品 柑对桔，榧对菱，圆眼对榄仁。荔枝对松子，都李对林檎。交梨火枣仙家品，银杏朱樱御苑珍。

蔬菜 荠对菽，藻对萍，挦笋对采芹。春来堪剪韭，秋至便思莼。羊肚鸡跖蔬味美，猴头凤尾菜名新。

麨食 酥对脆，粿对糇，米果对麻球。饵罗逾粽子，馎饦胜馒头。凡糕必用糖调粉，诸饼多将面插油。

茶酒 斟对酌，盏对瓶，酒谱对茶经。龙膏逾凤髓，紫笋过绿醽。绍浙宜城醪尽美，武夷阳羡品俱馨。

草木 松对柏，柳对花，紫萼对红葩。葡萄对橄榄，石竹对山茶。翠麦摇风千顷浪，红桃映日万川霞。

药石 丸对散，灸对针，百合对山棱。乌头对狗脊，枳壳对桃仁。甘草茯苓为佐使，黄耆白术是君臣。

鸟兽 麟对凤，鹭对莺，马走对牛鸣。猴玄对豹赤，象白对鸾青。蝴蝶梦中家万里，子规枝上月三更。

水介 虾对蟹，鲫对鳊，双鲤对三鳝。鼋羹卿指动，鲈脍客心悬。鳆鲞鲳鲨皆海味，鲥鲂鲫鳜尽膳鲜。

虫名 虫对豸，蚓对蝇，蛤蚧对螟蛉。螳螂对蟋蟀，蚱蜢对蜻蜓。谁信蠹鱼成脉望，始知宵烛即流萤。

色彩 黄对白，黑对红，碧草对青松。丹墀对紫阁，绀发对青瞳。鹅黄鸭绿分深浅，月白天蓝别淡浓。

数目 三对五，万对千，两眼对双拳。孤灯对只履，百世对千年。春过园林花一梦，日长苑囿柳三眠。

声色 声对色，艳对香，月影对星光。山形对地势，挹秀对腾芳。去国心如帆影没，思乡梦与角声长。

情怀 忧对喜，性对心，意气对精神。钟情对减兴，息怒对生嗔。旅客愁怀堆万斛，佳人笑靥值千金。

方隅 南对北，上对中，后阁对前宫。南山对北海，北斗对东风。星光灿灿皆朝北，水势滔滔尽向东。

分别 中对外，后对前，日下对云边。山头对谷口，室内对堂偏。户外松须凝晓露，门前柳眼锁朝烟。

如似 疑对信，似对如，似玉对如珠。黄云常似盖，新月竟如梭。风摇樵叶如旌曳，日照荷花似锦铺。

重叠 重对叠，叠对重，炏炏对融融。依依对灼灼，喔喔对雍雍。梨花院落溶溶月，柳絮池塘淡淡风。

助语 然对乃，且对夫，是也对非欤。散其对彰厥，乐只对刑于。圣人所谓焉耳矣，君子如期而已乎。

将乍 久对暂，乍对将，欲绽对初芳。偏宜对雅称，甚愧对何妨。横斜北斗夜将半，萧瑟西风天正凉。

二、造句

律诗因为有字数、句数和平仄规则等制约，在语法上的变化就比较多。这样才使诗篇结构不致过分呆板，而且还增加了一些活泼奔放的艺术效果。

宋朝有位名叫王仲的人在应试之后写了一首诗：古木森森白玉堂，长年来此试文章。日斜奏罢长杨赋，闲拂尘埃看画墙。王安石读到这首诗，把第三句做了以下修改："日斜奏赋长杨罢。"他说："诗家语，如此才健。"他在这里运用字序颠倒的技巧，增加了诗句的陌生感和思考空间。诗家语其实就是经过诗人锤炼、加工、删削之后提纯出来的语言，经过转义、变性、省略、错位、夸张、痛感、双关、互文、反讽等诸般手段，打破原有的语法规则和惯性的思维逻辑，变幻出一套充满陌生感的语言密码，反常而合道，而且更加准确、生动、活泼、深沉，更加富有艺术冲击力。

诗家语首先是自家语，是独家语，要有诗人自己的发现和创造，同时诗人对语言的美化、诗化也有一些规律性的技巧可以向读者略微介绍：

1. 省词

省略主语或谓语、宾语是旧体诗中常见的句式。有时几个名词就能构成一个句子。比如著名的"鸡鸣茅店月，人迹板桥霜"，再比如"无端狂笑无端哭，三十万言三十年"，这样的句子中就根本没有谓语。但是诗人的意思已经完全表达出来了，而且形成了一种朦胧苍茫、颇富情思和神韵的苍凉意境。

2. 调序

在旧体诗中，有时为了提高表现力或者是适应格律的要求，诗人们把句子的正常语序做一种奇妙的颠倒，可以收到很新颖的艺术效果，增加很多诗味。如"坐老江湖波涌跃，起看天地色玄黄"和"最是风云龙虎日，不胜天地古今情"，就都很奇异而又含蓄蕴藉，耐人寻味。

3. 变"性"

这里的"变'性'"指的是词性活用。比如形容词和名词，当它们被用作动词的时候，往往产生很强烈的艺术效果。比如"沉舟侧畔千帆过，病树前头万木春"这两句诗中，"春"字就是由名词活用作了动词，"来"与"过"字相对。"春"本来指的是春天，但是在这里却有了万象更新、生机蓬勃的感觉。

4. 略"不"

作者在诗中表示某种否定的意思时，却故意不说"不"字，反而用忍、肯、敢、堪、能等表示一定肯定意义的字来表示否定，往往收到出人意料的艺术奇效，比如郁达夫的"禅心已似冬枯木，忍再拖泥带水行"，这里的"忍"其实是不忍的意思。作者省略了"不"字，更简洁，也更有力量了。再比如鲁迅的"万家墨面没蒿莱，敢有歌吟动地哀"，这里的"敢"其实是不敢的意思，作者冷略了那个"不"字，却也收到了更加沉郁悲愤的表达效果。秋瑾女士的"忍看图画移颜色，肯使江山付劫灰"更是"忍"和"肯"字联用，表达不忍、不肯的意思。充分呐喊了作者心中的愤慨，又强化了作者对时事的无比忧虑，抒发了作者舍身救国的急切心情，同时还含有对外国列强的大无畏的蔑视。

5. 互文

"秦时明月汉时关"这句诗，是单指秦朝时的明月和汉朝时的关吗？不是。

这句诗是指秦朝和汉朝时的明月，秦朝和汉朝时的关。因为诗歌讲究语言精练，作者就采用了这种古人写诗时的特殊的艺术手法，叫互文。古人说："凡言互文者，是两物各取一边而省文，故曰互文。"《辞源》对其的解释是："旧体诗的一种技巧，指一联中上下文互相呼应，彼此映衬。"也就是说，互文是把属于一个句子的意思，分写到两个句子里，让相邻句中所用的词语互相补充，互相呼应，互相阐发，结合起来表示一个完整意思的一种修辞方法。如杜甫"风含翠筱娟娟净，雨裛红蕖冉冉香"，上句写风中的竹，一句写雨中的荷。上句风中有雨，经过微雨沐浴的竹才能显得"娟娟净"，下句雨中有风，经过清风的吹动，荷花的香气才能让人感觉到"冉冉香"。这种修辞就是互文，或者说是邻句互文。当然除了上下两句之外，有时一句诗中的两个部分其实也可采用这种修辞，比如"秦时明月汉时关"和"烟笼寒水月笼沙"，就都是这种情况，可以称作同句互文。另外，古人作品中还有隔句互文和排句互文重章互文等形式，因在律诗、绝句的创作中运用较少，这里就不多说了。

互文一方面表现为"互省"，比如"风含翠筱娟娟净，雨裛红蕖冉冉香"上句省略了"雨"，而有雨的意思。下句省略了"风"，而有风的意思。互文另一方面的作用是互补，比如"烟笼寒水月笼沙"，前半部分可以补充后半部分一个"烟"字，后半部分也可为前半部分补充一个"月"字。通过这种互文的技巧，巧妙地传达出相对和相补的意蕴，使意境更丰富，题旨更深幽，在自由潇洒的句子中，又显示出整饬凝重、含蓄隽永的特殊韵味。

6. 通感

何永沂先生一首诗的开头是"通感开吾久锁眉，又当扼腕酒盈卮"何先生这里的"通感"，可能另有深意。不过，通感这个词的本义，其实是一种诗中常见的修辞的名字。《新华字典》中解释通感：人们日常生活中视觉、听觉、触觉、味觉等各种感觉往往可以有彼此交错相通的心理经验，于是，在表现属于甲感觉范围的事物印象时，就超越它的范围而描写领会到乙感觉范围的印象，以造成新奇、精警的表达效果。钱锺书先生认为，所谓"通感", 是"一种感觉超越了本身的局限而领会到属于另一种感觉的印象"。

通感在诗歌中广泛运用, 比如"寺多红叶烧人眼", 红叶的红是视觉, 使人为了突出这种红的醒目和突出, 转用了"烧"这样一个触觉上的字, 来表达红叶带来的那种火热的感受, 就是触觉和视觉相通的一个范例。再比如杜甫"晨钟云外湿"中用"湿"字来形容钟声穿过雨水之后的沉郁, 就是触觉与听觉相互沟通的范例。

三、新变

近年来, 诗词作者队伍不断扩大, 尤其是青年诗词作者队伍生机勃勃, 写出不少好作品。伴随着他们的艺术探索, 也出现了很多新的语言现象。他们的作品因为反映了新的现实生活, 注入了新的文化内涵, 借鉴了许多新的艺术手法, 而得到了众多当代读者的关注。这些勇于探索的诗人们继承了古典诗歌的优良传统, 使旧形式与新内容得到完美结合, 创造了不少鲜明生动的抒情形象, 形成了新鲜自由的艺术面貌。

诗词这种古老的艺术形式重新吸引青年诗人的关注, 我认为有以下五种原因: ①当下的文化生态, 为诗词复兴提供了一个春意融融的宏阔背景。②传统诗词源于中华美学精神的恒久魅力, 把汉语言的音韵美、形式美推向极致。诗词格律被称为黄金格律, 作为汉语言中最美丽的艺术花朵, 本身就有着永恒的优雅和芬芳。③青春本身就是一首动人的诗, 青年和诗词有着天然相通的心灵密码和精神谱系。④现代人生活忙碌, 工作繁重, 而诗词形制短小, 格律规范, 便于自娱自乐, 也便于感事抒怀和传递情感, 同时还不用费多久的时间, 非常切合当下年轻人的精神需求。⑤青年人对生活有着宝贵的好奇心, 接受新生事物也比较快。手机和电脑等现代科技的助力, 很容易就能在短时间内集聚起众多的年轻诗心。

我曾在文章中谈到阅读一位青年诗人作品的感受: "忽然有了一种仿佛手握一串花鞭的错觉——她笔下的每一个精彩的汉字, 似乎都能像鞭炮一样噼里啪啦爆响, 这真是一种美妙畅快的阅读感觉。"的确, 很多青年作者的诗词既有现代气息又有浓酽的古典韵味，常常给我带来很大的美学震撼和艺术享受。阅读近年来的诗词，我有以下四点突出的感觉：

（1）关于诗风和态度。这一代年轻人有着共同的青春背景和时代经验，有共同的创造理念和美好目标，有共同的发展动力和完美期许，更重要的是有一个共同的坚定目的——塑造高尚人格。他们的作品中，我们感受到的是一个美德的践行者，而不是旁观者。在他们多元的艺术形态和审美追求上面，有一元却是统一的，这就是对真善美的自觉追求，以及对自我的必要的内心反省和道德自律。

（2）关于礼敬和传承。越是青年诗人的作品，格律越谨严和精纯，捍卫格律的态度甚至比一些老先生还更加坚决。这与当下的青年人多元知识结构和深厚古典修养有着直接关系。不过诗词传承不是机械地复制粘贴，不是简单地泥古复古，不应该只满足于对前人格调和风韵的简单重复。致力于创造，才能丰富多彩。勇于创新，才能活力无限。

（3）关于现实感和生活欲。变革的社会为诗歌提供了宏阔的思想空间和历史背景，活力四射的生活与青年诗人们的火热激情对撞，迸发出了灿烂的思想火花和艺术光芒。他们带着滚烫的生命意识、创新精神和探索激情完成精神的成长和蜕变，并以五花八门的个性姿态向着中国诗坛列队走来，记录下自己青涩而新鲜的青春体温，也唤醒更多的沉寂而迷茫的青葱岁月。尤其令人欣喜的是，青年诗人们的诗词作品带来的不是陈旧的思想，而是新的美学原则。

（4）关于借鉴和转化。青年诗词作者的作品更多汲取新诗和西方现代诗的艺术营养和表现方式，给当代诗词添加了许多新的质素和风味。尤其令人欣喜的是，青年诗人们的诗词作品带来的不是陈旧的思想，而是新的美学原则。伴随着他们的精彩亮相，音韵、节奏、形式感等汉诗精华又重新闪耀在久违的青春诗坛，并且放射出更加灿烂的光芒。

在当代诗人包括青年诗人作品中，诗词语言的创新意识非常强烈，探索成就也很突出，他们的作品与传统印象中的旧体诗词迥然不同。主要表现在新词入旧和拆旧呈新、译洋成新这三方面：

（1）**新词入旧。** 当代新词包括网络新词引入旧体诗词创作，新鲜亲切，富有情趣和当代性。这种探索在清末民国初的诗人中早就开始了，黄遵宪、梁启超等人的作品中都有不少新词出现。请看汪兆铭于民国七年（1917年）写的一首《太平洋舟中玩月》：

> 地球一角忽飞去，留得茫茫海水平。
> 却化月华临夜静，顿令波影为秋清。
> 单衣凉露盈盈在，短鬓微风飒飒生。
> 斗转参横仍不寐，要看霞采半天明。

这首诗的意象来自达尔文的科学猜想。作者自叙"达尔文尝云月自地体脱卸而出，其所留之洼痕即今之太平洋也。戏以此意搆为长句"。这首诗开头的"地球"一词，就是现代词汇，用在这里并不觉得突兀，反而新意迭出，创意十足。

再请看启功先生的《飞行旅途口占》：

> 华岳齐天跻者稀，如今俯瞰有飞机。
> 一拳不过儿孙样，万仞高岗也振衣。

其中"飞机"这个新词非常醒目，我认为用得很活泼自然，有时代感，有生气，由自家面目。设想将来人看这首诗，"飞机"这样的词汇也是他们那时的古词了。

网络上非常有名的诗人李子先生等在这方面的探索也非常引人注目。下面试看他的两篇作品：

除夕

李子

一年年老奈年何，往事烟花醉转多。

笑摁掌间生命线，今天已到这儿么？

"生命线"就是一个现代新词，用在这里妥帖自然，而且不是风雅之趣。

故人之京纪饮

李子

帝京灯火夜缤纷，我自楚湘君自秦。

曾戏掌纹论命运，终知足迹是生存。

中年已有将军肚，盛世俱非下岗人。

语到身心已深醉，一杯浊酒泼红尘。

"将军肚"和"下岗人"都是现代新词，用在诗中活泼鲜明，夺人眼目。

网络诗人独孤食肉兽的一首绝句运用新词"手电"，也给我很深的印象和很美的感觉。这首诗是这样写的：

童年星河

独孤食肉兽

凌虚结网夜如何，收我童年梦最多。

万顷湖光舟一苇，独挥手电扫星河。

诗友段维先生在诗词中试用现代词汇方面热情很高，也做过多种探索和研究。他认为语境浑融是当代旧体诗运用新词语的愿景，新旧词语要在诗中进行合理配伍，还可以文言虚词粘合新词语或用对仗形式使新词语不致太突兀

等。请看他的一首:

武汉天河机场送女儿赴新西兰留学口号

段维

铁翼频皴万里蓝,画图难足思芊绵。

球分南北多情地,日共东西不夜天。

此后开机皆喋聒,而今折桂独登攀。

愿除分数如魔咒,一脸阳光成绩单。

这里的"球分南北""开机""分数""一脸阳光""成绩单"等,都是现代词语,不失典雅之美,更兼生趣之妙,别开一番生面,值得点赞。

我自己在使用新词方面也做过一些尝试。比如下面这首诗:

新的一年开始了

高昌

总被人民币所伤,常从风雨认沧桑。

粉丝有捧追周董,黔首无端怕李刚。

且把冷嘲留苦笑,还将热泪寄新章。

年来柴米油盐贵,勇率妻儿奔小康。

其中的"人民币""粉丝""周董""李刚""小康"等,都是现代新词。我认为现代新词的运用增加时代特色,是真实反映现代生活的自然体现。现代词汇的运用并不是诗词浅陋的替罪羊,反而独得"尖新"之妙。

(2) 拆旧呈新。诗词语言中挪用旧句,独造心境,别开一面。老一辈诗人聂绀弩等在这方面已有很多探索,年轻诗人作品更是呈现出虎虎生气。

赠梁羽生

聂绀弩

武侠传奇本禁区，梁兄酒后又茶余。
昆仑泰岱山高矮，红线黄衫事有无？
酒不醉人人怎醉，书诚愚我我原愚。
尊书只许真人赏，机器人前莫出书。

这是写给作家梁羽生的一首诗，最后两句，是对装模作样、人五人六坐在文坛高处乱划禁区的假人们的辛辣讽刺。梁羽生原名陈文统，是香港著名武侠作家，其《白发魔女传》《七剑下天山》《萍踪侠影》等风靡一时。20世纪50年代到70年代，梁羽生等的武侠小说在大陆被列为禁书，言其诲淫诲盗，宣扬封建和资产思想，误导青少年。聂绀弩先生这首诗名为赠梁羽生，其实是旗帜鲜明地为梁羽生进行辩护的。诗人巧妙地把《白毛女》中黄世仁的唱词"酒不醉人人自醉"拆旧入新，变成"酒不醉人人怎醉，书诚愚我我原愚"，焕然一新，描出无穷。"机器人"也是一个现代新词，诗人巧妙点化，使这个平常词汇大放异彩。

分手

无以为名（网络诗人）

如此心灰咎在灯，那堪一触碎层层。
余情未了各归各，破镜重圆能不能？
冤就冤随春赌气，怪还怪让月牵绳。
终于半路成歧路，再见时无爱或憎。

"破镜重圆"本来是个毫无新意的旧词，可是经过作者的重新修饰，与"余情未了"相对，并加上了"能不能"的后缀，就摇身一变，成了一幅崭新的面貌。

天末怀人

无以为名（网络诗人）

别久居然鬓已灰，中年况味不堪猜。
情方百转千回绕，梦又颠三倒四来。
人面昨逢桃叶渡，客踪今验柏梁台。
春诗满把都如泪，洒向天涯雨即灾。

"百转千回"和"颠三倒四"都是陈旧的语言，但是作者将它们嵌在每句第三、四、五、六字的位置，并且故意让数目对错落排列，经过这样巧妙烹调，好像是漫不经心地就端出了一道创新的硬菜。

再请看魏新河先生的一首诗：

关中飞行

魏新河

银槎直放刺云空，眼底群山尽赴东。
一线黄河开禹域，四围白日走天风。
情移十丈红尘外，身在五陵佳气中。
为是三唐形胜地，云端得句自然工。

"五陵佳气""十丈红尘""开禹域""走天风"等词汇，都是旧词，可是放在空中飞行的视域中，就把地上的仰望改为了飞机上的俯瞰，这些词汇也就焕然出新，构成了一个崭新的意象空间。

(3) **译洋成新。** 用古典诗歌样式翻译外国诗歌，拓展了当代诗词的视野，丰富了当代诗词的题材，也增加了当代诗词的表现力。民国时期的文人曾经在这方面做过许多积极的尝试。比如杨杏佛先生曾经把雪莱的《Love's Philosophy》(《爱的哲学》)翻译成四段五言诗，名为《译英吉利诗人锡兰情诗四解》：

<blockquote>
流泉接长河，　长河入东海。
浩浩天风吹，　中有深情在。
天地有至理，　万物自成双。
如何侬与君，　不得同翱翔。
高山连白云，　骇浪互相接。
不开姊妹花，　辱及弟兄叶。
朝日拥地球，　沧海恍明月。
君不接侬唇，　此意总徒说。
</blockquote>

郭沫若先生用中国传统诗歌元素翻译德国诗人歌德的《Faust》（《浮士德》），我们欣赏其中一小段："一切无常者，只是一虚影；不可企及者，在此事已成；不可名状者，在此已实有；永恒之女性，领导我们走。"

郭沫若先生也曾用七言诗翻译华兹华斯的《The Daffodils》（《水仙》），饶有风致：

<blockquote>
独行徐徐如浮云，　横绝太空渡山谷。
忽然在我一瞥中，　金色水仙花成簇。
开在湖边乔木下，　微风之中频摇曳。
有如群星在银河，　形影绵绵光灼灼。
湖畔蜿蜒花径长，　连成一线无断续。
一瞥之中万朵花，　起舞翩跹头点啄。
湖中碧水起涟漪，　湖波踊跃无花乐——
诗人对此殊激昂，　独在花中事幽躅！
凝眼看花又看花，　当时未解伊何福。
晚上枕上意悠然，　无虑无忧殊恍惚。
</blockquote>

情景闪烁心眼中，黄水仙花赋禅悦；
我心乃得溢欢愉，同花共舞天上曲。

　　吴宓先生用七言诗翻译英国诗人罗伯特·赫里克的《Counsel to Girls》
（《劝告女孩》），也颇为传神：

有花堪采直须采，光阴如飞去不回。
今朝含笑双蓓蕾，明日凋落安在哉。
曈曈初日出云天，飞升直上照寰海。
跳丸急转下虞渊，悠见夕阳已西改。
人生青春苦无价，浓情绮貌人争夸。
春风秋月欢场罢，等闲衰老空咨嗟。
速占凤卜讬良媒，摽梅愿得及时嫁。
莫令蹉跎心志灰，终身寂寞容华谢。

　　老诗人屠岸先生用白话文翻译的这首诗的译文是这样的：

可以采花的时机，别错过，
时光老人在飞驰：
今天还在微笑的花朵
明天就会枯死。

太阳，那盏天上的华灯，
向上攀登得越高，
路程的终点就会越临近，
剩余的时光也越少。

青春的年华是最最美好的，
血气方刚，多热情；
过了青年，那越来越不妙的
年月会陆续来临。

那么，别怕羞，抓住机缘，
你们该及时结婚；
你一旦错过了少年，
会成千古恨。

云南的老翻译家毕玆先生则用"折蕊词"为名，将这首诗直接译为五言诗：

折蕊当及时，时光去如驶。
今日玫瑰笑，明朝抱香死。
朱曦似明灯，上升烛天府。
愈高昃愈近，西斜辞玉宇。
青春诚可贵，年华豆蔻时。
妙龄去不留，由老旋入衰。
及早缔良缘，莫负好时节。
芳华一朝逝，迟暮空悲切。

　　三种译文各有千秋，而相比较而言，用古典诗歌样式翻译的作品，无论是诗味还是表现力，都并不输于白话体翻译。

　　近年来，以古典诗词翻译外国诗歌的风习再起，出现了不少名作名译。比如赵京战、李树喜先生翻译的泰戈尔诗歌，伯昏子用绝句翻译的柔巴依诗歌，都流传很广泛。这些作品作为二度创作，给当代诗词注入了新的活力和魅力。伯昏子的集唐人句译莪默的《鲁拜》诗最具创新意识，试引一首如下：

集唐人句译莪默《鲁拜》（其四十一）

伯昏子

八部人天入道场（刘禹锡），中心自怪少忧伤（白居易）。

李娘十六青丝发（温庭筠），不语亭亭俨薄妆（杜牧）。

注：四句诗分别出自刘禹锡《广宣上人寄在蜀与韦令公唱和诗卷因以令公手札荅诗示之》、白居易《读庄子》、温庭筠《三洲词》、杜牧《偶呈郑先辈》。

原文如下：

Perplext no morewith Human or Divine，

To-morrow's tangleto the winds resign，

And lose yourfingers in the tresses of

The Cypress-slender Minister of Wine

赵彦春先生用五言翻译的美国诗人莎拉·蒂斯黛尔的《When they see my songs》（《当他们发现我的歌》）：

人若见我歌，定会长叹说：

可怜情哥哥，日夜都寂寞。

他人岂知晓，哥哥爱我多。

守时如春潮，挚爱似海阔。

藏匿情不见，如人埋金坨。

痴痴在荒原，微微寒风朔。

用古典诗歌体式翻译外国诗歌，对译者的综合素质要求很高。既要懂中西诗学，又要有语言功力，还要有诗的感觉。目前，这方面的收获还不是很丰稔，但是意义颇为重大。用传统中文诗歌元素演绎外国诗歌语义，给当代诗词的园地增添了许多崭新的色彩和芬芳，值得特别关注。

锦囊八：谋篇

懂了炼字，学会了造句，就像有了砖瓦水泥，剩下来的工作就是怎样把这些材料盖成一幢漂亮的房子了。这设计房屋的过程，就是所谓诗的章法，也就是谋篇布局。

律诗讲究章法，绝句也讲究章法，这章法就像盖房子先打地基、后砌墙、再盖房顶的道理是一样的，这其中也有四个具体的程序：起、承、转、合。让审美逻辑层层递进，移步换景。元代范德玑在《诗格》中说："作诗有四法：起要平直，承要舂容，转要变化，合要渊水。"

所谓"平直"：就是平缓直接。

所谓"舂容"：就是舒缓从容、自然和谐。

所谓"变化"：就是流变点化。语出《易·乾》："乾道变化，各正性命。"意思就是产生新的状况，出现新的元素。

所谓"渊水"：深潭的水。意思是不宜浅白，要有底蕴。

就律诗而言就是首联（起）、颔联（承）、颈联（转）、尾联（合），就绝句而言就是首句（起）、二句（承）、三句（转）、四句（结）。起，开头；承，承接上文加以申述；转，转折；合，结束。说白了，起就是引出一个话题，为下文做铺垫。承就是承接前面的话题，按着顺序往下自然延伸。转就是在原有话题继续发展和递进的基础上，自然转向另一个不同的方向，以收到出奇制胜的效果。合就是再把诗歌的脉络拉回来，重新照应开头的话题，构成一个完整的结构。

在这起承转合之前，还有个最重要的基础，就是立意。首先要确定准备盖个什么样的房子，做什么用，然后才能开始具体工作。立意就如同盖房子的设计图纸。人们常说诗言志，这个"志"，就是诗歌的立意，也就是作者要表达的情感和思考、感悟。立意贵在创新，贵在有创意。"文章必自成一家，然后可以传之不朽，若体规画圆，准方作矩，终为人臣仆，古人讥为屋下架屋也。"说的正是这个道理。写一首诗，必须要做到心中有数，思路清晰。不能想到什么写什么，东一榔头西一棒锤，像无头苍蝇那样乱飞乱撞。前人说绝句诗有四忌："曰可加可减，可多可少，可彼可此，可上可下。可加减者，如五绝加二字为七绝。七绝减二字为五绝是也。可多少者，一意分为四句，四句仍归一意是也。可彼此者，咏桃可移而咏梅，咏山水可移用咏风月是也。可上下者，第一句与第四句同为仄仄平平仄仄平，苟无层次，上下可以互易是也。"这"四忌"说到底，说的还是诗的立意和章法问题。说到底，说的还是诗的结构技巧问题。

律诗和绝句虽然短小，但同样要有起承转合的清晰脉络。每句诗在整体诗歌中发挥什么作用，每句诗和每句诗之间的关系如何，是很值得深入思考的一个艺术课题。

即使是同样一个好句子、好创意，因为每首诗的结构不同，其所起的艺术作用、产生的艺术效果也是很不相同的。下面我们来比较一个常见意象在几首不同的律诗和绝句中的不同艺术效果：

游园不值

叶绍翁

应怜屐齿印苍苔，小扣柴扉久不开。
春色满园关不住，一枝红杏出墙来。

头句"应怜屐齿印苍苔"，起的平直，猜测说主人爱惜园内的青苔，怕游人的屐齿践踏。第二句"小扣柴扉久不开"，承的春容，引出"柴扉"久扣不开的现实状况。第三句"春色满园关不住"，转出了新的变化。由柴扉不开，联想到"关不住"。第四句"一枝红杏出墙来"，合如渊水，深不可测，余韵无穷。这句亮丽鲜明，神奇清新，轻狂野逸，景中含情，情中寓理，画上了一个圆满的句号，也鲜明地演绎了绝句起承转合的完美过程。"关"和"出"这第三、四句一抑一扬，感情节奏鲜明，第三句响，第四句放，像烟花一样熠熠生辉。正如元杨载所言："婉曲回环，删芜就简，句绝意不绝。第三句为主，而第四句发之……承接之间，开与合相关，反与正相依，顺与逆相应。"

明代文坛"盟主"王世贞说到诗篇结构时说："第一要起得妙，起处得力，则下处全不费力矣。第二要结得好，结处生动，则上面亦自然灵动矣。"叶绍翁这首诗，就是一个谋篇效果上的成功例证。

不过，"一枝红杏出墙来"的意象虽然看上去很美，但这一个意象并不是叶绍翁的首创。

请看陆游的《马上作》：

平桥小陌雨初收，淡日穿云翠霭浮。
杨柳不遮春色断，一枝红杏出墙头。

陆游此作虽然早于叶绍翁，但全诗偏于客观描绘，意象平铺，散点透射，局促拘泥，四句之间缺少呼应和承转，形象和视角缺少由表及里的明显递进。正所谓走马观花，太仓促太潦草，纵深不足，所以最后一句的光彩淹没在前三句的苍白之中而归于黯淡了。

再请看王安石的一首《独卧》：

茅檐午影转悠悠，门闭青苔水乱流。
百啭黄鹂看不见，海棠无数出墙头。

王安石这首诗虽然也早于叶绍翁，但是同样仅仅止于客观描述，有境无意，不成意境。整体结构上是单层的、单相的思维方式，缺少立体架构和层次转合，没有境象之间的内在变幻。最后一句"海棠无数出墙头"是从院里的视角而言的。结句芜杂，语气平淡，感情色彩不强烈。

再请看唐吴融的一首《途中见杏花》：

> 一枝红杏出墙头，墙外行人正独愁。
> 长得看来犹有恨，可堪逢处更难留。
> 林空色暝莺先到，春浅香寒蝶未游。
> 更忆帝乡千万树，澹烟笼日暗神州。

吴融的作品当然也早于叶绍翁，但是一方面律诗传播确实不如绝句便捷，另一方面吴融把"一枝红杏出墙头"这个好句子放在开头，先声夺人，后边却没有能够接续上来。结果显得上气不接下气，这就像唱歌一样，如果一开头把调门起得太高，后面就唱不上来了。所以也不如叶绍翁作品转得浑然，合得机巧，更能够打动人心。

再请看唐王鲁复（一作王梦周）的《故白岩禅师院》：

> 能师还世名还在，空闭禅堂满院苔。
> 花树不随人寂寞，数枝犹自出墙来。

这首诗也早于叶绍翁。诗人描写的是院门打开，从门外向门里张望所见到的场景。前两句铺垫寂寞的环境，后两句写蓬勃的花树。最后的数枝也切合诗中描写的情景，但终究不如叶绍翁的"一枝"峰回路转，上下勾连，结得出人意料，而又更加鲜明艳丽。

叶绍翁诗结构就像一杯上好的铁观音，酽而不腻，清而有韵，从容不迫，恰到好处。

陆游诗就像一杯普通的茉莉花茶，香风扑面，暖心醒目，色味稍浅，不耐咀嚼。

王安石诗就像一杯寻常普洱，汤厚味燥，稍欠沉积蕴藉。

吴融诗就像饮料，甜过之后，没有回味。

最后的王鲁复诗就像一杯石斛，别有境界，可惜清润有余，色香稍薄，槎桠瘦硬，没有走进寻常人家。

律诗和绝句的结构技巧的最切实有效的秘诀，就是这样四个耳熟能详的字——"起承转合"。这种结构方式是一种隐秘的美学规律，有着各种复杂的组合变化。

下面我们分成四部分来分别探讨一下。

1. 起

起就是诗的开头。白居易《新乐府》对诗的开头有"首句标其目"的说法。意思是开头就要直截了当亮明自己的观点，干脆利落地表达自己的爱憎。但这种方法仅仅是诗歌开头的一种，其实诗歌的开头还有其他各种各样的形式。无论哪一种形式，都是诗的一个有机部分，要与诗歌内容亲密结合，还要对读者有亲和力。

如果按艺术手法来说，诗歌的"起"可以有赋、比、兴三种方法。如果按诗歌内容的顺序来说，又可以有正叙、倒叙、插叙三种方式。

赋、比、兴是我国古代诗歌中常用的艺术手法。赋是直接铺陈、叙述；比是譬喻；兴是寄托，即先说他物以引起诗歌所要吟咏的事物。赋、比、兴的手法在《诗经》中有大量的运用，对后世的文学创作也有重大影响。起就是诗的开头。

（1）**以赋开头**。我们不妨来看这首唐人元稹的《西归绝句》：

今朝西渡丹河水，心寄丹河无限愁。
若到庄前竹园下，殷勤为绕故山流。

第一句就是很朴素的一种"赋起"。它明白如话，通过朴素的叙述告诉读者诗人所在的时间和地点及动作如下：

时间：今夜。

地点：丹河岸边。

动作：欲渡。

杜甫的《虢国夫人》的第一句上来就说"虢国夫人承主恩"，告诉读者虢国夫人是受到皇帝荣宠的，这也是一种"赋起"：

虢国夫人承主恩，平明骑马入宫门。
却嫌脂粉污颜色，淡扫娥眉朝至尊。

白居易的《江上吟元八绝句》的第一句"大江深处月明时"，也是一种"赋起"。

大江深处月明时，一夜吟君小律诗。
应有水仙潜出听，翻将唱作步虚词。

其他唐人诗歌中的"好雨知时节，当春乃发生""白日依山尽""红豆生南国""远上寒山石径斜"等句子，也都可归入"赋起"范畴。这种"赋起"一开头就直接告诉读者自己所吟咏的对象是谁，直接干脆，比较适合初学者采用。

律诗的例子，我们不妨来看白居易的《钱塘湖春行》：

孤山寺北贾亭西，水面初平云脚低。
几处早莺争暖树，谁家新燕啄春泥。

乱花渐欲迷人眼，浅草才能没马蹄。
最爱湖东行不足，绿杨阴里白沙堤。

首联"孤山寺北贾亭西，水面初平云脚低"就是很朴素的一种"赋起"。它明白如话，通过朴素的叙述告诉读者游览的地方是"孤山寺北""贾亭西"，那里的水面初平，云彩飞得很低。而这明确的描写里，慢慢引出下文，吸引读者跟随作者的足迹和视角去领略钱塘湖初春的美好意境。轻快明丽，自然洒脱。

（2）**以比开头**。我们不妨来看惠能的《禅诗》：

身是菩提树，心为明镜台。
时常勤拂拭，莫使染尘埃。

这首开头第一句以菩提树来比喻人的身体，然后再引出下一句关于新的比喻，自然妥帖，而又不露痕迹。

再比如杜牧的绝句《过华清宫》：

长安回望绣成堆，山顶千门次第开。
一骑红尘妃子笑，无人知是荔枝来。

起句直接写回望长安，就像锦绣堆成的一样，风景优美如画。这里融入了作者的审美体验和艺术想象，一开头就很自然地拉开一幅奇妙的画卷，为接下来的千门开、妃子笑、荔枝来留下伏笔，同时又没有夺去后面几句的光芒，是一个很好的范例。

再比如李益的《夜上受降城闻笛》：

回乐峰前沙似雪，受降城外月如霜。

不知何处吹芦管，一夜征人尽望乡。

开头一句"沙似雪"的比喻，为下句具体到受降城铺垫出一片苍茫悲凉的景象，也为后两句幽凄的感慨创造了广阔幽深的想象空间。

还有一种比喻不明确告诉读者这是比喻句，却用暗示的方法巧妙地引出诗歌的正文。比喻开头的表面上看好像不是比喻，但通过暗示巧妙地表达出作者比喻的寓意。比如王昌龄的《采莲曲》：荷叶罗裙一色裁，芙蓉向脸两边开。乱入池中看不见，闻歌始觉有人来。其中"荷叶罗裙一色裁"的意思其实就是罗裙像荷叶，但是作者用"一色裁"来表达，就更加有灵动和新奇的意蕴了。

以比喻作为诗的开头，容易给人深刻的印象，也能更好地巧妙委婉地引出后面的文字。重要的是比喻要准确而有新意。

（3）以兴开头。兴，先言他物以引起所咏之词。从特征上讲，有直接起兴，也有兴中含比。我们不妨来看唐代李世民《咏烛》：

焰畏风来动，花开不待春。

镇下千行泪，非是为思人。

这首诗的开头用"烛焰怕风"来起兴，然后以花不待春继续类比，然后引出思人之情，却偏说非是为思人。这种写法委婉含蓄，就是典型的"兴起"。

"兴起"要求准确又要形象，"写意托兴之诗用笔贵委曲而不率直，立意贵幽远而不浅近。明知所遇之景物与所蓄之意兴两不相关，而一经感触便当息息相通"。这是诗歌中一种很高超的美学境界。初学者可能不容易一下子就轻松掌握，需要多下些功夫体味。

我们不妨来看骆宾王的《在狱咏蝉》：

西陆蝉声唱，南冠客思侵，
那堪玄鬓影，来对白头吟。
露重飞难进，风多响易沉。
无人信高洁，谁为表予心。

这首诗的开头用"西陆蝉声唱"来起兴，然后以蝉声引出客思，就是典型的"兴起"。

不管什么样子的艺术手法开头，心中都要有一个明确清晰的思路贯穿起来。诗歌开头的起是很重要的一个环节，因为这里为诗歌正文的发展递进安排下了十分重要的线索，接下来的诗句都是由开头的安排而继续往下交代进行的。说到诗歌内容的递进顺序，就要说到"正叙""倒叙"和"插叙"的开头了，这里接下来也简单举几个例子。

(1) **正叙**。如李白的《送孟浩然之广陵》：

故人西辞黄鹤楼，烟花三月下扬州。
孤帆远影碧山尽，惟见长江天际流。

全诗按照送别的时间顺序开头，平稳坚实，余韵悠悠。
再如明何吾驺的《送别陈子明》（其二）：

如此云山尔独行，骊驹歌罢不胜情。
试看一片青天色，忽向江头送雨声。

直接叙述送别的环境，然后抒写自己的深情，自然流畅。

再如唐元稹的另一首《西归绝句》：

> 五年江上损容颜，今日春风到武关。
> 两纸京书临水读，小桃花树满商山。

诗人五年远役归至武关，得书而喜，临水开缄细读。全诗按时间顺序，先回忆，后现在，娓娓道来，平稳坚实，余韵悠悠。第四句详细描写商山晴翠，小桃红绽的一片春光烂漫，暗示心中明媚的情感。写景，更是抒情。

（2）**倒叙**。如金昌绪的《春怨》：

> 打起黄莺儿，莫教枝上啼。
> 啼时惊妾梦，不得到辽西。

人一般都是先做梦，然后因为梦中受到黄莺啼声的打扰，才会想到去赶跑枝上的黄莺，让它们别再啼叫。可是这首诗先说去"打起黄莺儿"，然后再点明原因"啼时惊妾梦"，就是一种典型的倒叙。

（3）**插叙**。即所谓中心开花。如陆游的《忆天彭牡丹之盛有感》：

> 常记彭州送牡丹，祥云径尺照金盘。
> 岂知身老农桑野，一朵妖红梦里看。

诗的首联先插入回忆，从当年说起，追述牡丹之盛，最后又把记忆拉回到现实，接着又从现实写到睡梦中去，笔锋跌宕起伏，就是典型的插叙手法。

再如明唐之淳的《十二月二十四日夜忆母亲作三首》（其三）也是以插叙开头：

> 堂上慈亲鹤发垂，几回空负倚门思。
> 定因说向孙儿道，知在京师在下邳。

诗人起笔先叙述母亲的满头白发，直接催泪。

再如杜甫的《至日遣兴奉寄北省旧阁老两院故人》：

> 忆来逍遥供奉班，去年今日侍龙颜。
> 麒麟不动炉烟上，孔雀徐开扇影还。
> 玉几由来天北极，朱衣只在殿中间。
> 孤臣此日肠堪断，愁对寒云雪满山。

诗的首联先插入回忆，从去年说起，然后追述去年朝仪之盛，最后在尾联又把记忆拉回到现实里来，就是典型的插叙手法。

诗的起无论用哪种艺术手法，目的都是为了给诗的情感发展递进定个基调，是为引出下面的正文服务的。所以，我认为不必要先声夺人，过于突兀，"如狂风卷浪势欲滔天"。因为后面还有宽裕的抒情空间，应该为后面的精彩高潮做好足够的铺垫和起到衬托对比的作用。这样才能表现出诗歌的波澜起伏的美感。

当然，这也不是绝对的。如果写得多了，熟练了，也可以在"起"的时候达到《四溟诗话》中所说的"凡起者当如爆竹，骤响易彻"。这对作者的才情学识都是极大的考验。因为后面的诗句要接得住，才能形成跌宕错落的美感，不然就容易因为句子和句子之间的巨大落差而给人以虎头蛇尾的感觉。

2. 承

承笔主要就是起个衔接的作用，所谓承上启下的意思。律诗的第二联或绝句的第二句为承笔，要跟着起笔的感觉往前走，要与前面的起笔气脉连贯，互相衔接，不松不紧，若即若离。但不能跟起笔做相类似的克隆描写，要有一定的发展和递进，同时也不能把意思说尽，要为下文的转笔留下余地。

比如明人王彦泓的《云客有灯词十绝句，命余属和，因追忆金沙风物，聊写一二，以碎狭之才，赋荒寒之景，真觉酸风拂人矣》（其三）：

> 琉璃珠络翠堂悬，遍簇红梅与白莲。
> 渐近四更膏烛尽，南廊犹剩一灯燃。

这里的第一句回忆是当年富丽景象，接着的这句也就是承接的第二句，接着往前递进和补充，荡开笔锋描写红梅和莲花簇拥的盛况。这里的起笔和承笔是一脉相承的，承接和谐妥帖，用笔高明，语气连贯。

再比如杜甫的《客至》：

> 舍南舍北皆春水，但见群鸥日日来。
> 花径不曾缘客扫，蓬门今始为君开。
> 盘飧市远无兼味，樽酒家贫只旧醅。
> 肯与邻翁相对饮，隔篱呼取尽余杯。

这里的首联写的是自己居所的环境，接着的这颔联也就是承接联——"花径不曾缘客扫，蓬门今始为君开"，就是承接首联"群鸥日日来"的意思，接着往前递进和补充，因为群鸥日日来，反衬出了这里的客人很少，所以主人也就不用为了迎客而殷勤打扫，这才有"花径不曾缘客扫"。这里的起笔和承笔是一脉相承的，语气很连贯。同时颔联的下句是"蓬门今始为君开"，说明客人已经来了，至于怎么接待客人，就是颈联的任务了，反正承笔的连和递的任务已经很好地完成了。"花径不曾缘客扫，蓬门今始为君开"这样的承接就很和谐和妥帖，用笔很高明。

再比如宋之问的《渡汉江》：

> 岭外音书断，经冬复历春。
> 近乡情更怯，不敢问来人。

这里的承笔"经冬复历春"非常平凡，可是与起笔结合得非常紧密。"岭外音书断"了多长时间呢？承笔恰到好处地回答了这个问题，那就是"经冬复历春"，也就是近半年的时间了。因为这段时间确实不短了，所以下文的"近乡情更怯"也就有了一个合理的理由。

承笔实际上没有什么需要特别研究的。如果起笔是动作，那么承笔就要把这个动作描写得更完善。如苏东坡《仆年三十九在润州道上过除夜作此诗又二十年》：

> 寺官官小未朝参，红日半竿春睡酣。
> 为报邻鸡莫惊起，且容残梦到江南。

再如宋方万里《登云岩塔二绝》（其一）：

> 湖迥山明玉宇澄，浮图绝顶快高登。
> 天负吹我今宵梦，多在瑶台十二层。

如果起笔是写景，那么承笔就要把这个景致铺展得更细致。

如宋人王安石的《北陂杏花》：

> 一陂春水绕花身，花影妖娆各占春。
> 纵被春风吹作雪，绝胜南陌碾成尘。

再如唐人李冶《明月夜留别》：

> 离人无语月无声，明月有光人有情。
> 别后相思人似月，云间水上到层城。

如果起笔是抒情，那么承笔就是要把这份情感表达得更丰满。
如唐人王维的《齐州送祖二》：

> 送君南浦泪如丝，君向东州使我悲。
> 为报故人憔悴尽，如今不似洛阳时。

注意：绝句因为篇幅短小，所以结构上更要避免单调感，要在单纯中体现出丰富和变化。也因此绝句中很少有第一句至第四句都是一路抒情的做法。较少的例证比如唐人罗隐的《自遣》："得即高歌失即休，多愁多恨亦悠悠。今朝有酒今朝醉，明日愁来明日愁。"罗隐诗因为字句的重迭变化和情感的层层递进，用一唱三叹的回环升腾，从头至尾有着内在的韵律节奏，所以有效地弥补了结构方式上的单调和呆板。

如果起笔是议论，那么承笔就要把这个议论进行得更充分、更坚实。如宋文天祥的《又三绝》（其三）：

> 老来忧患易凄凉，说到悲秋更断肠。
> 世事不堪逢九九，休言今日是重阳。

需要注意的是承笔一定要有"服务"意识，不能太突兀和莽撞，要让后面的转笔有文章可以继续做下去。

3. 转

文似看山不喜平，诗歌更是要有些波澜和起伏才好看。一味平铺直叙的诗歌是没人喜欢看的。律诗和绝句的波澜，就体现在转笔这个环节上。杨载说："至于婉转变化工夫，全在第三句。若于此转变得好，则第四句为顺流之舟矣。"

转，就是转折。文笔到了这里可以适当跳转变化，表面上看起来离开了上文的描述，但却和前文有着水乳交融的联系。明代高启的《龙门飞来峰》：

风吹峨眉云，东依此山住。
我来不敢登，只恐还飞去。

这里的前两句叙述眼中所见，第三句"我来不敢登"转为写心中所想，很漂亮地别开了一个境界。

请看金人三兴居士的《题平阴僧寺》：

三吴家近水晶宫，行坐红香绿影中。
今日异乡僧寺里，一盆荷叶战西风。

前两句回忆家乡的大好景致，第三句忽然调转笔锋，描写当下的凄凉景象作为对比，就非常成功。诗的转笔之所以重要，是因为既要从上文转得不突然生硬，又要使读者明显感到一层新的意境，还要能跟下文有个适当的延续，尽量做到前后呼应，曲径通幽。最常见的是从写景转为抒情或议论，或者从抒情、议论转为写景。不过，"转"并不是生硬改变，而贵在圆融和顺。

我们来看看杜甫的《登高》是怎样"转"的：

风急天高猿啸哀，渚清沙白鸟飞回。
无边落木萧萧下，不尽长江滚滚来。
万里悲秋常作客，百年多病独登台。
艰难苦恨繁霜鬓，潦倒新停浊酒杯。

这首诗名为"登高"，实际上写的是登高之后的感慨。诗是从绝顶上往下俯视的角度开始起笔的。首联描写登临绝顶之后景色，颔联承接下来，继续描写悲凉宏阔的风景，但是到了颈联，如果还接着描写景色，结构上就显得很平淡。所以作者在这里笔锋一转，写起了登高的起因和背景，这就增加了诗歌的表现力和感染力，使得结构灵动变幻，引人入胜。

再看白居易的《村夜》：

霜草苍苍虫切切，村南村北行人绝。
独出前门望野田，月明荞麦花如雪。

第三句"独出前门望野田"，娓娓道来，漫不经心，一味真朴，不加装点。这里的"转"并没有惊人之笔，却于亲切自然的笔调中悄悄更换了一个视角，将读者的目光牵引到野田之间。秋色苍茫，秋声凄切，而月明荞麦则突然给人一个片晶莹灿烂的画面，与前两句形成一个鲜明的对比。而这个对比的关键，在于第三句的巧妙转合。古人称赞这首诗"自具苍老之致，七绝中之近古者"。"独出"一句折转笔锋，对这首诗的艺术效果来说，功不可没。

承笔和转笔，一定要有所区别才算好看。如果承笔已经写了所见，那么转笔最好不要再写所见，可以写所感，也可以写所想，更可以写所悟。即使接下来非写所见不可，也要注意变换一下笔墨和视角。比如承笔写远，那么转笔可以写近；承笔写的是上，那么转笔可以写下；承笔写的是实，那么转笔可以写虚；承笔写的是面，那么转笔也可以写点。转笔的任务，就是吸引眼球，相当于绿树丛中的红花，一定要让它最鲜艳、最芬芳，才能打动人心，把全诗推向一个新的高度。如果平平淡淡，缺少亮点，这首诗也就白瞎了。

为了使转笔更精彩，诗人们想出了很多办法。这里也略做些介绍：

（1）**正转法。** 就是在承笔的基础上继续延续原来的笔墨，沿着原来的思路正面推进。比如孟浩然的《过故人庄》：

> 故人具鸡黍，邀我至田家。
> 绿树村边合，青山郭外斜。
> 开轩面场圃，把酒话桑麻。
> 待到重阳日，还来就菊花。

这里的颔联写的是庄外的风景，颈联则接续前文的语意，接着描写庄内的情景，吟出了"开轩面场圃，把酒话桑麻"，层次分明，层层推进。虽是前文的发展，但又从纯写景加上了人的活动和情态。妙在转得不动声色，却又井然有序，别开生面。

再看皮日休的《馆娃宫怀古》：

> 绮阁飘香下太湖，乱兵侵晓上姑苏。
> 越王大有堪羞处，只把西施赚得吴。

这首诗措辞平易，立意翻新，但没有刻意为之的印象。诗人承接前两句的自然叙述，顺水推舟，指责越王勾践牺牲一个美女西施，便赚来一个吴国，"大有堪羞"之处。这首诗的第三句转折自然流畅，直白浅显，但是痛快淋漓，不落俗套，发人深思。

再看皮日休的《虎丘寺西小溪闲泛三绝》（其三）：

> 高下不惊红翡翠，浅深还碍白蔷薇。
> 船头系个松根上，欲待逢仙不拟归。

这首诗的承转也是平白浅易，毫无斧凿痕迹，在前两句叙述的基础上继续平推，以一个松根系船的普通动作，不动声色间翻转出一个新鲜的境界。

类似的还有宋人王十朋的《周德远植瑞香于窗前戏成一绝》：

主人贪睡为贪香，花植窗前意味长。
见说有时魂梦里，化为蝴蝶绕花旁。

这首诗的第三句同样也是采用一个"见说"的普通词汇，顺延出下一句的惊人想象。

再比如明人于谦的《石灰吟》：

千锤万击出深山，烈火焚烧若等闲。
粉骨碎身浑不怕，要留清白在人间。

这是一首托物言志诗。整首诗通过赞颂了石灰的品德来抒发自己洁身自好、坚强不屈的人生情操。前两句写的是开采石灰石和烧炼石灰石，到第三句的时候，继续沿着制造石灰的思路平面前进，用"粉骨碎身"来写石灰最后的研碎工艺，形象地写出将石灰石烧成石灰粉的结果，虽是没有什么笔法上的变化，但是在感受上加了"浑不怕"三字，又使读者增加了很多的联想和感悟，为最后一句直抒胸臆的出现做了很好的铺垫。

这种转法比较常见，也比较好掌握。需要注意的是转笔一定要注意与承笔有所区别和变化。

（2）逆转法。就是在承笔的基础上变化角度，从原来的思路上掉头向后逆转推进。比如王冕的《墨梅》：

吾家洗砚池头树，个个花开淡墨痕。
不要人夸好颜色，只留清气满乾坤。

诗的前两句"吾家洗砚池头树，个个花开淡墨痕"直接描写墨梅的美好，并没有说"淡墨痕"的不好。到第三句笔锋逆转，忽然说"不要人夸好颜色"，让人们非常惊讶之余，感受到墨梅神清骨秀、超凡脱俗的品格。这种转笔的方法就是逆转法。前两句是陈述句，后两句是祈使句。这种语气转换，使这首绝句的结构摇曳多姿。

再请看宋人文彦博的《近以洛花寄献斋阁蒙赐诗五绝褒借今辄成五篇以答来贶》（其三）：

旧说河阳满县花，安仁当日颇矜夸。
洛城花品虽奇绝，多出寻常百姓家。

前两句同样是陈述句，第三句笔锋逆转，改用了转折复句，将诗意引向纵深，使句式增加了变幻之趣。

(3) **跳转法**。就是在承笔的基础上突然跳跃，从原来的思路上突然提升，推动情感脉络从平面向高处发展。

比如王昌龄的《出塞》：

秦时明月汉时关，万里长征人未还。
但使龙城飞将在，不教胡马度阴山。

再来看司空曙的《江村即事》：

> 罢钓归来不系船，江村月落正堪眠。
> 纵然一夜风吹去，只在芦花浅水边。

还可以再看高启的《客中忆二女》：

> 每忆门前两候归，客中长夜梦魂飞。
> 料应此际犹依母，灯下看缝寄我衣。

这三首诗都是在第一、二句叙述情境，到第三句都是突然跳跃，从叙述的角度迅速变换视角，各以一个假设的句子提升了想象的空间，既连贯上文，又牵引下文，而且造成一种与前两句迥然不同的艺术震撼。一般而言，在前两句陈述情境的基础上，改用递进复句、条件复句、因果复句、假设复句、转折复句、连贯复句等形式，是许多绝句名篇最常用的结构技巧。

（4）**侧转法**。就是从承笔的基础上突然侧转，别开一笔，迂回开拓出另外一种新的艺术角度。比如陆游的《秋夜将晓出篱门迎凉有感》（其二）：

> 三万里河东入海，五千仞岳上摩天。
> 遗民泪尽胡尘里，南望王师又一年。

诗的前两句写的是三万里黄河东流入大海，五千仞华山高耸接青天。可是到了第三句，作者忽然笔锋一转，换了一个新的角度，说起铁蹄下的遗民欲哭已无泪的社会现实。从陈述句转为感叹句，这一转的角度非常大，看似与前两句没什么关系，但仔细一想，那大好河山似乎和遗民泪尽这一现象有着很复杂的关联和反衬。这就是侧转的妙处。

侧转需要注意的是转出去之后，还要能够收得回来。不然诗歌就成了互不相关的两层皮了。再请看韦应物的《故人重九日求橘书中戏赠》：

怜君卧病思新橘，试摘犹酸亦未黄。
书后欲题三百颗，洞庭须待满林霜。

"书后欲题"，是从摘橘子的动作上侧开一笔，写的是另外一个动作。但是最后，作者又用"三百颗"这三个字，把动作又呼应回摘橘子这件事上，艺术处理非常到位。

（5）辗转法。就是从承笔的基础上进一步伸展，有力增强和扩大原有内涵的一种转笔方法。比如陆游的《探梅》：

岁月相寻岂有穷，早梅唤醒醉眠翁。
坐中酒量人人别，花底春风处处同。
白帝城边微雪过，青衣江上夕阳红。
锦囊空复残诗在，分付悲欢一梦中。

本来颔联写的是坐中景和眼前花，到颈联突然从"花底春风"的角度伸展开来，写到"白帝城边"和"青衣江上"去了，描写的范围有了很广阔的发展，这就是一个典型的辗转法的实例。

再比如唐代刘禹锡的《酬瑞州吴大夫夜泊湘川见寄一绝》：

夜泊湘川逐客心，月明猿苦血沾襟。
湘妃旧竹痕犹浅，从此因君染更深。

本来前两句写的是"夜泊湘川"和"月明猿苦"，到第三句从"湘妃旧竹痕"的角度伸展开来，描写的范围有了很广阔的发展，这就是一个典型的辗转法的实例。

再请看唐人吕岩（吕洞宾）的两首《绝句》：

独上高峰望八都，黑云散后月还孤。
茫茫宇宙人无数，几个男儿是丈夫。

朝游北越暮苍梧，袖里青蛇胆气粗。
三醉岳阳人不识，朗吟飞过洞庭湖。

这两首绝句都是在原来叙述的基础上，辗转视角，别开一个宏大境界。

（6）**翻转法**　就是从承笔的基础上翻转到相反的角度，巧妙反衬和对比的一种转笔方法。比如陈陶的《陇西行》（其二）：

誓扫匈奴不顾身，五千貂锦丧胡尘。
可怜无定河边骨，犹是春闺梦里人。

前两句激昂悲壮，到第三句突然翻转笔意，从另外一个节点出发，以"无定河边骨"来反衬前两句的冠冕堂皇，收到了触目惊心的艺术效果。

翻转法和逆转法有着微妙的差别。逆转法是直接从对逆的角度着笔，是线性的反方向，翻转法则是面上的整个翻转，和前面句意构成更大范围的截然区分。比如唐人任翻的《三游巾子山寺感述》：

清秋绝顶竹房开，松鹤何年去不回。
惟有前峰明月在，夜深犹过半江来。

　　任翻又被写作任蕃，人们都熟悉他修改《宿巾子山禅寺》的故事。原诗如下："绝顶新秋生夜凉，鹤翻松露滴衣裳。前峰月映一江水，僧在翠微开竹房。"他把这首诗修改后题在寺壁就离开了，走出一百里路之后，忽然觉得第三句"前峰月映一江水"中的"一江水"改为"半江水"，就更好了。于是赶回来修改，发现已经被别人把"一"字改为"半"字了。时隔多年后，作者第三次来到这个地方，发现原来的竹房松鹤都已不见了，第三句翻转笔墨，从对失去景物的惋惜转为对明月半江犹在的欣慰和感慨。

　　（7）**不转法**。就是在前两句之后，第三句不做任何转折，继续保持平行叙述同样视角上的内容，然后情绪忽然停顿下来，由第四句再总括全诗。
　　比如宋人戴复古的《淮村兵后》：

小桃无主自开花，烟草茫茫带晓鸦。
几处败垣围故井，向来一一是人家。

再比如李白的《越中览古》：

越王勾践破吴归，义士还乡尽锦衣。
宫女如花满春殿，只今惟有鹧鸪飞。

再比如郑板桥的《咏雪》：

一片两片三四片，五六七八九十片，
千片万片无数片，飞入梅花总不见。

这三首绝句的结构类似，前三句都是平行叙述，不做任何转合，直到第四句以总括来收束诗篇。

4. 合

合说的是诗歌的结尾。一个好的富有创造力和艺术魅力的结尾，可以把诗歌境界拓展得更开阔，把诗歌意旨开掘得更深刻，把诗歌情感升华得更精彩。诗人们都喜欢在结尾这个地方苦心经营，独处机杼，留下了很多经典名作。常见的结尾方法，有以下几种：

（1）**以景结尾。** 就是在结尾的时候以写景来表达自己的情感和寄托，从终于含着无尽的言外之意。比如李白的《黄鹤楼送孟浩然之广陵》：

> 故人西辞黄鹤楼，烟花三月下扬州。
> 孤帆远影碧空尽，惟见长江天际流。

诗的结尾一句表面看来全是写景，其实是诗人巧妙地将依依惜别的深情寄托在对自然景物的动态描写之中，将情与景完全交融在了一起，真正做到了含不尽之情见于言外。这个结句以景写情，回味无穷。

如果不用景物描写，我们试着改成以下三种方案，比较一下效果。

改稿一：

> 故人西辞黄鹤楼，烟花三月下扬州。
> 孤帆远影碧空尽，剩有相思心上流。

改稿二：

> 故人西辞黄鹤楼，烟花三月下扬州。
> 孤帆远影碧空尽，不尽声情入梦流。

改稿三：

> 故人西辞黄鹤楼，烟花三月下扬州。
> 孤帆远影碧空尽，寂寞凭栏双泪流。

三个修改方案，把尾句都是改成了直抒胸臆的句子，各有千秋，但是原稿不直接说思念，反而显得思念更加绵长，更有余韵。

(2) **以情结尾**。 就是结句以抒情的句子收束全篇。我们来看看孟浩然的《送杜十四之江南》：

> 荆吴相接水为乡，君去春江正渺茫。
> 日暮征帆何处泊？天涯一望断人肠。

结尾一句直接抒情，把诗人的心中深情清晰地表达了出来，既抒发了自己的离别之苦，又不流于直白浅露，而是留着悠悠的余味，令人非常感动。

唐人武元衡的《鄂渚送友》：

> 云帆淼淼巴陵渡，烟树苍苍故郢城。
> 江上梅花无数落，送君南浦不胜情。

这首诗的结尾也是直接抒情，技术层面可圈可点的地方不多，但是比较顺畅，诗词中采用这种方法来结束全篇的作品不少。

(3) **以理结尾**。 也就是白居易说的那种"卒章显其志"，在结尾直截了当地揭示主题。比如苏东坡的《题西林壁》：

横看成岭侧成峰，远近高低各不同。
不识庐山真面目，只缘身在此山中。

这首诗歌的最后结尾非常巧妙。如果没有最后这一句"只缘身在此山中"，整首诗就将黯然失色。而正因为有了最后一句说理，前面三句就成了很好的铺垫，到最后一个高潮，戛然而止，如截奔马，辞意俱尽。可以说是一个结尾救活了一首诗。

今人陶武先生游庐山，写出另外一种风貌：

层峦叠翠雾紫峰，洞府丛林道不同。
要识匡庐真面目，还须出入此山中。

诗人这里同样采用了以理结尾的结句方法。

再请看杜牧的《送隐者一绝》：

无媒径路草萧萧，自古云林远市朝。
公道世间唯白发，贵人头上不曾饶。

这首诗也是以理结尾的范例。诗人表面是说世间最公道的东西只有白发，即使是权贵头顶也不会放过不管。实际上是慨叹生命脆弱，岁月无情，倡导一种旷达从容的人生态度。

（4）**以问结尾**。用疑问句、设问句、反问句等结尾，留下一个丰富的思维空间让读者去品赏，从而获得更鲜明突出的艺术感悟。这是一种很别致的结尾方式，警醒深刻，含蓄深沉，引人入胜，所以许多诗人都很喜欢采用。如李商隐的《马嵬》（其二）：

海外徒闻更九州，他生未卜此生休。
空闻虎旅传宵柝，无复鸡人报晓筹。
此日六军同驻马，当时七夕笑牵牛。
如何四纪为天子？不及卢家有莫愁。

结尾用疑问句，表达了作者深刻的思考和深深的忧思。

再如白居易的《初入香山院对月》：

老住香山初到夜，秋逢白月正圆时。
从今便是家山月，试问清光知不知？

结尾用疑问句，表达了作者澄澈豁达的多情之心。

再比如高适的《别董大》：

千里黄云白日曛，北风吹雁雪纷纷。
莫愁前路无知己，天下谁人不识君？

用反问句来结尾，语气强悍畅快，表达了作者对朋友才华人品的信任，并饱含了作者无限的劝勉慰藉之情。

再比如白居易的《放言》：

赠君一法决狐疑，不用钻龟与祝蓍。
试玉要烧三日满，辨材须待七年期。
周公恐惧流言日，王莽谦恭未篡时。
向使当初身便死，一生真伪复谁知？

全诗用一个假设的疑问收尾，"字唯其少，意唯其多"，虚晃一枪，精心创造出一种议论的效果，比再增加万千议论还有力量。

在诗歌结尾，尽管有问，却常常没有回答。这是律诗、绝句以问结尾方式中的一个突出特色。问句不直接回答，读者就获得了更多的思考空间，诗歌也就获得了更多的深长韵味。比如唐韦庄的《东阳酒家赠别二绝句》（其二）：

> 天涯方叹异乡身，又向天涯别故人。
> 明日五更孤店月，醉醒何处泪沾巾？

全诗在一个凄凉的问话中结束，自然流畅，没有一唱三叹的文笔，也没有多余的回答，却也酣畅地表达了自己离别之后的万千感慨。

再比如更有名些的贺知章《回乡偶书》：

> 少小离家老大回，乡音无改鬓毛衰。
> 儿童相见不相识，笑问客从何处来？

全诗在一个欢快的问话中结束，自然流畅，没有一唱三叹的文笔，也没有多余的回答，却也酣畅地表达了自己回乡之后的万千感慨。

（5）用喻结尾。就是用比喻来收束全篇，比如贾至的《巴陵夜别王八员外》：

> 柳絮飞时别洛阳，梅花发后到三湘。
> 世情已逐浮云散，离恨空随江水长。

"柳絮""梅花"写的是从春到冬，结尾用流水来比喻离恨，意味深长，即景及情，颇见巧思。"空"字既写王八员外除离恨外别无长物，也写自己心中因为朋友远去而空无所有。王八员外被贬，贾至给他送行，彼此在巴陵分别。因为都是被贬谪，所以不说离情而说离恨，不仅是因为调和平仄，而且也确实有恨怨相杂于心头。王八是一位姓王的排行第八的朋友，这里不是贬义。

再比如宋人冯坦的《绝句》：

> 莫道经霜不见花，小春风景属山家。
> 满山红叶斜阳映，却似桃源一片霞。

最后一句把"红叶"比喻为红霞，色彩鲜明，夺人眼目。

(6) 以事结尾。 以平叙来结束全篇的一种方法。比如白居易的《大林寺桃花》：

> 人间四月芳菲尽，山寺桃花始盛开。
> 长恨春归无觅处，不知转入此中来。

这首诗的结尾并没有什么雕琢，而是平铺直叙了自己的所见。诗人来到大林寺，山下四月已是落红满地、芳菲已尽了，但没想到在大林寺中，又遇上了意想不到的春景——一片盛开的桃花。结尾似乎没有什么深奥、巧妙的构思，只不过是把深山里的特定物候做了一番记述而已。可是从这平淡的结尾中，我们却感受到一种自然和谐的意境和深邃灵动的情趣。

再比如唐人卢肇的《登祝融寺兰若》：

> 祝融绝顶万余层，策杖攀萝步步登。
> 行到月宫霞外寺，白云相伴两三僧。

这首诗的结尾并没有什么雕琢，而是平铺直叙了自己的所见。诗人拄杖来到祝融寺，经历了万千辛苦的攀登，但没想到在祝融寺中，却遇上了意想不到的情景——一片白云相伴两三闲僧而已。结尾似乎没有什么深奥、巧妙的构思，只不过是把山寺里的特定情景做了一番记述而已。可是从这平淡的结尾中，我们却感受到一种自然和谐的意境和深邃灵动的情趣。

再比如唐人卢仝的《山中一绝》：

饥食松花渴饮泉，偶从山后到山前。
阳坡软草厚如织，因与鹿麛相伴眠。

"麛"即幼兽。诗人直陈其事，却又引出读者悠悠遐思万千。

还请看唐人郑谷的《赠日东鉴禅师》：

故国无心渡海潮，老禅方丈倚中条。
夜深雨绝松堂静，一点山萤照寂寥。

最后一句直言眼前事，古人称道说骨色神韵，俯视众流。

所谓结构技巧，仅仅是个人阅读创作时的一些心得体会。绝句的起承转合，正如前人所言："不为无法，但不可泥，泥于法而为之，则撑柱对峙，四方八角，无圆活生动之意，然必待法度既定，从容闲习之余，或溢而为波，或变而为奇，乃有自然之妙，是不可以强致也。"

创作过程之中，要灵活运用，自由掌握。有的诗歌起承转合的痕迹并不明显，却也成为千古名篇。下面简单介绍四种古人绝句中模糊起承转合的"法"外开花的艺术实践方式。

起承转合之外的四种结构方式，如下：

第一种，"丫"字型的结构。 即把起、承合为一体，第一、二句采用并列的句式。比如唐白居易的《送苏州李使君赴郡二绝句》（其二）：

馆娃宫深春日长，乌鹊桥高秋夜凉。
风月不知人世变，奉君直似奉吴王。

再如唐孟郊的《洛桥晚望》：

天津桥下冰初结，洛阳陌上人行绝。
榆柳萧疏楼阁闲，月明直见嵩山雪。

孟郊诗句句写"望"，笔笔含情。诗人通过前面两句蓄势而发，由近到远，层次分明，最后两句转合潇洒，画龙点睛，用劲健的笔力营造出壮阔的气象和高洁的境界。雪月交辉，美感十足。

再如唐王之涣的《登鹳雀楼》：

白日依山尽，黄河入海流。
欲穷千里目，更上一层楼。

第一句写西望，第二句写东眺。这两句联合起来，在从西到东的视野中营造了一个宏大的空间，实际是为了烘托鹳雀楼之高。随后抒情视角由平行改为垂直，同时由客观描写转入精神层次的升华，结构技巧上也更加灵动鲜活。

第二种，倒"丫"字结构。 转、合融为一体，第三、四句用并列的句式排列，如帚横扫，并排而出。

比如唐王勃的《秋江送别二首》（其一）：

早是他乡值早秋，江亭明月带江流。
已觉逝川伤别念，复看津树隐离舟。

再如唐王绩的《秋夜喜遇王处士》：

北场芸藿罢，东皋刈黍归。
相逢秋月满，更值夜萤飞。

再如唐骆宾王的《于易水送人》：

此地别燕丹，壮士发冲冠。
昔时人已没，今日水犹寒。

再如唐杜审言的《渡湘江》：

迟日园林悲昔游，今春花鸟作边愁。
独怜京国人南窜，不似湘江水北流。

"以对仗作结""难于造成转合"，因此，周啸天教授认为对结不如散结那么"易施转合，易出风韵"，唯有流水对则"有与散结相同的风韵"。我这里选择的几个例诗也都是以流水对作结，确实摇曳生姿，清朗隽秀，风韵悠然。不过，不用流水对体例的绝句也有不少。比如宋苏轼的《蓼屿》：

秋归南浦蟋蟀鸣，霜落横湖沙水清。
卧雨幽花无限思，抱丛寒蝶不胜情。

第三种，**复合平行的线性结构**。每句独立，没有合转承起痕迹。四句各成风景，各自面貌，但又相间相融，各呈妙趣。比如唐杜甫的《漫成一绝》：

> 江月去人只数尺，风灯照夜欲三更。
> 沙头宿鹭联拳静，船尾跳鱼拨剌鸣。

每句一景，各自独立表意，分开来各有妙趣，合起来也不芜杂散乱。全诗以一远一近的视角和一高一低、一前一后的节奏，组合成一个四扇屏一样完整的意象空间。

再比如他的《漫兴》：

> 糁径杨花铺白毡，点溪荷叶叠青钱。
> 笋根稚子无人见，沙上凫雏傍母眠。

还有杜甫更著名的"迟日江山丽""两个黄鹂鸣翠柳"等也都是这种结构方式。全诗根本看不出什么起承转合的线索，但是四句是融合在一起，形成一个鲜明完美的画面，有声有色，有动有静，摇曳生姿，回味无穷，仍然不失为一首好诗。但是这种结构方式还是失之于呆板滞涩，只能说是个例。历代绝句珍品还是以起承转合的变化结构为主流。

第四种，**"吕"字形结构**。如唐刘禹锡《竹枝词》：

> 山桃红花满上头，蜀江春水拍山流。
> 花红易衰似郎意，水流无限似侬愁。

这里的前两句和后两句错落承接，隔句呼应。前后两句又各自构成一个独立空间，上句写景，下句抒情。整个结构就像一个"吕"字，整齐鲜明，匠心独具。

"情动于中而形于言，言之不足，故嗟叹之，嗟叹之不足，故咏歌之。"好诗出自纯天然。归根结底，诗艺要为诗意服务。起承转合之法是串联诗情的一条红线，可以发挥纽带作用，使一首绝句血气充盈、筋骨相连、首尾呼应、浑然一体。

起承转合，互相勾连，互相兼顾，互相发生作用。

"起"贵在顺，忌拉杂咋呼，缠夹不清。

"承"贵在切，忌追会无由，照勘脱节。

"转"贵在巧，忌另起炉灶，风马牛不相及，藕断而丝不连。

"合"贵在奇，忌跑马平川，离题万里。

刘熙载说："起承转合四字，起者，起下也，连合亦起在内；合者，合上也，连起亦合在内，中间用承用转，皆兼顾起合也。"起承转合是绝句和律诗创作中一个水乳交融的辩证空间。起不好，气韵滞涩；承不紧，肌理松弛；转不开，境界陈陋；合不圆，意蕴破碎。起承转合之妙，有赖于创作和欣赏中的体味和运用。诗歌的结构方式并非只有以上几种，我们在具体写作中可以去继续摸索和体会，相信会有更多、更好的发现。

特别说明一下五绝的一种特殊断句。因为字数少，篇制简单，所以五绝常常出现一句话分成两行诗的情况，尤其是在第三、四句，这种情况更加多见。比如明高启的几首绝句：

赴京道中逢还乡友

我去君却归，相逢立途次。

欲寄故乡书，先询上京事。

师子峰

风生百兽低，欲吼空山夜。

疑是天目岩，飞来此山下。

白葵花

素彩发庭阴，凉滋玉露深。
谁怜白衣者，亦有向阳心。

　　总之，一个好的结构，既要有能力收拢全篇，又要有能力发散诗思和诗韵，收言尽意不尽之效。诗的结尾是诗歌的重中之重，需要好好经营和完善。姜白石说："一篇之妙，全在结句。"俗话说："编筐编篓，重在收口。"说的都是结尾的重要性。需要特别说明的是，起承转合并不是谋篇布局的灵丹妙药。了解了诗歌谋篇布局的起承转合之法，自然会对学习作诗有所帮助。但是这些方法都不是机械和绝对的，需要在实际创作实践中具体灵活地掌握。正如沈德潜所言："若泥定此处应如何，彼此应如何，不以意运法，转以意从法，则死法矣。"再如刘坡公所言："律诗起承转合，不为无法，但不可泥，泥于法而为之，则撑柱对峙，四方八角，无圆活生动之意，然必待法度既定，从容闲习之余，或溢而为波，或变而为奇，乃有自然之妙，是不可以强致也。"创作过程之中，确实离不开要灵活运用，自由掌握。

锦囊九：制题、设序、加注和标点

制题

作诗有两种方式。一种是命题作诗，一种是先诗后题。设定题目作诗的例证很多。比如上官婉儿的《奉和圣制立春日侍宴内殿出翦彩花应制》：密叶因栽吐，新花逐翦舒。攀条虽不谬，摘蕊讵知虚。春至由来发，秋还未肯疏。借问桃将李，相乱欲何如。女皇武则天以纸和帛制成的彩花出题，让上官婉儿作诗一首，上官婉儿于是就巴拉巴拉写了这样一首五言诗。可能是因为慌忙，这里的"问"字出律了，不过诗却非常切题。这种情况当然不用为诗歌的题目发愁。

先诗后题，在实际创作中也是常有的。人们的偶得佳句，写成全篇，然后再去想题目的情况也经常遇到。这时候，制题就成为了一个不容忽视的重要问题。

中国工程院院士王玉明先生有一首《喀纳斯寻梦之旅》：鲲鹏西去掠云端，仙境十年魂梦牵。漫漫金沙翻大漠，皑皑银雪耀崇山。桦林晚照升明月，村落晨炊入野烟。五彩斑斓盈醉眼，心如秋水水如天。这首诗的原标题为《喀纳斯秋色》，在某次诗词评选时，就有评委提出喀纳斯地貌中没有金沙大漠等景致，标题与内容不太一致。诗人后来在收入集子中时，改成了现在这个题目，诗与题的关系就统一了起来。可见有关题目的事情虽然不大，却也颇不容忽视。

诗的题目有什么作用呢？第一，吸引读者注意。第二，交代诗歌主旨。第三，说明作诗缘由。第四，便于编年查检。

诗的制题方式，大约有以下三种：

（1）根据题材分类制题。比如写景诗、咏物诗、羁旅诗、送别诗等，题目重要体现出相关内容。比如《金山晚眺》（宋秦观）、《咏古寺花》（唐司空曙）、《晚泊慈姥矶下二首》（宋陆游）、《崇寿客舍夜闻子规得三绝句写呈平父兄烦为转寄彦集兄及两县间诸亲友》（宋朱熹）、《醉别卢头陀》（唐元稹）等。

（2）根据内容分类制题。从内容、主题、思想、感情等方面来确定诗歌题目。比如《秋雨》（宋陆游）、《小酌》（宋陆游）、《望岳》（唐杜甫）、《东林寺寄包侍御》（唐灵澈）、《吊天竺海月辩师三首》（宋苏轼）、《题苏武忠节图》（宋文天祥）、《喜王驾小仪重阳相访》（唐司空图）等。

（3）根据作诗的场合和方式来制题。比如《沈嘉则作灶乃金陵赵子实法也子实索言又为口占一绝》（明王世贞）、《夏夜暑毒不少解起坐庭中二首》（宋陆游）等。

（4）题目开头提炼关键动词制题。比如题目开头常用"赋得""题""过""送""吊""咏"等动词。

（5）题目结尾提炼关键补语制题。比如题目结尾常用"有怀""感怀""随想""……中作"等补语。

（6）没有题目的制题方法。有的时候诗人写完一首诗却不想另起题目，这时可以直接用"无题""阙题"来命名，也可直接从诗中的开头截取两个字或三四个字为题，最著名的就是李商隐的《锦瑟》。

设序

为了更好地交代诗歌的写作缘由和相关背景，很多诗人喜欢在题目下和诗歌正文前，加写一个小序。这些诗序有的很长，比如王勃的《滕王阁序》、文天祥的《正气歌序》等。不过常见的诗序大都还是很短。

序就是叙，在这里也就是交代说明的意思。当代人的诗歌中多有设序的例证，毛泽东1958年写作的《送瘟神》前面的小序就很著名："读六月三十日人民日报，余江县消灭了血吸虫。浮想联翩，夜不能寐。微风拂煦，旭日临窗。遥望南天，欣然命笔。"这两首律诗比较常见，笔者这里就不引用全文了。

再请看周作人先生的《数典诗》：

序：炎夏无事，戏以吾家故实作诗，得六首，兴尽而止。虽尚有好资料，惜都不及作也。七月二日。

> 文王圣德足堪夸，狱里著书度岁华。
> 百日幽囚容易过，《易经》一部属周家。

这里的小序交代了自己做事的时间地点和心情，确实使读者理解作品和作者的情感更加方便。

再请看聂绀弩先生的一首《元旦寄慎之并序》：

方拟元旦诗以寄慎之，忽梦同游西湖，君出咏娟娟，小小诗（君实有此旧作），并云西湖为天下第一湖，不愧于西子之乡，他湖不足比也。又从"第一"二字联及古有某人诗集，第一首为元旦咏首相，友人见曰："第一天怀当朝第一人，然则何日到我？"（此实老笑话也），相与大笑。醒成此诗，奋书疾寄，时为六四年十二月某日云。

> 两桨西湖浩荡春，十余年别忽兹辰。
> 孤山树老娟娟影，抔土草新小小坟。
> 我于北海曾惊艳，君谓东施但解颦。
> 醒来笑口犹难抿，第一天怀第一人。

聂绀弩先生的这首诗的小序很长，序中交代了诗歌的写作背景和交游情况，这对读者理解诗歌是有重要的提示意义的。

不过，就笔者个人意见，诗歌中的小序一定要简练、凝练，惜墨如金。只要阐述清楚背景、理由和原因等即可，否则就会成为喧宾夺主。

另外，古今都有诗人喜欢用长题。前面引用的朱熹的《崇寿客舍夜闻子规得三绝句写呈平父兄烦为转寄彦集兄及两县间诸亲友》，这样的长题其实也可改写为小序，另拟一个字数简练的题目。

比如这首诗可改题目为《夜闻子规》，然后诗前加一小序："崇寿客舍写呈平父兄烦为转寄彦集兄及两县间诸亲友，竟夜枯坐，读对青灯，乍闻不如归去之声，百感填胸，得三绝句。"

加注

诗词加注的方式有两种，一种是题注，一种是尾注。题注就是关于题目的补充和解释，比如聂绀弩《失掉的好地狱》：

题注：1963 年作

地狱越荒鬼越肥，井然秩序转堪悲。
鬼魂应悔轻翻手，人类自欣强插旗。
马面牛头高奉草，刀山剑树旧呻嘶。
一经整饬容全改，槛外孤花已顿萎。

这里的题注就是用来标明作品的创作年代。

再比如何永沂的《执柯伐柯去》：

题注：《礼记·中庸》："执柯以伐柯。"1969 年作

万绿时蔽日，长藤四面悬。
寒侵瀑飞玉，危仄石生烟。
彩鸟冲惊客，碧螺勇叩天。
执柯伐柯去，革面史无前。

这里的题注是为了说明题目引用典故的出处和创作年代，方便读者对诗歌背景的理解。加题注要注意做到非常简单明了。

现在人们常见的是加尾注，就是在诗歌末尾对诗歌中的难解词句进行解

释。这样的尾注一定要明确，要能够起到帮助读者在字面意义之外，更能体会到作者的表达意图和情感脉络，领悟其中的精妙深邃，进而达到更好的表达效果。

唐代以前，为自己的诗歌作品加注的现象是很少的，当时的注都是后人加的，用来解释疑难。

俞平伯说过："诗有注，总更明白，说实便呆了，故古诗不自注。"唐宋之后虽有诗人自注现象，但也很少见，属于特例。而现当代的旧体诗词作者则自注频繁，渐成风气。周作人的旧体诗中的四分之三都是加了自注的。俞平伯先生的旧体诗中，也有近一半是加了自注的。这些注释有的是为了交代缘由，有的是为了解释典故的出处和寓意，有的是为了交代特定事物和风俗。

如周作人的《炮局杂诗》（三首）：

布衾米饭粗温饱，木屋安眠亦快然。
多谢公家费钱谷，铁窗风味似当年。
注：怀四十前南京学堂生活。

青帽蓝衣十九时，代爷入狱复何词。
荧荧双眼含悲愤，国事前途未可知。
注：记于善述之子。

一夜寒灯十首诗，苦中作乐有谁知。
而今木屋飕飕冷，正是无忧无虑时。
注：王叔鲁入狱二十日而卒。"一夜寒灯"云为其绝笔诗中语。又曾作谐诗，有"木屋冷飕飕"，及"铁窗风味好，尝过总无忧"之句。

如伯昏子的《闲坐》：

远嶂若横堤，听雷乱鼓鼙。
云屏疑豹变，雨幕望鸡啼。
俗效西方化，歌倾下蔡迷。
镜尘怜病影，坐悟卡沙奚^①。

按：① 希腊文 katharsis 既可指医学意义上的"净洗"和"宣泄"，亦可指宗教意义上的"净涤"。

如果没有这些注释，读者就会有云里雾里的疑惑感。而有了这些注释，也确实使读者对作者诗歌表达的意思有了更准确、更直观的理解。

当然，尾注虽然重要，但也不是越多越好。有一些作者怕读者不明白，在诗的后边加了一个注又一个注，不厌其烦，絮絮叨叨，结果弄成小老鼠拉大车，滑稽可笑。

标点

古人诗歌没有标点，今人作诗因为有了标点，除了清楚地标示句读，表达语气，还能够使作者的情绪、意境和感觉体现得更加丰富多彩。也就是说，有了标点，我们就比古人更多了一种表情达意的工具和方法。运用之妙，存乎一心。

请看启功先生的《次韵黄苗子兄题聂绀弩三草集》：

"口里淡出鸟"，昂然万劫身。
飞来天外句，划却世间文。
眼比冰川冷，心逾炭火春。
娲皇造才气，可妒不平均。

这里的"'口里淡出鸟'"是《水浒传》中鲁智深的一句粗话。诗人在这里引用时加上引号，就说明是引用别人的句子，同时也加了一些风趣的意味，让读过《水浒传》的人有会心一笑的感觉。

再看伯昏子的《京江夜坐》：

> 江树尘鸥下，往来浊浪飞。
> 因风听《茉莉》，失寐咀咖啡。
> 夜岂偕时尽，心多与事违。
> 青灯一何暗，讵可洞幽微。

这里的"茉莉"加了书名号，让读者知道这是一首乐曲的名字，若不加书名号，"听茉莉"就比较费思索了。

另外，破折号、省略号、感叹号的合理运用，可以更好地表达诗人的创作意图和语言特色，让读者感受到或豪雄、或郁顿、或悲凉、或欢悦、或细腻、或明丽、或幽默、或讽刺的不同艺术效果，这一点需要作者根据创作时的特定情境进行恰当选择和应用。

锦囊十：排律、诗组、变体及竹枝词

一、排律

因为律诗和绝句的篇幅短小，诗人如果想说的话很多，就会感觉到这种严格个律形式的束缚。怎么办呢？为了方便诗人更充分地表达自己的思想感情，我们还有必要来介绍一下排律这种艺术形式。

排律是律诗的一种，由于按照律诗的定格进行铺排延长，所以被称为排律。每首至少十句，多的长达五十韵（一百句）甚至一百韵（二百句）。句数长短虽然没有具体的规定，但一般喜欢用整数。有的虽然不是整数，但必须以韵（两句为一韵）为延长单位，不能出现单句。除首尾两联外，中间各联都必须用对仗。有时也可用隔句对。各句间也都要遵守平仄粘对的格式。每首只能用一个平声韵，即使是长达数十句的也不能中间换韵。

排律以五言为常见，七言排律较少。五言排律、七言排律各分为四种平仄格式，即仄起仄收式、仄起平收式、平起仄收式、平起平收式。

排律因为篇幅较长，可以更充分地渲染铺陈作者的所思所想，所以在当代旧体诗歌作者中也时间新作。这里是一位名叫"天外高飞"的网友发在网上的五言排律《邮轮笔记》，我们不妨来欣赏一下：

弄潮常有梦，春夜更成痴。
偷得闲中笔，来寻海上题。
邮轮停港岛，旗色辨参差。
初识歌诗达，浑如迪斯尼。
八层疑海市，拾级坐云梯。
舱腹多商务，天台有泳池。
流连忘宠辱，美食任中西。

莫是红尘外，何多碧眼儿？
舞随鸥燕起，步踏浪涛低。
不见海空阔，安知粟粒微！
杯生潮汐景，月诵古今诗。
影视兼娱乐，棋牌正入时。
圆弧观日出，平水测星垂。
登岛来驯鹿，临湾赏斗鸡。
岂愁刘郁闷，最厌赵催归。
几度出公海，依然通手机。
五天船奏凯，数响笛萦回。
堪此平生快，重游与阿谁？

　　此诗用素描的手法，记叙了自己乘邮轮出海的经过，言之有物，笔下也时见灵光妙趣。诗中没有那种排律中常见的堆砌辞藻、浓妆艳抹的烟花柳巷之气，有着浓郁的生活气息。

二、诗组

　　排律虽然为作者提供了一种可以尽兴书写心中情志的形式，但因其中间严格的对仗要求，在一些诗人眼中还是觉得有些不方便。于是，随着思想的成熟和艺术的发展，当代诗人创作的律诗和绝句又发展出了一种组诗的形式，我们不妨称为诗组。就是保留原来律诗和绝句的基本形式，由多首诗歌围绕一个主题构成一组，每组由几首甚至几十首组成。这些组诗中的诗篇每首可以独立存在，也可以相互补充和丰富，构成为一个和谐的统一体，从而大大加大诗歌的容量和表现空间。

　　这种诗组其实在古人笔下也经常出现，比如杜甫的《戏为六绝句》等，今人采用这种形式的作品尤其不少。比如李汝伦先生听中央电台广播，知道有三位研究生自美获博士学位归来，单位却不予安排工作的事情之后，写了一组诗《博士归来》：

五富车归三月长，嗟来馊味谢遑遑。
恩高有所能招待，子女夫妻叠架床。

莫将学问论低昂，骏骨豚儿两市场。
十二米装人四口，县衙九品百平方。

六艺环奇腹笥藏，归来负重走彷徨。
问臣报国门何在，不要精粳要秕糠。

呼与侯门不主张，四围海立浪如墙。
夫人博士双双泪，流到衣襟十亩塘。

毛毡电视酒烟忙，席梦思思软玉香。
公馆花晨宾馆夜，可知博士瓿无粮？

　　我也曾经做过这种诗组的尝试。2017 年 11 月 13 日接读浙江友人邀观钱塘大潮的短信，盛情高谊感人，我写了一组《答友人邀观钱塘潮》：

老友具醇醪，钱塘秋正高。
笺如潮有信，邀掣海天涛。

高情载高铁，沿线一堆堆。
梦里京杭道，潮奔十万雷。

天开壮图涌，江放好歌多。
君住海门侧，豪倾万里波。

短信丁铃响，君诗到北京。
满屏英气溢，中有大潮声。

屡爽观潮约，奈何如许忙。
与君同皎洁，明月寄钱塘。

江畔往来游，但看风景美。
我知多少情，写在大潮里。

难得两相知，平生真大快。
拈须同苦甘，最美是诗债。

风急振鹏翼，流深跃巨鳞。
手携沧海立，敢是弄潮人。

  这些诗歌各自吟咏一个侧面，同时又连接起来组成一个强大的气场，组织成一支气势雄壮的队伍，集体接受读者的检阅。其表现力与单一一首诗歌相比，自然是大大增强了。

  另外，有的现当代诗人为了更增强和强调诗组中的诗歌互相之间的内在联系，还利用古人"连珠顶针体"的格式，以顶针格的方法把相关的几首诗串连起来，回环往复，荡气回肠，构造出一种更加完整的新颖组诗。我们不妨来看看公木先生的一组《假如》：

假如让我得重生，定必这般约略同。
尽管迷离离失落，依然轰响响光明。
几多事后诸葛亮，谁个潮前毛泽东。
逆反反逆凭辩证，河殇不废太阳升。

河殇端为太阳升，不见阴霾怎放晴。
拨正狂针方理顺，认真迷路自亨通。
弯弯曲曲弯弯曲，侧侧平平侧侧平。
大道从来即这么，何愁耄耋靠边行。

漫云耄耋靠边行，刹那真如驻永恒。
枯树着花花烂漫，晚霞漾水水玲珑。
落花有序伤无序，流水无情海有情。
嗟彼往而不返也，寥天大化尽环中。

环中得以应无穷，因是因非因毁成。
蓦讶兽云吞落日，倏惊弓月射流星。
望穿秋水望夫石，神化春岚神女峰。
季节显然误点到，阴阳岂复信潮灵？

阴阳无改信潮灵，回首东天万里红。
如火如荼由塑造，一移一步费攀登。
诗人老矣童心在，国运昌兮正道隆。
光的赞歌永世唱，假如让我得重生。

这一组诗中的每一首的最后一句与下一首的开头句话向顶针关联，第一首开头、第二首结尾用"假如让我得重生"来互相照应，构成一个完整的艺术整体。与原来那种各自独立的七律相比，这种形式的"集体主义"意味，就更加浓郁和鲜明了。

三、变体

古人在严谨的律绝诗创作之外，也发明了很多诗歌形式的变体，这些变体中的嬉闹戏谑、争奇斗巧的成分居多，但也有些佳作情趣盎然，智慧高超，令人钦佩。考虑到这是一本创作普及性的实用性书，所以这里也简单介绍几种基本遵守律绝规矩的代表性的变体。

1. 回文诗

这种形式的诗歌最明显的特点，就是可以正着读，还可以反过来读成另外一首诗。而且有的还可以纵横排比，反复成章。其中如果有一个字安排不妥，整首诗就会读不通顺，所以要写作回文诗，对语言功力上的要求还是很高的。现在我们来看一首回文诗的例作：

题织锦图回文

苏轼

春晚落花余碧草，夜凉低月半梧桐。
人随雁远边城暮，雨映疏帘绣阁空。

这首诗从最后一个字反过来读，仍然能够成为一首新的绝句：

空阁绣帘疏映雨，暮城边远雁随人。
桐梧半月低凉夜，草碧余花落晚春。

这两首诗一个是前两句写风景，后两句写人的感情。可以说都算不错的作品。

相比而言，回文体的绝句写起来还简单些，回文的律诗写起来就会更加困难了。因为篇幅长了，而且还要考虑对仗因素，写作的难度比绝句就加大了不少。我们不妨来看看清代张奕光的一首回文律诗《岳武穆王墓》：

今古垂芳遗庙立，拜瞻空恨一秦奸。
森森柏树枝南向，凛凛忠魂夜北看。
心赤负冤沉狱死，草青埋骨痛碑残。
钦徽是日无家返，深怨谗书封蜡丸。

这首诗倒过来读，仍然还是一首诗，而且对仗工整，情深意切，非常难得。

2. 间韵诗

所谓间韵诗，就是在通常要求押平声韵的下句句尾之外，在上句也特意再押一个仄声韵的诗体。这种句句押韵的诗体读起来更加和谐，给人一种特殊的艺术享受，不过写作的难度也更大了。我们来看间韵诗的代表人物章碣的一首《变体诗》：

> 东南路尽吴江畔，正是穷愁暮雨天。
> 鸥鹭不嫌斜两岸，波涛欺得逆风船。
> 偶逢岛寺停帆看，深羡渔翁下钓眠。
> 今古若论英达算，鸱夷高兴固无边。

这首诗与平常七律不同的地方，就在于偶数句押韵之外，奇数句句尾的"畔""岸""看""算"也押了一个仄声韵。本诗仄、平两韵相间，单句韵脚"畔""岸"看"算"属"十五翰"仄韵，双句韵脚"天""船"眠"边"属"一先"平韵。这就是间韵诗的标准形式。

3. 风人诗

实际就是谐音双关诗，是利用同音假借字作为隐语写作的一种诗歌形式。比如以莲喻怜，以丝喻思，以晴喻情等。这种形式不要求必须是律诗体和绝句体的作品，但历史上也有一些此类的律诗和绝句佳作。如陆龟蒙的《风人诗四首》：

> 十万全师出，遥知正忆君。
> 一心如瑞麦，长作两岐分。
> 破橐供朝爨，须怜是苦辛。
> 晓天窥落宿，谁识独醒人？
> 旦日思双屦，明时愿早谐。
> 丹青传四渎，难写是秋怀。
> 闻道更新帜，多应发旧旗。
> 征衣无伴捣，独处自然悲。

4. 嵌字诗

就是故意把一些有着特殊含义的字嵌进诗篇的特定位置，这些处于特定位置的字又能合成一个别有意义的短句，这个短句的意思和一般合适的意思没有任何关系。嵌字诗根据嵌入字在诗句中的位置的不同，又分为不同的"格"，嵌在第一字的为"鹤顶格"；嵌在第二字的为"燕颔格"；嵌在第三字的为"鸢肩格"；嵌在第四字的为"蜂腰格"；嵌在第五字的为"鹤膝格"；嵌在第六字的为"凫胫格"；嵌在第七字的为"凤尾格"……

《水浒传》中就有一首非常著名的嵌字诗：

> 芦花丛里一扁舟，俊杰俄从此地游。
> 义士若能知此理，反躬逃难可无忧。

将这首诗的每一句的开头第一个字合起来，就是"卢（芦）俊义反"这一四字短语。

5. 叠字诗

就是故意在诗中每句特定位置都用重叠词的一种诗体。通篇都要严格按照律诗和绝句的格律来创作。比如王十朋的《贡院垂成双莲呈瑞因成鄙语勉语士子》，就是这种诗体：

> 大厦垂垂就，佳莲得得开。
> 双双戴千佛，两两应三台。
> 欢意重重合，香风比比来。
> 人人宜自勉，济济有廷魁。

6. 一字诗

并不是只有一个字的诗，而是由于诗中出现多个"一"字的缘故。作为量词的"一"字与后面紧跟的名词或动词联系起来，别有一番情趣。如纪晓岚的无题诗：

一篙一橹一渔舟，一个渔翁一钓钩，
一拍一呼还一笑，一人独占一江秋。

何佩玉也有一首无题一字诗：

一花一柳一鱼矶，一抹斜阳一鸟飞。
一山一水中一寺，一林黄叶一僧归。

这些一字诗组合成一个又一个的生动画面呈现在读者面前，虽然一字多次重复，但却毫不觉得烦琐，反而产生一种特殊的艺术美感。

7. 集句诗

就是从前人的诗歌中分别选取一些句子，重新组合成一首表现新的内容和思想感情的诗歌。要求符合格律，而且要流畅自然，层次清晰完整。如郁达夫的《集龚定庵句题〈城东诗草〉》，就是集的龚自珍的诗句：

秀出南天笔一枝，少年哀艳杂雄奇。
六朝文体闲征遍，欲定源流愧未知。

8. 剥皮诗

就是点化前人比较著名的诗句形式或结构，运用删节、增添、颠倒、改动或仿拟的手法，重造出一种新的诗篇。风趣滑稽为基调，多见于打油诗。比如唐朝诗人王昌龄的名诗《芙蓉楼送辛渐》：

寒雨连江夜入吴，平明送客楚山孤。
洛阳亲友如相问，一片冰心在玉壶。

1926年，军阀吴佩孚节节败退，退守到河南省洛阳。谢觉哉就此写了一首讽刺吴佩孚的剥皮诗，因其活泼辛辣，传播甚广：

白日青天竟倒吴，炮声送客火车孤。
洛阳亲友如相问，一片雄心在酒壶。

9. 辘轳体

就是选定一个值得突出强调的中心句子作为题目，然后采用七律或七绝的形式，在诗篇中的特定位置按顺序重复中心句子的一种写法。如果是七律，就是一组五首诗，分别在第一、二、四、六、八句位置重复中心句，就像辘轳架旋转而下转动一样。如果是七绝，就是三首一组，中心句子分别在第一、二、四句位置处重复。笔者日前听说含三聚氰胺的有毒奶粉竟未完全销毁，居然重新流入市场之后，以"怒听毒奶祸婴孩"为题写过一组辘轳体诗歌：

怒听毒奶祸婴孩，拍案忽然泪满腮。
每盼大人捉鬼去，聊歌小调盼春来。
荣枯世上欣无恙，丘壑人间恨太乖。
鼓浪兴风谁作害，光天化日竟为灾？

忍见结石入肾来，怒听毒奶祸婴孩。
玄机省略中间隐，奥妙波折背后猜。
九派茫茫公道窄，六合朗朗我心哀。
每忧罂粟根难刈，再遇风光恨又开！

冠猴硕鼠藏猫腻，"免检"牌悬耻辱牌。
惊看丑闻传世界，怒听毒奶祸婴孩。
抹油脚底葫芦倒，挂粉鼻尖帽翅歪。
瓜蔓部门干系重，抄来应上曝光台！

污点身随了断难，骂名滚滚亦活该。
一班衙署成虚设，三聚氰胺酿巨灾。
笑指赃官装小样，怒听毒奶祸婴孩。
算来天地良心债，快缚奸人罪认来！

问题"三鹿"问题乖，舌底花莲次第开。
蒙眼青蚨撑"质检"，迷心金诺等尘埃。
穹苍滚滚雷悲震，海碧滔滔浪骇拍。
在上青天悬月日，怒听毒奶祸婴孩！

辘轳体的轴句，分别在五首诗歌的第一、二、四、六、八句的位置重复五次。另外，还有一种用一句轴句重复八次的变体，称为"八仙体诗"，要求平仄韵通押，句句用韵，且以一轴句从一到八作诗八首，轴句分别按顺序放置在每首诗歌的第一句到第八句的位置，构成一组，表现同一内容或围绕同一主题。

以下是互联网上流传的署名"海外善人"的一组八仙体诗歌《山林又悔一年非》，颇见功力，特推荐给读者诸君共赏：

山林又悔一年非，风雪无情花已稀。
落叶伤怀正秋夕，寒山入画倚窗扉。
光阴逝去殊堪恋，逻辑看来不可违。
关注民生匹夫责，草根深识此身微。

鹤子梅妻有所依，山林又悔一年非。
犹怜隔海故人远，更恫惊弓倦鸟飞。
蝶梦早栖黄果树，鱼书迟抵洛杉矶。
秋高读月频添酒，心事犹如马突围。

大雅不攻时亦久，此生倾慕磻溪叟。
山林又悔一年非，茅舍重斟三碗酒。
晓雾蛮缠岭上松，晨莺浅唱庭前柳。
丹枫紫菊缀清秋，我却苦思南国豆。

蒸文煮字以疗饥，瘦瘦书生和尚肥。
市井曾愁两餐缺，山林又悔一年非。
听莺不乱传花讯，仰月无私泻夕晖。
俗世腥膻椽不扫，岂由奸党要淫威？

雁书苍劲金风爽，每带乡愁翘首望。
狮子长蹲永定桥，乞儿流落烟花巷。
山林又悔一年非，曲径应连六合广。
诗酒逍遥渡晚年，大名岂必登龙榜？

日映濂溪露渐晞，芙蓉初醒影颀颀。
不惟宋玉佳篇出，更引唐寅健笔挥。
乡土何惭半生碌？山林又悔一年非。
新堤垂柳添春色，牧笛悠悠燕子归。

天下为公诚子职，三才整顿凭群力。
谪仙坦荡独骑鲸，工部翩然私造极。
拥抱中华岁月新，惊呼宇宙风雷激。
山林又悔一年非，时不再来空太息。

愚公不惧太行巍，智叟何堪肆讽讥？
读史教人持晚节，试锋傲物趁晨辉。

空中云朵铺宣纸，眼底东风拽酒旆。

滚滚时轮无阻挡，山林又悔一年非！

四、竹枝词

竹枝词是由古代巴蜀民歌演变过来的。白居易说"幽咽新芦管，凄凉古竹枝"，这说明竹枝词作为民歌，在唐代以前就已经存在很长时间，其格调当时是以凄凉悲苦为主的。唐代诗人刘禹锡开始集中创作，使之从民歌发展为一种文人诗体。

竹枝词以写风土人情为主，多写眼前物事。民歌风浓郁，语言浅显鲜活，格律比较自由。四句一首，每句七字，首句可入韵也可不入韵，偶数句必须用韵。没有对仗和粘连的要求。有的遵守七绝格律，有的则不拘平仄格律，自由挥洒。

写法上，比较直露透明，不事雕琢，不重渲染烘托，多是脱口而出之作，尤其注意不用典故，不用生僻字，不掉书袋，以自然活泼为优。

竹枝词的写作方法很简单，此处不赘。

例词：

竹枝词

刘禹锡

山桃红花满上头。蜀江春水拍江流。
花红易衰似郎意，水流无限似侬愁。

日出三竿春雾消，江头蜀客驻半桡。
凭寄狂夫书一纸，信在成都万里桥。

瞿塘嘈嘈十二滩，此中道路古来难。
长恨人心不如水，等闲平地起波澜。

杨柳青青江水平，闻郎江上唱歌声。

东边日出西边雨，道是无晴却有晴。

五、古风的写作方法

近体诗出现以前的诗歌，都可以纳入古风范畴。唐代以后的古风，因为诗人们受到近体诗审美规范的影响，在创作时也有一定的潜在规律。

1. 古风的句式

古风的句式活泼自由，长短不限，可以有四言、五言、七言、杂言等多种形式。

四言诗如李白在浔阳狱中所写的《上崔相百忧章》：共公赫怒，天维中摧。鲲鲸喷荡，扬涛起雷。鱼龙陷人，成此祸胎。火焚昆山，玉石相碰。仰希霖雨，洒宝炎煨。箭发石开，戈挥日回。邹衍恸哭，燕霜飒来。微诚不感，犹萦夏台。苍鹰搏攫，丹棘崔嵬。豪圣凋枯，王风伤衰。斯文未丧，东岳岂颓。穆逃楚难，邹脱吴灾。见机苦迟，二公所咍。骥不骤进，麟何来哉。星离一门，草掷二孩。万愤结习，忧从中催。金瑟玉壶，尽为愁媒。举酒太息，泣血盈杯。台星再朗，天网重恢。屈法申恩，弃瑕取材。冶长非罪，尼父无猜。覆盆傥举，应照寒灰。

五言诗如皎然的《出游》：少时不见山，便觉无奇趣。狂发从乱歌，情来任闲步。此心谁共证，笑看风吹树。

七言诗如王建的《堑头水》：堑水何年堑头别，不在山中亦呜咽。征人塞耳马不行，未到堑头闻水声。谓是西流入蒲海，还闻北去绕龙城。堑东堑西多屈曲，野麋饮水长簇簇。胡兵夜回水旁住，忆着来时磨剑处。向前无井复无泉，放马回看堑头树。

杂言诗如王维的《赠裴迪》：不相见，不相见来久。日日泉水头，常忆同携手。携手本同心，复叹忽分襟。相忆今如此，相思深不深。再如卢照邻的《释疾文三歌》（其二）：岁去忧来兮东流水，地久天长兮人共死。明镜羞窥兮向十年，骏马停驱兮几千里。麟兮凤兮，自古吞恨无已。杂言诗的开头两句，一般用长短句。第一句以"君不见"三字开头，也是一种常见的体式。

古风句式虽然没有严格要求，篇幅长短也没有要求，但也须讲究内在的情感节奏，并非脱缰野马，更非无迹可寻。

2. 古风的结构

古风篇幅长短不拘，短篇古风多是抒情诗，结构上以单线条为多，白描情感，或者直抒生活感悟。长篇古风则分为抒情诗和叙事诗两种。

长篇古风用来抒情，可以打开情感的堤坝，让汪洋恣肆的波涛自由奔流，比如李白的《蜀道难》《将进酒》《行路难》。也可以节制情感，夹叙夹议，比如杜甫的《茅屋为秋风所破歌》《自京赴奉先咏怀五百字》。

长篇古风也常常被用来叙事。比如白居易的《长恨歌》、吴伟业的《圆圆曲》等。

古风虽然没有篇幅限制，但是长篇古风的作者却一定要有一个结构意识。比如李白的《蜀道难》，结构脉络就非常清晰。从"噫吁嚱"至"然后天梯石栈相钩连"可以看成第一段，这一段铺开笔墨，突出描写蜀道的艰难。从"上有六龙回日之高标"至"使人听此凋朱颜"，可以看成第二段，这一段集中描写山势的巍峨、蜀山的高，以此侧面烘托蜀道的艰难。从"连峰去天不盈尺"至"侧身西望长咨嗟"，可以看成第三段，集中描写山川险要，用一个"险"字来感叹蜀道的艰难。全诗层层递进，以丰富而大胆的奇思妙想串联全篇，构成一种悲壮雄奇的感情冲击力。

一首好的古风，对诗人的语言驾驭能力是一个艰巨的考验。气格要壮丽，辞藻要丰富，才气要稳健，立意要集中，尤其不能前面说东，后面说西，东拉西扯，像两只黄鹂鸣翠柳——不知所云，像一行白鹭上青天——离题万里。

越是长篇古风，越要注意营造诗眼。只有有了好句子，一首诗才能让人读着不累。比如《长恨歌》中的"在天愿作比翼鸟，在地愿为连理枝"，比如《圆圆曲》中的"冲冠一怒为红颜"，比如《行路难》中的"直挂云帆济沧海"……

3. 古风的用韵

古风的用韵可以用平声韵，也可以用仄声韵，还可以平仄韵轮换着用。

古风可以一韵到底，也可以中间转韵。

唐代以后的平韵古风，如果采用一韵到底的方式，则与近体诗的用韵基本相同。比如王维的《陇西行》：十里一走马，五里一扬鞭。都护军书至，匈奴围酒泉。关山正飞雪，烽戍断无烟。这首诗的韵脚"鞭""泉""烟"均为平水韵的"先"韵韵部，这里的押韵规律是与近体诗一致的。

倘若采用仄韵，基本也与近体诗相同。比如王维的《送宇文太守赴宣城》：寥落云外山，迢递舟中赏。铙吹发西江，秋空多清响。地迥古城芜，月明寒潮广。时赛敬亭神，复解鄐师网。何处寄相思？南风吹五两。这里的韵脚"赏""响""广""网""两"都是平水韵的"养"韵韵部，这里的押韵规律是与近体诗一致的。

古风用韵可以邻韵通押，而且允许邻韵通押放宽到整首诗。比如王维的《黄雀痴》：黄雀痴，黄雀痴，谓言青縠是我儿。一一口衔食，养得成毛衣。到大啁啾解游飏，各自东西南北飞。薄暮空巢上，羁雌独自归。凤凰九雏亦如此，慎莫愁思憔悴损容辉。这首诗的"痴""儿"是平水韵的"支"韵，"衣""飞""归""辉"是平水韵的"微"韵。这首诗的韵脚分布就是邻韵通押。

值得重视的是古风的转韵问题。一首诗很长，就需要选用多个韵脚和韵部。这就需要转韵。有的诗人的转韵没有任何规律，直追古人笔法。还有一类转韵在距离和韵脚上是有一定规范的，也受到近体诗用韵的一些影响。我们这里重点研究的就是后一种，这后一种也分为三种格式。

第一种促起式，这是王力先生的命名。这种格式在开头两句用一个韵，然后正文转入另外一个韵，起到先声夺人的艺术效果。比如杜甫的《潼关吏》：士卒何草草，筑城潼关道。大城铁不如，小城万丈余。借问潼关吏，修关还备胡。要我下马行，为我指山隅。连云列战格，飞鸟不能逾。胡来但自守，岂复忧西都。丈人视要处，窄狭容单车。艰难奋长戟，万古用一夫。哀哉桃林战，百万化为鱼。请嘱防关将，慎勿学哥舒。开头两句的"草"和"道"，单独用仄声的"皓"韵，随后全诗再转韵为平声的"鱼"韵。

第二种是促收式，这也是王力先生的命名。这种格式在结尾转韵，很自然地收束全篇。比如杜甫的《乾元中寓居同谷县作歌七首》（其一）：有客有客字子美，白头乱发垂过耳。岁拾橡栗随狙公，天寒日暮山谷里。中原无书归不得，手脚冻皴皮肉死。呜呼一歌兮歌已哀，悲风为我从天来。最后的"哀"和"来"从仄声韵转为平声韵，使剧烈的感情有一个平缓的维度，就像奔流的湍急浪波投入大海的怀抱。

第三种是新式古风，也是王力先生的命名。唐后出现的新式古风，有着清晰的换韵规律：①换韵有固定距离。或两句换韵，或四句换韵。②平仄韵交错互押。比如唐代诗人王建的《赛神曲》：男抱琵琶女作舞，主人再拜听神语。新妇上酒勿辞勤，使尔舅姑无所苦。椒浆湛湛桂座新，一双长箭系红巾。但愿牛羊满家宅，十月报赛南山神。青天无风水复碧，龙马上鞍牛服轭。纷纷醉舞踏衣裳，把酒路旁劝行客。这首诗就是四句一换韵。值得注意的是，这种转韵一般都是按照绝句首句入韵的格式来转换。

七言古风也可以句句用韵，一韵到底。传说汉武帝曾在柏梁台与群臣联句赋诗，句句用韵，都押平声韵，而且全篇不换韵，后人仿效这种形式写作的七言古风，就被称为柏梁体。比如：

柏梁体简龚少益

王迈

青山四面画图张，溪流月下鸣汤汤。
山之下兮水之旁，有人结茅作书堂。
诵声洒洒流琳琅，使我一听乐洋洋。
应问谁为师匠良，风流相种如龚郎。
天孙付以锦绣肠，一挥十纸烂成章。
上与奎宿争光芒，器成未售此焉藏。
吁嗟无地堪翱翔，尘缨自濯歌沧浪。
床头金尽羞悭囊，山鬼吹灯夜恓惶。
蚊雷聚噪肆颉颃，仗剑起舞涕泗滂。
劝君停剑无庸伤，时平贤路如康庄。
鸾凤引喙鸣高岗，时危此道隘且荒。
横宝在道暗无光，运行如此休慨慷。
男儿立身当自强，精金须经百炼刚。
膜外荣枯等秕糠，惟忠惟孝不可忘。
请君倾耳听柏梁，谓余不信来对床。

4. 古风的平仄

尽量避免律句句式，是古风写作的一个风向标。

三平脚、三仄尾以及平仄平、仄平仄，是古风写作中常见的句式收尾格式。比如韦应物的"峨峨高山巅，浇浇青川流"，就是三平脚。比如白居易的"最恨七年春，春来各一处"，"各一处"就是三仄尾。

唐代以后的人们所写的古风，有一个不成文的规则，就是有意反抗近体诗的平仄规则，以不入律为美，追求那种高古的韵致。

锦囊十一：互见与互鉴

关于新诗和旧体诗的关系，郑欣淼说："好句岂分新与旧，激情总伴雨和风。"台湾的旧体诗人林恭祖先生说："诗无新旧之分，如写得好，虽旧如新；如写得不好，虽新亦不如旧"。

台湾的写新诗的诗人向明先生说："诗无新旧，只有好坏。"我也很欣赏著名学者陈友康先生 2005 年在《中国社会科学》刊发的一篇文章中的观点，他说："长期以来，20 世纪中国旧体诗词的合法性处于被怀疑、否定或悬置的状态，致使它被摒弃在文学研究和文学史写作之外，从而造成一部分文学精神资源的人为遮蔽。有研究者怀疑和否定旧体诗词的合法性，有研究者没有对传统文体在古代与现代社会的命运和表现加以区别。20 世纪中国旧体诗词表现了鲜明的现代性追求，自足地构成一种新的历史传统。在新的世纪，必须打破新、旧诗词二元对立的模式，把旧体诗词作为中华民族在新的历史时期创造的文化成果进行研究，既有助于旧体诗词的发展，又有助于文学和文化观念的改进。"

新诗和旧体诗的对立，我认为是个伪命题。可是近来，我还是陆续读到很多篇站在新诗立场对旧体诗进行非议的文章，促使我在本文对新旧体诗的关系重新进行一些思考。近来我也注意到新诗界的理论前辈谢冕先生提出了新旧诗"百年和解"的问题。从我的观点来看，这种"和解"应该是双向进行的。而其中所谓的对立情绪，大多还是来自一些站在新诗视角看问题甚至是人为炒作问题的文章，而从我所了解的写旧体诗的诗人来看，则对新诗更多着一份友善和亲近。

"截句"和"春风十里"

2015 年，蒋一谈先生出版了一本诗集，名叫《截句》，影响很大。他说有一天在午休的半梦半醒间，恍惚看见了截拳道武术明星李小龙的影子，"我猛然清醒，好像被一束光拽起来——李小龙创立了截拳道，且截拳道的功夫美学追求简洁、直接和非传统性。我想，自己这些年写下的那些随感，或许可以称之为'截句'。"

蒋一谈先生的一首"截句"：

> 雨滴在天上跑步
> 谁累了谁掉下去

另外一首"截句"：

> 星星落在碗里
> 你默默洗星星
> 月亮落在碗里
> 你默默喝了下去

这两首截句清新隽永，在诗歌美感上和古代诗歌尤其是绝句有一定相通之处。但是，他提出的截句概念和他的创作实践，还是在现代新诗的理论范畴，和我国古代诗学的"截句"概念则是不一样的。清人赵翼的文章中就以引述的方式介绍过古人的说法："绝句，截句也。如后两句对者，是截律诗前半首；前两句对者，是截律诗后半首；四句皆对者，是截中四句；四句皆不对者，是截前后四句也。"

截句，其实就是古人对绝句的一种比较常见的别称。诗歌的题目中标明截句的作品，也比比皆是。如清帝康熙的《曩因见雁念征南将士曾题截句今禁旅凯旋闻雁再作》：

> 上林秋晓净烟霏，每听征鸿忆授衣。
> 此日诸军齐奏凯，衔书不用更南飞。

比康熙名气更大的龚自珍，有个名句叫"四厢花影怒于潮"，现在还经常被人们引用。这个名句就出自他的《梦中作四截句》，其中一首"截句"的原文是：

黄金华发两飘萧，六九童心尚未消。
叱起海红帘底月，四厢花影怒于潮。

蒋一谈先生征引诗人北岛的话："喜欢写作截句的人，离笔记本很近。"我认为北岛先生的所谓离笔记本很近，这里应该有三层含义：一是直抵内心。二是简单本色。三是记录日常生活。创立截拳道的李小龙说："截拳道可以归结为让你从束缚你的东西中解放的方式。截拳道的卓越之处就在于它的简单，它的每个动作就是它本身。我一直相信，简单的方法就是正确的方法。截拳道是个人用最小的动作和能量直接表达自己感受的一种方式。跟功夫的真正之道越近，浪费的表达就会越少。"截拳道这种简单直接的方法论，对诗歌写作而言，确实是有启发意义的。但是"截句"古已有之，它的来历，却不一定从截拳道算起。

无论是北岛，还是蒋一谈，都没有提到古代诗学中早就有"截句"这个概念。从这样一个小小的概念分歧，也在一定程度上折射出写新诗的诗人对旧体诗学的隔膜和疏离。

前两年，还有一位很有名的写新诗的诗人叫冯唐。他有一首走红的作品是这样写的：

春水初生，
春林初盛，
春风十里，
不如你。

我们可以举唐代诗人杜牧的《赠别》组诗二首中的第一首诗来与之对读：

娉娉袅袅十三余，豆蔻梢头二月初。
春风十里扬州路，卷上珠帘总不如。

　　这首诗是抒写作者对一位扬州女孩的眷恋和赞美。意思是说，这位女孩美丽轻盈，就像豆蔻梢头的洁白花苞。只要她卷起珠帘露出一个小脸，扬州城十里长街上所有春花春朵般的女孩，全都变得黯然失色。显而易见，冯唐诗歌的最后两句，和杜牧的最后两句是很接近的，这说明古今诗人完全可以通过诗歌来传递神秘的心灵密码。这种美好的传递不仅可以超过空间的局限，而且也能超越时间的桎梏，自由放飞灵魂之翼。越千百年，仍能找到同样律动的节拍。冯唐诗歌的成功，为我们提供了一个从古出新的现代例证，同时也启发我们再次审视新诗和旧诗之间的种种关联纠结。

　　新诗和旧体诗之间缺少进一步的了解和沟通。关于二者的辩证关系，我第一个想起的词是互见，第二个想起的词是互鉴。互见就是互相看见，互相了解。互鉴就是互相借鉴，互相融合。新诗和旧诗之间，亟须的就是互见和互鉴这两个重要的维度。首先是互见，进而是互鉴，然后友好竞争，共同发展，达到各美其美，美美与共。

　　新诗尽管有各种缺点，但是这种诗体完全可以继续调整自己的前进的脚步，用自己的色彩和芬芳在诗坛上展现自己魅力。说"新诗主体论可以休矣"，并不是要用旧体诗来"压迫"新诗。新诗主体论可以休矣，旧体主体论更是完全没有必要。白桦先生有一句新诗说："阳光，谁也不能垄断。"是的，诗坛，也应该是谁也不能垄断的。老诗人刘章多年前在某个论坛上发言的题目是《呼唤新诗与诗词的相融互补》。他是一位既写新诗也写旧体诗的诗人，他的这个观点，我很赞成。新诗学习旧体诗词的长处，旧体诗词学习新诗的长处，携手并进，比翼齐飞，甚至在相融互补中出现第三种体裁也未可知，这一切对诗坛来说，不是都挺好吗？另外一位著名诗人洛夫先生，据说也在那个论坛上强调要"重新找回失落已久的古典诗歌意象永恒之美"，他说："写新诗与写旧诗的朋友应相互尊重各自的选择、各自的兴趣，但我今天在这里必须呼吁，写现代汉语诗歌的朋友在参照西方诗歌美学，追求现代或后现代精神之余，不要忘记了我们老祖宗那种具有永恒价值的智慧的结晶，真正的美是万古常新的。"另外，上海诗人杨逸明先生很早就曾呼吁："新诗和旧诗携起手来，中国诗坛才会更有生气和前途。新旧互鉴，诗歌才能复苏并繁荣。"这些观点，值得一些极力主张新诗"一统江湖"或者渴望旧诗"收复河山"的霸蛮人士们再三深思。

在我心目中，新体和旧体并不是截然分开的两个绝缘体，比如其中向真、向善、向美的审美趋向就是水乳交融的。

从新旧诗的对译说起

很多年前，我曾读到老诗人沙鸥撰写的一首八行诗，印象十分深刻：

与公木重逢

沙鸥

我久久地扶住你
要看看风雨的痕迹

乌黑的海潮压在心中
你分明是一座礁石

岁月的浪花飞溅在你头上，
碰碎的却是恶浪自己。

一钵浓茶话沧桑
星空灿烂，松涛成曲

这是沙鸥在 1979 年与诗人公木久别重逢之后写的一首新诗。这首诗隽永而含蓄，深情款款，又有一些历尽沧桑之后的恬淡。沙鸥曾经说过："没有这样一个人，愿意把杂草种在他心爱的花园里。也没有这样一个作者，愿意把多余的诗行放在他的诗中。"他的这首诗是很简练精致的。据说沙鸥曾经致力于研究唐人绝句，把那些四行的诗句拆开来，扩展变成为八行的白话新诗，进而发明了这种典型的八行体新诗。可是，这种诗体既然是从绝句中化出来的，那么，还原成旧体绝句是不是更加凝练简洁呢？这里有公木先生改写成的一首《重逢》，供读者对读体味：

重逢
把手读君风雨篇，纷纷恶浪溅巉岩，
黑潮滚滚岩前碎，一钵浓茶星满天。

另外晏明先生写过一首《杉湖月夜》："杉湖的月色这般静 / 飘香的晚风这般轻 // 湖面上闪着碧蓝的星 / 湖底下亮着晶莹的灯 // 夜的花儿开了，是星，是灯？ / 湖上睡莲笑出了声 // 花儿，花儿，怎这般多情 / 最多情是桂林妹的眼睛"。优美而抒情，颇负盛名。后来，公木先生也将这首诗改写成了一首绝句，也很有情趣：**杉湖月夜晚风轻，湖面蓝星湖底灯。湖上睡莲咯咯笑，阿妹眸子偌多情。**

沙鸥、公木还有一位 20 世纪 50 年代在中国文学讲习所的共同的同事，叫蔡其矫，也同样醉心于古典诗词，并尝试把其技巧运用到新诗创作之中。据说他曾经尝试把唐诗宋词翻成白话，并有意识地借鉴其结构谋篇的手法，甚至把自己据此创作的新诗也叫作"绝句"，叫作"律诗"，叫作"词"。其实他的"绝句"就是四句体新诗，"律诗"就是八句体新诗，"词"就是分上下两段而又句法大略相同的新诗。请看蔡其矫先生的一首"绝句"：

太湖的早霞

天空罗列着无数鲜红的云的旗帜,

湖上却无声地燃烧着流动的火;

归来的渔船好像从波中跃出,

转眼之间它已从火上走过。

公木曾经把这首新诗翻译成了"名副其实"的绝句:

长空焱焱树云旗, 湖上飘飘流火影。

候见渔舟穿浪归, 飞桨拨火霜帆冷。

沙鸥、蔡其矫、晏明等人写的虽然是新诗,但他们同样致力于借鉴古典诗词的表现技巧和意境营造方式,其作品也同样具有浓酽的古典诗词一般的深幽韵味,给我们带来很多审美愉悦和艺术启示。而新诗和旧诗的互见与互鉴,在公木先生的对译文本中,可以引人思考的地方其实也是很多的。公木先生"翻译"过的文字(个别地方未严拘旧韵韵律)虽然与原文不能画等号,但从中同样可以寻找到新旧两种诗体相通相鉴的神秘痕迹。

前几年,我在中国美术馆的一次美学讲座中曾经听过物理学家杨振宁朗诵他翻译的英国诗人布莱克的诗句:

一粒砂里有一个世界,

一朵花里有一个天堂,

把无穷无尽握于手掌,

永恒宁非是刹那时光。

这四句诗,其实是 132 行的长诗《天真的预兆》(Auguries of Innocence)的开头四行。原文如下:

To see a world in a grain of sand

And a heaven in a wild flower,

Hold infinity in the palm of your hand

And eternity in an hour.

诗的意思，其实就是中国古代陆机的名言"观古今于须臾，抚四海于一瞬"的西洋变奏。我当时试着用绝句的形式重新翻译了一下这四句诗，成为以下这个样子：

朴箴（节译）

一方世界一尘砂，一座天堂一野花。
一掌大千轻一握，一时悲喜一生赊。

后来我发现，很多前人其实早就在用古典诗歌的形式来翻译这几句诗了。试看以下三种译文：

一花一世界，一沙一天国，
君掌盛无边，刹那含永劫。
———宗白华 译

一沙一世界，一花一天堂。
无限掌中置，刹那成永恒。
———徐志摩 译

一粒沙里见世界，一朵花里见天堂。
手掌里盛住无限，一刹那便是永劫。
———丰子恺 译

经过这样的翻译，我感觉其艺术表现力比那种散文化的翻译，更有自己不可替代的一种节奏美感和形式韵致。

再请看戴望舒翻译的法国诗人魏尔伦的作品：

菩萨蛮

泪珠飘落萦心曲，迷茫如雨蒙华屋。 何事又离愁，凝思悠复悠。

霏霏窗外雨，滴滴淋街宇。 似为我忧心，低吟凄楚声。

这首翻译作品的结尾两句，庚韵和侵韵通押，未拘传统词韵。但整体而言，则是严格按照词谱来填的，现代派诗人戴望舒的古典学养，在这样的翻译实践中表现得非常醒目。而古典诗词的形式美，在这首翻译得菩萨蛮中，也给魏尔伦的作品增色不少。古典诗词实际上有着自己的一个比较稳定的独特的美学空间，不仅不比白话诗逊色，反而为魏尔伦更增添了郁勃的活气与斑斓的风采。

经历了新文化运动以来的时代洗礼和美学嬗变，当代诗词走过了继承、转化、吸收、扬弃、发展的辩证历程，既有横的移植，更有纵的承继，含英咀华，逐步从复苏走向复兴，从复兴走向振兴。无论是面貌还是神韵，都脱胎换骨，带来许多令人惊喜而又厚重芳醇的美学收获。蔡其矫说："现代的中国的自由诗，经过西方浪漫派散文化的影响，又逐渐发展到现代派的表现手法，减少连接词，物我合一，不用直言陈述，恢复音乐性，这都与旧诗的优良传统不谋而合。"蔡其矫先生这里发出的感悟，其实也是深有体会地阐发了经过他本人创作实践检验的一种美学方向和探索路径。

学习新诗，就要学习新诗的新思想、新态度

当代诗词的发展，我也认为应该学习和借鉴新诗灵动的语感和鲜活的句式，于规矩严苛，词汇典雅，同质化、趋同化的语言之中突围而出，创造出接

近口语、轻快自然、奇诡灵动的新鲜风景，适应更多的当代读者。尤其是要吸纳新诗的创新思维和敏锐思想，在无拘无束、求新求变的探索中进一步丰富和发展，创造出更加多元化的审美生态，呈现出活跃奔放的青春活力。同时还要大量引入新诗的现代转型和表现技巧，借以反映新世界，表现新思想，营造新境界，用现代精神和时代目光体悟生活、感应现实，采用现代蒙太奇、时空变换、视角转移等等现代派的表现手法。而优秀的外国诗歌，同样给当代诗词的发展注入了新鲜血液和丰沛营养，其澎湃奇诡的意境、灵动鲜活的表现、惊险瑰丽的辞藻、自由奔放的思想，都为我们的诗词创新展拓出高远的视角，提供了深厚的营养。

在100年前那段激情燃烧的岁月里，伴随着新文化运动的澎湃潮流，新诗带着鲜明的时代印记昂然崛起，成为20世纪中国最重要的文学现象之一。这一崭新诗体应和着"五四"运动的激情呐喊，挣脱锁链和桎梏，带着火焰和雷电，扑面而来，勇立潮头。新诗是活的。活的呼吸，活的体温，活的生命。新诗之新，体现在新理念、新境界、新形式、新内容。其中最直观的是白话口语，最核心的是现代理念。新的语言形式是它的面目，新的思想方式是它的灵魂，新的情感状态是它的血脉。当时的学者将新诗称作"诗体的大解放"。而诗体解放的前提，是心灵的自由和灵魂的觉醒。

爱国与进步的浩荡东风，科学与民主的澎湃大潮，席卷一切陈腐意识和朽臭观念。帝制的剧烈崩塌、中西文化的激情交会、今古文脉的对撞对流，带来的是"人的文学"的时代景观。震震云雷响四方，惊涛湃湃韵飞扬。九州长夜群鼾醒，千古沉霾一扫光。傅绍先先生在1926年出版的情诗选集《恋歌》的卷头语中说："亲爱的青年男女们，你爱她吗？你爱他吗？快尽情的唱。道旁的弟兄，园中的姊妹，正在这里等着你们，——唱呵，尽情的唱呵。"这里的"尽情"二字，尤其值得关注。郭沫若先生在1920年1月18日致宗白华先生的一封信中说："只要是我们心中的诗意诗境底纯真的表现，命泉中流出来的Strain，心琴上弹出来的Melody，生底颤动，灵底喊叫，那便是真诗，好诗，更是我们人类底欢乐底源泉，陶醉的美酿，慰安的天国。"这里的"生底颤动，灵底喊叫"，非常令人感动。

学习新诗，就要学习新诗的新思想、新态度。

新诗的伟岸巍峨的时代意义，不仅仅是为中国诗坛带来长达百年的语言新变，更重要的是为中国的社会文化心理带来了理念上和精神上的崭新气象。

梁启超先生在1899年12月25日写道："以为诗之境界被千余年来鹦鹉名士（余尝戏名词章家为鹦鹉名士，自觉过于尖刻）占尽矣。虽有佳章佳句，一读之，似在某集中曾相见者，是最可恨也。"新诗的出现，是和新人的出现紧密联系着的。20世纪初叶的新诗作者大声疾呼着"务去陈言"，宣示着"反对'琢镂粉饰'"的主张，实际上更是以一种截然异质的扬弃姿态和文化自觉，对因袭沉靡颓唐的晚清诗风进行了激烈地反抗。新诗可不是哼唱着温柔敦厚的古典节拍优雅登场的，它一亮相就是一个叛逆的姿势，一种战斗的表情。胡适先生说："白话文学的作战，十仗之中，已胜了七八仗。现在只剩一座诗的壁垒，还须全力去抢夺。待到白话征服这诗国时，白话文学的胜利就可说是十足的了……"新诗带着天然的自由的叛逆的精神胎记来到舞台中央，把旧思想、旧道德、旧文化的陈腔老调打了个落花流水，把传统诗学中的整齐、对称、音乐性、节奏感、起承转合、中庸和合等等井然有序的惯性元素也统统打了个七零八落、稀里哗啦。正所谓"我手写我口，古岂能拘牵"，设身处地，遥想当年，同光体和桐城派那些平平仄仄的细麻绳和之乎者也的小皮筋，怎么能束缚得住那奔流汹涌的思想波涛呢？

科学与民主的时代风潮，席卷一切陈腐意识和朽臭观念。帝制的剧烈崩塌、中西文化的激情交会、今古文脉的对撞对流，带来的是"人的文学"的时代景观。胡适谦称自己的《尝试集》"很像一个缠过脚后来放大了的妇人回头看她一年一年的放脚鞋样，虽然一年放大一年，年年的鞋样上总还带着缠脚时代的血腥气"，但是生涩中有生气，稚拙中有天真，其自觉而顽强的尝试精神，还是为中国新诗彰显了最初的艺术尊严和文学意义。郭沫若先生1921年8月在上海泰东图书局初版的《女神》，使中国新诗的面貌焕然一新。诗人带着建设一个"建设一个第三中国——美的中国"的美好憧憬和雷霆狂飙般的激情，迸发出强悍、炽烈、自信的个性解放的颂歌："我是全宇庙底 Energy 底总量！""我飞奔，我狂叫，我燃烧……"一连串的"我"字在这本诗集中闪闪发光，以其瑰丽想象、磅礴气势、粗旷形式、激越节奏和晓畅语言，开创了真正的壮美刚健的"一代诗风"。张扬个性、自我发现的强烈意识，汪洋恣肆、无拘无束的奔放胸臆，勇气十足、昂扬进取的创造热情，大破大立、"如大海一样地狂叫"的叛逆精神以及火山爆发般的语言宣泄和表达方式，都体现了鲜明的时代特征，直观展示了白话新诗的诗体魅力。

闻一多先生 1925 年在纽约曾写过一首《废旧诗六年矣复理铅椠纪以绝句》：六载观摩傍九夷，吟成缺舌总猜疑。唐贤读破三千纸，勒马回缰作旧诗。今天的读者对"勒马回疆作旧诗"这句诗非常熟悉，却不知道闻一多先生在 1941 年的时候，对旧体诗作者还有另外一种沉痛的观点。1941 年 9 月 8 日，闻一多在西南联大为老舍的演讲《抗战以来文艺发展的情形》做主持并致辞时，忽然感叹"中国语言文学系培养的对象只是限于'乾嘉遗老'式的和'西风东渐'式的学者"，并对致力于旧体诗写作的人提出了尖锐批评。他说："在今天抗战时期，谁还热心提倡写旧诗，他就是准备做汉奸！汪精卫、黄秋岳、郑孝胥，哪个不是写旧诗的赫赫有名家！"闻一多先生的话略有偏颇，比如当时的郭沫若先生也包括老舍等先生就是用旧体诗宣传抗战的，但是闻先生对当时一些旧体诗人的陈腐理念和奴隶心态的鄙视，也的确发人深思。

抗战时期，新诗人田间在《给战斗者》中喊出了："在诗篇上，战士底坟场，会比奴隶底国度，要温暖，要明亮。"艾青在《我爱这土地》中吟诵着："为什么我的眼中常含泪水？因为我对这土地爱的深沉。"田汉在《义勇军进行曲》中呼吁："中华民族到了最危险的时候，把我们的血肉筑成新的长城。"公木在《八路军进行曲》中高歌："从无畏惧、决不屈服、坚决抵抗，直到把日寇逐出国境，自由的旗帜高高飘扬！"可是，同一时期写作旧体诗的王揖唐，却在奴颜婢膝地为日本天皇唱赞歌：八纮一宇浴仁风，旭日荣辉递蓣躬。春殿从容温语慰，外臣感激此心同。这首诗是一首典型的汉奸自画像。王揖唐 1940 年 10 月赴日本参拜靖国神社，叩谒天皇裕仁，归国后写了好多首这样的诗拿到日伪报纸上发表。后来又将这几首诗全部写成扇面，制成了扇子，除自己使用外，分别赠送给多田骏、吉住良辅等日本驻华北方面军的头面人物。这首诗是其中之一。"纮"通"宏"，"八纮一宇"意为"天下一家"，是当时日军宣扬战争正当性的麻痹世人的用语，日本法西斯军人当时发表宣言称："神国日本之国体，体现于天皇陛下下万世一系之统帅，其目的系使日本天赋之类，传遍八纮一宇，使普天下之人类，尽享其生活之幸福。"王揖唐在诗的开头即对日本军阀征服世界的迷梦肉麻赞颂，接着抒写自己被日本天皇接见后受宠若惊的心态。最后一句居然自称"外臣"，表达了甘当汉奸奴才的所谓"忠心"。这样的犬儒心态，在田间铿锵而激越的鼓点、艾青幽深而沉郁的芦笛和田汉、公木悲壮而高亢的歌声对比下，更显出其卑琐和鄙劣。

新时期刚开始的时候，旧体诗人的作品多是在伤痕文学的范围内进行忆述和独白，包括聂绀弩等等著名诗人的表现题材也大多是咀嚼过去的苦难，而新诗人中的很多先锋人物，却早已经投入思想解放的洪流，显示出了人性的觉醒。

比如舒婷在《致橡树》中说：

> 我如果爱你——
> 绝不像攀援的凌霄花，
> 借你的高枝炫耀自己：
> ……
> 甚至日光。
> 甚至春雨。
> 不，这些都还不够！
> 我必须是你近旁的一株木棉，
> 做为树的形象和你站在一起。

她在《神女峰》中还写道：

沿着江岸金光菊和女贞子的洪流
正煽动新的背叛
与其在悬崖上展览千年
不如在爱人肩头痛哭一晚

　　诗人在这里大胆提出了人格独立和人性解放的时代命题，跟读者带来深刻的思考和灵魂震撼。谈论新诗，首先要谈论新人。新诗的价值取向和美学流变，是 20 世纪中国文学的一笔巨大的精神财富。新文化运动的澎湃洪流，冲开了各种礼教、家法的重重堤坝。恋爱自由、婚姻自主的呼声，在当年那种封闭沉闷的心理环境中激起了澎湃的巨浪。可是，我们当下的写旧体诗词的女诗人，甚至是非常著名的诗人在作品中谦卑地自称"奴"和"妾"。直到2019 年，也还有人给《中华诗词》杂志投稿，以女人的口吻自称为"妾"。这种酸性和腐蚀性的旧观念，是多么需要向新诗、新诗人们的生命主体意识和独立思考理念去学习啊。旧体诗词的复兴，绝不能够是旧的僵化意识、旧的思想枷锁的回潮。

学习新诗，就要学习新诗新鲜晓畅的口语魅力

　　新诗的第一个发展阶段最为辉煌。这一阶段并没有割裂中国诗歌传统，反而在大喊大叫的反传统口号下，顽强地承继和延续了中国传统的诗歌精神。新诗人们尽管对旧诗普遍歧视和警惕，其中的很多人却又很自然的回归到对节奏、韵律等等传统诗歌技术的认同和探索。新月派的格律化努力就最为明显也最有成绩，七月派在口语张力中抒写的时代激情也极其鲜明卓越，这二者对新诗的诗体建设都有着鲜明的现实意义。

　　比如鲁藜的《泥土》：

老是把自己当作珍珠
就时时有被埋没的痛苦

把自己当作泥土吧
让众人把你踩成一条道路

再如邹荻帆的《蕾》：

一个年轻的笑
一股蕴藏的爱
一坛原封的酒
一个未完成的理想
一颗正待燃烧的心

这两首诗很短，和一首绝句的行数差不多，但是思想含量和艺术含量很丰富，语言上摇曳多姿，结构上新鲜考究，确实有许多地方值得旧体诗人认真思索。尤其是这两首诗中的口语表达，有效地缩短了诗歌和现实生活的实际距离。倘若换成佶屈聱牙的旧词老调，就会缺少这种朴实直接的沉甸甸的思想分量和美学效果。

今天检阅新诗这支纵横诗坛的队伍是令人振奋的。他们或华美、或质朴、或高昂、或深沉、或直接、或委婉的各种声调，对新诗的审美演进和美学发展做出了可贵建树，代表了中国诗歌的又一个盛花期的艺术成就和美学贡献，也为当下诗坛提供一些新鲜的元素和经验，从而激活诗歌参与当下生活的更加激越的创造活力。

周啸天先生曾经写过《敬畏新诗》的论文，主张旧体诗词向新诗学习。他自己的创作也有新诗的影子。比如他的《儿童杂事三首》的第一首：

爷立儿走月即走，儿立爷走月不走。
儿太聪明爷太痴，月亮最爱小朋友。

下面是网上流传的一首根据金波先生童话《盲孩子和他的影子》改写的新诗：

> 从那时起　影子在我身边
> 带我去游玩这世界
> 说我是你一辈子的朋友
> 给我带来温暖与欢乐
> ……
>
> 雨过天晴　日月同现
> 还有那盏萤火虫灯
> 我看见了这陌生而美丽的世界
> 影子成为了我真正的朋友。

　　如果把这两段节选的新诗与周啸天先生的诗对读，就会发现情韵格调上的相同之处。两者之间口语化的轻松自在，是一脉相承的。带着体温和岁月芬芳的文字，如瀑如泉，清纯芳冽，叮咚作响。诗词的写作简单而直观，写诗的人千万别端着。不要拿着架子、吊着山膀、摆着莫测高深的表情来写诗。那样子就如同一身赘肉的相扑选手转来转去，自己难受，别人看着也累。周啸天先生自己是一位"写得竹枝题得糕"的诗人，他的名句"炎黄子孙奔八亿，不蒸馒头争口气"，就大胆地把"馒头"写入诗篇，鲜活泼辣，流畅亲切。这与"刘郎不敢题糕字，空负诗中一世豪"的拘谨，形成鲜明的比衬。无他，娓娓道来而已，却如不经意间的会心微笑，唤起的是久远深沉的心灵回声。

　　伊甸、柯平、简宁、阿吾等诗人在上世纪80年代中期开始大量发表口语化的新诗，引起广泛关注。我自己也在这方面做过一些努力。

静夜思

高昌

我看着自己的十个脚趾
我仔细观察着它们
这十位头戴指甲盖的
驼背的小老头儿
忽然让我感觉亲切起来
我觉得我很爱它们
像白雪公主
爱七个小矮人儿
我很爱它们
我希望它们忽然年轻
走乱世界的规矩
那很有趣
但这十个老头儿挺憨厚
它们不吱声儿
它们老实本份
不像苗条的手指
因为写一手好诗句
就骄傲起来
随便戳名人的脊梁
随便翻温暖的书页
随便端醇美的酒盅
以为它们比我还美
以为比我还是诗人
所以我不喜欢这十根手指

所以我喜欢住在袜子里的
那十位老先生
它们认为不如我漂亮
就永远把我
举在头顶

　　这首诗刊登在《飞天》杂志1989年第一期大学生诗苑栏目，标题借用的虽是古题，表达的内容，用的却也是当代口头语言。口语诗在新诗界作者众多，走红的梨花体、羊羔体、乌青体包括现在引起诗坛广泛关注的余秀华的作品，也都是口语化为主的作品。而在现当代旧体诗词中引入现代口语，其实也较早就有人开始热情尝试。

　　因此，我注意到现在还有人发表文章或接受访谈时，仍然把诗词称作以文言为主的一种文体，我个人是不太同意这种看法的。先不说《诗经》和《楚辞》中的鲜明口语特色，不说唐诗中也有王梵志、寒山等人的口语诗，不说元曲和明歌中的大量口语，即使现当代诗坛，也能举出很多著名的口语诗的名作。

画堂春

曾今可

　　一年开始日初长，客来慰我凄凉。偶然消遣本无妨，打打麻将。

　　且喝干杯酒，国家事，管他娘。樽前犹幸有红妆，但不能狂！

　　这首诗中的"管他娘"就是一个著名的口语句子。

　　我们再请看唐大郎先生的一首：

题粪翁个展

昨天去到宁波同，乡会里厢看粪翁。

个展恒如群展盛，风姿渐逊笔姿雄。

眼前谈"法"应无我，海内名家定数公。

但愿者回生意好，赚它一票过三冬。

读到这首诗的前两句，你会不会觉得很困惑？其实这二句实为一句白话口语："昨天去到宁波同乡会里厢看粪翁。"作者故意"砍拆"成二句七言，造成了一种奇诡诙谐而滑稽突梯的陌生效果，同时也把自己和粪翁相投情趣、不所避忌的亲切交谊表达了出来。这首诗，可说是典型的口语诗。

再比如聂绀弩先生的《伐木赠李锦波》：

终日执柯以伐柯，红松黑桧黄波罗。

高材见汝胆齐落，矮树逢人肩互摩。

草木深山谁赏美，栋梁中土岂嫌多。

投柯四顾漫山雪，今夜家中烤火么。

这首诗通篇充满现代口语，最后一句更是白得不能再白的寻常语言，亲切朴素，意味深长。这样作品出现，有力的反驳了某些人认为旧体诗是以文言为主的诗体的误解。

当代旧体诗坛，多有诗人用口语写作，并屡有佳作。近年来，以口语入诗词的风习犹盛，无以名之，姑且称之为口语派。仅目力所及，其中比较引人注目的有伍锡学、寓真、蔡世平等。

请看伍锡学先生的一首《塘边》：

鲫鱼婆与米虾公，攘攘熙熙戏水中。

一伙儿童撑膝看，谁丢石子一声"咚"。

再请看蔡世平先生的一首：

生查子·江上耍云人

江上是谁人？捉着闲云耍。一会捏花猪，一会成白马。
云在水中流，流到江湾下。化作梦边梅，饰你西窗画。

这里的诗全用口语出之，天真烂漫，透明透亮，美不胜收。尤其一个"咚"字，真是妙不可言。寻常一样口头语，独将妙手点成金。网络诗坛的曾少立、无以为名等诗人的口语诗探索更是非常引人注目。

再请看曾少立先生的一首：

鹧鸪天

三十馀年走过来。空茫剩得旧形骸。徘徊有涉安危界，坎坷无关上下台。

千万里，一双鞋。走山走水走长街。肩头著尽风和雨，偏是人寰走不开。

这些诗人们分居南北，彼此之间是否有过交集也不清楚，更没有共同发表过什么宣言口号之类。但是在用现代语言材料创作方面，却也有很多共同之处。相对于专讲音韵格律、卖弄典故、乱掉书袋的一些诗作，口语诗词的大量出现，使诗坛吹来一股清爽之风。他们因在探索新路、致力于诗的自由化、口语化方面显出共同的有意的努力，且在诗歌风格方面有一致之处，所以引起很多读者的整体性的极大关注。他们的作品语言通俗，完全口语化，却又文采斐然，妙趣横生，让读者感到新鲜活泼，有出奇制胜的感觉。

说到采用日常口语入诗，如果单论近体诗和词的话，过去年代的诗人很多局限在打油形式的嬉怒笑骂，像大观园里刘姥姥那样，即使上了大席也根本做不了主客。而现当代诗词作者把口语直接引进了当代诗词创作中，并让刘姥姥坐上宴席正坐。从形式上来说，他们把旧体诗词写得不像旧体诗词，反而更像新诗了。这是一种大胆的创新。古人说"若无新变，不能代雄"，诗歌语言和艺术技巧上的革新和变化，为传统诗词的发展带来了新的风貌。

口语，并非新诗的专利。文言，也不是拘束当代诗词发展的桎梏。

学习新诗，就要学习新诗的探索精神和表现技巧

现代新诗借鉴国外诗歌技巧大量使用的反讽象征、意象群组、通感移情、时空变换等等表现手法，给中国现当代诗歌带来很多新鲜的美学元素。而同一时期的旧体诗词创作，在美学方面的探索意识不强，开拓范围不广，创造能力不足。应该承认，尤其是当代人写的旧体诗，的确有许多缺憾：语言陈旧、意境单一、佶屈聱牙、泥古不化……许多诗人还停留在对传统形式的继承上，缺乏文本实验的自觉性和自信性，时代感不强，眼界也不够开阔，语言技术上跟不上创作实践的前进步伐……这些方面都应该向新诗吸收和借鉴。

我们来看民国初年的著名诗人程颂万先生的一首《忆少年》：

低摇扇子，笑拈花朵，半窥帘户。空庭怯花落，况黄昏微雨。

六曲屏山遮翠雾。便思量、也无情绪。双双白蝴蝶，向花间飞去。

这首词写寂寞心情，委婉细密，韵致盎然，但是我们还请看戴望舒的一首同样主题、并且同样写到相同意象的《白蝴蝶》，就会有一种不一样的感觉：

给什么智慧给我，
小小的白蝴蝶，
翻开了空白之页，
合上了空白之页？

翻开的书页：
寂寞；
合上的书页：
寂寞。

　　这首新诗的上下两段的一问一答，互相呼应，巧妙含蓄。空白之页和寂寞之间的巧妙比衬，自然生动，同时又与白蝴蝶的翅膀发生复义联想，在优美的意象中完美的演绎成内敛的情感素描。以实写虚，以虚写实，显示出漂亮的技术自觉，新鲜而空灵的美学感受也更鲜明了。把程颂万和戴望舒的作品放在一起比较，戴望舒的美学突破是非常明显的。出自戴手的《白蝴蝶》，其表现力和感染力也确实比程颂万的《忆少年》更强烈一些。
　　再请看戴望舒的《烦忧》：

说是寂寞的秋的清愁，
说是辽远的海的相思；
假如有人问我的烦忧，
我不敢说出你的名字。

我不敢说出你的名字：
假如有人问我的烦忧，
说是辽远的海的相思，
说是寂寞的秋的清愁。

这首诗其实就是辛弃疾的"而今识尽愁滋味，欲说还休，欲说还休，却道天凉好个秋"的现代变奏。诗人含蓄地表达了把爱藏在心里的小心翼翼的微妙情怀和矛盾心理。轻灵生动的句子借用回文诗的形式排列，把绵绵不绝、回肠荡气的情感波涛复唱成一个环状结构，既深沉委婉，又热烈迫切。其中有对古典诗歌的借鉴，但更加动人的还是作者独具匠心的白话美学探索。

当代诗人刘庆霖先生很早就提出了旧体新诗的观点，他的作品也有很浓郁的新诗味道。请看他的《西藏组诗之一》：

远处雪山摊碎光，高原六月野茫茫。
一方花色头巾里，三五牦牛啃夕阳。

这里用一方花色头巾来以小喻大地表现高原草野的斑驳陆离，以牦牛啃夕阳的通感意象来显示高原生活的宁静散淡，都有着浓郁的新诗韵味，可以体现新旧体诗体互鉴方面的迷人魅力。

再请看曾少立的一首《风入松》：

以星为字火为刑。疼痛像雷鸣。互为火焰和花朵，受刑者、因笑联盟。金属时刀时币，天空守口如瓶。
突然夜色向前倾，然后有枪声。冬眠之水收容血，多年后、流出黎明。你在仇家脑海，咬牙爱上苍生。

这首诗意象奇诡，奇句迭出，吸收了很多新诗的表现手法。比如这里的"多年后、流出黎明"很容易让人联想到北岛的诗句"从星星的弹孔里，流出血红的黎明"。

总之，只有不断赋予优秀传统文化新的时代内涵和现代表达形式，不断补充、拓展、完善，才能真正获得涵育人心的不竭之力。这种创造和创新吸纳传统、检验传统，同时在传统的基础上不断提高。

　　较之古代，当代旧诗在内容、情感、思想、词汇、表现手法等方面，发生了不少的新变化。比如魏新河说"秋水云端岂偶然，迢迢河汉溯洄间。此身幸有双飞翼，载得相思到九天"，这是古代诗人笔下所没有的内容。再比如刘庆霖说"夜里查房尤仔细，担心混入外星人""夕阳求扫二维码，拉我进它朋友圈"，这是古人没有的情感。再比如聂绀弩说"尊书只许真人赏，机器人前莫出书""文章信口雌黄易，思想椎心坦白难"，这是古人没有的思想。再比如流沙河说"狱中陈水扁，楼下赖汤圆"，刘能英说"阿公软语劝阿婆，看下新闻联播"，这是古人没有用过的词汇。再比如李子说"种子推翻泥土，溪流洗亮星辰。杨柳数行青涩，桃花一树绯闻""亡魂撞响回车键。枪眼如坑，字眼如坑""我把眼帘垂下，封存一架时钟""沧海沉盐，荒垓化卵。时空旋转飞光堕。小堆原子碳和氢，匆匆一个今生我"，这似乎又是古人没有的表现手法……

　　除了新诗和外国诗，当代诗词作者的触角也伸向歌词，带来语言上一些更加尖新的韵味。比如电影《万万没想到》有一个主题歌叫《大王叫我来巡山》，歌词是这样的："太阳对我眨眼睛，鸟儿唱歌给我听。我是一个努力干活儿、还不粘人的小妖精。别问我从哪里来，也别问我到哪里去。我要摘下最美的花儿，献给我的小公举。大王叫我来巡山，我把人间转一转。打起我的鼓，敲起我的锣，生活充满节奏感。大王叫我来巡山，抓个和尚做晚餐。这山涧的水，无比的甜，不羡鸳鸯不羡仙。"以此为灵感，几位青年诗人写出几首旧体诗，颇有新意，请看其中三首：

大王叫我来巡山

海亮

天上白云团团转，枝头小鸟声声唤。

人间且作逍遥游，七彩阳光心底灿。

遍地鲜花开烂漫，娇娇一朵风中颤。
好是芳踪不易求，心心念念驰如电。
鼓乐喧哗巡几遍，滚滚红尘真好看。
王命焉能拯凡心，多情总赖无情断。
是妖是佛皆虚幻，但为天真留一线。
溪流自绕青山青，任尔修仙登觉岸。

大王叫我来巡山

一苇

红日娇妍鸟语喧，巡行王命到尘烟。
何来何去休相问，一叶一花未敢专。
最美献吾小公举，烦难管自上双肩。
饥餐和尚闲敲鼓，不羡鸳鸯不羡仙。

大王叫我来巡山

司雨客

山日闪明眸，林莺发好声。
巡山随锣鼓，健步喜攀登。
家有萌萌女，久占妖主名。
女既为妖主，吾是小妖精。
巡山何辞远，日暮必归程。
一口山泉水，便觉全身轻。
从此别疏懒，红尘下苦功。
从此爱鲜花，献给前世情。
不羡天上客，不羡鸳鸯盟。
护你慢慢长，我会永年轻。

大王快起床，大王把眼睁，
大王先饶命，我去捉唐僧。

　　青年诗人们的探索别具风味。读来摇曳多姿，清新灵动，让我们看到当代诗词创造性转化和创新性发展的美学空间和时代变奏。

互竞和互赛

　　市场经济的严峻考验，现代生活节奏的无声挑战，是新时代摆在诗人们面前的一个崭新的课题。我认为，从注重单一的审美效应重新向注重综合的社会效应的转变，是未来诗歌（无论新诗还是旧诗）发展的一个大趋势。我呼唤新诗和旧诗之间的互鉴和互见，同时也坦率地提醒诗人同行，如果把诗歌阅读圈看成文化市场的一部分的话，两种诗体之间的友好竞争也是不可避免的。

　　当诗人们将生活的流程以致整个社会的嬗变纳入自己的镜头时，无论其写新诗还是写旧诗，假若没有从读者需要出发的宏观视野和超群气概，恐怕是很难如愿以偿的。即使将自我的一己悲欢或个人隐秘做一横截面式的反映，如果不能站到时代的高度投以俯瞰的目光，仅仅以寻常人的胸襟和气度去体味、去构思，也就只能就事论事，使主题流于肤浅，构思失之陈旧。目光短浅、心胸狭窄、难以跳出个人生活的小圈子，囿于一孔之见或门派或诗体之见，不能博采众家之长甚至搞唯我独尊、蛮不讲理那一套，读者只好敬鬼神而远之了。

　　当代旧体诗词从不被认可、不允许发表、不被提倡，到今天这样一个读者众多、作者众多、佳作琳琅的美好局面，这一方面归功于当代旧体诗人们的不断探索和创新。另一方面也由于读者的坚定支持和社会心态的不断开放。当代旧体诗以新的精神、新的感受、新的思考和新的活力，逐渐在日益萧索的诗坛上，重新树起了一面属于自己的生动旗帜。当代诗词的光芒，我相信经过一段光阴的误解和间离的考验，不仅不会消失，反而会更加灿烂和纯正。任何时代的经典作品，都是有勇气和毅力来接受时间的反思、检选和沉淀的，当代诗词，当然也概莫能外。21世纪以降，诗词新潮更是带着虎虎生气和勃勃生机，作为一种挡不住的美学力量澎湃而来，给平静的诗坛添加了更加辽阔、更加新鲜的想象力和可能性。此中的启迪，耐人寻味，发人深省。

新诗也好，旧诗也好，在互鉴和互见的同时，也要有进行互竞和互赛的文化自信和心理准备。市场是客观的，读者的选择也是不以个别人的意志为转移的。起跑线虽然看不见，发令枪虽然听不见，而辽阔宽广的赛场则真实而严峻地在每一位新诗和旧诗的诗人面前铺展开来——

锦囊十二：三思而诗

第一思：珍惜"诗人"这个称呼

"诗人"是个可爱的词汇，这一社会角色在公众心目中本来是美好健康的，现在则塞进来许多杂七杂八、五光十色而又怪诞无稽的东西，甚至还有"诗人"以这些东西为时髦、为风度，成了"诗人"之外的那些人茶余饭后拿来冷嘲热讽的可怜可笑的……一种病。

诗人的健康的社会形象需要社会的重新认同，也需要诗人自己的重新建构。诗人需要美好的语言，更需要美好的行动。

确实，诗人需要个性，需要差异性、地方性、民族性、创造性……但是这种多元的艺术形态下面有一元应该是统一的，这就是对真善美的认同和追求。

诗人也是人，是雄浑的时代交响乐中一个和谐的音符，而不是一声难听的噪音。这种和谐有三个方面：（1）诗人与社会的和谐。诗人是社会的人，真善美是融化在诗人血液中的盐。（2）诗人与自然的和谐。某些诗人的病态的怪癖是诗人的缺点，而不是诗人的标志，更不是让人津津乐道的效仿的对象。（3）诗人与心灵的和谐。诗情是非人工的，天性的，本色的，随心所欲的。

老诗人郑敏前几年在《诗刊》曾提出过诗人需要自救的话题，这个话题很沉重，也令人感慨很深。另一位老诗人公木生前曾专门给我寄来郑敏先生的这篇文章，嘱我用心读一读。其实我不仅读了一读，而是用心地读了好几读。郑敏先生的论述，给我许多启发。我想，诗人需要自救，但首先更需要自律。要把解剖刀和显微镜先对准自己，先向自己灵魂中的毒瘤动刀。自律正是自救的基础，也是自救的关键。扫帚不到，灰尘照例不会自己跑掉，屋子里的灰尘是这样，心房里的灰尘也是这样。吃五谷杂粮，食人间烟火，谁又敢自诩自己是"本来无一物，何处惹尘埃"呢？只有"时时勤拂拭"，才可以真正做到"勿使惹尘埃"啊。

近来读到书画名家林散之先生的一则轶事，说是他生前自题的墓志铭上只有几个字：诗人林散之墓。林先生的诗名并不及他的书画名之盛，他为什么舍书画而只字不提，反而只提自己的诗歌呢？况且书画的润格如今越来越高，而诗歌的稿费却少得可怜，林先生为什么愿意用诗人的名号来给自己"盖棺论定"呢？倘若此传说不错的话，我相信林先生肯定是把"诗人"这两个字看作了美好人生的象征。有从艺的一面，也有做人的一面，林先生的不凡的人生旅程有许多复杂的内容，林先生自己以一言以蔽之，曰："诗人。"

的确，上下求索，左右探寻，风雨跋涉，悲喜交集，大千世界的光怪陆离，百年沧桑的阴晴圆缺，最后浓缩成一首简单的诗——题目也仅仅只有两个简单的笔画，叫《人》！

诗这东西带给我们的可能并不是荣华富贵，比如"冠盖满京华，斯人独憔悴"是杜甫对李白的际遇所发的感慨。至于这种悲凉和寂寞，作为杜甫本人，又何尝能免？最近读一本杜甫的传记，对杜诗中"百年歌自苦，未见有知音"句颇有感慨。诗人的称呼确实不是高官厚爵，确实不能成为进身的敲门砖，但却是拨云破雾的灿烂光芒。这光芒能穿透时间和空间，能帮我们照亮前行的道路。倘若这光芒蒙上了云翳，我的脚下就或许会多一些曲折和徘徊。我很珍惜"诗人"这个称呼。这个称呼美好庄严，但是也悲壮艰辛。我愿终生背负着它，哪怕它就是那沉重的十字架。

第二思：律为我之助 我非律之奴

汉诗的格律是前人根据汉语言的发音规律摸索出的艺术经验和学术成果，在帮助诗人表情达意尤其是增加诗歌的音乐性和节奏感方面，发挥了很多很好的积极作用。不过，这些格律终究不是判断诗歌成败的金科玉律，更不是诗歌创作的终极目的。无论多么精美的节奏、多么工整的韵律，也只是好诗的手段，而不是好诗的标准。《静夜思》《咏鹅》《送元二使安西》等名篇并不死守格律，不是也打动了很多人的心，受到很多人的喜爱吗？

当代诗坛，有很多我很尊重的诗人在坚守平水韵、词林正韵，我也很喜欢他们谨循旧韵所奉献出来的精美的艺术佳作。不过，我喜欢他们的作品，是因为文本中的才思、情怀所带来的心灵感动，而不是因为他们采用的声韵和格律。

因为从事诗词编辑的原因，我在具体工作中一直严格遵循新旧韵双轨并行的原则。不过，如果单纯就个人观点来发言，我认为某些死抱着《佩文韵府》《词林正韵》等旧韵书来固执地开历史倒车的思路，是行不通的；某些扬扬得意地辨认几个入声字就摇头晃脑以为是得了李杜真传的冬烘先生，也是很可笑的。极少数的用长满青苔的科举考试的枯涩目光来打量活色生香的当代创作，或者带着削足适履式的狂热宗教情绪来"围剿"诗韵诗律创新努力的乡愿师爷，就更是可怜和可叹的了。天地本来大，好诗在天然。那些拘泥在昨天的"古色古香"里的人物，不是自由率真的诗人，而只能称之为偏激偏执的律奴。

每逢听到某些所谓的诗人不问诗的内容好坏，就先从韵啊、平仄啊等角度指指点点，并以此来显示自己有学问，显示自己懂诗、懂韵、懂古字音，我就常常想起一个网上流传的小故事：有一个老禅师收养了一个童子，这童子天真烂漫，不懂佛门规矩，有时还像孙儿一样摸着老禅师的光头撒娇嬉闹。后来有个行脚僧来到寺里寄宿，就叫住那童子，严词峻句，教他一些寺院里的礼仪。到了晚上，老禅师从外面回来，这童子马上上前行礼问安。老禅师很惊讶，便问："谁教你的？"那童子回答："新来的和尚。"老禅师找到行脚僧，冷冷质问："我这童子养了两三年了，怪可爱的，谁让你教坏他？！"

这个故事，讲的是参禅的道理。而对我们的诗人而言，也可以带来一些作"死诗"还是作"活诗"的感悟。诗歌就像那个天真活泼的孩子，任何刻意的装饰和做作的规矩，都会败坏和歪曲了那份发自内心的清纯和自然。律为我之助，我非律之奴。有格律也好，没格律也好，根本不必去生搬硬套，更不用去刻意雕琢。读一读屈原，读一读陶渊明，读一读李太白，就会知道大象无形，大音希声，大诗人无拘无束……岂能让"格律高悬霸主鞭"？

在编辑工作中，我经常会读到一些句子很精美的所谓诗词，虽然对仗工整，平仄和谐，但是总感觉其中少了点什么东西，不能打动人心。少了什么东西呢？就是少了作为当代人的作者自己对人生、对社会的体验和思考。一位与当代的社会、人生完全绝缘的诗人，他的那些才情、学识、文化修养、格律知识、语言技巧……还能获得欢蹦乱跳的生命吗？我表示怀疑。

以个人观点来看，诗歌的魅力，不仅仅在于"怎么说"，更重要的还是在于"说什么"。因为说什么，关系到一首诗能起什么作用。而凡是让人称赏的现当代诗词作品，无论是郁达夫的，还是聂绀弩的，还是其他一些大家的精品力作……大都能够呼喊出自我的声音，体现出鲜明的个性。他们大都是以坚定而真实的姿态，屹立在现实生活的热土上，而不是满足于在古人的意境和格律中间捡拾一些鲜艳夺目的下脚料，然后修修补补，改头换面，制造些二手诗歌。

前人的社会生活跟今天不一样，没有什么可比性。但，从技术角度来说，前人为我们提供了平仄格律等丰富的艺术经验，可以说我们是完全站在了前人的肩膀上。活力无限的当代诗词，的确应该比前人看得更远，攀得更高一些。当代旧体诗词要想从我国古典诗词已经形成的艺术规范中成功突围，首先就应该投入火热的当代生活，反映真实的当代社会。诗人的精神等级、思想层次、人性亮度、情感温度，诗人所独立发现的生活真谛和社会真实，才真正代表着诗歌的质量和重量，是写作的高度和深度，同时更可以成为评判诗歌的一种关键的艺术尺度……

需要说明的是，我并不是轻视诗歌的格律和艺术技巧，而是反对把格律、技巧引向平庸、呆板的艺术藩篱，甚至成为装饰型的艺术附庸。诗歌所独具的创造活力，不是来自严苛工稳的格律，而是来源于复杂生活的剧烈撞击。每一个诗人，都应该首先诚恳地面对生活。而不是仅仅沉溺在文字平仄和韵律上下功夫。格律是个好东西，但格律要为诗所用，为诗服务，要为诗歌安上飞翔的翅膀，而不是束缚前进脚步的绊马索。而诗歌的最终目的当然要为时所用，为世所用，为人生所用。这些写在纸上的文字一定要投入到更广阔的社会生活中去，加一些砖，添一些瓦，碰撞出一些火花，增加一些亮色和光彩。

老子曾用"埏埴以为器，当其无，有器之用"为例，来解释"有之以为利，无之以为用"的道理。诗歌的格律，只有将"有"和"无"辩证地配合起来，才能在诗歌的创作和传播中起到应有的艺术作用。过分绝对地片面地强调和坚守，反而会因其刻意和矫揉造作而直接减弱诗歌的表现力和感染力。

诗歌是诗人心灵深处发出的光芒，这光芒不是来自于格律、平仄等技术性的手段，而是大写的"人"字在激情燃烧。这光芒不是只用来炫耀和消遣的装饰品，而是能够投入到社会人生中去的真情的火炬……古人说："诗可以兴、可以观、可以群、可以怨……"我想，还可以加上一条："诗可以用。"诗可以用自己的火去点燃旁人的火，也可以用自己的心去发现别人的心。

第三思：寻找诗篇的核儿

聂绀弩先生说："吾生俯拾皆传句，那有工夫学古人。"元稹称颂杜甫时也说过类似的话："怜渠直道当时语，不着心源傍古人。"二者所言，极为相似，都是强调诗歌应该立足现实生活的意思。

聂先生落拓不羁，口无遮拦，我行我素，独步诗坛。他的许多诗句虽然很平易，却都有着深刻的生命体验。像"男儿脸刻黄金印，一笑身轻白虎堂""文章信口雌黄易，思想交心坦白难"……都令我反复吟味，爱不释手。这些句子很漂亮，但这只是表面现象。聂先生站在千千万万受难者的立场上反映的真实深刻的人生，才是这些诗篇的"核"。对于当代旧体诗坛某种程度上某些范围内所呈现出的凌空蹈虚的流行倾向，聂先生的努力是有着旗帜性的功绩的。

"天意君须会，人间要好诗！"白居易说得很对，人间的确是需要好诗的。不过，要真正写好旧体诗词，并非"熟读唐诗三百首"之后便可"不会作诗也会吟"的。要写好旧体诗，需要才情、学识、文化修养、诗词知识、语言技巧……而这其中更重要的，我认为还是要有一颗向真向善向美的敏感鲜活的赤子之心。现在有一些旧体诗词作者的艺术修养达到了很高的境界，出现在他们笔下的句子也很精美，对仗工整，平仄和谐，但是，主题、意境、词汇、句式却都给人以似曾相识的印象，总感觉其中少了点什么东西。少了什么东西呢？就是少了作为当代人的诗人自己对人生对社会的体验和观察，或者说是自己的思想和情感。陆游的"功夫在诗外"，正是在纠正了他早年学诗"但欲工藻绘"的偏颇之后领悟出来的。没有自己的观察和体验，而仅仅满足于克隆古人的意境和辞句，仅仅满足于"工藻绘"的诗词，留给读者的印象当然也就是不痛不痒不咸不淡不尴不尬的了。这样的诗篇虽然看上去很美，但是因为没有核儿，也就失去了重量和血性。

很多年前，我曾听过魏巍老人在一次诗人聚会上的发言。他说："现在的诗离我们的工农群众远了一点，希望在座的诗人不论是什么流派，以什么形式，要多反映现实、反映工农群众的生活和命运，这样的诗才有生命力。"后来读到新华社报道诗会的消息，特意将魏巍称作"著名作家"，以与贺敬之、刘征等"著名诗人"相区分。其实魏巍也是一位老诗人，著名的《晋察冀诗抄》的作者之一。他在那次诗会上所说的也本是一番"老话"，然而却让我产生了很多很"新"的感慨。因为现在的很多很"新"的诗歌，不论是新诗也好，还是旧体诗也好，距离工农的确是太远了。

这里的"工农"也是一个"老词"，很多新诗人已经不屑于用这样的字眼来谈论问题了。我想推而广之，将"工农"作为"大多数人民"的代称也未尝不可。现在的"工农"可能早就被某些诗人在自己的词汇表里边缘化了，因为"工农"没有财力给诗人们送赞助，发不出几声"像样"的赞美，甚至根本没有时间和精力来读一行诗，但他们是我们这个社会的脊梁。

现在一些有雅兴的诗人，是很讲究"诗意地栖居"的。他们用诗词来感时伤世，喟叹人生，寄情山水，其乐融融。在这种"诗意"着的诗人的笔下，偶尔也能看到"麦子""民工"之类的字眼，可这些字眼是被当作了"诗意"的点缀，就如同才子佳人书案前的小摆设一样。这种"诗意"不是来自于真实的生活体验，也不是生命的真实感受。因而也就像塑料花一样，尽管很漂亮很精美，但是没有芬芳。虽然诗歌出版物和诗歌网站日益增多，虽然那些所谓写新诗或者写旧体诗的诗人们自己闹腾得也挺欢——互赠封号、互相吹捧、互相发奖、互相串连……但是另一方面，读者对这样的诗歌和"诗人"们却也越来越"敬而远之"。

现在一些诗人在大讲特讲要贴近实际，贴近生活，贴近群众，可是他们这种"贴近"仅仅停留在了冠冕堂皇的口号上。贴近什么样的实际？贴近谁的生活？贴近什么样的群众？魏巍老人认为反映现实、反映工农群众的生活和命运的诗"才有生命力"，这个"才"字，可能有点绝对，但也不失为拯救诗歌命运的有效途径之一。诗，贴近谁？站在谁的立场上？这的确值得诗人们认真思索。

就当前而言，真正的工农生活，并不总是充满"诗意"的。他们劳作在辛勤的汗水里，生活是残酷而真实的。贴近工农，不是像香油"贴近"水面一样，抒发些士大夫式的不痛不痒的感叹。而是应该扎进生活的底层，真正认识工农身上那种蓬勃的创造力和昂扬的精神状态，真正理解他们坚韧顽强的生存信念和苦辣酸甜的内心世界。写新诗的郭小川说过："诗是一条闪光的、叮咚作响的河流。"这河流为什么"闪光"？因为其中荡漾的是太阳的光辉。这河流为什么"叮咚作响"？因为其中澎湃的是大海的向往。

假如这"河流"仅仅在自我的"诗意"之中"栖居"，那就不是河流，而是微弱的小溪，甚至还有可能成为死水一潭。

我们诗篇的核儿，应该在哪里寻找？

答曰：从滚烫的内心出发，到广阔的生活中去。

2017年9月，《新文学评论》杂志曾出了十一个访谈题目请我回答。附录我对其中两个问题回答的答卷，也表达我个人的一些诗学思考：

您认为诗歌写作的意义何在，是一种个体的的言说和宣泄，还是某个群体的代言，抑或是一种改变社会的工具？

我年轻的时候喜欢杜牧，现在则特别喜欢杜甫。杜甫胸怀天下、寄情人间，沉郁顿挫的笔下总是充溢着一股浩然昂扬之气，温暖明亮，撼人心旌。历数古今中外，写诗的人大致可以分为四种类型：有的人为自己写诗，探索心灵的密码；有的人为另一个人写诗，歌唱美好的爱情；有的人为读者写作，寻找广泛的共鸣；有的人为苍生写作，替人民鼓与呼。这些诗人的出发点各个不同，也都能留下一些优秀作品，不过我个人更欣赏杜甫那种为苍生而讴歌的写作态度。

一首好诗，需要有血气的光芒和洞穿灵魂的力量。好的诗歌是野生的，更是有核儿的。杜甫的诗歌就是这样有核儿的野生的诗歌。关注民瘼、情系苍生、传递温暖、鞭挞黑暗，是古今中外一切优秀诗歌和诗人的最重要、最鲜明的标志。

您认为您的作品能流传于世吗？为什么？

我的作品能否流传于世，我自己无法预言。但我可以说我的作品最感人——其中首先感动的是我。

诗词贵在有自己面目，诗人存在的价值不是靠量的堆积，而是在于美学上的质的飞跃。如果诗词作品真正来于自我的生命体验、生活感受和社会观察，这些文字带着诗人自己身上的体温，带着自己的汗水和泪水，带着自己伤口里的热血和灵魂里的芬芳，那么诗人的诗歌应该是这世界上最感动自己的文字。诗人就有勇气也有资格放言："我的诗词最好。"如果诗人把自己的生命当作一首诗，认真推敲，尽情抒写，珍重其中的每一个字眼、每一个词汇，这样的生命诗篇，就是俄罗斯诗人普希金所说的那种"非人工的纪念碑"。

星河灿烂，我不愿做流星、卫星、行星，立志做一颗恒星，用自己的热，发自己的光。恒星并不一定都是太阳，有的恒星只是在无数光年之外的遥远地方默默燃烧，默默灿烂。可能人们的视线并没有关注到它，但它的光芒是永恒的。这就需要一份耐得大寂寞的恒心和定力。诗词的品位来自生命的质量，生命的质量决定了诗歌的品位。

锦囊十三：诗词杂志的编辑思路和投稿技巧

——以《中华诗词》杂志为例

　　《中华诗词》创刊于1994年，由中华诗词学会主办，中国作家协会主管，受到海内外各界读者的热忱关爱。从只有千余份的不起眼刊物，发展到今天，已成为全国发行量最大的诗词刊物。《中华诗词》杂志的崛起，是当代文学史上的一个可喜现象。杂志本身的编辑和传播，也引起广泛关注。华中师范大学戴勇先生博士论文题目就是《〈中华诗词〉与新时期旧体诗词的传播及创作研究》。戴勇先生通过分析《中华诗词》杂志的传播机制，讨论以《中华诗词》为代表的旧体诗词传播媒介，对于推动新时期旧体诗词文体发展的意义与作用。他说："就杂志的发行量而言，《中华诗词》杂志无疑在新时期旧体诗词传播场域中，占据着最为重要的地位，其与《诗刊》双峰并峙，分别成为新诗和旧体诗词传播领域的代表刊物。"

　　《中华诗词》杂志受到读者和作者欢迎的同时，在读者和作者中也有一些误传和揣测。比如2017年7月，湖北省阳新县的一位75岁老先生给我写来一封信，说："前两年我购订了《中华诗词》，捧读此刊，大开眼界，收获良多。《中华诗词》大多数作品都是阳春白雪，词工句丽，律细韵圆，不愧为中华优秀传统文化的旗舰刊物。……为了能够在中华诗词学会主办的《中华诗词》上发表一点作品，从2015年至2016年，我先后给贵刊投了10来次稿件，（手写稿，打印稿，电子稿）可是都石沉大海，杳无音信。均未选用。后来，我打听到一些消息：据说想在《中华诗词》上发表作品，必须三个条件：一是要组团投稿，且作品质量要高。二是要有熟人关系。三是要交点刊登费。是否如此，我未调查。我们湖北省阳新县××镇诗联学会有36位学员，其中有几位会员准备申请加入中华诗词学会的，听到这个消息后，都打消了入会念头。"

　　这位老先生信中所说的在《中华诗词》发表作品的三个"条件"，就是很明显的误传。第一，以诗社的名义集体投稿，编辑部的同仁确实会比较重视，如果作品质量过硬，当然见刊的速度也就会很快。但是编辑部收到的投稿稿件，还是个人名义投稿的多些，只要作品质量过硬，同样也会出现在杂志上。第二，虽然每位编辑自己也是诗人，都会有一些诗人朋友。但是编辑部实行严格的三审制，发表作品还是看质量，而不会看脸。第三，《中华诗词》杂志从来没有收取过刊登费，这一"条件"是个绝对的假消息。

老先生信中所提到的三个"条件"都是误传，可是为什么还是有人会相信这么明显的虚假传言？一方面是读者的误解，另一方面也说明杂志和读者、作者之间还需要更多的沟通和了解，这方面待做的工作是很需要加强的。

一、首任主编刘征老师的回忆

《中华诗词》杂志创刊于 1994 年 1 月，第一任主编是时任人民教育出版社副总编辑的著名诗人刘征先生。2017 年 5 月，刘征先生接受《中华诗词》记者潘泓采访时，回忆当年创刊情景时说："我来杂志社时，杂志已经出了几期试刊。据我知道的，第一期试刊是谁编的呢，是施议对先生。施先生现在是澳门大学教授。试刊第一期，很薄的一小本。施议对编第一期后走了，接着来了一位四川的同志，叫谷声淙。这个名字很特殊，一下子就记住了。他是孙轶青老从四川调来的，专门编刊物。他编第二期试刊，第二期规模比较大一些。我去了后，孙老的计划是要正式出刊了，是不定期的。"

"我怎么样进入中华诗词学会编《中华诗词》这个刊物的呢？这完全是孙轶青先生、咱们的老会长，他极力地叫我出来办这个事，这个时期他到我家里，一共来过三次，每一次他都说，你要来，你是最合适的人选了。那我就非出来不可了。我是感知遇之恩这么一种心情。

"我当时有本职工作，所以当时有好几位同志帮着我办刊物做编辑工作。有周笃文同志，有刘梦芙同志。还有位秋枫同志，女的。还有的同志我已经忘了名字了。如有位同志我只记得他的笔名叫'王屋山人'，姓王，山西人，已经去世，真名我不记得了。"（注：指王澍先生）。

那时杂志社工作的同志们都集中在北兵马司 17 号院上班，其中有长驻的，比如谷声漂同志。也有一个星期去一次的。这些同志都是"老雷锋"，一分钱不挣；大家只有写信用一下杂志社的信封信纸，别的一分钱也不用。连杂志社开会路费都是自己掏，这样的情况持续了很久很久。大家凭着责任感、兴趣和奉献精神在这里工作。

二、初刊时的三个难题

第一是没有刊号。刊号是很难批的，特别是诗词刊物。后来大家各方面努力。刘征先生也找到贺敬之先生，贺敬之当过文化部代部长和中宣部副部长，请他帮忙，他很肯帮忙，因为他是诗人，很支持。这是第一大问题，后来刊号解决了。

第二大问题是没钱。怎么办？开始时学会给了一笔钱。刘征老师回忆好像给了十万元。那时这笔钱花得是非常紧俏的，如刊物每一期编出来了要付印，印厂都不找在北京的，图便宜，这家多少钱，那家多少钱，要算账，曾经找到东北去了，总之哪家便宜哪家印。资金这样也不够，过紧巴巴的日子。

办公用房是制约杂志开展工作的第三大难题。初期中华诗词学会和《中华诗词》杂志社是在北兵马司 17 号院一起办公，那是一所幽静典雅的四合院，由第一任会长、全国政协副主席钱昌照先生捐献。遗憾的是，后来出现一些纠葛，中华诗词学会和《中华诗词》杂志先后从北兵马司 17 号院搬了出来。

1999 年，欧阳鹤先生亲笔写信，同时联系了清华大学老同学和电机系老领导帮助写信反映情况，并代学会向国务院领导汇报情况、吁请支持。朱镕基总理十分关心中华诗词事业，随即批示财政部和国务院机关事务管理局协助解决。朱总理的批示很快得到落实，大大改善了中华诗词学会的办公条件。这就是太平桥大街 4 号 9 层的中华诗词学会办公处所（2019 年搬出）。《中华诗词》杂志社后来也一度搬到这座楼 1 层的两间办公室办公。

2004 年 12 月中华诗词学会召开第二次全国代表大会。会前，学会领导委托欧阳鹤先生向朱总理请示，看他能否出席大会、担任名誉会长并题词。欧阳鹤先生为此给朱总理写了信。2004 年 12 月 28 日，朱镕基总理为此专门接见了欧阳鹤先生，在听取了先生的详细汇报后，当即表态：第一，我是诗词爱好者；第二，我是《中华诗词》的忠实读者；第三，我永远支持中华诗词事业。希望把这一表态转告给大家。他说："我就不参加会了，也不担任名誉会长，但可以写一封信。"他的信是这样写的：

欧阳鹤兄及中华诗词学会领导同志：

多承厚爱实不敢当，只好辞谢。

我虽不通格律，唯自幼喜爱诗词。我将永远是致力于中华诗词事业的各位同志的忠实支持者。谢谢。

朱镕基

2004 年 12 月

2011 年，《中华诗词》杂志社得到中国作家协会及中华文学基金会的支持，将位于北京市阜成路 58 号的新洲商务大厦 808 室提供给杂志社作为办公场地。2020 年 6 月 28 日，杂志社又在社会各界和有关领导的关心下，迁至北京东四八条 52 号。

三、《中华诗词》杂志创刊时期遇到的外部问题

第一是阻力很大。刘征老师回忆《中华诗词》杂志创刊前，他在《诗刊》杂志社参加了一个会，会上宣读了一位当时住在病院里的老诗人专门写来的一封信。信的大意是说《诗刊》千万别开辟旧体诗的栏目。那时好多人认为旧诗已经死了，要再搞的话，就是一些遗老遗少的哼哼唧唧。当时的诗界很多人对于《诗刊》的旧体诗栏目都施以白眼，对于专门刊发旧体诗词的刊物创刊，更是侧目而视了。他们当时对于旧体诗是不能接受的。刘征老师回忆说：

"这包括两个意思：一个意思是说过时了，在五四时期就已经被打倒了，你怎么现在还在搞这个东西呢；另外就是青年诗人觉得这个难，碰不得。中华诗词，当时仅仅是《人民日报》等刊登的一点点名人的诗词。很多人引用毛主席的话，说是旧体诗'不宜在青年中提倡'、说是'容易束缚人的思想'等等。那时候打着毛主席的旗号很厉害的。"

第二，《中华诗词》杂志出刊后，社会上又出现了认识问题，就是认为诗词活动"长不了"。有位老诗人给我们中华诗词的活动"算了命"，说这些个搞诗词活动的人可以叫"银发师爷"，全是一群"白头翁"在干。他说至多出不了三十年就会自己消灭的。确实，当时诗词界一开会，往台上台下一看，差不多都是白头发。这确实让人担心诗词有多大的前途，就像革命战争年代所讲的'红旗能打多久'。但刘征等当年的老编辑们有个信念："我们搞的是当代诗词，而不是搞旧的一套。就是说诗词只要它是跟当代、人民相结合的，它就永远不老，就有生命力，这是个信念。对那些个'长不了'的观点，我们在杂志上没有批判过，我们就是闷头干。"现在看《中华诗词》杂志的发展，"闷头干"这种态度仍然是宝贵的经验。

第三种阻力，就是"古董论"，说诗词确实是个宝贝，但是过时了，是古董。这个说法大多来自高等学校，文学系的，研究诗词的，说诗词就是到清末为止了，后面都是"尾巴"，没有把当代诗词算作一回事，也没看在眼里。觉得诗词已经不适于反映现在的社会生活了，只适合反映旧社会的生活形态。所以当年诗词在作家协会、高等学校等挂不上号。评奖挂不上号，也不能进入诗史。刘征老师回忆说："当代诗词，完全可以反映当代人的生活，完全可以受到当代人民的欢迎。这里面最有力的证据就是毛诗。毛泽东诗词用的是传统的格律，但写的是全新的事物。没有比他再新的了，因此受到广大人民的欢迎。当然有地位的关系，但是诗也的确好。这个是我们信心十足的一个支柱。不但毛主席，还有鲁迅的诗，大学教授也有写当代诗词写得好的像夏承焘先生、沈祖棻先生。这都是写抗日战争或抗日战争前后的生活。写得好的还有那时已经是中华诗词学会的人、刚刚去世的霍松林先生。总之，这种论调是要克服的。我们用什么来克服呢，我们没有在报刊上公开反驳什么。我们是用实在的创作成绩去克服，一步一步的，到现在，不能说是满意，但是相当好了。"

四、《中华诗词》杂志创刊时期遇到的内部问题

创刊时期，《中华诗词》杂志社创刊时期，杂志社内部也遇到几个突出的问题。

一是声韵问题。用今声今韵还是必须守住平水韵的问题。当时杂志上在讨论，社会上也讨论，还有南方《当代诗词》杂志也在讨论。经过好长时间，大家商量、决定，就是实行"双轨制"。你爱用哪个韵就用哪个韵。这是第一个问题。

二是创新问题。一般的意义上说，创新不一定改变格律。比如说毛主席就是个例子，他就是放松一点，他不改变格律。但是他的诗是全新的。创新还有一层意思，就是新的体式的出现，比如丁芒同志搞的"自由曲"是搞得比较有成就的。还有一种创新叫作创造新的语言、新的思想、新的意境。最后"求正容变"的观点，引起很多人的共鸣。

刘征老师认为，诗的创作，是个人行为，所以得给很大的自由，现在又不是凭诗去升级、去卖钱，他就是求得个性的发展，是自由。诗人怎么写，我们只能引导，只能提倡，不能规定。"求正容变"，可以有同，可以有不同。

三是关于办刊宗旨。经过反复实践和讨论，确认办刊宗旨为"切入生活、求新求美、兼收并蓄、雅俗共赏"。

五、关于投稿技巧

诗歌写出来，自然希望能够得到别人的欣赏和共鸣。拿出去投稿，正是与人沟通和交流诗艺的方式之一。现在诗词报刊很多。大多数报刊都有自己的相对稳定的作者群，而且诗词报刊的投稿量都比较大，积稿众多，怎样在激烈的竞争中，使自己的稿件脱颖而出呢？答案当然是首先提高自己的作品的

质量，让作品说话。那么，在提高作品质量的前提下，投稿要不要一些技巧呢？我的答案是需要的。

1. 知己知彼

每种报刊杂志部有自己的办刊办报方针和宗旨，有自己特定的读者对象，投稿前要对这些情况有些了解。要知道人家的刊期和栏目，知道这些栏目都发哪些作品。还要知道人家都发哪些作品，自己的作品的内容是否适合人家等。比如对方是报纸，那么一些时效性强的时事类作品就可以寄给他们的副刊，而如果对方是杂志，就要知道对方是双月刊、季刊、月刊还是半月刊、周刊。如果对方出版刊期很长，那么一些时效性强的稿件就不要投寄对方，因为时间来不及了。

兵法上说，知己知彼，百战不殆。投稿也是如此。如果不熟悉对方的情况就胡乱投过去，虽然不能说绝对没有瞎猫碰上死耗子的时候，但终归还是不如有些了解后再投的命中率高。

2. 自己留底

稿子投寄之前，自己一定要留下底稿。因为现在邮费上涨，很多报刊都不退稿了。如果稿子投出去对方不用，自己有没有底稿，也就彻底失去了向其他报刊再投稿的机会了。这个报刊觉得不合适的稿子，没准另一个报刊却恰好适合呢。

另外，投稿前自己最好做个记录，记下什么时候寄给什么报刊的什么人。因为现在一些报刊都有稿件投寄之后三个月（或两个月、一个月）之后没有回复，方可投寄其他报刊的约定。自己有个记录，这样过了约定时间，就可以投寄其他报刊试一试。

3. 书写清楚

有的作者书法功底很好。投稿喜欢手写甚至用龙飞凤舞的草书。作为硬笔书法确实很好，但如果作为投稿，编辑辨认起来就会很吃力，审稿时就会浪费很多时间。遇上不负责任的编辑，就可能干脆放下不看了。所以，如果稿件用来投稿，能够打印出来最好。如果确实只能手写，那么一定要注意书写整洁清楚的规范汉字。

4. 格式准确

诗词作品须符合声韵、格律要求，作品格式一般为：作者姓名、标题、正文。纸质稿请用A4纸横行书写，最好是一页一首作品。每页须注明作者姓名、地址、邮编、电话，以便作品发表后及时寄付稿酬或样刊。评论稿件引文务须核对准确并注明出处（包括正文、序言、注释中的引文），涉及社会新闻的，亦请注明出处，以增加引文的可信度，防止引起读者疑惑。

5. 防止重发

为防止作品重登或漏登，来稿请按编辑部地址或电子邮箱投寄，勿寄私人尤其是不向副主编以上人员寄稿。

6. 介绍自己

如果是往不熟悉自己的报刊第一次投稿，那么最好在交付稿件时加上一个简单的"作者简介"，以方便编辑了解自己的情况。当然，简介中千万不要添加那些什么"桂冠诗人""世纪诗人"之类的用钱买来的虚头巴脑的东西，要实实在在，认真负责。简介后面最好附上自己的地址、邮编、电话、电子邮箱等信息，方便编辑处理稿件的过程中有问题时与自己联系。

7. 控制数量

一次投寄的作品，不宜太多。诗词作品数量控制在十首以内为宜，一定是自己最好的作品。另外，也要控制投稿节奏。因为报刊都有一定的出版周期，《中华诗词》杂志是两个月。最好不要在一个出版周期内连续多次投寄稿件。

8. 把握时机

作者写出的诗词作品如果与时事有关，比如遇到玉树震灾、世博盛会、九寨沟地震、金砖会议等内容，就要赶紧投寄，最好能够掌握一定的提前量，并尽量选择向那些出版期比较短的报刊投寄。不然时效性一过，就不方便刊发了。如果是时效性不强的稿子，比如个人生活情感等内容，则什么时间投寄都行。

9. 改好再寄

稿子一定要修改好之后，再投寄。寄出之后就不要再找编辑部反复修改了。有的作者非常认真，投寄过来稿子以后，又继续推敲，反复打电话来修改。因编辑流程是三审制，有的时候稿子已经交到下一审编辑手里，作者再反复改，容易出错，也让编辑为难。有时候改稿甚至不一定比原稿要好。比如我自己最近发表一首《高家堰漫步》中有一句"堰裁疑鬼斧，水伏叹神工"，后来我自己把"伏"字改成"驯"字。可是后来才察觉"驯"其实是平声，此处出律了，这样改，反而不如不改了。

10. 相信自我

由于编辑部每天要处理的稿件很多，所以收到稿件后如果认为不合用，就不跟作者联系了，甚至连个退稿通知也不发。还有一些个别的编辑大量地照顾"关系稿"，眼睛只盯住自己的小圈子，致使一般作者很难上稿。但是，应该相信大部分编辑都是好同志，他们也要考虑自己的声誉，真正的好稿子是决不会被埋没的。《当代诗词》的已故老编辑李汝伦曾经说过做编辑要有"法眼、铁面、公心"，我认为还可以再加两个字："仁怀。"对基层作者、偏远地区的作者等等要做扶持工作，要有满腔热忱，要有仁爱之心。

作者一定要相信自己，要自尊自强，摆正编辑与作者的关系。作者用稿子支持编辑，编辑用慧眼发现作者，这其实是一个双赢的关系。作者应该用稿子质量去打动编辑，而决不能幻想靠走后门、送礼套近乎或者某某名人推荐的方式来上稿。当然，某些编辑的老爷作风和痞子气派是很讨厌的。遇到这样的编辑，作者完全可以绕开走，让他自己玩自己的去吧，看他能玩多久。

11. 持之以恒

俗话说东方不亮西方亮，黑了南方有北方。稿子在一家报刊不用，可以投寄另一家报刊。一次投稿不中，还可以再投下一次。一定要持之以恒，锲而不舍，千万不要一曝十寒，忽冷忽热。只要你的稿件确有价值，相信是金子早晚都是会发光的。

12. 不要乱寄

尤其不要搞歪门邪道，举一个反面例子。

很多报刊有一些挂名的主编、编委、顾问名单。这些编委、顾问其实是不直接处理稿件的。《中华诗词》杂志执行严格三审制，多次强调不要直接给副主编以上的同志寄稿。但有的作者还是直接给主编、编委和顾问投寄稿件，由于这些同志不处理编务，有时候反而被耽搁了。所以投稿还是直接寄到编辑部收更为稳妥。

另外，投稿要堂堂正正，不要试图作诗外文章。下面举一个反面例子。是安徽某地的一位作者写给《中华诗词》杂志一位老先生的信（节选）：

> 我是一个文静好学的姑娘，至今未婚，不知某某先生你结婚否？很想和你交朋友。我买了两期"中华诗词"杂志，很喜欢这本杂志，看了有一股积极向上的人生目标。
>
> ……
>
> 某某，你肯在百忙之中抽出一点时间来，与我通信，交流思想，人生是多么美丽。很想交一个诗人朋友，我温文尔雅，感情专一，你一定不要辜负我的一番好意，常写信，常回信。
>
> 作者某某　学名某某
>
> 2017 年 7 月 7 日

这样的投稿方式，就令人有点难以理解，甚至啼笑皆非，无言以对。

网上随便搜索，就能发现很多假冒的所谓《中华诗词》杂志的"投稿须知"。他们的共同特征是投稿要交钱，发稿要向作者收版面费。而这正是应该在这里提请读者注意和警惕的。

1984年，我十七岁的时候，诗人刘章曾经为我写过一篇诗歌评论，在文章结尾他说："希望高昌不要做用稿件堆编辑或祈求编辑发稿件的作者，要用自己稿子的质量去打动编辑。"这话多年来我一直记着，并颇为受益。谨录本文文末，送给初学写作和投稿的诸位诗友。

六、编辑的职业操守

谈一下编辑的职业操守：除了深厚的学养、奉献的精神和敏锐的鉴赏力，还要一不贪钱、二不贪色、三不媚权。

《中华诗词》杂志编辑不仅注重艺术水准的提高，更加关注自身高尚品德和健康情趣的养成，注重以严谨的职业操守树立良好的社会形象。杂志社同仁自觉坚守艺术理想，不断提高学养、涵养、修养，加强思想积累、知识储备、文化修养、艺术训练，认真严肃地考虑作品的社会效益，讲品位、重艺德，自觉以高尚的职业操守、良好的社会形象、文质兼美的优秀作品赢得读者的喜爱和欢迎。

编辑的职业操守，是树立杂志良好社会形象的关键因素之一。毋庸讳言，确实有部分文学刊物的编辑在市场经济大潮中迷失了方向，在保持良好职业操守上发生了变异——浮躁情绪多了，逐利愿望高了，铜臭气浓了，江湖味重了，"赶场"增加了，"走穴"频繁了，而读者意识却淡薄了，导致一些低俗、庸俗、媚俗的平庸之作、应景之作，甚至是美丑不分、是非不辨、颠覆经典、传递负能量的东西开始充斥报刊。抄袭模仿、千篇一律，机械化生产、快餐式消费等文艺问题也变得突出起来。此外，由于"互联网＋"时代媒体传播的广泛效应，其中极少部分人的各种错误、负面信息造成极为恶劣的社会影响……诸如此类的各种问题，确实已经妨碍了文艺创作的健康发展，扭曲了报刊编辑的良好社会形象。

编辑的职业操守，就是在从事编辑工作过程中理应严谨遵循基本道德共识，编辑的社会形象需要社会公众的认可，也需要编辑以自身严谨的职业操守来树立。立身以正，守心以纯。走光明的路，唱温暖的歌，做干净的人。编辑也好，作者也好，德是艺之根，艺是德之光。德与艺相辅相成，辩证共存。德高而艺平，德就难以得到彰显。艺高而德损，艺就难以立世。德艺双馨，才是编辑和作者职业操守的完美体现。

用德艺双馨的严谨职业操守为编辑正名，可以在文艺界树立良好的职业风尚和鲜明的艺术指针。编辑其实要上好三所学校——思想学校、艺术学校、生活学校。通过在这三所学校的认真学习和勤奋实践，文艺的职业操守也理应而且必将得到净化和升华，从而闪烁出更加夺目的灿烂光辉。编辑出来的作品要给人们带来爱的熏陶、美的滋润，同时也要志存高远、积极创新，要有艺术创造的执着追求，要有接受不同观点和学派的艺术胸襟，更要有沉下心来、俯下身子的艺术定力。对此，编辑要有责任担当和自省意识，要有时代风气先觉者、先行者、先倡者的文化自信和文化自觉。编辑出来的作品要让人动心，自己首先要动心；编辑出来的作品要让人们的灵魂经受洗礼，自己的灵魂首先要接受洗礼；编辑出来的作品要让人们发现自然的美、生活的美、心灵的美，自己首先要有与人们一起发现自然美、生活美、心灵美的精神共振频率。

好的编辑，展示的是高尚的艺术风范和人格魅力。要疾恶如仇，敢于担当，乐于为人民歌与赞，更勇于为百姓鼓与呼……良好的职业操守，是编辑部的共同追求，也是编辑部代代薪火相传的崇高荣誉。有了职业操守的支撑，《中华诗词》杂志及其作品才能真正在读者中间站住脚、立得住，才能真正让读者高兴和满意，才能在读者的共鸣中收获自己的价值。孔子说："德不孤，必有邻。"具备美德的人不会孤单，一定会有情志相投的人来与他站在一起。

七、稿件没有发表的一些原因

现在喜爱诗词写作的人很多，作者队伍也非常庞大。《中华诗词》杂志每天的来稿量巨大，见登率约为 5%，也就是 100 首投稿中能够闯过三审，正式刊登在杂志上的只有 5 首左右。《中华诗词》杂志上的作品当然不能说每一首都好，但是能够在庞大的投稿队伍中脱颖而出，对每一位作者来说，也都是不容易的。登在杂志上的作品，各有特色。不能见刊的那些作品，也有一些具体的原因。下面大致分析一下：

1. 格律粗疏

有的作者写作热情很高，但是来稿中多有格律粗疏之处，有的人不肯在格律上下功夫，甚至振振有词地自我辩解，认为我们对格律的要求过于严苛。也有人在网上开玩笑，说即使李白的《静夜思》投寄到《中华诗词》杂志，第一审也会被刷下来，因为不合格律。《静夜思》是古绝，也是旧体诗词的范畴，属于《中华诗词》杂志的刊登范围，所以我们不一定按照近体诗的绳墨来衡量，也不一定就在第一审被淘汰。但是大量来稿中的不合格律之作，是会在编辑审稿是被拿下来的。不合格律的作品不一定不是好诗，但是一本杂志也自有自己的编辑定位。不讲平仄格律的作品，或格律有重大粗疏之处的作品，也会在选稿时遇到困难。如同体育赛场，体操要遵守体操的规则，游泳要遵守游泳的规则，篮球要遵守篮球的规则，足球要遵守足球的规则。我们不能在体操赛场上说我篮球打得好，也不能在篮球赛场上说我足球踢得好。金脚不能在篮球比赛中论高低，篮球高手也不能在足球比赛中论短长。不能说不守格律的作品不好，也不能说一定要死守规则。但《中华诗词》杂志是以传统诗词曲为主的刊物，所以还是要以基本格律常识作为一个基础门槛。格律问题常见，此处就不举作者投寄的未发表的稿件作例子了。

2. 语言熟烂

诗词语言要准确新鲜，要有自己的个体经验和陌生面目。一些陈旧、熟悉的语言甚至固定成语的反复使用，甚至滥用一些约定俗成的熟而又烂的琐碎词汇和平庸句式，就缺少令人眼前一亮的冲击力，作品显得平淡和单薄。不好举未发表的作者投稿作例子，在这里谈语言问题，我们不妨对照一位名人的作品：四十春夏从艺忙，豪情仍炽识开张。回眸笑看风和浪，阔步平添寿与康。众手耕耘新世界，同心规整好家乡。春风化雨赞神韵，锦绣前程未可量。这首诗的作者是央视主持人赵忠祥先生。作品格律上大致齐整，但语言上缺少陌生化处理，尤其是"锦绣前程""春风化雨"之类熟语的使用，使诗作缺少新鲜感。

3. 视角狭窄

一些作者热衷宏大叙事，仿佛是照着日历和新闻联播来写诗，春节、元旦、清明、端午、中秋要写诗，五一、六一、七一、八一、十一要写诗，植树节、教师节、世界读书日、世界人口日、艾滋病日等要写诗，南海风波、中印对峙、巴以冲突、九寨沟地震等也都要写诗。但寄来的作品像自来水一样，寡淡无味，勉强凑句。重大节庆和新闻事件不是不能写，但要真正的心灵触动，要有旷阔的视角和鲜明的个性，要有独到的艺术发现。这类题材看似好些，其实更难把握。

4. 类型化的意象

有的作者缺少生活历练，作品都是一些套路化、类型化的情绪。表面看像模像样，仔细看似曾相识，千诗一面。比如离别就是折柳，情豪就要举杯，怀古就要秦关汉月，赠内就要红豆孤灯……这类意象在赠答酬唱之类作品中表现更明显，生吞活剥古人意象和意境，表面古雅，内里空洞，其实是一种新的概念化倾向。我们此处不举失败的例子，不妨看看聂绀弩先生的一首《赠高抗》：几年才见两三回，欲语还停但举杯。君果何心偷泪去，我如不死寄诗来。一冬白雪无消息，此夜梅花谁主裁。怕听收音机里唱，梁山伯与祝英台。高抗为著名作家呆向真的笔名。1961 年作者从北大荒返京后，曾在街头偶遇呆向真，并在北京东安市场北门外东边一家饭馆请呆向真吃饭，此诗表现的就是当时的心境。聂先生曾经在1982年的一封信中说过呆向真"曾与我有较密切的关系"。这首诗优美缠绵，情柔似水，情炽如火，中间两联最为精彩动人。白雪、梅花也是古人常用意象，但经聂先生的妙笔点化，就焕发出了丰富新奇的动人光彩。聂先生的经验，是值得今天的作者们思考的。投给《中华诗词》的稿件中有一些脱离现实、盲目泥古拟古的倾向，令人忧虑。思想、感情、语言"三旧"的作品时有所见，一些生僻的甚至确已死了的文言字词，以及那些"徐娘""萧娘""檀郎""香钗""玉貌""红腮"一类的词汇，也出现在某些诗人笔下。

5. 趣味粗糙

前人一直有在诗中打油的传统，今人也有不少成功之作。比如幽默风趣自然给读者带来愉悦感，但把握失度也容易坠于油滑。《重庆晚报》2016年刊登过了人先生的一首《趣事》：早早辞别热被窝，雨中登山趣事多。两条花狗林中配，一旁观战是鹅哥。这首诗对一个生活小场景进行了生动描述，读罢令人莞尔，但是我个人认为，终究还是过于随俗了。失去节制的趣味，容易泛滥成灾。好作品还是要有净化人心的力量和屏蔽尘俗的修为，要能够让喧嚣的世情和浮躁的生活感受到清凉和清新。

6. 情绪偏狭

比如颂赞失当、谩骂恣情，或者发表违背真实原则歪曲事实本相的狂言妄言，制作和传播各种道听途说的谣言和个人隐私，点名制造个人矛盾，还有涉及民族宗教话题的不当言论等作品，都不好公开在杂志上发表。偏于谩骂或吹捧的直白浅露作品，诗味也终究稍显不足。比如前面提到的写信给编辑部的湖北阳新县的那位老先生，他随信寄来的作品中有一首《讽贪官》：工于心计善钻营，窃得大权集一身。跋扈专横成霸主，翻云覆雨不容人。我行我素山中虎，吮血吮膏闾里人。善恶到头终要报，恢恢天网待龟孙。这首诗为贪官画一幅漫画像，骂得淋漓痛快。但是纯用干巴巴的议论，感染力也就打了折扣。刺玫瑰要带刺，但最主要的还是要有花，要有色彩和芬芳，也就是说讽刺作品也要有艺术魅力，要有巧思，有余味。

7. 敏感话题的把握

有的作者写作技巧纯熟，作品写得也不错，但是有时候遇到敏感题材，尤其国际问题和民族宗教问题等，把握起来就有商榷的空间。比如一位诗友所写的一首《鸭绿江中朝友谊桥》：风起欣无两岸腥，当年枪弹滚雷霆。谊能久结桥堪咏，鬼不全诛国岂宁。利剑光寒犹映雪，大江水暖可舒翎。须当长记干戈事，情笃如松万载青。这首诗中的词句"鬼不全诛国岂宁""利剑光寒犹映雪，大江水暖可舒翎"等，就容易产生各种歧义。

8. 赶集式的题材

每逢某个重大节日或重大政治活动，会有不少的诗友投寄作品。但是词句雷同，思想干瘪，食之无味。这种扎堆创作的作品，缺少个性的发现和独立的思考，很难引起读者的共鸣。越是大家都写的题材，越要写出新意和深意，否则就很难出彩。

八、年度中华好诗词的获奖作品

年度中华好诗词评选是从 2016 年开始建立《中华诗词》杂志微信公众号后开始的。为了留住 2015 年的种种美好，我们特别把 2015 年每一期杂志评选出来的佳作汇总在一起，总共 48 首，发表在《中华诗词》杂志微信公众号上，请广大网友公开投票评选《中华诗词》杂志 2015 年度中华好诗词。通过网友投票，选取票数最高的 15 篇作为入围作品，然后召开终评会，民主投票和讨论评选出最终获奖的 8 首作品。这一活动受到读者和作者的欢迎，所以年度评选活动也延续了下来。

下面选辑几首 2015 年和 2016 年的获奖诗，供读者品评。

春过千灯镇

胡成彪

莺啼声里访千灯，嫩柳新吹雨后风。
深巷梅花知客到，清香溢满小庭中。

高空电工

王金

我欲青春绽火花，朝擎旭日晚牵霞。
豪情更在青云上，总把光明送万家。

天柱山狂想

张明新

带梦寻诗黄海边，胸中块垒眼前山。
我来恨不成天柱，撑起神州一角天。

拓荒

周铭耿

翻平山麓地，种植豆和瓜。
偶有松杉籽，随春共发芽。

闲翻女儿相册

白秀萍

思绪随风一缕馨，时光总在梦中停。
当初那个调皮蛋，出落人前正妙龄。

写春联

常建国

玉露松烟聚砚深，丹霞染纸剪裁新。
当庭大笔书春字，好引东风早进门。

题《清廉》石刻

郭凤祥

笔劲刀锋利，刻石何认真！
若镌心坎上，一字胜千金。

见街头摄像头有感

张先军

暗巷明街天眼稠，乾坤历历入深眸。
良知不敌人心恶，法治新风靠探头。

锦囊十四：内心清明 自成高格

　　前些时过清明节，心里多次想起宋人黄庭坚的那首七律《清明》，其中"雷惊大地龙蛇蛰，雨足郊原草木柔"这两句优美动人，受到很多人的喜爱。而接下来的"人乞祭余骄妾妇，士甘焚死不公侯"这对比鲜明的两句诗，我认为更加令人深思。

　　在这里，诗人由春日美景联想到荣枯生死的严肃命题，进而深入思索人的生命的不同意义。每个人的品格不同，其人生道路和价值也就犹如云泥之隔。

　　清代学者王国维在《人间词话》中提出过"有境界则自成高格"的论断。格低者，如同孟子所描述的那位内心卑劣、外表却趾高气扬的"齐人"。为了在妻妾面前摆阔气，他自吹每天都有达官贵人宴请他，实际上却是在别人家的墓地里乞讨祭祀之后的一点祭品。格高者，如帮助重耳复国的介子推，宁肯躲入绵山抱柳焚死，也不愿违背自己的心愿接受晋文公的赏赐去享受公侯富贵。

　　格者，人格也。有人格者，才有诗格、文格。格的高低，区分出人的轻重和厚薄，也成为评诗论文的一个重要尺度。好的作品都是有核的。格，就是作品的核。有了核作品才有生命力，才有根，才能在别人的心中展枝、萌叶、开出美丽的花朵。

　　古人多强调"格"的重要性。唐代诗人杨敬之在称赞诗人项斯时说"几度见诗诗总好，及观标格过于诗"，唐代皎然在《诗式》中有"气格自高"的说法，宋代欧阳修《六一诗话》中有"气貌伟然，诗格奇峭"的评论，就连被视为婉约派的宋代词人柳永，其作品中也多次出现"属和新词多峻格""雅格奇容天与"等与格相关的词句。

　　而今天的某些作家，则多重作品的辞藻，重奖项，重"先锋性""现代性"，而少有关心格高格低的问题。甚至有作家以放浪狂狷、矫情作态为时髦，以跑奖买奖、互相吹捧为能事。然而，一个作家如果没有了人格，其实也就没有了文格。即使是通过手段荣获了某某大奖，即使因为某种出格的"表演"浪得声名，可是别人评价起来，也可能会一言以蔽之，曰："格低！"

古人认为"气有清浊厚薄，格有高低雅俗"。说到底，格的高低，还是由心的清浊而决定的。桃李不言，下自成蹊。一个心境清明的作家写出了好作品，即使没有获过什么奖赏，人们照样会记住他，尊敬他。而以人格尊严为代价来获取荣誉的行为，则肯定会使作家自己的形象更猥琐，更可笑。

"格"，这个平凡而普通的字，带给我们很多关于尊严、关于信仰、关于美和爱的联想。这个字闪耀着生命的光辉，照耀着脚下的道路。有时候需要忍受冷漠和孤独，需要经历风雨和泥泞，更需要用坚硬的骨头和滚烫的心灵来追寻和捍卫。

以下为三十年目睹诗坛之怪现状，录以备笑：

桂冠

牛诗人又入了某某世界级的名人大辞典，听说这次被封为桂冠诗人了，好不风光。

知底细的人说："没啥意思，那桂冠是纸糊的。"

俺不信，跑去跟牛诗人核实，牛诗人闻言立刻怒发冲冠，指着那 3 米长的高帽子恨恨说道："你瞧瞧，也拜托做个证明，俺这帽子是纸糊的吗？俺这货真价实的是用人民币粘起来的啊。"

诗人论

牛派派回家，老爸发问："孩儿啊，听二狗子他们说你出名了？"

牛派派说："是啊，俺成了诗人了。"

"诗人是个甚？"

"成了诗人，就不是平常人了。比方说吧，平常人说这天是蓝的，成了诗人，就得说这天是绿的，这才像个诗人的样子。"

老爸说："嗨，俺这回可是弄明白了。闹了半天，原来诗人们都得是色盲啊。"

秘诀

俺用小酒把牛诗人灌醉了，他酒后吐真言，终于把当名诗人的秘诀告诉俺了。

俺真幸运。

牛诗人指着电视上的《天龙八部》说："瞧见段誉的凌波微步了吧，写名诗首先得会这一招，虽然没有什么真功夫，也得给你绕上几个圈圈，先绕个晕头转向再说。"

随后，牛诗人上升到了理论高度："所谓名诗人，就是这样一种人，他表达一种自己丝毫也不明白的东西时，却能给你造成一种感觉，让你觉得自己听不懂，是因为水平太低。"

苦闷的象征

牛诗人说："屈原呢？屈原死了。李白呢？李白死了。振兴中国诗歌的重担就落在了我的身上。我真担心我这年轻的稚嫩的肩膀担不起这份历史重任啊。我愁吆愁吆，愁出了一首诗。这诗，就是我的苦闷的象征。"

俺说："俺本来挺快乐的，这诗让俺看，你的苦闷就全集中到俺的脑子里来了。比如一块口香糖吧，屈原、李白把那甜味都嚼完了，到你这里，也就是些黏黏糊糊的渣渣了。"

牛诗人认真地说："你可别小看这些渣渣。它们虽然嚼不出什么味道，可是也能陪着咱吹泡泡玩啊。"

两只拟人化的刺猬

南刺猬是位诗人，北刺猬也是位诗人。互相不服气。

南刺猬一身痞气。它在地上撒了泡尿，说那尿迹是最新最美的图画。谁敢说那图画不漂亮，就给谁来上一刺，对不对的先疼你一下子。久而久之，人们就只好敬而远之了。

北刺猬一身酸气，它在窝里做了个梦，说那梦里有最先锋最现代的哲理。谁敢说那哲理不深刻，就给谁来上一刺，对不对的先疼你一下子。久而久之，人们也就只好敬而远之了。

南刺猬自个儿美够了，开始觉得寂寞了，想找个知音来宣传宣传自己。无奈它身上的刺太多了，谁敢把手伸给它呢？

北刺猬自个儿深沉够了，开始觉得寂寞了，也想找个知音来宣传宣传自己。无奈它身上的刺也太多了，谁又敢把手伸给它呢？

正好，南北二派诗人碰在了一起。虽然互相不服气，但都是长刺的物儿，活该惺惺相惜了吧？否。

两个刺猬互相举起自己的武器，还各自挑起一面旗帜，南派的旗上绣着"气壮山河"，北派的旗上绣着"气贯长虹"，它们互相之间的仇恨似乎更加强烈了。

此时俺想：看来物以类聚这样的话也值得商榷。比如这两只拟人化的刺猬，因为都长了刺，就绝对不可能亲密无间地拥抱在一起。

不过，两面旗子一晃，也够花哨的。本来就是两只刺猬罢了，可是因为长了刺，居然也人五人六地自认为是个人物了。

看病

天气不好，乍冷乍热的，俺一不小心，得了重感冒。打针吃药，花了不少的钱，病儿也不见好。每日里恍恍惚惚的，工作大受影响。

没想到，美好的转折竟然是在参加一次诗会的时候开始的。

从那里一回来，俺就精神抖擞地上班去了。同事们大为惊讶，问俺有什么偏方，好得这么快。

本来俺媳妇叮嘱俺保密，以后要用这方子换点钱花的，但俺生性心里盛不住事儿，忍不住就把这偏方泄露出去了：

在这诗会上，俺见识了一位著名的牛诗人，这位国际级的准诗歌大师，口气大，架子也大，人家开口一讲话，吓得俺连翻了十个大跟头，还出了一身冷汗。诗友们赶紧扶俺回宿舍捂着被子睡了一觉。睡了一觉，这老不见好的重感冒居然不治而愈了，你说多奇妙。

从此，俺的同事们得了感冒都舍不得花钱去医院，而是从俺家借了牛诗人的讲话录音回家去听，每次都十分灵验。

守株待兔

从前，有位农夫，和一位兔子先生怄气。

兔子先生爱吃萝卜，农夫先生爱种萝卜，这样就形成了一对矛盾。而且兔子先生跑得快，农夫先生跑得慢，这又是一对矛盾，而且这矛盾是不可调和的。

话说农夫先生绞尽脑汁，也想不出什么办法来把兔子先生赶走，可怜的农夫先生，真是苦不堪言。

农夫说："我让大老虎来吃你。"兔子说："我不怕。"

农夫说："我用冲锋枪打你。"兔子说："我不怕。"

农夫说："我用手榴弹轰你。"兔子说："我不怕。"

最后农夫一咬牙，说："我给你念一首《当代诗歌皇帝》的诗歌。"说完，翻开牛诗人的诗集的第一页大声读起来。这一招果然有效，兔子先生差点儿被诗里的气味熏趴下，昏昏沉沉地掉头就跑，因为跑得急，没有看路，一头碰在了一棵歪脖树上，一命呜呼了。

农夫也没想到牛先生的臭气居然如此厉害，他于是就不再耕田，而是坐在那棵树下读诗，等着再白捡一只肥兔，回家打打牙祭。

后来，世界上就又多了一个诗评家，专门做牛诗人牌"粉丝"的。

长城是怎样倒的?

孟姜女从河南来到长城脚下，才知道自己的丈夫范喜良被压在下面。她忍不住就放声大哭起来。

牛诗人见了，不由起了怜香惜玉之心，上去三啃两啃，就把长城给啃倒，救出了范喜良。

为什么牛诗人有这么神奇的力量?

事实确实如此，信不信由你。如果你实在不相信的话，不妨去牛诗人的诗论里去看看，除了他，还有谁有那么硬的嘴啊。

锦囊十五：白话新律

我有一个梦想：让新诗嫁给旧体诗，孕育出一个新的诗孩。也就是说，让经过百年跋涉的新诗借鉴古典诗词神韵和格式经验，创造出一种新的美学精神和美学样式。——这就是我的关于白话新律的一些探索实践和美学憧憬。

传统七律的形式和技巧，比如押韵对偶的格式底模，比如起承转合的结构经验，都有很多可以借鉴到白话诗歌创作中的艺术营养。刘大白的《是谁把？》、郭沫若的《Venus》、邵洵美的《季候》、戴望舒的《烦忧》、卞之琳的《寂寞》、沙鸥的《新月》等不同体式的八行体新诗，都给人很深的印象。公木、公刘、黄淮、浪波等很多新诗人也在八行体式方面做过一些有意义的探索。而刘征和刘章二位老师的实践和鼓励，使我对白话新律的探索更多了一份自信。

刘章老师在我们俩合著的《白话格律诗》一书的《序》中写道：他自己在20世纪80年代就开始尝试八行诗了，90年代初也写了不少，追求古典小令的韵味，但自己都不满意。直到1997年冬，"刘征兄寄来了《八行体诗一束》，提出了自己的规定性，重新唤起我写八行诗的热情，我借鉴他的经验，给自己的八行诗做了规定，即首二行与尾二行字数、节奏一致，中间四行讲对仗或排比，不讲音节字数限制，如《归乡》：

> 归乡依旧是思乡梦，
> 醒后倍觉得乡思重！
> 醒时思乡恨见云彩，
> 梦里归乡愁无脚踪；
> 出山泉水分秒不停，
> 归林宿鸟夕晖消融……

> 明日又将是故乡行，
> 云山几回做送还迎。

　　我写了几十首，以《白话律尝试集》为组诗题目发表了。无规无矩诗一天可写几首，这样格律诗几天写一首，坚持甚难，放弃又不忍。徘徊中，我想到年轻诗友高昌，他善新诗，善诗词，懂理论，素与我观点相合，我建议他把这种八行诗写下去。高昌不但写了，而且写得好，他的诗更有现代品格。"

　　刘征老师当年寄给刘章老师的这封信中，提出了他设计的一种八行体的格式：第一，每首八行，双数句尾字押大致相同的韵。第二，每行大致四个节拍，字数不限。第三，中间四行用对偶或排比，宽严均可。下面是刘征老师尝试的《秋天的荷花》（九首）之一：

> 你是飞上青天的明月，
> 还是坠入水里的彩云？
> 你是浩浩乘风的帝子，
> 还是渺渺凌波的洛神？
> 你是诗的精灵的具象，
> 还是秋的宁静的自吟？
> 你如流星在眼前一闪，
> 你早已忘却，我沉吟至今。

　　因为刘章老师从我17岁开始就一直对我的创作和人生特别扶持和关心，又由刘章老师介绍我和刘征老师相识，并持续得到二位老师的热情鼓励，心意相通，情趣相和，所以我也参加到白话新律的创建和探索的队伍里来，并集中写作了最初的一批作品。我在接受刘征老师、刘章老师设计的规则的同时，感觉八行诗如果集中到一起略嫌整齐，少一些落错凸凹之趣，不容易给人活泼流转的灵动感觉，所以把这些诗分成三段排列，气韵上也分成三个组合，开头结尾每段各两句，首尾互相呼应。中间一段四句，例用对偶或排比。这样的形式拓展之后，我心目中的白话新律的范式标准如下：

1. 每首诗八句。

2. 首句可入韵也可不入韵，偶数句必押韵。

3. 诗分三段，开头结尾每段各两句，首尾互相呼应。

4. 中间一段四句，例用对偶或排比。

5. 开头结尾两段每句字数相同。

6. 中间一段不一定与首尾两段一致，但本段每句字数相同。

7. 开头、结尾每句的音顿一致。

8. 中间一段每句的音顿一致。

通过规范性的探索和普适性的思考，我认为这种白话新律的范式设计，符合汉语诗歌关于形式美、和谐美的美学期待。经过更多诗友的共同实验和完善，有望为汉语诗坛贡献出汲取新旧诗体两种营养而最后形成的一种固定诗体。下面是我的一首《束不住春天的发辫》：

田野里所有的小路都变成了头绳，
也束不住春天那摇曳多姿的发辫。

春天的草全都在比赛开花，
春天的花全都在比赛鲜艳。
白发的云也开始梳妆打扮，
赤脚的风也不再蓬头垢面。

太阳把春天塞进丁丁冬冬的陶罐，

提上山顶一滚，世界就开始旋转！

这种诗体发表出来之后，吴开晋、周仲器、尹贤、王美春、赵青山、鲁力、李长空等诗人、诗评家曾热情地撰文推荐和鼓励，也得到了爱好相同的诗人们的一些响应。云南的老诗人聂索在阅读了诗集《白话格律诗》后，曾"试"作一首：

鉴真纪念堂印象
唐代著名的文化精英高僧
为中日邦交挂起了一盏亮灯

东渡六次不顾双目已盲
历时十载却能满腔热诚
一辈子传法存下许多佳话
万千年流芳赢得无数美称

我怀着敬意追昔抚今悠思
仿佛已经来到了奈良名城

注：扬州鉴真纪念堂系我国建筑大师梁思成按日本奈良招提寺及我国唐代庙宇建造风格设计所建成。

赵青山先生曾来函问我的白话格律诗观，我的回答是："①写性灵之作，怀赤子之心。②春水似的悠扬的节奏感，新月般的鲜明的形式美。③律为我之助，我非律之奴。"白话新律在实现固定化的定型诗体的途径中，我还是持这样的观点：格式或曰格律是诗的一种辅助手段，但不是诗的最终目的。周仲器老师生前曾经在为我的一本《高昌新律诗选》的序言中说："在这本诗选中，有不少是属于共律、准共律，例如白话律诗体和十四行诗体，其中最突出最有成就的自然是白话律诗体。而且从试验的过程来看，都是事先有样板的。当然，高昌不是照搬，而是有所生发和改造，因而有自己的鲜明个性。诗选中还有一部分格律诗，还处于自律状态，有整齐体，有长短句体。它们中的各种格式的自律形态，要想进入共律、准共律形态，则需要经过大家一段选择、认可的时间。但不管如何，这种自律形态的格律、准格律诗，由于它能更快地适应表达诗的情意的需要，因此它本身是更具生机活力的，由此也可看出它为何能脱离共律体而单独存在。自律中孕育着共律，共律中又包含自律的成分，自律与共律发生着一次又一次的撞击，经过不断的长时间的试验，共律的诗体终于得以成就，走完有很大普适性的格律诗的创建过程。当然，就像古代律诗后有词曲一样，白话格律诗的更新换代也决无止境，这是不言而喻的。而且在这更新换代的过程中，没有发展成共律体的自律体诗，也有它独立存在的价值，并和共律体诗共存共荣。就像唐代近体诗形成以后，仍然和格律并不严格的古体诗并存，而且共同造就唐诗这个中国诗歌的黄金时代。"

诗评家赵青山对白话新律作品进行深入研究，并将这种探索诗体在实际创作中的变体进行了分析，总结出烟格律和松散型两种形式，这两种形式共派生出三种变体格式，即两律、三式。简介如下：

严格律

全诗八行，首尾联和颈颔联字数相等，或者字数缺一两字由标点补齐。

1. 整齐式

太阳太阳　月亮月亮

高昌

脚板下还有多少曲折？

犁尖下还有多少坎坷？

太阳太阳你睁开眼睛，
月亮月亮你侧起耳朵，
请看这些黄土地做梦，
请听一个乡下人唱歌。

愿霜雪都能化成春水，
愿歌声都能传遍世界。

2. 参差式

（1）凸出型

一粒石子

高昌

石子像蟋蟀一样突然一跃
蹦蹦跳跳在我的身边舞蹈

小石子像蟋蟀一样跃到我眼前
又漫不经心地从我的足尖飞走
小石子像蟋蟀一样跃到我眼前
又漫不经心地从我的足尖飞走

我竟忘记把它捡起来看看
它是不是一行久违的诗呢

（2）凹陷型

远望鲁迅雕像

高昌

许多鲜花，围绕先生盛开。
远远地，有个我默默徘徊。

眼睛再添些雷和电，
膝盖再加些铁和钙。
脊梁再少一点媚骨。
心房再减一些尘埃。

然后等待。 等待这尊雕像 ——
慢慢地，向着我缓缓蹀来。

（3）对称型

痒起来

高昌

痒起来
就像爱情

一种很曼妙的感觉
些许很复杂的苦痛
裹在衣服里的皮肤
藏在皮肤下的神经 ——

痒起来

就被惊动

松散律

开头两行和最后两行字数不等，或者中间四行（颈联、颔联）字数不等。

黄昏即景

高昌

月亮惊讶地看着鲜红太阳

一顿足就跌向那深深海洋

溅起满天星斗的感叹

丢下遍地葵花的梦想

彤云挥洒一片片悲壮

清风收拾一缕缕苍茫

月亮张大嘴巴，不敢喊出声音

只在心里悄悄画上金色的船舱

三

范诗品赏

在北京东土城一个简陋的办公室里，唯一的乐趣就是读诗。从陈旧的窗子望出去，还是一面索然无味的墙，看不到浪漫的杨柳，更谈不上多情的花朵了。不过，我的心里却总是由春风荡漾，有春光明媚。因为在这平淡的日子里，有美丽的诗和美妙的感觉，与我同在。

著名作家邓友梅回忆当年在中央文学讲习所的学习生活时说，听曹禺先生的课比看他的戏还有意思，非常精彩。有一回曹禺问他大家听课的反应，邓友梅说："您讲课很精彩，很长知识。可就是写作时用不上。大家更想多学点对写作有用的诀窍。"曹禺说："作家写作的窍门没多少，几句话就讲完，你们规定一堂课讲两个小时，只好讲点有趣的废话！"邓友梅又问："您能不能把那几句话告诉我呢？"他说："那好说，其实就一句话：想写什么读什么。想学写剧本，就背上三个剧本，背得滚瓜烂熟，背熟了再写，就跟没读过时不一样了。为什么这样，我也说不清，可一定管用。"曹禺这里传授的，其实是写作上的普遍规律。学习旧体诗写作也是如此。古人说："熟读唐诗三百首，不会作诗也会吟。"所以笔者也斗胆篡改一句陆游的诗：汝果欲学诗，必从读诗起。

这里精选了100多首现当代人的旧体诗，尽量做到每种风格每种主张的作品都选录一点，供读者学诗时参考。这些诗仅仅是笔者眼中的比较不错和值得研究的作品，不一定是他们每个人的代表作，更无法全部呈现现当代旧体诗百花园中的烂漫春光。但是弱水三千，只取一瓢饮，已能了解沧海的滋味了。

1. 惊闻海燕之变后又赠

聂绀弩

愿君越老越年轻，路越崎岖越坦平。
膝下全虚空母爱，心中不痛岂人情。
方今世面多风雨，何止一家损罐瓶？
稀古妪翁相慰乐，非鳏非寡且偕行。

品赏：这是一首诗坛上少见的奇异的爱情诗。作者在惊闻爱女海燕自杀后，写了这首诗送给自己的老伴。全诗古怪而沉郁，泪中含笑，笑中含泪。写的是家事，而从"方今世面多风雨，何止一家损罐瓶"这样的诗句，又折射出一个时代的悲剧性的记忆。本来这是一个非常悲惨的题材，可是开头两句却昂扬挺拔，生机蓬勃。作者不写自己作为父亲的心中哀痛，却从体谅妻子"膝下全虚空母爱"的角度安慰妻子，既表达了自己的无言的悲痛，更表达了对妻子和女儿的疼爱。全诗基本上是大白话，娓娓道来，举重若轻，单挑出一句来很平常，但组合到一起，却成为一个强大的气场，有震撼人心的千钧之力。作者既没有嚎啕，也没有骂詈，却别有一番哀痛和悲愤动人心旌。程千帆先生称赞说："正由于他能屈刀为镜，点铁成金，大胆从事离经叛道的创造，焕发出新异的光采，才使得一些陈陈相因的作品黯然失色。他的诗初读只使人感到滑稽，再读才使人感到辛酸，三读则使人感到振奋。这是一位驾着生命之舟同死亡和冤屈在大风大浪中搏斗了几十年的八十老人的心灵记录。"诗人另有一首《球鞋》也独具风姿，令人爱不释手。谨录如下：不知吾足果何缘，一着球鞋便欲仙。山径羊肠平似砥，掌心鸡眼软如绵。老头能有年轻脚，天下当无不种田。得意还愁人未觉，频来故往众人前。

2. 感事呈毛主席

柳亚子

开天辟地君真健，说项依刘我大难。
夺席谈经非五鹿，无车弹铗怨冯骥。
头颅早悔平生贱，肝胆宁忘一寸丹！
安得南征驰捷报，分湖便是子陵滩。

品赏：这首诗的魅力可说是用典故撑起来的。诗中的典故密度非常大。如果去掉典故，这首诗也就淡然无味了。正是有了那些抬头不见低头见的典故，这首诗才有了含蓄深沉的诗美。"头颅早悔平生贱，肝胆宁忘一寸丹"一联有书生意气，又有赤子情怀，是这首诗中的光彩。

3. 口占一绝

关露

铁门紧锁冬无尽，雪压坚贞一片心。

钢管有情持正义，为人申诉到天明。

品赏：作者是著名的歌词作家，其为电影《十字街头》所作《春天里》广为传唱。因为曾遭受误解而被关进"铁门紧锁"的监狱里。狱中倾听着窗外自来水管的漏水声，写了这首悲凉的诗歌。最后一句，是从古人诗歌"蜡烛有心还惜别，替人垂泪到天明"中化用出来的，但是结合自己身世，创造出了另一番刚烈坚贞的意境。

4. 离绪

文怀沙

离绪满怀独上楼，梦中夜夜计归舟。

群星疑是伊人泪，散作江南点点愁。

品赏：这首诗很浅显，但很有情味。虽然表现的是哀伤的离怀愁绪，但是写的却一点也不枯涩，反而优美丰盈，可以说是"美丽的哀愁"。"群星疑是伊人泪"本已经是一个很奇妙的比喻了，接下来却还从这个比喻再生发开去，吟出"散作江南点点愁"的迷离意境，余韵悠悠，颇耐咀嚼。

5. 隔江山寺闻钟

虚云

乾坤容我老，日月却相摧。

还岫山无树，临江水有隈。

云轻笼日往，风顺听钟来。

惊醒尘劳梦，辽天廓尔开。

品赏：本是听钟的诗，落笔却不从钟声写起，而是先写感受："乾坤容我老，日月却相摧。"接着写风景："还岫山无树，临江水有隈。"最后才写到钟声。作者这样写，是突出了题目中"隔江"的"隔"。如果上来就写钟声，就表现不了隔江的那种虚无缥缈的韵味。因为风顺，所以才能听到钟声。如果风不顺，估计就听不到了。这种似有似无的钟声，为什么却能"惊醒尘劳梦"呢？因为作者在这钟声中悟到了禅意和人生的妙谛。

6.赠钱锺书

老舍

梅花傲对雪花开，放眼山川无点埃，

此情此景应小醉，诗人恰寄宋诗来。

新年喜雪复得锺书同志赠所著宋诗选注狂喜此书致谢未计工拙并祝新年愉快一九六四年元月五日

品赏：这是老舍先生收到钱锺书所著《宋诗选注》后写的一首答谢诗。整首诗铺垫了不少，其实就是为了突出一个鲜明的比喻。中心意思就是说：钱锺书所著《宋诗选注》像美酒一样令人陶醉。但妙在并不直言钱锺书所著的佳妙，而是故做漫不经心地从风景入笔，先写所见，再写所思和所欲，最后写所得。构思精巧，层次清楚，委婉含蓄，独具风神情韵。

7.七一抒情

胡乔木

如此江山如此人，千年不遇我逢辰。

挥将日月长明笔，写就雷霆不朽文。

指顾崎岖成坦道，笑谈荆棘等浮云。

旌旗猎猎春风暖，万目环球看大军。

品赏：这首诗年代已久，而且作者也逝去多年，身后世事沧桑，浮云变幻。但那字里行间奔涌的激情和豪情，还是弥漫着浓郁的艺术魅力。它们都带着鲜明的时代印迹，跟附庸风雅、吟风弄月或逞才傲气、心灵逼仄之辈是有着天然的区别的。作者力扫陈言，写出了一种新的内容、新的情愫、新的感觉和意境。用语奇崛，寄意深远，雄健清新、潇洒流畅。从诗艺上来说，这首诗没什么突出的特色，但诗中流露出的"挥将日月长明笔，写就雷霆不朽文"的豪迈情怀，却很有特色，令人称道。诗人晚年另一首《有所思》，风格与前期诗作颇有变化，谨录如下：先烈旌旗光宇宙，征人岁月快驱驰。朝朝桑垄葱葱叶，代代蚕山粲粲丝。铺路许输头作石，攀天甘献骨为梯。风波莫问蓬莱远，不尽愚公到有期。

8. 山行

刘章

秋日寻诗去，山深石径斜。

独行无向导，一路问黄花。

品赏：这首诗字义浅显，却含蕴深厚。最妙的是开头的一个"寻"字和结尾的一个"问"字。在作者笔下，诗可以随意寻找，黄花也可以和人有问有答。不仅写了山行所见，更写了山行所思。试想，作者一路问黄花什么问题呢？大概应该是"诗在何处寻"吧。那么，黄花怎样答复的呢？大概应该是"请君跟我来"吧。而这一切，作者都省略了，都留给读者来回答和想象。诗中那种隽永悠长的情趣，令人沉醉。与其把话说尽，确实不如留下些余韵悠悠更加高明。

9. 八十抒怀

臧克家

自沐朝晖意蓊茏，休凭白发便呼翁。

狂来欲碎玻璃镜，还我青春火样红。

品赏：臧克家在这首诗中表达了积极乐观的生活姿态。时年八十岁的老人身上仍充满青春的激情，他不仅不服老，而且还要打碎玻璃镜，要玻璃镜换来偷走的"火样红"的青春。其实，玻璃镜有什么罪呢？玻璃镜多么无辜啊。诗人头发白了就是白了，成"翁"了就是成"翁"了，又干玻璃镜底事？但是，诗人在诗中加一"狂"字，则境界全出，所有不合理情境也成为合理。诗人就是要怪罪玻璃镜，玻璃镜可真是无可奈何了。全诗洋溢着生机蓬勃的青春朝气，也让人看到一个令人忍俊不禁的老诗人形象。"狂来欲碎玻璃镜"一句，真是神来之笔。作者另一首《老黄牛》在当代诗坛也很有名，谨录如下：块块荒田水和泥，深耕细作走东西。老牛亦解韶光贵，不待扬鞭自奋蹄。

10. 峡中即景

刘征

谁似多情造物心？于千仞上植灵根。

好花自在迎人笑，一树金黄幔白云。

品赏：诗人坐在船上乘风破浪行三峡，忽然远处层峦之上有一树金色好花，开得正旺，于是写了这首小诗。在诗人眼中，造物主仿佛也有了一颗多情的心，这棵迎人笑的好花就是造物主专门为迎接诗人而栽种的。此诗诗艺上非常讲究。尤其值得注意的分别是第二句和第四句。第二句特意将"于"字提前，"植"字后置，句式结构很奇特，读来"千仞上"比较绕嘴，却也别有风味。第四句"幔"由名词活用做动词，非常形象。而"金黄"一词是由原稿"黄金"改成的。"黄金"比较实，也比较板滞，而改为"金黄"这样一种色彩，读来"一树金黄"就比"一树黄金"轻灵亮丽得多了。

11. 一九九四年元日口占

启功

起灭浮沤聚散尘，何须分寸较来真。
莫名其妙从前事，聊胜于无现在身。
多病可知零件坏，得钱难补半生贫。
晨曦已告今天始，又是人间一次春。

品赏：启功先生的诗，幽默味道浓一些，但幽默之外，并未失之油滑，反而平添一份苍凉之慨。这首诗中流露出达观、宽容的为人处世态度，又夹杂着一种悲愤莫名的沉重感。虽是元日佳节，笔下却多是牢骚忧患之语。诗中很自然地引入一些现代词汇，比如"零件"，让人很惊喜。全诗洋溢着浓郁的生活气息和时代况味。尤其是"多病可知零件坏，得钱难补半生贫"一联，读来让人难忘。

12. 答友人

陈明远

问余何日喜相逢，笑指沙场火正熊。
猪圈岂生千里马，花盆难养万年松。
志存海内跃红日，乐在天涯战恶风。
似水柔情何足恋，堂堂铁打是英雄。

品赏：这首诗语言浅显，好懂易记，境界高远，豪气冲天，充满进取精神和奋斗热情。

13. 立春

李汝伦

叫人何术辨寒温？报道春归未觉春。

满天无限阳光唱，可怜也属纸花们。

品赏： 这首诗写的是天气，当然绝不仅仅是天气。虽然时令已是春归时节，但是天气还很寒冷，感觉不到春天的温暖。从这样的感受，进而就是人情冷暖，社会寒温……无数的联想和遐思。这首诗歌就像一个神奇的魔方，可以变化出无数色彩斑斓的图案。最有独创性的地方，有两处。一个是"阳光唱"，一个是"纸花们"，都用得很新鲜而妥帖。尤其是口语化的"们"用做结尾，更是给这首沉郁的小诗增加了几许俏皮的苦笑意味。

14. 都江堰谒李冰塑像

杨金亭

理水导流秋复冬，都江天府堰初丰。

浪淘大吏沙流去，百姓至今怀李冰。

品赏： 这首诗称颂了为百姓修建都江堰的李冰。以简练的笔墨记述了理水导流的功绩，但没有局限在对李冰的歌颂上，而是从李冰的功绩生发出对历代吏治的深入思考。思绪穿越上下两千载，很有沧桑感和穿透力。最后两句用了鲜明的对比的手法，既表达了对为民办事的李冰的尊敬，更表达了对那些尸位素餐的"大吏"们的轻蔑。对比是一种原生态的作诗手法，比较常见，并不新鲜。如果运用不当，容易有陈旧和公式化的感觉。但运用得当，也能产生出乎意料的朴素的力量。这首诗，虽然没有花哨的艺术手法，但因表达的是百姓的心声，所以也很容易唤起读者的共鸣。

15. 沈园怀诗翁陆游

王玉明

赤心啼血念江山，旧梦牵魂泣沈园。
国恨情仇多少泪，一生惟有向天弹。

品赏：到沈园，特别容易想起陆游的爱情悲剧，一般的诗人也仅仅就是局限在爱情的范畴里抒发感慨。这首诗的作者却跳出了就爱情说爱情的老套路，把陆游的情仇与国恨联系到一起来说，境界自然就博大了起来，诗的底蕴也厚重了起来。陆游的人生悲剧，作者并不是发些空洞的议论，而是用一个"多少泪""惟有向天弹"的典型动作，来加以概括和表现。这里的一个"弹"字，力度十足，凝缩了多少感慨和悲愤啊。

16. 嫦娥

徐晋如

一角山河云里看，可怜万里照虚寒。
长眉自似当年淡，心事宁从沧海宽。
连帚彗星还拂日，参天碧树不栖鸾。
疗情圣手何由觅，天上人间辨已难。

品赏：诗表面上写的是嫦娥的"碧海青天夜夜心"，实际上却又别有寄托。忧愤和悲凉之气笼罩着诗行，让人读着读着就不由得皱起眉头。诗中多奇思妙想，比如开头一句"一角山河云里看"，以嫦娥的视角看苍凉人世，忧伤从天外而飞来，非常新颖和独特。本来是个婉约的题材，作者却写得气势雄浑，境界宏大，很有气概。"疗情圣手何由觅，天上人间辨已难"流露出的似乎是无奈和失望，但这个嫦娥却并没有绝望，因为她只是叙述了"觅"和"辨"的过程中的困惑，却并没有就此罢手，干脆不觅不辨。也就是说，心中那苗情火，还在痛苦地燃烧。

17. 品茶

王亚平

灯火楼台艳如霞，古榕叶茂影横斜。
烹茶知是故乡水，饮罢孤怀起浪花。

品赏：这是作者回到久别故乡之后写作的组诗《故园十八拍》中的一首。写的不是乡愁，而是回到故乡之后复杂的情感。其中有欢乐，也有辛酸和苦涩。百感交集，心潮起伏，所以作者用"饮罢孤怀起浪花"来形容当时的心情。妙处在于，这浪花是由什么引发的？是烹茶的"故乡水"，饮到作者的"孤怀"中之后引发的浪花，一语双关，情韵十足。

18. 感事

冯其庸

千古文章定有知，乌台今日已无诗。
何妨海角天涯去，看尽惊涛起落时。

品赏：诗题为感事，但所感何事作者没有明言，读者自可意会。但从诗中引用苏东坡乌台诗案的典故来看，也可寻到一些蛛丝马迹。感人心者是作者在后二句流露出的通达乐观的心态，即所谓"何妨海角天涯去，看尽惊涛起落时"，这两句诗用惊涛起落来喻人生境遇，贴切自然，形象鲜活。其实，作者所感之事，是指自 1966 年报上公开发表姚文元之《评新编历史剧"海瑞罢官"》一文。随着剧烈的政治运动，很多"臭老九"知识分子成了待罪之囚。"乌台诗案"尚且有诗可以作"罪证"，而作者当年，许多知识分子甚至仅仅说错一两句话，甚至不须要"罪证"，就会惨遭迫害。作者"乌台今日已无诗"的感叹，更是何其惨痛。

19. 登龙潭山

刘庆霖

龙潭待我已千年，一见相随肩并肩。
飞鸟时穿心境过，野花开到梦边缘。

品赏：这首诗想象丰富，情思流动，遣词造句机智而轻灵，颇有特色。作者来登龙潭山，一见钟情，一见如故，深深爱上此山。但是龙潭山本是自然景物，作者不说自己遗憾来晚了，却偏说是龙潭山像自己的朋友，在这里等了自己一千年。作者登上龙潭山顶，却被作者想象成与山像老友一样肩并了肩站在一起。看到眼前飞过一只飞鸟，作者不说是自己心情激动，却说飞鸟主动从自己的心境穿过。见到野花很喜爱，作者不说自己久久难忘，却说是野花开到自己的梦的边缘去了。当然"野花开到梦边缘"还可理解成野花很美，美得好像不是自然长成，而是从梦的边缘冒出来的了。无论怎样理解，以上这些违常理而合诗理的想象都很见匠心，体现了作者的语言功力和艺术追求。作者另外一首《桂林冠岩暗河行》也很有意味。谨录如下，供读者对读：手电照阶山腹行，时闻脚下暗河声。携取一枚石出洞，让它知道有光明。

20. 送人返台

马斗全

一别谁知又几秋，赠君红豆闽江头。
波涛起处轮应稳，只载相思莫载愁。

品赏：写的是个人情怀，但因送人返的是台湾，这里的相思又夹杂了家国的伤痛。因为一湾浅浅的海峡，却让两岸平添了若干的乡愁和忧思。读这首诗，就想起李清照的"只恐双溪舴艋舟，载不动，许多愁"。作者笔下的"只载相思莫载愁"非常精彩，他描写的已经不是舴艋舟，而是大轮船了。从中可以看到时代的变化，但没有变的却是那缕载不动的愁绪。

21. 春感

林锴

春温欲到肤，皇历老当除。
救市无真主，量财有贩夫。
儒冠宜自溺，阆苑许谁租？
十里官塘丽，能容一钓乎？

品赏： 这是一首牢骚诗。最后两联连用两个问句，把作者心中的郁闷忧虑都抒发了出来。通篇除第一句点题之外，写的全是自己对社会现实的捶胸顿足式的议论。用小品里的话说，这首诗的内容与题目可以说是跑偏了，诗的重点没有放在题目中的"春"字上，而是更多地放在了"感"字上。虽是议论成诗，但因一气呵成，一吐为快，流畅而自然，说的也都是时人关心的内容，所以读起来并不觉枯燥，反而有痛快淋漓的感觉。

22. 朝暮风吟

牟宜之

朝朝暮暮风风风，多载穷边一梦中。
三字迫人贫病老，四时惠我夏秋冬。
升仙不慕淮南子，体道犹思塞上翁。
世事沉浮何足论，未死岂知万事空！

品赏： 作者生前并不以诗歌名世，他的诗是在去世三十多年后才被重新发现，并引起诗界关注。1969 年，作者在劳改的日子中留下了《朝暮风吟》这首诗。尽管当时处境艰难，但始终流露出的还是通达乐观的积极生活态度。开头一句连用叠字，并有意突破了格律束缚，非常有特色。他的诗是自己生活的血泪表白，同时也生动地折射了当时社会的曲折和艰辛。

23. 体检

杨宪益

今朝体检受熬煎，生死由之命在天。
尿少且查前列腺，口馋怕得脂肪肝。
心强何必先停酒，肺健无需早戒烟。
莫怪胸中多块垒，只因世界不平安。

品赏： 这首诗幽默诙谐，涉笔成趣。而最后两句更是眼界开阔，耐人寻味。虽是辛辣滑稽的自嘲笔法，却也有心忧天下的士人胸襟。或正话反说，或反话正解，万千感慨，均用寻常口语从容地娓娓道来，不温不火，不疾不徐，但题外之意却又跌宕起伏，淡然超脱，于谐谑调侃中显露了一位沧桑老人的智慧和心境。

24. 过长江大桥唱词

朱蕴山

乘风破浪气吞舟，一色红旗照九州。
洪水而今都让路，高山从此尽低头。
江流已改汉阳渡，风景何须鹦鹉洲。
眼底龟蛇齐拜倒，兹行直欲与天游。

品赏： 这首诗写的是 20 世纪 50 年代末武汉长江大桥通车后的心境。当时的诗风多有口号化、概念化倾向，这首诗虽充斥着浓郁的当时风气，但纯用形象说话，读来意兴飞扬，极富豪情。夸张手法的妙用是本首诗歌的突出特色。在作者笔下，洪水让路，高山低头，龟山、蛇山一起拜倒在人类脚下，可说是铺排夸张到了极致。仔细读来，那些形象生动的豪言壮语，却也并不让人生厌。

25. 有所闻寄杜君慧

陈此生

红楼一梦太荒唐，回首前尘涕泪滂。
绣幕珠帘深院静，义儿佳婿满庭芳。
搜罗玉液供三嫂，还要花容似六郎。
自古彩云容易散，猢狲树倒更凄凉。

品赏： 这是写于 1975 年的一首诗，虽然题目表明是私人书简，但其实影射的却是政坛秘辛。这里的"有所闻"，也就是当时的所谓小道消息。因为时代特殊，这些消息虽不是大路上来的，去又往往久后应验。因而当时的人们也就这样口口相传地私下互相传递，并且乐此不疲。颈联"搜罗玉液供三嫂，还要花容似六郎"两句，令人忍俊不禁。而作者对当时政治的冷静观察和隐秘预言，也表现了很高明的洞察力。诗中多用隐语和比喻，让读者有猜谜语一样的乐趣。

26. 愚园六朝桂

仇鳌

荒园满秋色，一树独全真。
历历风霜古，青青雨露新。
婆娑孤月影，摇曳六朝春。
自有清芬在，寒松恰比邻。

品赏： 这是一首传统的托物言志诗，借咏愚园的一株桂树，来表达自己心中的清芬。诗意比较浅显，不需要多说。首联的"满"字和"独"字相对使用，很有力度，相映成趣。颈联"婆娑孤月影，摇曳六朝春"也很有沧桑变幻的苍凉之气。

27. 遣 兴
罗翼群

悬知前路正多艰，再度看花兴易阑。
缚虎徒伤冯妇勇，见龙翻骇叶公颜。
托身朝市嗟何补，回首风尘倦欲还。
莫讶故园春意懒，暮山长共白云闲。

品赏："冯妇""叶公"两个典故，用得颇有意味。而"莫讶故园春意懒"
的"懒"字，生趣盎然，让人极为喜爱。

28. 王昭君
任芝铭

出塞何须怨画工，红颜报国在和戎。
犹留青冢能千古，胜抱琵琶老汉宫。

品赏：咏史诗，贵在翻出新意。若人云亦云，说些陈词滥调，就没意思
了。这首诗的说法虽然不一定就合适，也可能会有一些争议，但作者换了一
个角度来咏昭君出塞，就给这样一个老题材又翻出了一番别致的意境。

29.聆听遵义县龙坑公社生产队支书汇报
李侠公

环坐炉边洗耳听，支书细语说农情。
在胸成竹安排定，于口悬河大势明。
更重指标来群众，要凭身手显豪英。
此行不负心头愿，又向农民取一经。

品赏：这首诗有着鲜明的时代烙印，但也是前人旧体诗词中没有出现过的

内容。录此聊备一格。颔联活用两个成语，工稳而又新鲜。

30. 庐山望鄱亭

谈维煦

极目三江带五湖，汉阳五老作庭除。
披襟便欲凌风去，直上长征万里途。

品赏：这首诗写于 1978 年 10 月，"新长征"是当时的常见熟语。登上庐山望鄱亭的历代诗人多矣，但能生发出"直上长征万里途"这种豪迈感想的人，估计只能是 20 世纪 70 年代末的。绝句虽短，其实很难写。尤其是最后一句，要压得住才行。这首诗的结句，就很精彩。

31. 绝句

陈迩冬

任凭人唱蔡中郎，历史舞台我退场。
身后是非浑不管，已知正道是沧桑。

品赏：诗是 20 世纪 70 年代在咸宁干校中写的，舒芜先生认为这是陈迩冬诗集中"最沉痛之音"了。虽然是一首打油诗，作者留下的却是严肃的思考。虽然用的是玩世不恭的语气，表达的却是人间正道的信心。全诗层次清楚，结构完整，起承转合，均非常曼妙。一句"身后是非浑不管"，令人惊讶，而再加一句斩钉截铁的"已知正道是沧桑"，就更加让人惊讶了。另外，陈迩冬咏延安曾有两句词"一塔刺天摇碧落，千山缩脚让延河"非常精彩，过去读过，久久难忘，谨录此处，供同好对读。

32. 挽友人

邵燕祥

几番风雨忆神州，海外登临亦有楼。

碧落黄泉空上下，红心白眼并春秋。

生逢乱世多输血，老去无端欠砍头。

劝慰笨人刘老大，江山留与后人愁。

品赏：这首诗中，洋溢着一股苍凉悲壮的气氛。诗中的对联尤其值得称道。颔联对得很巧妙细致，几个色彩词搭配在一起，再配上结尾的反义词两两相对，非常工稳。颈联对得机智活泼，很有新意。"多输血"是"病"，"欠砍头"是"死"，将"生老病死"四个字不露声色地分别隐在上下联里，更给人一种浮生扰扰、人事苍茫的联想。

33. 题洪巢林遗诗

马一浮

每听言愁始欲愁，不将后乐抵先忧。

有心争似无心好，魔语还兼佛语收。

大士悲深成怅惘，诗人愚重见温柔。

一期药病思量误，衲被蒙头万事休。

品赏：这首诗铺陈很多，写到最后就是这个"休"字。可以说写的是绝望，叹的是别人的遭际，抒发得其实更是自己心中的激愤。"诗人愚重见温柔"一句，让人过目难忘。也令诗人有同病相怜之慨。

34. 皮囊诗

苏局仙

皮囊原似春蚕脱，亘古谁能永保存。

气尽即交医士手，千刀万割便超生！

品赏：苏局仙被誉为"百岁诗人"。令人意想不到的是，他在生命的尽头，毅然成为上海市第一批捐献遗体的志愿者。在接受荣誉证书时，他即兴吟出这首小诗。从中可以看到老人豁达的人生观。老人于1991年年底无疾而终，享年110岁。他的遗体后来被送进了"二军大"病理解剖室。据说如此高龄的遗体捐献者，在国内外是罕见的。老人留下来的这首诗，随意吟来，却也神完气足。开头一句形象的比喻，巧妙生动。结尾一句坚决的誓言，干脆利落。

35. 岁阑怀旧写视郑逸梅

施蛰存

岁阑怀旧总堪悲，五十年间黍一炊。
茂苑诸郎久星散，西泠俊侣半兰摧。
当时坛坫争盟帜，今日江湖共劫灰。
儿辈安能知许事，会心惟有郑君梅。

品赏：施蛰存是当年文坛风云人物。五十年后忆当年，纷纭万事，都中和为平淡了。读此诗，悟沧桑。

36. 夏日杂咏

王蒙

鱼游何羡我，我乐不思鱼。
鱼我两相忘，水天一色如。

品赏：庄子与惠子一起观鱼，庄子说鱼真快乐啊，惠子反驳说：你不是鱼，你怎么知道鱼快乐？庄子说：你不是我，你怎么知道我就体会不到鱼的快乐呢？王蒙这首诗，化用这个古代寓言，却翻出了一种更加现代化、更加深沉的人生情味。最后一句本应是水天如一色，作者笔下却故意将"如"字拖到最后，这既是为了押韵，同时也使句式更多了一些变化。

37. 云作锦屏雨作花

南怀瑾

云作锦屏雨作花，天饶豪富到僧家。
住山自有安心药，问道人无泛海槎。
月下听经来虎豹，庵前伴坐侍桑麻。
渴时或饮人间水，但汲清江不煮茶。

品赏：据说这是南怀瑾先生在峨眉山闭关时写的一首诗。全诗平淡平和，透明透亮。句子虽然简单，禅味却也十足。所谓梅止于酸，盐止于咸，诗味则在咸酸之外。

38. 秋夜

郑超麟

灯因节电墙头灭，惆怅轻抛一卷书。
聒耳秋虫鸣静夜，窥人明月照疏扉。
纵横铁影成棋局，断续啼痕染枕衣。
今夜定饶南浦梦，当年悔摘乐园梨。

品赏：这首诗虽然写了秋虫明月等，却不是一首田园诗，而是一首狱中诗。郑超麟是一个著名的"托派"，坐了多年的牢。这首诗就是他在监狱中所作。诗中写了秋夜所见和所思，没有颓唐之气，却多有美好憧憬。这里的"定饶"两字很有味道。显然作者作诗时并没有做梦，可他就敢肯定自己晚上一定会做很多的梦，而且还会梦见自己后悔摘了乐园里的梨子。这种肯定的"定饶"，就是诗人的预言。

39. 次原韵报阿度兄

胡风

竟挟万言流万里，敢擎孤胆守孤城。

愚忠不怕迎刀笑，臣犯何妨带铐行。

假理既然装有理，真情岂肯学无情？

花临破晓由衷放，月到宵残分外明。

品赏： 胡风是理论家，这首诗也有雄辩的意味。崇真斥伪，敢是敢非，慷慨激昂，杂文入诗。在激烈的批判意识里，闪耀着耿耿丹心的光焰和响着"战斗精神"的雷声。最后一联显示了作者的信心和信念。"由衷"二字，耐人寻味。

40. 晋西海潮寺

寓真

潮音隐约在高台，轻踏绿阶门自开。

可喜垢尘飞不到，愿随明月去还来。

品赏： 这首诗营造了一种很纯净、很美丽的氛围。寓真先生曾经致力于当代诗词的口语化，而其卓有成效。过去采用日常口语入诗，如果单论近体诗的话，大多局限在打油形式的嬉怒笑骂，像大观园里刘姥姥那样，即使上了大席也根本做不了主客。而寓真先生把口语直接引进了诗词创作中，让刘姥姥坐上宴席正座。这是一种大胆的创新。现在这首诗虽然写得古色古香，但并没有某些诗人因装腔作势而常见的浅薄和冬烘气。

41. 夜雨荧屏

虹静

夜雨欺窗独泪流，荧屏能解几多愁？

一行文字随纤指，换得温心片刻留。

品赏：诗写的是网聊和网恋。这是在过去的诗坛上从来没有出现过的题材。作者笔下摇曳生姿，柔情万千。"一行文字随纤指，换得温心片刻留"是很好的句子。

42. 绍兴乌篷船

周兴俊

老街水巷荡乌篷，恍若时光隧道行。
闰土阿Q孔乙己，一一叩问故乡情。

品赏：作者在三味书屋前的老街水巷里，乘坐类似当年鲁迅乘坐过的乌篷船，感慨万千，所以写了这首诗。其中流露的创新意识极为引人关注。现代词汇"时光隧道"巧妙自然地引入诗句中，不着痕迹，贴切壮观，构成了一个概念之外的独创性的意象。而三个人名连用，并将英文字母直接融进诗行，更是一种大胆的试验。

43. 鄂尔多斯

霍松林

沙兴产业千家乐，地富能源四海惊。
更选羊绒织厚爱，人间处处送温情。

品赏：前两句对偶尽管工整，但很平淡，全诗美就美在后二句。尤其是"织厚爱"三字，就像孔雀尾巴上最美的那几根翎毛，鲜艳夺目。

44. 见装盼盼防盗门感赋

杨小源

家安盼盼门窗紧，便是神偷难入侵。

敬德钢鞭魏征剑，平民性命款爷金。

任来任往真情客，相和相闻友爱音。

寄语公司再研改，为官牢锁养廉心。

品赏：前三联说的是防盗门，到尾联笔锋突然一顿挫，直接向贪官刺去。声东击西，指桑骂槐，收到出人意料的效果。

45. 忆庚辰秋日过秦淮河畔

江岚

十里秦淮潋滟秋，小桥深巷忆曾游。

涛声不作前朝恨，柳影空遮故国楼。

木落长洲观白鹭，烟笼古渡泛轻舟。

黄昏莫近酒家泊，怕听笙歌动杞忧。

品赏：这首诗中规中矩，非常讲究。既有沧桑之慨，又有现实之叹。既有纵的怀想，又有横的忧思。难分哪是景语，哪是情语，境中含情，情中化境，情景交融，构成很典雅的一种意境。

46. 渠县快女黄英晋级全国三强

周啸天

赛到三强花事浓，千红不及映山红。

巴人惯听爬山调，一有黄英便不同！

（按，《夜半三更盼天明》为黄英参赛曲目，主题句为"若要盼得红军来，岭上开满映山红"，黄英粉丝因此称"映山红"。又，《太阳出来喜洋洋》一曲，黄英申喉发唱，顿觉他人所唱一无是处。）

　　品赏： 开头两句高度评价了黄英演唱《映山红》的艺术效果，第三、四句换了一个历史的纵向视角，层层递进，把歌声的魅力表现得十分给力。谁说写旧体诗的人只关心老古董？其实当代旧体诗人的视野很开阔，艺术趣味也蛮时尚。这首诗就是例证。

47. 六十初度

星汉

看惯人间变幻频，东风又报一年春。
羞谈口号桩桩假，敢说心灵日日真。
天上何曾掉馅饼，家中从未请财神。
老妻提醒生辰到，好酒开瓶呼比邻。

　　品赏： 生日回眸，略叙平生。波澜不惊，平中出奇。朴素真挚，亲切自然。

48. 参观妈祖阁

郑伯农

妈祖堂中景色鲜，游人难觅绕梁烟。
特区神女讲廉政，只佑平安不敛钱。

　　品赏： 正话反说，妙在警策。叙的是眼前景，敲的是心上钟。

49. 游兴城看大海

刘敬娟

双臂张开诗兴来，我同大海比胸怀。

额头浅绽菊花瓣，心底尽除尘世埃。

列子乘风真本色，阿瞒挥笔浪形骸。

平时常恨蜗居小，今向天边呼壮哉。

品赏： 这首诗中的欢乐像礼花一样乍然绽放，缤纷绚烂，异彩纷呈。因为在蜗居中压抑得太久了，所以在大海面前就有了灵魂的大解放。诗句中可以看到诗人的烂漫情怀，也从这欢快流畅之中更对比出了平时的委屈和郁闷。以欢乐衬忧伤，这首诗又是一个实例。

50. 灵芝湖溜索

杨逸明

一跃腾空碧四围，书生溜索御风归。

俯看山色湖光动，不是云飞是我飞！

品赏： 诗贵有一双发现的眼睛。这首诗就有自己的发现。本来云飞而"我"不会飞，是基本的生活常识，可是放在特定的环境中，"我"居然也可以飞起来。而这种"飞"不是空洞的想象，而是有"俯看山色湖光动"作为基础。妙处在于这最后一句不是夸张手法的运用，而是真实的生活体验和艺术发现。

51. 西藏然乌湖

萧宜美

秋峰残雪日余辉，翠绿金黄湖岸围。

今日初识知美丽，一汪神秘已捎回。

品赏： 然乌湖海拔 3850 米，为著名的高原冰川湖。因其高而人迹罕至，因其人迹罕至而神秘。最后这神秘居然可以像一汪湖水一样捎回家去，真是美妙的审美体验。

52.黄河入海口

李一信

黄河挽日耀神州，万里滔滔入海陬。
参透千秋成败事，人生淡淡也风流。

品赏：看了眼前的景致，悟到人生大道理。前两句说景，后两句谈感想，触景生情，意到笔到。一句"人生淡淡也风流"，非历尽百转千折的过来人者不能言。

53.薄暮登龙虎山泸溪观景台次韵奉和熊东遨诗兄

钟振振

高台虎立待龙兴，倚遍斜阳若有情。
劣酒只添颧上赤，好山不减眼中青。
川虽逝者偏长在，月自亏时便向盈。
乐莫新知见如故，此心随盖一时倾。

品赏：偕友登山，一番感慨。中间两联浅近平易，很有些味道。熊东遨先生原唱《薄暮登泸溪观景台同林崇增钟振振》也很耐人寻味，我个人也更加喜爱些，附后供读者对读品味：自笑心澜抑复兴，每逢佳景便忘情。不辞霜鬓风前白，来赏云山雨后青。棋局看人争胜负，月轮容我悟虚盈。百年涕泪知多少，敢借明时一痛倾。

54.尽心《总向红笺写自随》读后

萧永义

碧玉红笺影自随，相思别后水云飞。
扫眉人远天涯近，万种风情半在诗。

品赏：萧永义先生年至耄耋，还能写出这样婉约精致的句子，令人惊讶。其中"扫眉人远天涯近"一句，让我想起顾城的名诗《远和近》："你一会儿看我 / 一会儿看云 // 我觉得 / 你看我时很远 / 你看云时很近。"此二诗的意思是相反的，顾城的意思是人的距离很近，心的距离很远。萧先生的意思是人的距离很远，心的距离很近。

55. 北兵马司十七号

张力夫

雨巷幽深入画图，依稀得辨旧京都。
初秋院落涵清气，满架葡萄缀紫珠。
朝夕可闻秦望楚，兴亡偶感越吞吴。
自来山海行吟客，容与禅茶道不孤。

品赏：北京市北兵马司 17 号是原《中华诗词》编辑部的所在地，这首诗写的就是在那里做编辑的感受。小院里一个大葡萄架，南来北往的山海行吟客进出不断，所以作者说"禅茶道不孤"。2009 年底，《中华诗词》编辑部因故从这里迁出，这首诗也成为史料了，唤起人无限怀想。

56. 欢迎纽约高亦涵诗家访沪

李忠利

花开时节自然香，云淡园清客满堂。
当代诗词何处去？会心一笑路还长。

品赏：作者是一位盲诗人，自创六行体新诗，颇有成就。偶尔写作的这首绝句，也是可圈可点，值得关注。尤其最后两句问答，言浅浅而意深深，令人过目难忘。

57. 题曹植墓

邓世广

八斗才高可奈何，书生意气总嫌多。
三分归晋无关涉，七步成诗耐琢磨。
策问每依杨德祖，交兵合弃鲁阳戈。
此君堪主文联事，管领莺莺燕燕歌。

品赏： 曹子建才高八斗，在文人圈子里多受好评。可是这首《题曹植墓》却是批评曹植的。作者故意反弹琵琶，全面质疑，很有攻击力。不过读到最后，似乎又有些借古讽今的意味。读者这才恍然大悟，作者批评的矛头不仅仅是对准一个作古多年的可怜书生，而是直接指向了那些"莺莺燕燕歌"和管领那些"歌手"的戏班头儿。说到底，这是一首含蓄的讽刺诗。虽然并不剑拔弩张，却自有一种从容不迫的千钧之力。

58. 葬母

刘家魁

母亲泥土已难分，泥土从今即母亲。
不必年年来一哭，多开花朵报三春。

品赏： 这首诗是诗中上品。虽然表现的是一个悲伤的题材，但作者一路写来，却让读者感受到一种格外高亢激昂的情绪。字里行间闪耀着人性的美丽光芒，抒发了感人至深的大爱情怀。

59. 地热间歇喷泉

欧阳鹤

蓦然平地起风雷，一柱腾空热浪飞。
料是天怜人世冷，东风送暖入柴扉。

品赏：这首诗想象新奇，灵思飞动。"人世冷"三字蕴万千人生滋味，而从"东风送暖入柴扉"一句，又感受到诗人心中的温暖和柔情。

60. 春雨

周拥军

谁家少女郎，丝线万千长。
一夜相思泪，织成红绿裳。

品赏：这首诗实际上是由三个比喻组成的。把春雨比作少女的丝线，又比作相思的眼泪。而大地上的红花绿朵的烂漫春光，则比喻成一件"红绿裳"。最后一个比喻，有新意，而又有意境。

61. 北海漫步有感

何鹤

携手游园北海滨，疏枝嫩蕾趁彤云。
聊将情匿桃林里，结个春天赠与君。

品赏：因为作者心里藏着一份美丽的爱情，所以漫步北海滨的时候看不到那些波光水色，却先注意到那些美丽热烈的桃花。他把心上的爱情搬出来，藏匿于桃林深处，然后就引出了全诗最美最有味道"结个春天赠与君"这一句奇异的诗。在诗人笔下，春天不仅能够结在桃树上，而且还能够摘下来赠与心上人，这种想象真是令人惊叹。

62. 秋收小照

张金玲

叠起青纱帐，收回满囤金。
深宵盘热炕，星月一杯斟。

品赏：这首诗很简单，写的是丰收之后的欢快心情。妙在开头结尾两句。青纱帐居然能够叠起，星月居然可以一杯斟下，均是令人欣赏的奇思妙想。

63. 登高

滕伟明

登高云海涌，千古忽沟通。
际遇真难测，浮沉自不同。
后人怦动处，先哲大哀中。
落日燃将尽，可怜心尚雄！

品赏：登高是传统的诗歌题材，作者写的却令人几乎要潸然泪下。忧时愤世之心，再加上悲天悯人的情境，构成一种悲凉的艺术氛围。"落日燃将尽，可怜心尚雄"的意象尤其惊心动魄。

64. 为女儿写真

古求能

四岁西西娇又娇，家庭王国独称豪。
飞机大炮连天闹，积木图书满地抛。
供不应求新故事，乐而忘返旧童谣。
兴来跳到台阶上，要与爸妈试比高。

品赏：原生态的生活场景，娓娓叙来，不露声色地纳入诗中，别有一番新鲜的面貌。通过几笔精彩的勾勒，一个天真活泼的小女孩跃然纸上，惹人怜爱。另有一首莫非先生的《儿子咬书》也很有趣，谨录如下，供读者对读：精灵小鼠弟当家，竟向书丛试乳牙。有此阶梯双膝下，为之崛起大中华。何来万卷供君破？自是无声待我夸。翻笑郝隆食不化，吾儿尺布印窗纱。

65. 纺线的阿婆

凌大鑫

独坐繁花下，肩头落鸟声。

悠悠摇旧梦，淡淡续柔情。

手上春秋去，心中意气平。

年华长似线，终日纺人生。

品赏： 读着作者波澜不兴、一平如砥的这首诗，确实有"心中意气平"的感觉。但是淡淡的诗行里，却有着清爽的愉悦和纯净的芬芳。"终日纺人生"的这位老阿婆，在作者笔下立体地多角度地呈现出来，像一尊精雕细刻的人物雕塑。很俗的一个读后感的句子中，常说："就像吃了橄榄，越嚼越有味道。"而这首诗，确实让人感受到了那种清新的芳香。

66. 为夫人题画

蒋介石

风雨重阳后，同舟共济时。

青松开霁色，龙马动云旗。

品赏： 1953年秋，作者的夫人以画为他祝寿，作者随后写了这首题画诗。全诗像是随口吟来，却又做到了诗中有画，工稳贴切，颇见功夫。古人论画有所谓"尺幅千里"的说法，做事又何尝不是如此。短短二十字，可以看到一个青松挺立、云旗飞舞的宏阔境界。

67. 七绝

梁羽生

百战归来酒尚温，繁霜侵鬓转消沉。

金戈铁马当年恨，辜负梅花一片心。

品赏：这是作者七绝三首中的一首，见于《还剑奇情录》。主要的意思是写出世之想。有点陶渊明"归去来兮"的意思。"辜负梅花一片心"一句，是诗家语。

68. 当步出夏门行

钱锺书

天上何所见，为君试一陈。
云深难觅处，河浅亦迷津。
鸡犬仙同举，真灵位久沦。
广寒居不易，都愿降红尘。

品赏：钱锺书先生的旧体诗比较郑重，常见罗列典故，读起来比较枯涩。而这首诗却是想象灵动，清澈似水，令人耳目一新。

69. 地铁卖报人

赵缺

步缓形骸瘦，肥衣捂报囊。
探身防警卫，混迹入车厢。
切切迎头问，欣欣递手忙。
小康真不远，时在版中央。

品赏：看起来似乎无技巧，实际却蕴含着大技巧。这首诗的文字像用清水洗过一样干净透明，以纯粹朴素的白描手法，细腻描绘出了一个在地铁中偷偷卖报谋生的人物形象。字里行间表达了作者的同情和忧思，反映了社会的现实，启发着读者的思考。结构上按时间顺序，由远及近，最后视角停留在一个醒目的特写镜头上结束。尾联两句恰如天风浩荡，扑面而来，骤起波澜。"小康真不远"与"时在版中央"组合在一起，更是言浅意深，以小见大，极具反讽效果。

70. 花事已开再寄叔通先生

程砚秋

松柏青青入眼同，好花不竞一时红。
惊心尚有东篱菊，正在风霜苦战中。

品赏： 咏菊诗不少，程砚秋这首诗仍然给人留下很深的印象。因为他写出了自己眼中的菊花，更借菊花写出了自己的心声和境遇。最后一句"正在风霜苦战中"写得惊心动魄，更是意味深长。作为寄给友人的诗歌，这首诗似乎在借菊花表达自己的处境和节操，同时也似是在含蓄地向友人求援：菊花正被风霜包围，苦战不已，友人你还不来给菊花送温暖吗？

71. 昨卖一鸡与邻家顷复飞回璧返后感成一律

程坚甫

玉汝于成几费神，出售应谅主人贫！
隔邻索价姑从贱，逸槛飞回岂厌新？
濒死未能登俎物，超生犹望系铃人。
痴翁抚事增惆怅，异类非亲竟似亲！

品赏： 作者在家乡台山务农度过余生，膝下无子。1988 年逝世之后，其诗作在友人收集流布下，才得为世人所知。这首诗表现的是寒酸生活中，自己与一只卖与邻舍又飞回自家的鸡的感情。通篇都是对自己矛盾心理的细腻描绘，读来确实令人"抚事增惆怅"。

72. 七律

郭赤婴

塞外干戈辉月影，春风旧地荡歌声。
寻来浩瀚平沙海，望断峥嵘草木兵。
雪尽天涯葱岭闪，风驰铁马暮云彤。
山河壮丽应期盛，愿献胸中一点红。

品赏： 这是20世纪70年代的一位知青写的诗歌，带着鲜明的时代印记。全诗意气风发，朝气蓬勃，洋溢着激情和热情，充满奉献精神。从中可以看到一颗纯净的火热的心。

73. 饮酒

万友昌

门前栀子闹新墙，不及陈年腊酒香。
总是乡情吟不够，多贪几盏又何妨。

品赏： 乡情醇美，好诗醉人。好酒"多贪几盏又何妨"，好诗带着陈年腊酒香，还夹杂着栀子的香气，应该多读几遍，体味那美好的艺术享受。

74. 草花

李树喜

郊外草花室内培，殷勤侍弄日趋萎。
原来盆是天和地，经雨经风始展眉。

品赏： 这首诗没有一句议论，却从头到尾都是议论。说的是草花，谈的是人生的道理。"原来盆是天和地"的咏叹，是独具慧眼的艺术发现和体察细微的人生妙悟。过去常讲"经风雨见世面"，现在则很少有人提了。不仅牡丹、玫瑰是温室里的娇宝宝，甚至连草、花也弄进温室里去栽培了。但越是百般娇惯，却越是横生事端。从《草花》诗这里，让人重温了古人"道法自然"的哲思。

75. 狗尾草

许清泉

不占群芳谱，谁能正眼瞧。
风来自摆动，岂是向人摇？

品赏：以狗尾草"夫子自道"的口吻写出，形神毕肖。这种拟人的写法，使咏物诗中常见的笔法。这首诗咏的是别人笔下很少的题材，而且写出了一种风骨和矜持。

76. 戏咏铁锅

张海燕

铁锈斑斑去又留，常烧青菜芋艿头。
铁锅不是无情物，也想天天揩点油。

品赏：这首诗表面上是戏咏，写的却是对人情世态的巨大忧虑：贪婪居然已经成了常态。

77. 大同云冈石窟

赵京战

大匠开山磨杵针，一锤一凿记天音。
恒沙有愿从头数，苦海无边向岸寻。
壁上飞天真妙曼，人间槐梦太深沉。
纷纷游客争留影，谁解慈悲度世心？

品赏：落笔就是"一锤一凿记天音"，直接上溯到石窟的源头去了。以想象开篇，比直接叙景似乎更具优势的魅力。诗艺上，是很讲究，也很有创意和追求的。作者宅心仁厚，所以见佛像而向慈悲。最后两句疑问，结得委婉而又沉痛。既是礼佛，又是叹世。

78. 赴济南车中

袁行霈

穿河越野复行行，渐近乡关日色暝。
映眼华山浑似染，原来山比梦中青。

品赏："原来山比梦中青"是这首诗中的好句子。其中有三层意蕴：一是家山常入梦，说明常常念起家乡，对家乡的牵挂是经常性的，而不是临时性的。二是到了家乡，自己看到哪里都是可爱的、美丽的。三是委婉巧妙地透露了自己愉悦的心境。

79. 藏头诗

周国志

周游天下也无妨，国士挥毫气势昂。
志在文坛争霸主，来为人世做诗王。
南方摆擂夸谁胜，京域登台看我狂。
挑起复兴文化担，战云消后业辉煌。

品赏：作者名叫周国志，这是他参加录制南京某电视台一档栏目时带去的一首藏头诗。全诗每行第一个字连起来即"周国志来南京挑战"，气宇轩昂，自信满满，大有目空四海之势。据说作者曾在南京悬赏十万元摆擂台赛诗，参赛者无一人胜他，所以他就自动获得"诗王"称号。这个称号虽然不足以服众，但气冲斗牛的口气中，也透出一股天真烂漫的可爱姿态。全诗直抒胸臆，朴素直白，痛快淋漓，自成一格。尤其是中间两联对偶工整自然，流畅潇洒，英气逼人。

80. 过皖南山村

袁昶

梅雨初来户户忙，老牛花伞小池塘。
一张山水天然画，竟在农家窗外藏。

品赏：水到渠成，举重若轻，自然清新。最后两句简单而优美，看起来漫不经心，却又韵味十足。读着这首诗，忽然想起杨逸明先生的一首佳作《雨中游朱家角古镇》：吴语轻柔越酒浓，红男绿女醉东风。水乡一幅舟桥画，挂在江南细雨中。

81. 题岩上梅花

林岫

岩上梅开旖旎姿，孤清奇崛苦寒时。
看来多少英雄气，都在东风第一枝。

品赏：最后两句慷慨激昂，确实有"英雄气"。

82. 题敦诚琵琶行传奇

周汝昌

唾壶崩剥慨当慷，月荻江枫满画堂。
红粉真堪传栩栩，渌樽那斩感茫茫。
西轩歌板心犹壮，北浦琵琶韵未荒。
白傅诗灵应喜甚，定教蛮素鬼排场。

品赏： 尾联是曹雪芹诗，见敦诚的《鹪鹩庵杂志》。补成全诗的人是时在人民文学出版社古典部工作的周汝昌先生。这首诗中规中矩，颇有风致，流露的文人风骨格调也很传神。当年曾被当作曹雪芹遗诗，酿成红学界一大公案。

83. 嘲吴晗并自嘲
廖沫沙

书生自喜投文网，高士如今爱"折腰"。
扭臂栽头喷气舞，满场争看斗风骚。

品赏： 这是作者描写遭批斗情景时的一首诗。作于 1967 年夏，当时他同吴晗被揪往京西的一个矿里批斗。批斗之前，两人被关在一间职工宿舍里。为了稍解吴晗的烦恼，作者低声地对吴晗说："咱们现在成了'名角'了，像梅兰芳、程砚秋似的，如果一台戏没有我们出场，那就唱不成了。"吴晗问："那我们唱的是什么戏呢？"作者随口说："我们唱的戏叫《五斗米折腰》。"吴晗知道这是指陶渊明不为五斗米折腰的故事，他原来是北京市副市长，现在挨批斗，总要做喷气式，低头折腰。于是吴晗恢复了微笑，要沫沙帮他算一算他的工资能买多少个五斗米。两人都算不出来，沫沙说，那就去掉"五斗米"三个字，简称"折腰"吧。如此豁达乐观的心态，实在难得。王蒙先生有言："幽默的灵魂是诚挚和庄严，我要说的是：请原谅我那幽默的大罪吧，也许你们能够看到幽默后面那颗从未冷却的心。"

84. 赠友人
遇罗克

攻读健泳手足情，遗业艰难赖众英。
清明未必牺壮鬼，乾坤特重我头轻！

品赏：1970年3月5日，作者因写作《出身论》等"罪行"，在京被处决，年仅27岁，临刑前留下这首《赠友人》。可以说，写成这首诗不是用笔和纸写成的，而是用青春和热血。"乾坤特重我头轻"一句沉郁苍劲，气壮山河。这个才华横溢、勇敢坚贞的年轻人，深深地刻在了历史的记忆里。诗人北岛在献给遇罗克的诗中说"在我倒下的地方／将会有另一个人站起／我的肩上是风／风上是闪烁的星群""从星星的弹孔里／将流出血红的黎明。"这诗可以看成是对"清明未必牲壮鬼"的回应。

85. 丙午清明次东坡韵

陈寅恪

史书既欲尽烧灰，何用今朝上冢哉。

南国高楼魂已断，西陵古渡梦初回。

贤妻孺仲恹恹病，弱女渊明款款来。

翻忆凤城一百六，东风无处不花开。

品赏：1966年4月，陈寅恪先生写下这首一生中的最后一首诗，诗中叙说了悲凉心境，又用"东风无处不花开"来映衬，高深温婉，绵邈深幽，自成一格。

86. 古钟

萧军

不叩不鸣一老钟，秃柯古寺自凌空。

沧桑风雨行经惯，应是无声胜有声。

品赏：1977年，步入古稀之年的萧军在北京东坝河村居时，写了这首诗。据说是所见所感，实际上也可看成是自我的写照。当时这位老人还没有被"平反"，就像这凌空悬吊的"老钟"一样，虽然"不叩不鸣"，但是已经看惯风雨，无声胜有声了。

87. 怀田家英

李锐

客身不意复南迁，随遇而安别亦难。
后海林阴窥月上，鼓楼酒座候灯阑。
关怀莫过朝中事，袖手难为壁上观。
夜半宫西墙在望，不知再见又何年？

品赏： 这首诗前半部分是回忆在后海、鼓楼等地与田家英的交往，后半部分是作者从田家英的遭遇引发的感慨和感想。其中"关怀莫过朝中事，袖手难为壁上观"一联既是写田家英的情怀，也可看成作者自己的心曲。这一联让人想起林则徐的"苟利国家生死以，岂因祸福避趋之"，为国为民，无私无畏，令人钦敬。稍有微瑕之处就是作者用"朝中事"来喻国计民生，用语似嫌陈旧，也不甚妥帖。当然作者或许另有深意而难与外人尽道？似也未可知，但不便乱猜，就此打住。

88. 整人打油诗

夏衍

闻道人该整，而今尽整人。
有人皆可整，不整不成人。
整是由他整，人还是我人。
请看整人者，人亦整其人。

品赏： 作者有感当年人整人的社会现象，仿效清代"剃头诗"，写下这首幽默辛辣的作品。戏拟和化用前人作品，是打油体诗歌中的常见手法。这首诗运用得尤其出色。

89. 无题

尽心

尘缘未了自心知，几度红楼梦醒时。
我是多情天上客，人间随处种相思。

品赏：这首诗在当代诗坛很有名。但因其含蓄的语言和蕴藉的情味，解诗者也是众说纷纭。有热烈的称赏，也有一些激烈的争议。恩格斯曾引用过"一千个读者就有一千个哈姆雷特"这句话。确实，读者的个人经历、学识、境界等各各不同，对文学作品的理解也自然会有差异，这是符合审美规律的。从诗艺角度来说，我很欣赏最后两句"我是多情天上客，人间随处种相思"，"种相思"把抽象的情感当成视觉可见、触觉可感的种子，居然可以种在地上，让人产生优美而生动的联想。当然这种通感手法的运用在诗中比较常见，但因了天上地下的对比，为这种"种相思"的过程更添加了一种壮丽的色彩，使想象的空间更博大，欣赏的视野也更广阔了。这首诗可以和另一位女诗人甄秀荣的《七夕"红豆"相思节》来对读。尽心诗歌把相思从天上"种"到地上，甄秀荣诗则把相思从地上"写"到了天上。

附：

七夕"红豆"相思节

甄秀荣

南国春风路几千，骊歌声里柳含烟。
夕阳一点如红豆，已把相思写满天。

90. 扬眉剑出鞘

王立山

欲悲闻鬼叫，我哭豺狼笑。
洒泪祭雄杰，扬眉剑出鞘。

品赏：1976年清明节，爆发了著名的"天安门诗歌运动"，这是其中最著名的一首。诗歌押仄声韵，并不完全拘泥传统格律，但如霹雳一声震地响，自有震撼人心的艺术力量。开头的对比鲜明夺目，后面的对偶斩钉截铁，确实很精彩。特意收录这首诗，用以说明好诗并不一定都为绳墨所困。

91. 观杂技

赵朴初

谁识雌雄变假真，沐猴而冠俨称尊。
攀缘自古看来惯，百尺竿头袅袅身。

品赏：诗歌作于20世纪60年代后期。表面上谈的是杂技，实际上斥责的是台上的粉墨政客。因为特殊的社会原因，不便也不能直接指斥，也就只好像这样指桑骂槐地讽刺了。

92. 闲兴

空林子

夜半闲中乐，清茶小白杯。
但能诗自赏，何必酒相陪。
早岁常栽柳，而今只爱梅。
窗前红一萼，不许寸心灰。

品赏：这是作者《闲兴》三十首中的第十首。将一个"闲"字，写得摇曳生姿。虽然表现的是"闲兴"，却又有"不许寸心灰"的警策之语。全诗前面三联波澜不兴，缓缓讲述，至尾联忽然立波滚滚扑面而来，很有冲击力。

93. 血管

曾少立

别是人间第一泉，灵台流转死生间。

时平未许青筋凸，稳缚形骸卅七年。

品赏：这首诗不仅令人喜爱，更令人怦然心动。所谓"诗有别才"，于此诗可见。

94. 怪坡

秋枫

下岭艰辛上岭轻，眼前怪事悖常情。

启人慎对人生路，顺逆原能颠倒生。

品赏：怪坡是沈阳郊区 30 公里处的一座坡度平缓的小山，名叫响山。据说车辆上坡省力，下坡费力。上坡能自动滑行到坡顶，下坡反而需要克服大于平地的阻力。诗人到此游览之后，吟成这首小诗。全诗前两句写的是所见所感，后来两句写的是自己的所悟。结构上中规中矩，文字比较平易。因为是一首议论诗，读起来感觉朴实无华，其生命力在后二句的深刻和警醒。

95. 不倒翁

齐白石

乌纱白扇俨然官，不倒原来泥半团。

将汝忽然来打碎，通身何处有心肝？！

品赏：齐白石在谈到自己的艺术成就时说："我的诗第一，印第二，字第三，画第四。"可见他对自己诗艺的自负。这首诗是他的一首著名的题画诗。有讽刺，有忧愤，但也有幽默风趣。齐白石分析自己诗艺时说："朋友的文化底蕴比我高深，但他们心存科举功名，学作的是试帖诗，虽然工稳妥帖，用典用韵讲究，但毕竟拘泥板滞，不见生气。我作诗不为功利，反对死板无生气的东西，讲究灵性，陶冶性情、歌咏自然。所以，他们不见得比我写得好。"这样的话，确实值得反复品味。

96. 即兴

刘修珍

嫁为农妇几年来，做做庄稼砍砍柴。
案上新书乘兴读，箧中丽句逐时裁。
无多田地身常暇，有好声名命不乖。
且喜双亲都健在，每回归省笑盈腮。

品赏： 这首诗用白描手法，为我们描绘了一位农妇的温馨的日常生活。虽然平平淡淡，但也让人感受到一种难得的幸福和和谐。字里行间洋溢着醇厚的泥土气息和新鲜的芬芳。真正的诗人首先应该是人，是真善美的歌唱者和体验者。这首诗通俗流畅、明白如话，淋漓尽致地表达了心灵深处最普通、最真挚、最朴素的感情，令人非常难忘。

97. 四皓新咏（选一）

舒芜

贞元三策记当年，又见西宫侍讲筵。
莫信批儒反戈击，栖栖南子是心传。

品赏： 这首诗写于 20 世纪 70 年代后期。原作四首，这是第一首。借商山四皓的典故来讽刺清华北大四位出任"梁效"写作组顾问的老教授。因其犀利直接，典雅有趣，所以当年和者众多，传诵一时。现在来看，当时作者讽刺的不一定就都有道理，但这样的以各种典故组合起来的讽刺诗，也是一种诗歌的类型，具有标本意义，所以收录在此，供读者参考。

98. 谒鲁迅墓

郑欣淼

仿佛仍随风雨行，苍松翠柏寄深情。
目光炯炯透温厉，箴语殷殷铭爱憎。
上海殊荣埋铁骨，高山仰止慰冰心。
文章凝血总难老，犹盼高扬鲁迅旌。

品赏： 诗人作为中国鲁迅研究会的会长，来到鲁迅墓前，会有什么样的与众不同的感慨呢？这篇作品布局严谨，结构规整，笔势却又飞舞奔放，富于变化。前四句是想象，后四句是感慨。层层递进，层次分明。诗人不是只凭着眼睛去观察和体验，他还带着一颗诗心去感受和思索。开头一句"仿佛仍随风雨行"破空而来，鲁迅先生的身影和风姿跃然再现，动人心弦。其中"风雨行"三字对鲁迅不平凡人生的凝练概括，更是贴切、准确而又形象生动，后边的"苍松翠柏"是景语，加上"寄深情"三字就又成了情语。既令人感受到鲁迅心中的深情，也让人感受到诗人对鲁迅先生的深厚情感，同时还让人感受到一种振奋激昂的前进力量。至最后"文章凝血总难老"是哲言警句，"犹盼高扬鲁迅旌"则是真挚心声。整首诗以这两句来做结，苍凉劲健，精警奇肆，却又耐人回味、启人深思。

99. 黄山道中

周笃文

到眼溪山美欲狂，蒸云泻瀑意飞扬。
来朝吟向莲花顶，应有风雷动八方。

品赏：这首诗从一个与众不同的角度写黄山美景，收到了奇妙的艺术效果。诗人还没有登上山顶，仅仅在山道上就已经"美欲狂"了，试想登上山顶以后会有怎样的奇景呢？更加令人想不到的是诗人接下来并不是继续描述那想象中的美景，而是直接想象起自己在那峰顶上的奇妙感受，这就是"应有风雷动八方"，真是气象宏大，掷地有声。全诗结构严谨，构思巧妙，丝丝入扣，想落天外。另外，"蒸""泻"二字运用得也妥帖生动，非常讲究，可以感受到诗人炼字炼句的功力和用心。

100. 败枝谣

公木

拣拣落梢侧道边，盈筐频得把腰弯。
难雕朽木难为火，易折青枝易冒烟。
枯瘦当前也是宝，湿潮久后总成干。
寸光度热凭多少，无任牛溲鼠兔膻。

品赏：这首诗写于 1969 年，诗的开头有个小序："风后，沿长街拣落梢，作引柴。"当时作者生活落魄，沦落如此。但是作为一个宣称"不以诗篇为生命，而以生命作诗篇"的诗人，作者的心中仍然燃着不熄灭的火种。所以，才有"寸光度热凭多少，无任牛溲鼠兔膻"的枯涩的感叹。作者经历过人世的大风浪，所以对人情、人性有着深刻的感悟，尤其是对人性的恶的一面有了惨痛的认识。他有一首不合律的《狼虱赞》，很有思考的空间，谨录如下：虱不咬虱狗咬狗，狼不吃狼人吃人。因为狼群无贵贱，因为人世有卑尊。凯虱生在穷汉身，恶狗养在豪家门。虱何蠢兮狼何狠，义于狗兮仁于人。

101. 雨后辋川道中

魏新河

百重泉水尚依然，雨过千峰色倍鲜。
山似美人争媚我，新妆宛转绕车前。

品赏： 这的确是一程愉悦的审美体验。清鲜的语言，瑰丽的想象，超拔的意蕴，新奇的构造……

在诗人的笔下熠熠生辉。最精彩的是第三句，把山比喻成美人，化静为动，灵思飞扬，体现了很高的艺术技巧。

102. 骆驼草

段维

放眼天青接地黄，骆驼草绿更苍凉。
身无媚骨还多刺，如我于斯立大荒。

品赏： 开头的博大背景，陪衬出巨大的孤独感，骆驼草的清高形象也显得更加鲜明。后两句抒发情怀，写照自我，显示出品格情操和精神力量。结构上由大及小，由物及人，脉络清晰，非常讲究。

103. 壬申春日观北海九龙壁有作

王巨农

久蛰思高举，同怀捧日心。
曾教麟爪露，终乏水云深。
天鼓挝南国，春旗荡邓林。
者番堪破壁，昂首上千寻。

评点： 这首诗歌写在 1992 年邓小平同志南方谈话发表之后。表面上看句句写的是龙，实际上是以龙来喻中国。贴切自然，不动声色，却又充满激情和活力。从诗艺上来讲，胜过那些直白浅陋的口号诗千万倍还不止。邓林的典故用得也很巧妙，既令人怀想起夸父逐日的豪迈和坚定步伐，又令人与邓小平的姓氏产生双关联想。

104. 儒林闹市

高昌

儒林闹市久相违，依旧幺蛾四处飞。
倒海排山争座位，插花抹粉放光辉。
台前扭捏须周致，门外推敲必细微。
风骨扫除呈腻粉，殷勤摇尾为分肥。

品赏：这首诗是步老诗人邵燕祥先生《惊蛰初雪》韵写的一首和诗。曾被误当作邵燕祥作品刊登在《当代诗词》杂志。诗写于 20 世纪 90 年代，是讽刺儒林乱象的。直到今天看文坛，仍令人心中有类似感叹。"倒海排山"与"争座位"混搭一起，"插花抹粉"与"放光辉"混搭一起，都是为了造成一种氛围，增加讽刺的效果和声势。

四

诊诗举例

学会作诗，还要学会改诗。古人说"吟安一个字，捻断数茎须"，又说"为求一字安，耐得半宵寒"，都是说的改诗的辛苦和艰难。诗歌写出来之后，修改也是一个很重要的环节，需要下大功夫。很多诗歌中的名句、名篇，比如黄鲁直的"归燕略无三月事，高蝉正用一枝鸣"，再比如王安石的"春风又绿江南岸，明月何时照我还"等，虽然看起来自然流畅，但也是经过了一个很认真的修改过程才定稿的。

这一章主要说的是我在《中华诗词》刊授学院教授诗词时批改的一些作业，另外还包括自己的一些习作的修改经过，还选了几首网上的"作诗机"做出来的诗歌，与古人同名诗歌作了一下对比和对照。当然，诗歌写作过程，更多的还是传达个人的审美体验。别人（即使是老师），也不一定对原作者的意蕴、题旨和具体情境有贴切体会，所以改诗最好还是要靠作者自己，这里提供的仅仅是一些修改的思路和入手的方法而已。

诗歌修改中最著名的佳话，当然是中唐诗人贾岛创造的。有一天，贾岛骑驴去看望他的朋友李凝，不巧朋友出去了。他就在朋友家的门上写了一首诗。然后骑上他的驴往回走。他一边走，一边回味他刚刚写给朋友的诗，其中有一句话，"鸟宿池边树，僧推月下门"。

"僧推月下门"能不能改成"僧敲月下门"呢？贾岛一时被难住了。他骑在驴背上，一边走一边想：究竟用"推"字好呢，还是改为"敲"字好？

他一会儿伸出手做出推和姿势，一会儿又做出敲的姿势，路上人们纷纷扭头看他，有的还偷偷笑他，他也不管。不知不觉，驴驮着他走进了长安城里，他还在用手比画着苦苦思索。

这时，大文学家韩愈骑马过来。韩愈当时任吏部侍郎，走在街上，有侍卫随从前呼后拥，特别气派！贾岛太专心了，只顾低头想他的诗，根本就没有看路，骑着驴径直冲进韩愈的侍卫队。侍卫们见贾岛这么大胆，见到官员不躲不闪还往里闯，一拥而上，把他从驴背上揪了下来，推到韩愈跟前。

韩愈问贾岛："你为什么不让路呢？"

"对不起，我正在想我的诗，并不是存心冒犯大人！"贾岛这时才惊醒过来，他急忙向韩愈解释。

韩愈是有名的文学家，特别喜欢有才华的人，他听后对贾岛的问题也产生了兴趣，不但没责备他，反而被贾岛这种勤奋思考的精神打动了。他勒住马，也帮贾岛想。最后说："我觉得用'敲'字好！"因为晚上的门一般会用门闩拴上，直接推不开，所以用"敲"字比用"推"字更符合生活常识。另外，"敲"字是开口音，读起来比较响亮。而且僧人月下的敲门声更加反衬了夜晚的宁静和孤寂，贾岛认为韩愈的意见很对，就欣然采纳了。于是，这句诗最后就改成了"僧敲月下门"。从此，韩愈和贾岛便成了诗友。而"推敲"呢，也就作为认真选择文字的代用词流传了下来。

我认为的诗歌的修改，一共有五个步骤：

第一步要检查格律，调换部分不合平仄的字词。

第二步要检查对仗。是否失对？是否工稳？是否合掌？

第三步要检查重字。有不必要的重字要调换一下。

第四步要检查词汇。是否有不合适的？太直白的，太粗俗的，太生涩的……可以进行调整。

第五步要检查整体效果。多吟诵几遍，看看是否还有更好的词句。

一些不合适的生硬字词，古人还有一种换字和代字的方法进行调矫治。

可以用形容词代名词。比如枚乘《兔园赋》有"修竹檀栾"，所以可以用"檀栾"代"修竹"。其他类推，可以用"婀娜"代"柳丝"，"暗碧"代"密叶"，"霜丝"代"白发"，"金碧"代"楼台"，"秋镜"调换"秋水"，"绵蛮"代莺声，"红香"代花朵，"翠葆"、"青玉斾"代新竹，"玉箸双垂"代"泪"，"绿云缭绕"代"浓发"……

可以用雅名词代俗名词。因陆机有"密叶成翠幄"之句，所以"翠幄"代"密叶"。其他类推，比如可以用"红雨"代"落花"，"绣幄"代"海棠"，"鸳鸯柱"代"连理树"，"商素"换"秋天"，"珠斗"代"北斗"，"双鸾""双鸳"代"绣鞋"，"银浦"代"天河"，"金缕"换"柳丝"，"丁香结"代"愁结"，以"秋水"代"秋波"，用"红裙""金钗"代"美人"，用"水佩风裳"代"荷花""荷叶"……有意思的是用蟾蜍作为月亮不同状态的别称，"小蟾"代"新月"，"崚蟾"代"孤月"，"素蟾"代"白月"，"寒蟾"代"秋月"，"银蟾"代"明月"，"冰蟾"代"冬月"……

可以用名词代形容词。比如用"蒲桃""葡萄""蒲陶"代"春水色"，"鞠尘"代"柳色""水色"，"桂华"代"月色"……

可以用古人代今人、古地代今地。比如用"蛮素"代"侍妾"，就是借用了白居易的侍妾小蛮和樊素的名字。以此类推，可以用"潘郎""檀郎"代"小鲜肉"，"杜郎"代"风流才子"，"庾郎"代"北漂"，"沈郎"代"瘦人"，"西陵"代"红灯区"，"南浦""灞桥"代"送别之地"……

换或代，是前辈学人研究词学时常用到的一个学术概念。对于诗歌的修改，也有一定参考价值。略输如上，供诗友们参考。

最后要说的是，诗歌修改仅仅是调整诗歌的词句，所起的作用是使诗歌更完美。决定诗歌好坏的，还是灵魂的重量和品格的光泽如何。

比如1903年，汪精卫曾因行刺清王朝摄政王载沣被捕入狱，狱中作了一首绝命诗，受到很多人的称赞：慷慨歌燕市，从容做楚囚。引刀成一快，不负少年头。可是，后来，汪精卫投身日寇卖国求荣，他这一人生污点，就再也无法抹掉了。有人把他那首绝命诗修改了一下发表出来，用来讽刺他：当时慷慨歌燕市，曾美从容做楚囚。恨不引刀成一快，终惭不负少年头。所以，老诗人公木说：不以诗篇为生命，而以生命作诗篇。诗歌可以提升人的做人的品位，也可以传达诗人心中真善美的最动人的信息。如果做人出了问题，那么再好的词句和构思，也是修改不过来的了。

1. 原稿

昙花

钟恒波

情深眸射绿光时，一刻千金忍别离。
难忘人生曾拥有，羞藏娇面永相思。

评点： 这首诗托物言情，颇有新意。比较突出的缺点是语句生涩，语感不顺，比如"情深眸射绿光时"就比较费解。而且眸射绿光，让人联想到夜间的猛兽，容易产生歧义，是个不美不妥帖的意象。个别字词调整了一下，改稿如下：

昙花

芳枝脉脉瓣依依，一刻千金忍别离。
难忘人生曾拥有，香留心底驻相思。

2. 原稿

山居

刘洪涛

愚氓难立世，物外乐樵苏。
步院观千里，倚床看日出。
鸡鸣山麓院，犬吠武陵庐。
莫道尘寰远，心安自在舒。

评点： 作者自谦说写诗"总是跳不出写实的小圈子"，我倒认为这是作者的优点。巴金就说写作要"说真话"。写自己的事，自己的情感和思想，这路子是对的。从"我写诗"到"我写我"，很多初学者是需要一个思想的飞跃的。作者现在的创作，已有一定基础。需要注意的地方，我认为是在对偶的锤炼和抒情状物的准确贴切上。《山居》的对偶句子不是太工稳。颔联"千里"和"日出"不对，"观"字也是不准确的。小院子里怎么能真正"观"千里呢？只能是"思"千里而已。颈联中的"山麓"不是用典，"武陵"是用典，两句对得就不算工稳。而且"庐"在这里是生涩的（武陵一般说"源"，毕竟与水相关）。另外，"尘寰远"与"物外"的语义也有重复的地方。改稿如下：

山居

愚氓难立世，骨鲠道非孤。
步院思新韵，倚床数旧书。
鸡鸣得月院，犬吠向阳庐。
莫叹尘寰远，莼羹自味足。

3. 原稿

为大运河申遗而作

奚凤翔

秦皇浓重书一"撇"，炀帝轻泼"捺"墨新。
万古千秋功永驻，壮哉立地顶天"人"。

钟馗驱鬼长城外，璀璨明珠缀运河。
非若秦隋狂手笔，何来盛世大中国。

枕剑铜墙横隘北，承舟素练系江东。
银锄绿野祥云降，金瓦红墙紫气升。

烽熄功就九州讴，胞妹依然汗水流。
负重劬劬常忍辱，为兄怜汝泪漾眸。

弊在当朝绩万秋，功能渐退水流疏。
冠球盖世荣仍在，我为申遗鼓与呼。

评点：这组诗是为支持大运河申遗而写的。是一组很有气魄的作品。缺点是个别字词突兀，不准确。比如第一首开头两句"秦皇浓重书一'撇'，炀帝轻泼'捺'墨新"，就容易给人长城和运河分别是秦皇和炀帝之功的误解。所以可改一下这两句的开头两个字词为"秦关""隋月"。"非若秦隋狂手笔，何来盛世大中国"这两句构不成合理的因果关系。"非若"与"何来"太绝对了。另外，作者说"钟馗驱鬼长城外"也不合适。钟馗传说是唐时的进士，秦朝时怎么会有钟进士驱鬼呢？作者用兄妹关系来比喻长城和大运河的关系，也不甚确切。运河现在还在发挥作用，说明还有生命力，应是值得欣慰的，当然更不用"为兄怜汝泪潆眸"了。初改稿中我将"胞妹依然汗水流"改成了"依旧运河碧水流"，但此句是典型的孤平句，后来改成了"依旧长河碧水流"。改稿如下：

为大运河申遗而作

秦关浓重书一"撇"，隋月轻泼"捺"墨新。
万古千秋功永驻，壮哉立地顶天"人"。

悲歌慷慨长城矗，璀璨明珠缀运河。
起笔秦隋挥壮烈，写来一统大中国。

枕剑铜墙留热血，承舟素练系深情。
银锄绿野祥云降，金瓦红墙紫气升。

烽熄功就九州讴，依旧长河碧水流。
负重勉勉情切切，风光无限豁吟眸。

弊在当朝绩万秋，功能渐退水流疏。
冠球信有荣光灿，我为申遗鼓与呼。

4.原稿

小草

汪金芳

余自喻。突遇贵人，改变环境，聊以记怀。

时有西风吹，此身湿地存。
命呼旦夕保，倏忽遇东君。
居往高坡顶，甘来底入根。
秋冬凋落叶，日月护其温。

评点： 诗歌创作如果不当成一种刻意的艰苦的功课，而是当作充实丰富的日常生活中的一部分，其实是很开心的。若是偶有所得，更是其乐无穷。作者这首诗正是从生活中、从自己身边出发来表情达意、抒情言事。这是一种可取的创作态度。这样写，一方面可以交流感情，另一方面也容易跟别人形成共鸣。作诗不能硬憋，还是从生活中寻觅诗情为好。

从这首《小草》，也可看出作者有一定的诗词格律基础和功力。特别是"命呼旦夕保，倏忽遇东君"一联可看出，作者对"忽""夕"入声字等容易为一些初学者所忽视的音韵知识也都有所掌握。（"旦夕保"犯三仄脚，尚需引起注意。）

有了必备的格律基础，那么我们还可以有些更高的艺术追求。因为这首诗在词句推敲、意境营造、结构布局等方面，还有不少的提高空间。主要有以下四点需注意的地方：①词义有重复。如"东君"即日神，而后面的"日月"中的"日"字语意就重复了。倘若是为了上承前文东君，那么后边这个"月"字又是多余的，而且月是没有"温"的。②对偶不工稳。"命呼旦夕保，倏忽遇东君。居往高坡顶，甘来底入根"都可再酌。比如"命呼"和"倏忽"

就不对仗，"居"和"甘"也不对仗。③用词欠准确。比如大树才能有"落叶"，而小草不是阔叶乔木，叶片较细小，所以说小草枯萎枯凋可以，用"落叶"这样的词来咏小草就不准确。④小注要合适。"突遇贵人，改变环境"，是私事，如果不加注，容易让读者产生歧义。这样的小注要加。而"东君"是常典，大家都知道的，就可以不再另外加注了。

这首《小草》大致改了一下，不一定贴切，仅供吟友参考。改稿如下：

小草
余自喻。突遇贵人，改变环境，聊以记怀。

时有清霜至，微身僻地存。
萧疏愁朔气，熠烁喜东君。
暖往滋寒叶，甘来润苦根。
欣欣沾德泽，脉脉感深恩。

5.原稿

通信飞跃发展
韦德文

装机天价五千元，望眼欲穿待半年。
通话人称奢侈户，囊中修涩喜超前。

如今移动盛行时，人手一机不足奇。
谈笑风声千里外，亲情国事尽新知。

评点：这二首竹枝词清新可喜，虽都是小题材，但写的却是时代大变化。《通信飞跃发展》巧妙地用今昔对比的手法，意在言外，鲜明醒目，颇具匠心。缺点是题目太直白，有点像新闻稿的题目了。诗中的错别字有一些，比如"奢侈"误写成了"奢侈"，"羞涩"误写成了"修涩"，"谈笑风生"误写成了

"谈笑风声"，第一首诗没有点出是过去的情况，和第二首诗的对应关系就没有突出来。个别词句有不准确的地方，也都须做一些调整，以使意象更加集中，主题更加鲜明。改稿如下：

竹枝词·灵犀歌

昔时天价五千元，望眼还须等半年。
人笑装机说奢侈，区区宅电算超前。

如今移动盛行时，人手一机不足奇。
谈笑风生千里外，亲情国事点灵犀。

6.原稿

协和湖畔

奚凤翔

风和柳曳水粼粼，绿瘦红肥簇锦鳞。
幽径声声听外语，蛱蝶不语可知音。

评点：此诗用寥寥数笔，描绘出一幅优美的风景画。动静相谐，色彩明丽，协和湖畔的独特风光尽收眼底。全诗比较有情趣的是最后二句。因协和湖是潞河中学的一个湖，所以才有"声声听外语"的情景出现。作者不直接说校园风景令人陶醉，反而却说"蛱蝶""知音"，其实作者陶醉也就罢了，又干蛱蝶何事？这就是"诗家语"。引入遐想，余味悠悠。美中不足是"语"字重出，"可"字也太犹豫，所以我给他改了"蛱蝶不动似知音"。另外"风和柳曳"语感不太顺，因"曳"字是动词，所以我换了一个动作性更强的"拂"来替换原来的"和"字。改稿如下：

风拂柳曳水粼粼，绿瘦红肥簇锦鳞。
幽径声声听外语，蛱蝶不动似知音。

7.原稿

参观西藏主题展览有感（二首选一）
韦德文

雪城新旧两重天，无损金瓯自有源。
铁证如山斯展尽，岂容达赖是非颠。

评点：此诗高亢激昂，充满力量。只是字句推敲上，还需再下些功夫，力争准确和妥帖。比如"铁证如山斯展尽"的"尽"字就值得再斟酌。"金瓯自有源"的铁证是很多的，一次展览怎能把这些证据都展"尽"呢？所以，我改成了"铁证如山斯展在"，这样语意就准确一些了。另外，这首诗偏重议论多些。像宋朝诗人偏重说理那样。这当然是一个路子。但我还是想建议作者今后可开阔思路，多用些形象思维。比如同样说理，宋人"问渠哪得清如许，谓有源头活水来"，用"渠水""活水"等形象来比喻，而不是直接说一些道理，这样就比较生动具体，诗味也更浓郁。现在这首诗中还是直接议论，"岂容达赖是非颠"等都是这样直抒胸臆。这样写也不是不可以，而且也有一些好诗，如古人"不破楼兰誓不还"等。但是既然我们现在是在切磋诗艺，那么我还是建议作者以后再费些心思，换个角度，不这样直接议论，而是用具体的形象来表达，用"诗家语"来表达，效果一定会更好的。改稿如下：

参观西藏主题展览有感（二首选一）
雪城新旧两重天，无损金瓯自有源。
铁证如山斯展在，岂容达赖是非颠。

8. 原稿

春游

汪金芳

阳春三月好，入目万花迷。
香海落红雨，绿洲漾皱漪。
山桃尤灿灿，青草尚萋萋。
且尽杯中酒，良辰能几时。

评点：这是作者再次修改过的作业，已经有了很明显的进步。作者过去一个大缺点，就是对仗不工稳。这次寄来的这首诗，在对仗上很见起色。至少一些明显的硬伤不见了。这说明作者在这方面确实是用了功夫的。个别字句我调整了一下，还是为了准确和工稳。如"香海落红雨，绿洲漾皱漪"，意象很美，但"红雨"是落花景象，与此诗欢快的气氛不合。"落"字也出律。而颔联的桃花青草意象与前几句语意重复了。所以我在改稿中加上了香风和喜雨的意象。另外"良辰能几时"的情调太消沉了，因而改成了"正此时"，惜春之意也。改稿如下：

春游

陶然三月好，入目万花迷。
沃野萦清霭，芳洲漾碧漪。
好风香袅袅，喜雨韵依依。
且尽杯中酒，良辰正此时。

9. 原稿

咏泰山

汪金芳

岩岩岱岳鲁邦瞻，日出东方第一山。

拔地九霄灵耀发，阴阳交代物相传。

帝王守业来封禅，百姓祈求保泰安①。

以往攀爬消体力，如今一步可登天②。

注：①泰安：国泰民安。

②一步登天：乘旅游车至中天门，再乘索道直达南天门。

评点：这首诗比作者以往的作品有一定进步，主要是立意上有了自己的东西，表达的是自己的情感和思想，这是一个好的方向和趋势。作诗主要还是我手写我心，写自己在生活中的感悟和心得。那些四平八稳的应景诗、硬凑诗，都不能获得持久的生命力和广泛的情感共鸣。当然，缺点也是很明显的，比如诗中的两联对偶都不工稳，而且语意上也不连贯。若作者能舍得割爱，不妨留下首联和颔联，修改成一首绝句，围绕"日出东方第一山"这个好句子来做文章，境界可能更宏阔些，给读者的印象也可能更深一些。改稿如下：

咏泰山

巍巍岱岳四方瞻，日出东方第一山。

拔地九霄灵耀发，中华豪气可冲天。

10.原稿

学诗词

万木丛中点点星，明灯一盏照前行。

无涯学海路难往，有限光阴梦易萦。

暮景桑榆将入冢，童颜鹤发可从征。

良师妙语精心设，一命犹如重再生。

评点：全诗从个人感受写起，有真情实感，也容易与读者产生共鸣。缺点一是两联对偶不工。如"桑榆"是联合词，而"鹤发"是偏正词，"冢"是名词，"征"是动词，对得都不是太严谨。缺点二是格律上略有小疵，如"无涯学海路难往"一句出律。缺点三是用语稍欠推敲，比如"一"字重出，"万木丛中"句中的"星"不符合生活常识，"将入冢"缺少美感，"一命犹如重再生"则太突兀。另外，原稿就学诗写学诗，思路较窄，修改稿除个别词句调换外，主要是将原稿"明灯"的寓意换成了诗或诗神，这样境界比原稿更开阔些了。以下是我的修改，不一定对，仅供吟友参考。

暮年学诗

小序：暮年学诗，多有所获，其乐无穷。客有笑者，赋此以答。

遥看云端点点星，明灯一盏照前行。
无涯学海无须畏，有限光阴有所萦。
鹤发苍颜休取笑，丹心碧血可从征。
灵犀妙悟开天地，岂肯豪情让后生。

11. 原稿

炮打龙王（新声韵）

—— 观人工降雨有感

奚凤翔

主事焉能无作为，翻云不雨效阿谁？
罪当招我连珠炮，怕痛何来泪水飞。

评点： 这首诗颇富妙趣，诙谐轻松中而又意蕴深长。作者附言中说："龙王主雨却不作为，大概是跟人间学的，该打！打痛方能泪洒如雨。"是的，这样的尸位素餐的龙王不是很该打吗？我曾在一首诗中对弥勒佛说：大肚能容久享名，惯看魑魅作横行。求君暂改和谐脸，纳罢香烟请显灵。看来，我不如人家奚凤翔更坚决，奚先生上来就打连珠炮，决不含糊，更不祈求，干脆利落，真好厉害。缺点是结尾一句稍稍有些涩，不像前三句那样流畅。以下是我的改作，仅供吟友参考。

炮打龙王（新声韵）
——观人工降雨有感

主事焉能无作为，翻云不雨效阿谁？
罪当招我连珠炮，所向民心岂许违！

12.原稿

庆祝民族文化宫建宫 50 周年，
步韵郭沫若先生 1959 年为民族宫落成补壁诗

韦德文

神州各族皆弟兄，璀璨中华第一宫。
特色经营织繁锦，多元文化创新功。
和谐互助谋发展，友善结交唱大同。
纵使长街增广厦，依然奇异独枝红。

评点：这首诗是为庆祝民族文化宫建宫 50 周年而作的。格调欢快，节奏鲜明，有着浓郁的时代特色，尤其是歌唱民族团结的主题，在当今也有一定的现实意义。民族文化宫是当年的北京市十大建筑之一，五十年来为全国少数民族服务，宣传民族政策，传播绚丽多彩的民族文化，取得了显著成绩。"文革"中受到严重损坏，国家无力拨款，为了生存，民族文化宫经国家批准搞了十几年创收，才能恢复成为今天的面貌。去年国务院批示，民族文化宫改制为公益性文化事业单位。这首诗是在这样的背景下写成的。当年民族文化宫落成后，郭沫若先生曾经写过一首诗，作者这首诗是步郭先生的原作而作的，在特定情境下，这种做法也是很得体的。作者有一定的诗词基础，总起来看也写得中规中矩，四平八稳。缺点是太四平八稳了，概念化的词汇多，理念性强，生趣不够，新意不足。读起来容易有干巴巴的感觉。另外"多元文化创新功"的说法比较勉强，"中华第一宫"之类的评述，也不是太准确。"宫"有宫殿的意思多一些，而民族文化宫的"宫"其实主要是展览、博物馆的意思。若说这是中华第一宫，那么"故宫"呢？算第几呢？这就容易产生歧义和争议了。以下是我的改作，仅供吟友参考：

庆祝民族文化宫建宫 50 周年，
步韵郭沫若先生 1959 年为民族宫落成补壁诗

神州各族为弟兄，璀璨明珠聚一宫。
文化多元织繁锦，经营特色创新功。
心牵万里歌发展，手挽千秋绘大同。
今日和谐夸胜景，依然不掩此枝红。

13. 原稿

舟游漓江
韦德文

云压天低漓水清，蒙蒙烟雨锁奇峰。
徐徐夹岸千峦动，托庇花舫画里行。

评点：《舟游漓江》读了，也随着作者的文字一起去那美丽风景中遨游了一番。作者的诗很老到，有章法，结构也比较完整。前两句叙述所见，后两句叙述所思所感。起承转合的脉络很清晰，可以看出在诗词上的造诣和功底。不过，这首诗缺点也是很明显的。最突出的就是中规中矩，但是缺少有个性的、别开生面的句子，也就是比较平。雕塑家罗丹说生活中不是没有美，而是缺少发现。现在，这首诗确实是发现了"美"，但是还缺少表达——没有充分表达出有着鲜明的个人印记的"美"。

"徐徐夹岸千峦动"着一"动"字，使得全诗灵动起来。但是最后的结论是什么呢？是"画中行"。很多人很多地方，都会有这种像画的感觉。这没有错，但是写诗的人那么多，有关漓江的诗也那么多，怎样让人家记住我们的诗呢？首先要有个人的发现和表达。一首诗很短，仅仅是"画中行"是太平常了。这是很多人都有的感受，同时也是很多诗中用过的表达方式。作者眼中的漓江有什么与众不同的地方？把这种不同写出来，这样的诗才有生命力。

另外，诗歌可用新声韵，也可用旧声韵，但一首诗中不能混用。而作者这首诗歌押的是普通话新韵，而句中平仄则有新旧声混用的情况。比如"压"在平水韵中是仄声，而在新韵中除了一个俗语"压根儿"连用是仄声外，是应该读作平声的。此诗做仄声用，不妥当。

全诗试改二稿如下，也不尽如人意，仅仅为吟友提供一个修改的思路：

舟游漓江（改稿一）

舴艋轻舟漓水清，蒙蒙烟雨锁奇峰。
画屏夹岸千峦动，载上春风伴我行。

舟游漓江（改稿二）

小调甜甜漓水清，蒙蒙烟雨锁奇峰。
徐徐夹岸千峦动，一路悠悠伴我行。

14. 原稿

月亮山

韦德文

天上人间情景融，蟾宫喜降万山丛。
游人驻足惊嗟叹，旖旎风光尧舜工。

评点："天上人间情景融，蟾宫喜降万山丛"两句切合月亮山的题目，很美也很贴切。"游人驻足惊嗟叹"则比较平淡，没有把上一句的意象延续下来。而再下一句的"尧舜工"就不太通了。大禹治水，可说"工"，但是尧舜不曾治水，说"尧舜工"不贴切。退一步说，如果当作"鬼斧神工"的同意词来用，也还有值得斟酌的地方。因为这个可以用来形容具体的山川景物的奇幻，但是不能用来说"风光"，也不能用来形容"旖旎"。

另外，这首诗用的是平水韵"东"韵，但是"情"字和"尧"字平仄不对，均应用仄声，这里误用做平声了。应调整过来。改稿如下：

月亮山

天上人间在此融，蟾宫喜降万山丛。
凝眸似见姮娥舞，仙境风光与梦同。

15.原稿

桂林独秀峰

韦德文

拔地擎天一秀峰，亲临绝顶五云中。
纵然不羡神仙日，愿作余生桂市翁。

评点： 独秀峰位于广西桂林市，孤峰突起，陡峭高峻，气势雄伟，素有"南天一柱"之称。登临四望，云生足下，星列胸前，千山万户，尽在眼前。独秀峰的特点在于"独秀"，唐人张固诗谓"孤峰不与众山侪，直上青云势未休"，正是此意。原作中开头一句"拔地擎天一秀峰"，很好地突出了独秀峰介然兀立的气势。不过，最后两句"纵然不羡神仙日，愿作余生桂市翁"这两句的语法不通，语意上也另生枝蔓，与前两句缺少恰当的转合之态。另外，全诗意思有喜爱独秀峰，愿在此度余生的意思，可是，"市"字又有了喧嚣的红尘之意，没有了归隐山林的风雅情怀。改稿如下：

桂林独秀峰

拔地擎天一秀峰，白云深处竖吟旌。
羡君独立红尘外，扫却凡山俗境空。

16. 原稿

咏周恩来童年浇培的腊梅

高从训

童稚浇培梅蜡香，栉风沐雨一如常。
多年老干生奇节，百岁光阴放异光。
盘曲茎枝承白露，玉颜花朵报春芳。
不和众卉竞菲艳，永葆青春得久长。

评点：这是作者追叙周恩来同志生平的一大组传记式的律诗中的一首。此诗以梅喻人，匠心可见。缺点是部分对偶不工稳，在语言推敲方面还有很大的提升空间。改稿如下：

咏周恩来童年浇培的腊梅

童稚浇培梅又香，栉风沐雨不寻常。
多年老干生奇节，百岁新花放异光。
雪里三思忧秋色，风前一笑报春芳。
不和众卉竞菲艳，自有清声万里长。

17. 原稿

秋韵二首

刘洪涛

山院风光落木时，秋风秋雨逗新诗。
萧然尽染遂心境，何必强从宋玉师。

蝉蛰上下说争鸣，共系秋光醒世听。
更买蝈蝈添热闹，秋声秋韵动诗情。

评点：这两首绝句语言精练，意象鲜明，也颇有些生趣。个别词句略涩，如"说争鸣"语意重叠，"萧然尽染遂心境"语感不顺，而"诗""师"两韵脚字同音等。所以我略改了一下，也仅仅是仁者见仁、智者见智而已。不一定对，仅供吟友参考。改稿如下：

秋韵二首

野径风光落木时，秋风秋雨逗新诗。
山林尽染樊川句，何必重吟宋玉辞。

蝉蛩上下正争鸣，共系秋光醒世听。
更买蝈蝈添热闹，秋声秋韵动诗情。

18.原稿

迎梅

钟恒波

北雁南飞喜舞频，山花烂漫笑迎君。
东风送暖融冰冻，大地回春化雪痕。
百卉香飘能悦目，层林翠染也销魂。
悬崖峭壁花枝俏，玉洁冰清脱俗尘。

评点：这是作者入选《当代诗坛百家绝唱金榜集》的组诗《梅花恋》中的一首。从中可以看到作者在诗词这方面所下的功夫。这首诗的主要问题，我认为有两点：一是字句推敲上，还需再下些功夫，力争准确和妥帖。比如"北雁南飞"是秋天的意象，此处用作春天的意象是不准确的。"融冰冻"和"化雪痕"语意相近，有合掌之嫌。遣词造句上，这两个类似句子的出现也比较生硬，而且"痕"字是名词，"冻"字虽在肉冻儿、鱼冻儿等汤汁等凝结的半固体中可以做名词，但大部分地方包括此诗中的语意，大部分是做动词用，这样"痕"和"冻"对仗起来不太工稳。二是结构上还需多用些起承转合的心思。此诗题目为"迎梅",但感觉没有围绕"迎"字去做文章。既然东风暖,大地春,百卉香飘,那么梅的意象就不太突出了。梅花被淹没在这些纷繁的其他意象群里了。

改作围绕这两个问题做了一些修改,不一定符合作者的具体情景。只是提供一个思路,供作者参考。至于诗的进一步修改,比如进一步突出"迎"的中心主题,作者还需要根据现场感悟再做些自己的思考。

另外,这首诗用的是旧声韵,不过韵脚分属"真"韵、"文"韵、"元"韵,即用三个相邻而又不同的韵部通押,这在古人近体诗中是很少见的,在现当代人的近体诗作品中则时有出现。如鲁迅《无题》:故乡黯黯锁玄云,遥夜迢迢隔上春。岁暮何堪再惆怅,且持卮酒食河豚。用韵与此诗相类。这种通押不能说作者不懂格律,但如果愿意在格律上再严谨些,也可以再费些心思调换一下的。改稿如下:

迎梅

大雁回飞喜舞频,山欢水笑为迎君。
东风送暖催花信,大地含情化雪痕。
鲜瓣香飘能悦目,干枝翠染也销魂。
悬崖绝壁春无限,玉洁冰清脱俗尘。

19.原稿

韩侯钓台怀古

高从训

初夏熏风裁绿野,钓台依旧立千秋。
分争楚汉无双士,独领风骚数一流。
岁逝几多渔利客,淮传千古占鳌头。
千金一饭亭犹在,鸟尽弓藏恨未休。

评点：韩侯钓台位于江苏省淮安城西北隅的古运河东侧，始建于明代万历年间，台基呈长方形，高一丈多。相传韩信少年家贫寒，曾在此钓鱼糊口。后人于此地筑台，以志纪念。钓台南侧有乾隆御碑，其中有"丛祠不断故乡火，冻浦犹存沉钓风"等句。本诗作者是淮安人，对故里风物感触较深，所以写来带着一种与外地人不同的特殊的深沉的感情。缺点是遣词造句上还须仔细打磨。如"无双士""数一流""占鳌头"的语意是重复的，"渔利客"与"占鳌头"也对得不太工稳，而全诗中的数字词更是用得太多了，尤其中间两联对句均用数字词，显得有点杂乱。另外千字居然出现了三次，一字出现两次，也是应该适当调整回避的。第一句写景的句子与下文联系也不是太紧密，不如干脆删掉，改为开头直接就是怀古之思。改稿如下：

韩侯钓台怀古

难觅韩侯旧钓钩，钓台依旧立春秋。
数来楚汉无双士，应列风骚第一流。
漂母寄食怜小子，汉王投饵赚人头。
饭亭犹忆千金谢，鸟尽弓藏恨未休。

20. 原稿

农晨

晨起野霜浓，人忙醒大棚。
椒青排挤密，角嫩钻缠凶。
鹭乐翩牛背，花香沁脑中。
金风撩客醉，浓雾锁苍松。

评点：这首诗歌写早晨农田景象，均用素描笔法，意象铺陈，景物鲜明，也颇有些情趣。缺点是全部用散点透视，结构上显得比较散，东一榔头西一棒槌，中间缺少一条清晰的红线。另外，题目《农晨》比较生僻，"凶"字太生硬，"浓"字重出，"乐""香"对仗不工稳等等毛病，也需微调。改稿如下：

漫步书所见

晨起野霜浓， 人忙醒大棚。

茄圆排阵紫， 椒辣举旗红。

鹭乐粘诗味， 花喧挤画屏。

清风撩客醉， 淡雾隐苍松。

21.原稿

雪

汪金芳

岁末群芳歇， 神州披素衣。

雪花飘有绪， 天地德无私。

麦盖三层暖， 穴封万物栖。

来年看吉兆， 但等俏花枝。

评点：雪在中国下，但也在外国下，所以原稿的"神州"当改。"雪花"是偏正词组，"天地"是联合词组，对偶不工稳一例。"暖"是形容词，"栖"是动词，对偶不工稳又一例。最后两句有新意。旁人多说兆丰年，这里却说"但等俏花枝"，意象美丽而且清新。改稿如下：

雪

岁末群芳歇， 苍原披素衣。

雪花飘有绪， 天意德无私。

麦盖三层被， 冰封万里棋。

来年看吉兆， 但等俏花枝。

22. 原稿

观音柳

高从训

躯干劲奇苍老态，枝条长细软柔时。
树为柳像观音物，叶似松形苏北稀。
熬水叶茎能药用，放晴天气测先知。
极强生命百年史，见证大鸾年少期。

评点：这也是作者追叙周恩来同志生平的一大组传记式的律诗中的一首。在江苏老淮安周恩来总理故居西院里，长有一棵据传是周恩来亲手栽下的观音柳。这棵观音柳已是100多岁高龄，据说若用其茎叶熬水，可以治疗小儿麻疹……因而也叫"积善柳"；其历百年沧桑，仍青葱茂盛一片生机，又名"长寿柳"。每逢下雨之前，柳梢头会绽出红殷殷的小花，所以人们又称它为"气象树"。作者诗句主要是对这棵观音柳的朴素叙述。读了这首诗，对观音柳的灵性和神奇也都能够得到一些初步的了解。现在需要做的，还是在文字上进行一些简单的推敲和调整。原稿"大鸾"的"大"字无论按新韵还是旧韵，均出律，"稀"字按平水韵也可算作出韵（新韵无妨），都需适当调整一番。改稿如下：

观音柳

枝干清奇苍劲姿，柔条缱绻系情思。
树为圣像江南少，叶似松形苏北奇。
入药苍青医杂症，观天晴雨测先知。
顽强生命百年史，见证恩来年少期。

23. 原稿

怀念邓公

韦德文

狂飙十载若矾石，起落沉浮志不移。
务实求真索富路，超前跨越促丰衣。
改革开放擎旗手，四化宏图设计师。
华夏昌兴铭史册，百年冥诞更怀思。

评点：《怀念邓公》格律上有些小问题，主要是新旧声韵混用。此时若按平水韵，则"石""衣"出韵了，而"革"字仄声，这里误作平声用了。不过，我估计作者使用的是新声韵，那么，"实"字新声韵读平声，这里当作仄声用了。作者的诗词基础很好，这些简单的工作，自己也能调整过来的。另外，"狂飙十载若矾石"的比喻很新颖，但总体来说，此诗议论的句子多些，如果再加强些形象性就好了。"索富路""促丰衣"的意思是相近的，略有重复了。"四化宏图设计师"的说法是不科学的。因为"四化"是四届人大提出来的，当时邓小平尚没有"设计师"的地位。这首诗的题材，是很多离退休的老同志笔下常见的，但实际上这类题材并不好写。艺术性上稍有松懈，写出来就会有干巴巴的感觉，显得枯燥，缺乏生趣。而即使不计艺术性，但就人物评价来说，要想做到准确、得体而又有新意，也是很难的。改稿如下：

怀念邓公

狂飙十载若矾石，起落沉浮志不移。
斥假求真除旧弊，承前启后创新局。
春天故事擎旗手，世纪宏图设计师。
华夏中兴铭史册，百年冥诞更怀思。

24. 原稿

无题（新声韵）

奚凤翔

步步沧桑路，帧帧昨与今。
怜花伤月事，何必总呻吟。

评点： 作者本意谓国家60岁了，个人近70岁了，经历了很多艰难、困苦，有成绩，有失败，有欢乐，有迷茫，有痛苦，何必总离不开风花雪月，无病呻吟呢？此诗开头两句很有新意，主要是第三句有些"隔"，与最后一句的语义没有顺利转折过去。

另外，这首诗作者特意表明新声韵，但"昨"在新韵里是平声，这首诗里作仄声用了。若按新韵，就是出律了。而实际上，"昨"在旧韵里是可以做"仄"声用的，而这首诗的韵脚二字在平水韵中同属十二侵韵，非常工稳。所以，尽管作者可能没有意识到，但实际上这首诗并不是新韵诗，反而是一首比较严谨的旧韵诗。改稿如下：

无题

步步沧桑路，帧帧昨与今。
纵然风又雨，何必总呻吟。

25. 原稿

观棋

奚凤翔

楚汉相持久，狼烟几度生。
兵为孰个死？操手赌输赢。

评点： 在棋盘上，双方兵卒是为自己的将帅献身而死吗？作者答曰："否，是为下棋人而死。"这里当然有很多言外之意，值得读者去继续思考和回味。缺点是有两个字下得稍有瑕疵。一个是"为"，此字虽是多音字，但按本诗寓意，应该读作仄声，但是作者这里当作平声用了。另外一个字是"赌"，用语似不如"定"字更直接爽快。改稿如下：

观棋

楚汉相持久，狼烟几度生。
兵因孰个死？操手定输赢。

26.原稿

望月（新声韵）

奚凤翔

欸乃月一弯，心头渡海船。
任凭风浪阻，兄弟总情牵。

评点：此诗形象生动，诗味很浓。缺点是"兄弟"一词来得很突然，和船的意象联系不紧密，也显得有些直白，反而不如两岸更有双关之妙。改稿如下：

望月

欸乃月一弯，心头渡海船。
任凭风浪阻，两岸总情牵。

27.原稿

案上仙人掌（新声韵）

奚凤翔

飞沙磨剑气，炙烤骨筋遒。
端坐轩堂上，依然是刺头。

评点：作者来信说："恶劣的自然环境造就了仙人球的形态与性格，今天作为盆景放在案头，其脾气仍然不改。"这种寓意，都很形象地表达出来了。我理解，作者信里说的"仙人球"，比题目中的"仙人掌"更贴近这首诗的本意。因为刺头的形象，说是咏仙人球，比咏仙人掌更妥帖些，所以诗题不如干脆改为"案上仙人球"。另外，"炙烤"的主语不明，而老老实实地"端坐"也不像是一个"刺头"作为。这首诗标明新声韵，实际两韵脚同属平水韵十一"尤"，按旧韵也说得过去，所以不用专门表明新声韵了。改稿如下：

案上仙人球（新声韵）

飞沙磨剑气，日炙骨筋遒。
移向轩堂坐，依然是刺头。

28. 原稿

国庆小菊

奚凤翔

浓缩依旧守初衷，小巧玲珑气质凝。
不倚东篱陪瘦月，长安街上撒繁星。

评点：近年来，园林工作者培育出了很多微型花卉，国庆期间遍布北京的广场和大街。"小菊"又称"国庆菊"，其高不盈拃、盆若茶杯，蓓蕾如粟，花似金星。作者在这里吟咏的就是这种植物。但这首诗中关于"国庆"的内容不多，硬性加上也觉牵强，反而不如集中到"不倚东篱陪瘦月"的主题上来，以使全诗立意更集中、更鲜明。改稿结局仍不甚理想，仅供参考：

国庆小菊

浓缩依旧守初衷，小巧玲珑气质凝。
不倚东篱陪瘦月，长街含笑撒繁星。

29. 原稿

咏白菜

奚凤翔

翠衿凝新露，层层裹素心。
清白仍守志，默默苦修身。

评点：这首诗意到笔随，诗味隽永。个人觉得全诗风格明快，亲切自然，比较口语化，只是"衿"字比较生僻，与全诗风格不合。五言小诗隔句用了两个叠字，用得有些水了。修改方法有两个，一是回避一个叠字，使全诗更洗练。二是增加一个叠字，形成一种特殊的语言风格。改稿如下：

咏白菜（改稿一）

翠叶凝新露，层层裹素心。
清白仍守志，尘外苦修身。

咏白菜（改稿二）

叶叶凝新露，层层裹素心。
清清操自重，默默苦修身。

30. 原稿

峭壁横松

奚凤翔

绝壁看孤松，凌霄玩造型。
闲听天籁曲，动愠舞罡风。

评点：这首诗中的"凌霄玩造型"新奇生动，而又诙谐风趣，颇令人喜爱。只是结句的"动愠"二字比较生硬。改稿如下：

峭壁横松

绝壁看孤松，凌霄玩造型。
闲听天籁曲，大纛舞罡风。

31. 原稿

秋江晚景

奚凤翔

霜抚枫林醉，残阳挂柳梢。
谁言归棹冷，云树满江烧。

评点：作者这首小诗使我想起了老诗人蔡其矫的一首新诗名作《太湖的早霞》："天空罗列着无数鲜红的云的旗帜，湖上却无声地燃烧着流动的火；归来的渔船好像从波中跃出，转眼之间它已从火上走过。"老诗人公木也曾讲这首新诗翻译成了一首仄韵绝句《太湖晨眺》：长空焱焱树云旗，湖上飘飘流火影。倏见渔舟穿浪归，飞桨拨火霜帆冷。蔡先生的诗歌写的是早晨，《秋江晚景》写的是傍晚，蔡先生的诗歌写的是湖景，《秋江晚景》写的是江景。二者相映成趣，对读一番饶有趣味。《秋江晚景》如果在音韵上再讲究些，可以稍稍调改一下"梢""烧"这两个同声同韵字。另外前两句说山林多了些，写江景少了一些，所以第二句不妨让夕阳落得比柳梢的高度更低些，让它直接落进秋江算了。改稿如下：

秋江晚景

霜染枫林醉，残阳浣赤绡。
谁言归棹冷，云树满江烧。

32. 原稿

望岳
汪金芳

岱宗多紫气，四海俱焚香。
绝顶观星月，群峰俯八荒。
东天擎一柱，风雨接苍茫。
我欲腾空去，邀君拜玉皇。

评点： 咏泰山的诗比较多，这首诗从立意上来说，也没有能够翻出多少新意。对泰山的称呼从第三人称到第二人称，也没有适当自然的过渡，比较突然（改稿也没有有效解决这个问题）。"拜"字缺少力量和底气。不过，这首诗的对仗很有特色。颔联的第一句与颈联的第二句相对，而颔联的第二句与颈联的第一句相对。这样的对仗是比较罕见的，实际上对得也不是太谨严，但作为一种创新性的探索，也是应该加以鼓励的。改稿如下：

望岳
汪金芳

岱宗多紫气，四海美名扬。
绝顶观星月，群峰俯八荒。
东天擎一柱，险径接苍茫。
我欲腾空去，邀君会玉皇。

33. 原稿

谒唐山抗震纪念墙
高昌

一名一姓一凝眸，泪欲流时未敢流。
廿四万人呼奋起，蓦然沉重在肩头。

评点：1976 年 7 月 28 日，河北唐山发生里氏 7.8 级地震，造成 24 万人遇难。2007 年 5 月，唐山市政府有关部门宣布，在 40 公顷的地震遗址上建设地震遗址纪念公园，抗震纪念墙位于地震遗址公园东西主轴线纪念大道北侧。高 7.28 米，寓意大地震发生日——7 月 28 日，纪念墙前方的纪念大道宽 19.76 米，寓意大地震发生的年份——1976 年。大理石纪念墙上镌刻着 24 万地震罹难者名单和纪念碑文。笔者参加中华诗词名家采风团，于 2010 年 8 月到此墙前拜祭，口念此诗。回来仔细思考，"一名一姓一凝眸"一句却很值得斟酌。实际上，24 万个姓名，是不可能一个一个去看的。另外，"沉重"一词与"奋""起"的疑云也不和谐，所以针对这些问题，做了一些修改。改稿如下：

谒唐山抗震纪念墙

连心连脉总凝眸，泪欲流时却未流。
廿四万人呼奋起，蓦然慷慨在肩头。

34. 原稿

读树喜老师惠寄《奇树组图》感赋

高昌

果是千姿百态诗，劫波汹涌驻根基。
沧桑阅去春秋老，天地翻来生命奇。
顶破阴霾还碧叶，推开迷雾更苍枝。
飘风骤雨何须畏，大地情深一展眉。

评点：诗人李树喜老师寄给作者一组奇树图片，多是风雨中傲然挺立的形象，心有所感，颇有共鸣，所以写了这首诗。但是颔联不令人满意。一是"地"字重出，二是缺少力度。初改为"沧桑阅去春潮奋，宇宙掀开生命奇"，仍觉不甚满意。改稿如下：

读树喜老师惠寄《大树组图》感赋

果是千姿百态诗，劫波汹涌驻根基。

沧桑阅去春难老，生命翻来图最奇。

顶破阴霾还碧叶，推开迷雾更苍枝。

飘风骤雨何须畏，大地情深一展眉。

35.原稿

和树喜老师《豪宅三题》之二

高昌

雅舍精园不染尘，笼中惯养有鸣禽。

甜歌唱得公仆醉，早忘苍生是主人。

评点：诗人李树喜老师访南方某市，见豪宅有诗思，撰《豪宅三题》，犀利冷峻，颇得我心，所以写了三首和诗，这是其中的第二首。这首诗的韵脚是按新韵押的，但"得"却又以旧声韵用为仄声。新旧韵混搭用，正如同穿西服戴草帽，不甚协调。而且"甜歌唱得公仆醉"剥自"暖风吹得游人醉"，有口水歌的感觉。改稿如下：

和树喜老师《豪宅三题》之二

雅舍精园不染尘，稻粱菽麦莫相询。

珠帘翠幕酣公仆，早忘苍生是主人。

36.原稿

和树喜老师《豪宅三题》之三

高昌

老杜今来又若何？难题千古费琢磨。

茅庐总有秋风破，绮户偏能月最多。

评点：这是读诗人李树喜老师的《豪宅三题》后写的一首诗。用杜甫《茅屋为秋风所破歌》的诗意，议论一个千古难题。缺点是"茅庐"和"绮户"对比得太刻意了，反而显得语义重复啰唆。改稿最后一句将月光提到句头，意象错落开来，感觉更顺畅些。改稿如下：

和树喜老师《豪宅三题》之三

老杜今来又若何？难题千古费琢磨。

茅庐总有秋风破，绮户偏能月占多。

37. 原稿

题汤阴岳庙

高昌

将军遥望气轩昂，祭个泥人立故乡。

玉带乌纱金殿上，依然秦相更吃香。

评点：这首诗中的"玉带乌纱金殿上"，有点浪费笔墨。后来改为：将军遥望气轩昂，祭个泥人立故乡。其实临安金殿上，依然秦相更吃香。但是从语序上来说，"立"和"遥望"这两句有前后之分，"吃"字经友人提醒是仄声，此处出律。改稿如下：

题汤阴岳庙

祭个泥人立故乡，将军遥望气轩昂。

临安金殿百官在，秦相依然最吃香。

38.原稿

海上悲澜（四首选一）

高昌

惊闻海上起悲澜，小道消息网互联。

冷面刀屠天有泪，热流血涌地无言。

一团火冒零星怨，三尺冰凝几日寒？

早使春风到心底，重霾许或化晴岚。

评点：2009年7月1日，北京青年杨佳在沪袭警，死伤惨重。缤纷百感，涕而有赋。这是组诗四首中的第一首。颈联"冒"字语感不好，与"凝"字对得比较笨拙。改稿如下：

海上悲澜（四首选一）

惊闻海上起悲澜，小道消息网互联。

冷面刀屠天有泪，热流血涌地无言。

一团火起零星怨，三尺冰凝几日寒？

早使春风到心底，重霾许或化晴岚。

39.原稿

题朱家角（五首选一）

高昌

廊桥送罢曲桥逢，古镇悠悠在念中。

好景图将浓墨淡，新醅茗趁淡香浓。

天边波映幽幽巷，水底云追软软风。

夹岸花开相对美，漕溪不与俗乡同。

评点：朱家角古镇在上海，风景秀丽，作者在那里写了五首诗，这是最

后一首。其中"醅"字与酒有关,这里与"茗"字连用,是不对的。若改为"焙"字,则平仄又不合。所以需要大的调整。改稿如下:

题朱家角

廊桥送罢泰桥逢,多少温馨在念中。
好景敢将浓墨淡,新醅闲待淡香浓。
桥前水映幽幽巷,船底云追软软风。
两岸花开相对美,珠溪不与俗乡同。

40.原稿

潞园夏

奚凤翔

蔽日槐荫气爽神,临窗萝蔓助青衿。
鸣蝉不断说知了,折桂全凭好气氛。

评点: 潞园中学是京郊名校,当年的神童作家刘绍棠等曾在此就读。这首诗写潞园中学夏景,贴合校园氛围,有问题的是"折桂全凭好气氛",没有把上一句浓浓的诗味继续下来。怎样让"知了"在结尾有个比较好的照应呢?我后来作为作业留给作者。作者后来寄我两个修改方案,其中之一改成了"折桂当凭功底深",这样改,恰当地合上了上一句转出的意绪,同时也没有偏离中学校园这样一个特定的环境。缺点是"功"字略有出律的地方。不过,如果脱离开校园的小环境,思路往大社会的角度再荡开一些,修改出来的诗稿又会有什么样的效果呢?今借"鸣蝉不断说知了"诗意改稿如下:

槐下问蝉

似伞槐荫蔽此身,高声大嗓倍精神。
枝头不断说知了,果觅真知又几人?

41.原稿

叹盆松

奚凤翔

本是雕梁种，屈身盆里栽。
寒光刀复剪，塑就宦官材。

评点：这一主题让人想起古人的《病梅馆记》，还让我想起艾青先生的《盆景》中的句子："其实它们都是不幸的产物／早已失了自己的本色／在各式各样的花盆里／受尽了压制和委屈／生长的每个过程／都由铁丝的缠绕和刀剪的折磨／任人摆布不能自由伸展／一部分发育／一部分萎缩／以不平衡为标准……"盆松经过人工"刀剪"，虽然看起来千奇百怪，但终归失去了自己的本性，不过是些玩物而已。《叹盆松》有一定深度，也有自己的思考。缺点是推敲不够，用字不准确。比如第一句的意思是盆松原是栋梁中，可是为了平仄，硬改成了雕梁，而这个"雕"字也是伴随着"刀复剪"的，与作者在此句要表达的意思正好相悖了。我修改了两稿，其中第二稿干脆放下格律的平平仄仄，这种方式似乎也正合本诗不用"刀剪"的意蕴。改稿如下：

叹盆松（改稿一）
本是青山住，移身盆内栽。
寒光刀剪并，塑就宦官材。

叹盆松（改稿二）
本是栋梁种，屈身盆内栽。
刀剪齐相下，塑就宦官材。

42.原稿

登鹰窠顶

于峰

偕友上鹰窠，拾级引赛歌。
众山一览小，奋力向巍峨。

评点： 鹰窠顶位于钱塘江口风景胜地南北湖畔，朱偰先生在《天风海涛楼》中说："每当九月既晦，十月之朔，登鹰窠顶而望日出，最为奇观：有时日月并升，霞光缥缈；有时日月相掩，宛如晦暝。其并升者称曰'合朔'，其相掩者称曰'合璧'。"这首诗记叙的是作者登鹰窠顶的一次经历，抒发的是积极向上的豪情。主要是表达自己攀登过程中的感受和感想，没有对景色浪费过多笔墨。写得比较凝练，尤其最后一句"奋力向巍峨"，将形容词"巍峨"活化做名词用，新颖而又形象，值得赞赏。这是一首新韵诗，格律上也基本说得过去。但需要作者注意的是现代汉语读音中的"变音"问题。比如"一"字的读音与它后面一个字的声调密切相连。后面一个字读阴平、阳平、上声的时候，"一"字的声调读为去声，在诗词中做仄声用。后面一个字读去声的时候，"一"字的声调才读为阳平。在诗词中可做平声用。这首诗第三句"众山一览小"中的"一"字应读平声才能合律，但这个"一"字后边的"览"字读音并非去声，"一"字在这里应读仄声，是不可以做平声用的。这样，这一句就出律了。

另外，"众山一览小"化用的是杜甫的诗句。一首五绝，本来没多少字，除了一些戏拟或打油的情况外，最好少用别人的成句。还是应该多注重表达自己的发现和创造。而且这一句已经把"会当凌绝顶"的感觉说得很满了，下面一句"奋力向巍峨"就不好接了，显得多余和无力了。所以，这一句应该调整一下。因朱偰先生曾发愿在鹰窠顶下的永安湖上建读书楼，"倾听天风海涛，坐对云帆沙鸟……"我估计朱先生说的"天风"应该一定是来自湖畔最高的鹰窠顶无疑了，所以借来"天风"二字，来催动作者登山的健步——修改后的诗作第三句"天风催健步"中的"天风"出处即在这里。

诗的第二句中的"拾级引赛歌"语感上稍嫌生涩，在保留原韵脚的前提下，也稍稍动了一点"外科手术"。

改作仍为新声韵诗，但以平水韵来合，也合乎相关格律要求。说其是旧韵诗，也未尝不可。改稿如下：

登鹰寨顶

偕友上鹰寨，蜿蜒一路歌。
天风催健步，奋力向巍峨。

43. 原稿

夏夜奏鸣曲

马天康

宿鸟双双甜梦鼾，蝙蝠对对逸云边。
湉湉碧水弯弯月，隐隐青山浩浩天。
稻粟滋霖怀馥气，松梧惠露孕香丸。
垠畴孕育缤纷梦，阜壑氤氲五彩烟。

评点：这首诗是作者组诗二首中的第二首。全诗紧扣"夏""夜"二字做文章，语言上颇见功力，一些意象也颇富生趣，可以看出作者为此付出的心血。不过，全诗写的都是静寂中的情景，没有一处写到声响，更没有"奏鸣"的描述，所以"奏鸣曲"这个题目可以调整一下。全诗几乎通篇用对偶，格局上显得板滞，微露斧凿痕，缺少起承转合的节奏和流畅自然的感觉，可以有意识地稍稍"破"一下。另外，"梦"字重出，"孕"字重出，"双双""对对"合掌，"鼾"字似不如"酣"字更有兴味。改稿如下：

夏夜悄吟

宿鸟双双甜睡酣，清风送爽到身边。

湉湉碧水弯弯月，隐隐青山浩浩天。

稻粟滋霖怀馥气，松梧惠露孕香丸。

垠畴酝酿缤纷梦，阜壑氤氲五彩烟。

44.原稿

运输女

冯树良

蜜月押车百辆行，畜禽蛋菜载长龙。

公婆欲打手机响，报语平安进北京。

评点： 这首诗语言质朴，颇富生活气息。读着读着，忽然想起岑参的"马上相逢无纸笔，凭君传语报平安"。古人出门在外向家里传个平安口信，多么费事啊。现在则只需手机一响就 OK 了，时代的变化多么巨大。这首诗的缺点是"公婆欲打手机响"的语义比较含混，容易有几种歧义，如：①公婆想打电话的时候手机响了，是儿媳妇打来报平安。②公婆想打儿媳妇的手机，让她报平安。③公婆盼望儿媳妇打来手机的振铃声，给家里报平安……那么，这手机是谁打响的，是公婆还是儿媳妇？这手机到底响了没响，是公婆盼着响还是真响了？我们的诗句还是应该用准确的语言交代明白为好。另外，"手机"的"手"字处应用平声字，这里出律了。"押"字新韵读平声，旧韵则读仄声。按新韵是合律的，不用修改。但因为现在是切磋诗艺，如果以后作者愿意费些心思调换一下这个字，也可改成一首新旧韵都合律的作品。改稿如下：

运输女

蜜月押车百辆行，畜禽蛋菜载长龙。

手机一响公婆笑，报语平安进北京。

45. 原稿

修枝女

冯树良

一领红巾点翠飘，上山紫李下山桃。

何人神技赛仙女，竟舞春风作剪刀。

评点： 外国人说"工作着是美丽的"，读《修枝女》，对这句话感受颇深。"竟舞春风作剪刀"一句把贺知章的"二月春风似剪刀"化虚为实，翻出了一层新的意境，很有味道。稍有不足是"上山紫李下山桃"稍有些口水诗的感觉，如果在劳动的动作上加一些铺垫，后面的"竟舞春风"也就更有些想象和比喻的基础了。从格律上说，"赛"字处应改用平声字。改稿如下：

修枝女

一领红巾点翠飘，安排李杏指挥桃。

何人神技惊仙女，竟舞春风作剪刀。

46. 原稿

婆媳女

冯树良

蜜月儿媳欧美游，视频如面报风流。

阿婆心盛逛城去，发髻打开呼烫头。

评点： 这首诗的题目有些小问题。既然是蜜月旅游，儿子媳妇应该是在一起的，所以这里的儿媳可以理解为儿子和媳妇，而不应该只理解为儿媳妇。另外"婆媳"后面加一个"女"字，也很别扭。其实这首诗的主要视角还是集中在了婆婆身上，所以还不如干脆以"婆婆"为题更直接和准确。我知道这是作者系列组诗中的一首，但有什么样的脚，穿什么型号的鞋，没有必要为了与其他诗篇题目的统一就削足适履。另外，进了理发店才能呼烫头，仅仅"逛城去"三字后面就接"呼烫头"，落笔还是有点早了。如今的婆婆们最老大约也不过五六十岁吧，已经很少有盘"发髻"的打扮了，所以"发髻打开"的细节也可以去掉。原稿中"欧"字、"逛"字不合格律，需调换一下。改稿如下：

婆婆

蜜月儿媳美法游，视频如面报风流。
阿婆心热城中逛，美发厅中喊烫头。

47.原稿

店主女

冯树良

满面春风主迓门，四合斋院客纷纷。
小烧大炕农家菜，一曲二人转客魂。

评点： 选取几个典型意象，组合成一幅极富地方风情的图画。尤其是诗的最后二句，提炼概括得非常到位。缺点是"斋院"不太准确，伴着二人转的东北菜并不是一素菜为主的菜系，其中一道常见菜就是猪肉炖粉条，何来"斋院"？"客"字出现两次，也可以略作调整。改稿如下：

小店

满面春风喜盈门，任它窗外雪纷纷。
小烧大炕农家菜，一曲二人转客魂。

48. 原稿

绢花女

冯树良

缤纷照眼百花妍，蝶舞蜂旋共雪翩。
点绿催红谁妙手，农家妹子绣春天。

评点：有一部著名的小说名字叫《冬天里的春天》，这首《绢花女》写的就是这番景致。其中"点绿"是马上就完成的动作，"催红"则是尚待实现的动作，两个词并列搭在一起，个人感觉从时间性上来说不是太协调，所以需要改换一下。这首诗中最好的句子应该说是"农家妹子绣春天"。不过，我不熟悉绢花的制作过程，不知"绣"字用在此是否贴切？我也曾试着改换为"剪""画""管""换""挽"等字，但都感觉不如原稿。这个小缺憾只好留待作者和其他热心朋友们斟酌和推敲了。改稿如下：

绢花女

缤纷照眼百花妍，蝶舞蜂旋共雪翩。
洒绿播红谁妙手，农家妹子绣春天。

49. 原稿

夜读

汪金芳

三更寂静方来兴，展读离骚唱九歌。
念国情怀悬日月，感人词赋动山河。
遭谗屈子随流水，昏愧美人吊汨罗。
窅寐思之时已晓，恍然犹问夜如何？

评点：这首诗写的是夜读屈原诗歌的感受，意在言外，朴素深沉，尤其结尾两句平中出奇，引人深思，韵味悠长。需要指出的是"词赋"此处应写作"辞赋"，"昏愧"似应是"昏聩"之误，但与"美人"连在一起，意思又似不好理解。另外，"感人"和"美人"的两个"人"字重出，可以调换一个。"遭谗"是动宾词，"昏愧"是联合词，二者作对偶也不工整。从格律上来说，"昏愧美人吊汨罗"的"美"字处应该用平声字，这里的"美"字是仄声字，出律了。所以这句诗需要调整。改稿如下：

夜读

三更寂静方来兴，展读离骚唱九歌。
念国情怀悬日月，感人辞赋动山河。
霜侵香草随流水，雨酹椒浆吊汨罗。
窀窆思之时已晓，恍然犹问夜如何？

50. 原稿

看商丘画虎村

孟献彬

粗手农民巧，丢锄进画坛。
化文能致富，快乐画东山。
王气生村满，精神散宇寰。
昨观墙百虎，今梦枕云眠。

评点：画虎村指的是河南省商丘市民权县北关镇王公庄村。这里的村民画虎为生，形成了一个引人注目的文化产业现象。前不久，我的一位同事也曾专门赴这个村采访，在我所供职的报纸上刊发了整版的长篇报道。《看商丘画虎村》这首诗的作者敏锐地捕捉到了农民"化文能致富"的社会新现象，题材独特，视角新颖，很有时代气息。不过，文字推敲上，还有不小的提升空间，最突出的一个缺点是对仗不工稳。"化文"是动宾词，"快乐"是联合词，对不起来；"能"是助动词，"画"是动词，对不起来；"致富"是动宾词，"东山"是偏正词，也对不起来。颈联中的"村满"和"宇寰"也对不起来。还有的地方用语比较绝对化，如"丢"字。实际上农民画家们虽然绘画为生，实际上并没有完全脱离农村生活，所以说他们放下锄头可以，说丢下锄头，就不准确了。文字此中的差异，需要我们仔细琢磨体味，最后才能找到那个比较妥帖准确的词汇。

《看商丘画虎村》这个题目不像是一个旧体诗的题目，而问题主要出在诗题这里的这个"看"字上。修改方法有两个，一是直接去掉"看"字，以"商丘画虎村"为题；二是改"看"字为"咏""题"或"游"等字也可。改稿如下：

题商丘画虎村

粗手庄稼汉，挥毫闯画坛。
丹青开富路，翰墨绘东山。
王气生阡陌，精神震宇寰。
昨观墙百虎，今夜梦犹寒。

51. 原稿

闲居乐

于峰

驱车疾驶永安西，面北湖光隔岸堤。
金粟赤峰点点缀，钱塘白浪漫漫齐。
风火年华壮志笃，坎坷岁月身心疲。
耆届闲居得有乐，卧听窗外杜鹃啼。

注："永安""金粟""钱塘"等均为地名。

评点： 这首诗中，我比较欣赏结尾那句"杜鹃啼"，含蓄而有韵味。杜鹃的啼声如同"不如归"，令人想起陶渊明的"归去来兮辞"。作者在前面铺陈了许多内容之后，在这里如果还是直白地说一句发表议论的大白话，全诗就显得平淡无味，而现在作者在结尾并不平铺直叙自己的感想，而是采用一个有象征意义的"杜鹃"来含蓄地表达自己的心境，就显得机智而又厚重。

从格律上来说，这首诗若以旧韵来衡量，则"疲"字出韵了，需要调整。若按新韵诗来看，则大致合韵。"壮志笃"和"身心疲"可以理解为是以"三仄尾"对"三平调"，看起来虽然在格律上比较刺眼，大致也能说得过去。但最说不过去的缺点，一是颔联和颈联失粘，二是"漫"字在普通话中只有一个去声的读音，这里却当作平声用了。

因为作者这首诗的前几句尤其是前四句说的大多是闲游途中所感受到的乐趣，所以题目也代改为了"闲游乐"。以下是我按旧韵对这首诗所作的修改，其中"年华似火壮志笃，岁月如波身心迷"的后三字以三仄声对三平声，是故意保留的一个拗句。改稿如下：

闲游乐

驱车疾驶永安西，面北湖光隔岸堤。
金粟赤峰点点缀，钱塘白浪漫漫齐。
年华似火壮志笃，岁月如波身心迷。
耆届闲居得有乐，卧听窗外杜鹃啼。

52. 原稿

无题

汪金芳

浓阴绿树夏时长，飞燕先期入画堂。
懵懂经年心不顾，嫣然一笑意彷徨。
青山隐隐水幽远，万壑萋萋草渺茫。
真道相思无了益，未妨惆怅是清凉。

评点：这首诗很显然受到了李商隐无题诗的影响，写得也蛮像那么回事。作者并不侧重对情节、人物、场景的细致描绘，而是以生动形象的抒情为主体，在主人公的心理活动方面着力开拓，表达出了一个丰富细腻的多情的内心世界。形制虽短小，意蕴却深长。诗的意象密度比较大，诗句跳跃性比较强，尤其是比喻、象征、联想等多种手法的综合运用，大大加强了诗歌的容量和厚度，显得蕴藉含蓄、悠远苍凉、细腻深沉。读着这首诗，就想起了李商隐的另一首同韵诗：重帷深下莫愁堂，卧后清宵细细长。神女生涯原是梦，小姑居处本无郎。风波不信菱枝弱，月露谁教桂叶香。直道相思了无益，未妨惆怅是清狂。二是对照，作者的借鉴和点化是一目了然的。但是说到底，创作的生命还是在"创"，而不是"沿袭"。最后两句袭用李商隐的成句，是一个明显的不足。改作主要也是调整这两句诗。当然，因为人生遭际不同，心境不同，改作不一定符合作者原意，仅供吟友们切磋时参考。改稿如下：

无题

汪金芳

浓阴绿树夏时长，飞燕先期入画堂。
懵懂经年心不顾，嫣然一笑意彷徨。
青山隐隐水幽远，万壑萋萋草渺茫。
露似明眸花似影，腮边珠泪写清凉。

53. 原稿

荷锄吟

马天康

金乌见我汗莹莹，半掩羞容半觑晴。
柳袂春风拴喜气，雯倾杏冕溅琳英。
鲤穿枝杈做游戏，莺曳筠梢说相声。
锦缎经天遑下水，烟岚袅袅漫天升。

评点：这首诗用语古朴，颇见功力。尤其是"莺曳筠梢说相声"生趣盎然，令人欣喜。不过，全诗缺点也是很明显的。仅略述如下：①全诗用"庚"韵，但结尾韵脚"升"字属"蒸"韵，出韵了。②全诗平叙几种意象，均用散点透视，缺少结构上的经营和构思。也缺少立意上的一个中心点。要知道意犹帅也，无帅之兵，谓之乌合。③部分用语欠推敲。如"鲤穿枝杈做游戏"中的"鲤"本是水中生物，"枝杈"则一般理解为陆地上的树的枝杈。"鲤"如何到陆地上来穿枝杈？虽然作者的意思可能是指水中枝杈的倒影，但语言表达尚不明晰，就会使读者感觉费解。"枝杈"用来和"筠梢"对偶，也很不工稳。另外，"锦缎经天遑下水"一句理解起来，也令人感觉"隔"和"涩"。④个别语境重复。"雯"即"有花纹的云彩"，与"烟岚"造成的氛围就有一定重合和类似的地方。⑤除第一句外，题目中的"荷锄"与内容关联不是很大。诗歌结尾应对此题目做个回应。⑥对偶句中要注意词性相对。"柳袂"是偏正结构，"雯倾"是主谓结构，就对不起来。⑦季节不要矛盾。诗中"春风"明确点出春天的季节，但"荷锄"即锄禾一般是夏天，而且"金乌见我汗莹莹"也是典型的夏天情景。这样，这首诗中就出现了两个季节，不合适了。

整体结构和立意上的问题，有待作者自己去解决。仅就个别词句问题试改稿如下：

荷锄吟

金乌见我汗莹莹，半掩羞容似送情。
柳袂轻轻拴喜气，云纹袅袅浣琳英。
鲤穿萍底做游戏，莺曳筠梢说相声。
好景且留骚客赏，田家岁月苦经营。

54. 原稿

鹍

马天康

脚蹈彩云天，斜阳披在肩。
眼监禾上蝱，身伴水中鳏。
测涝兼播旱，除贼况灭奸。
好心无好报，莲下问苍天。

评点：这是一首咏鹍的诗歌，是为鹍打抱不平的。鹍是一种鸟名，即"伯劳"。上嘴钩曲，尾巴长，额和头的两旁与翅和尾为黑色，背部灰褐色。捕食虫、鱼、小鸟等，是益鸟。《诗经》中有"七月鸣鹍"的记载。成语"劳燕分飞"的"劳"指的就是"伯劳"，出自《玉台新咏》中的《东飞伯劳歌》："东飞伯劳西飞燕，黄姑织女时相见。"伯劳在古代诗歌中通常用来比喻夫妻、情侣、亲人、朋友间的别离。伯劳喜欢单栖，有猎物曝尸的习性，它的叫声常常被当作不祥之兆，所以这首诗的作者才有"好心无好报，莲下问苍天"的感叹。全诗脉络清晰，结构也算完整，只是个别字句略有些小问题。改稿如下：

鹍

脚蹈彩云天，斜阳披在肩。
目察禾上蝱，心祝水中鳏。
测涝兼防旱，除邪亦灭奸。
好心无好报，举首问苍天。

55. 原稿

春风

马天康

濡茂诸芳卉，滋哧百鸟音。
袅娜千树柳，撩拨万颗心。

评点：这首诗有些韵味，也比较简练。缺点是全诗句式比较相似，尤其是每句第三字均用表示数目的词，显得比较板滞。另外，"哧"字是象声词，用在此处不太合适。另外，若以古绝来看，这首诗当然说不上有什么格律问题，古人这类作品中成功的例子也很多。但若从切磋诗艺的角度来看，若以五绝来衡量，这里的"娜"字、"颗"字等出律了，也可调换一下。改稿如下：

春风

曼舞流云影，轻歌俊鸟音。
吹红千万树，染绿万千心。

56. 原稿

靓丽风景

马天康

蹴枝喜鹊叫喳喳，宝马奔驰鸣喇叭。
父老乡亲村口逛，哪家闺女又回家？

评点：这首诗可以看成一首轻松的竹枝词。表现农村里的富裕景象。一句"哪家闺女又回家"，说明并不止一家富裕，而是很多家都富了，所以才分不清是谁家的闺女，以致有此一问。从诗艺上来说，这个结尾还是很有匠心的。不过，以实际生活来说，当前农村中能够开着宝马奔驰回娘家的情况，并不多见。作为诗人，还是应该传达真实的声音，而不是把美丽幻想和美好愿望当作现实来写。那样写，就有些粉饰现实的意味了。打动人心的，能传之久远的，还是那些真实反映人民心声的作品。当然，这是题外话了。仅就个别词句调整了几个字，将这首竹枝词改成了一首七绝。改稿如下：

靓丽风景

登枝喜鹊叫喳喳，宝马奔驰响喇叭。

一路春风追在后，哪家闺女又回家？

57. 原稿

重建《西涧草堂》有感

于峰

南北湖光翠接天，红桃绿柳缀边沿。

岸傍《西涧》兴衰事，坎坷书藏话当年。

评点： 西涧草堂是一座位于浙江海盐的古藏书楼，因西涧在其西，故曰"西涧草堂"。堂中悬挂一联从陆游诗"名酒过于求赵璧，异书浑似借荆州"化出的"名友过于求赵璧，异书浑似借荆州"，非常有名。此"草堂"已无藏书，只余建筑。20 世纪 80 年代曾重修，这首诗咏的就是这件事。诗的前两句叙景，后两句抒情，层次分明，笔调苍凉，含无尽感慨。全诗新意不是太多，但也没有太多毛病。需要提醒作者的是多音字的平仄问题需要注意。比如"当"字作"正在那时候或那地方"等意思时读为平声，作"吃亏受骗、抵押典当"等意思时读仄声。这首诗利用的是前者的意思，但当作仄声用了，所以诗出律了，需要调整一下。改稿如下：

重建《西涧草堂》有感

南北湖光翠接天，红桃绿柳忆当年。

岸傍《西涧》兴衰事，书似荆州泪似渊。

58. 原稿

郊游

于峰

布谷声声万物苏，城乡举目昔今殊。
田园矗立高楼屋，牧童嬉娱碧涧隅。

评点：此诗叙郊游所见，平易朴素，大路数不差。缺点有两处：一是"楼""屋"意思繁复，有叠床架屋之嫌。二是"童"字处不应用平声字，此处不合格律。改作最后两句将动词提到句子前面，将原来的二二三结构调整为了一三三结构，是为了突出"望"和"笑"着两个动词。算是用了一点调整语序的小技巧，仅供作者参考。若作者认为这种调整不好接受，也可重新安排句式结构，再提供一种新的修改方案。改稿如下：

郊游

布谷声声万物苏，城乡举目昔今殊。
望田园里高楼矗，笑牧童嬉碧涧隅。

59. 原稿

小麦春灌

孟献彬

贴补春风吹绿原，农家机灌笑晴天。
龙头倒扣银河水，根系正酣活酒源。
乡野翠空烟气卷，黎民心里浪花翻。
闲云不懂人间话，傻看清泉吐麦山。

评点：这首诗的题材很新鲜，很有创意，尤其在古人的田园诗中是找不到的。全诗色彩鲜明，情感浓烈，想象丰富，题旨也颇含蓄隽永。"闲云不懂人间话，傻看清泉吐麦山"这两句虽然稍显突兀，但因其生动巧妙，也别有一番生趣。不过仔细读全诗，还是觉得不能算是一首好诗，总感觉不顺畅。毛病出在哪里？主要还是语言上不过关，就像刚磨出的豆浆，还需要一番过滤，滤去一些语言上的浮渣和碎沫。试着就对偶不工和用语不准的地方盖了一些，因不了解作者的具体语境，所改也不一定符合作者原意，仅供吟友参考。改稿如下：

小麦春灌（新韵）

贴补春风吹绿原，农家机灌笑声喧。
龙头倒扣银河水，虎臂直牵碧酒泉。
脉脉垄间新蘖冒，潺潺心上浪花翻。
闲云不懂人间话，傻看清泉吐麦山。

60.原稿

题朱家角（五首选一）

高昌

小夜曲中波渐平，闲来淘气几流萤。
含香雾淡随风舞，衔梦星繁与水盟。
静里蛙声高下韵，动时灯影浅深醒。
心中留个朱家角，一角相思一角情。

评点：这是游览江南水乡古镇朱家角之后写的一组诗中的一首。写的诗古镇夜景印象。"心中留个朱家角，一角相思一角情"还是有些意味的。问题出在颈联。"高下韵"对"浅深醒"，虽然表面看起来很工巧，但雕琢痕迹很鲜明，用力太过，与江南水乡那种朴拙淡雅的氛围不大协调。所以，需要调整一下，有意把这种工巧破开。改稿如下：

题朱家角

小夜曲中波渐平，闲来淘气几流萤。

含香雾淡随风舞，衔梦星繁与水盟。

静里蛙声如大笑，动时灯影似微醒。

心中留个朱家角，一角相思一角情。

61. 原稿

红豆树

高昌

生来红豆惹人怜，粒粒相思粒粒缘。

千古风流仍有种，一怀浪漫果无边。

风生春色心如瓣，浪卷秋波梦似帆。

满树浓情诗也暖，诗心总是火般燃。

评点： 这首诗是对红豆树的咏赞。颈联的"风"和"浪"均与树的形象相差太远，而尾联的上句也显得比较做作。所以，改诗的手术刀就须从这三句入手。"满树浓情诗也暖"原改为"万绿丛中识此树"，但还是感觉不是太理想，所以后来又改了一遍。改稿如下：

红豆树

生来红豆惹人怜，粒粒相思粒粒缘。

千古风流仍有种，一怀浪漫果无边。

枝生春色香成海，叶卷秋波梦作船。

天地浓情钟此木，诗魂总是火般燃。

62. 原稿

乾陵无字碑

高昌

浩浩乾陵一望中，任君指点任君争。
雄图已展心无憾，大志能酬梦不空。
敢上龙庭搏恶浪，懒闻蚁穴起阴风。
伊人不畏碑无字，万缕精魂系众生。

评点：这是为武则天说好话的，旗帜比较鲜明。缺点是颔联有些近似合掌的嫌疑，"不"字、"无"字都出现两次，可以回避一下。"万缕精魂系众生"一句曾有诗友提出质疑，说一个人怎么能有"万缕精魂"呢？建议改为"一缕精魂系众生"。但最后仔细斟酌，觉得既然现在已经是身葬乾陵了，作为女皇的魂魄，自然可以化身千万牵挂众生。而一缕的力量就太微弱了，所以，还是保留了"万"字。改稿如下：

乾陵无字碑

浩浩乾陵一望中，任君指点任君争。
雄图已展心何憾，大志能酬梦不空。
敢上龙庭搏恶浪，懒闻蚁穴起阴风。
伊人岂畏碑无字，万缕精魂系众生。

这首诗后来用平水韵改了一稿，附后请读者对读：

乾陵无字碑

笑在冰霜雨雪中，昂然傲骨对苍穹。
山临极顶人何憾，情到豪时女亦雄。
敢搏龙庭迎恶浪，懒闻蚁穴起阴风。
挺身岂畏碑无字，眼底乾坤日月空。

63. 原稿

煤山槐

此槐不是无情木，每岁花开即素服。

青史已随陈叶老，皇恩终使士心俗。

从来草莽鸿鹄聚，数到煤山帝座孤。

天下王侯宁有种？休将黔首看新奴。

评点： 这首诗抒写的是崇祯皇帝吊死景山槐树下的感想。但是结构上比较零乱，尤其是开头两句，与全诗的格调不一致，而且用字非常笨拙。颈联对偶中的"帝座"一词显得生硬，对偶也不工稳。改稿如下：

煤山槐

圣君果是江山主？万岁当真万岁乎？

青史易随新叶续，皇权难把老根诛。

从来鸿鹄泽边聚，数到煤山陛下孤。

宁有王侯天下种？谁将黔首看家奴？

64. 原稿

芝麻诗

高昌

埂畔田边土路旁，拈来一角自芬芳。

小花着雨微微胀，细叶牵风渐渐长。

暂醉心头含白露，悄凝眉上染青霜。

些须也向阳光誓，愿撒千家万户香。

评点： 这是一首咏芝麻的诗歌。缺点在中间二联的对偶比较牵强，尤其是"微微胀"不美，"心头""眉上"不确切。"白露""青霜"在季节上同时出现，重合在一起的情况也不多见。所以，需要调整。改稿如下：

芝麻诗

埂畔田头土路旁，拈来一角自芬芳。

小花着雨衔情重，细叶牵风系梦长。

翠荚醉来摇露水，金茎笑去爆阳光。

身微偏向人间誓，愿撒千门万户香。

65. 原稿

四神壁画（永城八景之一）

孟献彬

梁王地宫石意老，四神云气梦惊寒。

青龙携日飞霄汉，白虎腾空入远天。

朱雀口衔龙角起，武玄身负龙舌缠。

何时国宝何时现，超过敦煌六百年。

评点：这首诗吟咏的是河南永城芒山汉墓群中梁共王刘买柿园陵中的《四神云气图》壁画。此壁画出自2000多年前，比敦煌壁画早600多年。但诗歌题目"四神壁画"意义比较含糊，需调整一下，干脆就叫"四神云气图赞"。诗歌开头两句不错，但颈联最后一句为了合平仄格律，把"玄武"硬倒过来称为"武玄"，很别扭。因传说玄武是龟蛇合体，而以龟的形象出现较多，所以为了调平仄，可用"灵龟"来代替"玄武"。不过，仔细看壁画画面中的玄武，似乎与蛇的形象更接近些，所以，诗中也可用"灵蛇"来代替玄武。这里只是提供一个修改的思路，最后还是由作者在定稿时自己决定吧。改稿如下：

《四神云气图》赞

梁王地宫石意老，四神云气梦惊寒。

青龙携日飞霄汉，白虎腾空入远天。

神雀口衔雷电起，灵龟身负火云缠。
何时国宝今时现？超过敦煌六百年！

66.原稿

瑞雪曲

马天康

雾雾玉屑卷还舒，岭变仙翁氅长璞。
万鹭增添尼料裓，千鹊着厚羽绒服。
猫鹰达旦歌祥瑞，喜鹊巡天咏祉福。
件件银毡温笋梦，巨幅金卷覆江湖。

评点：这首诗很有诗味，语言也有自己的风格。构思上也比较有匠心。小缺点是词句推敲上还可更到位一些。比如颔联、颈联的意象均是鸟类，显得比较单调。雪后一片洁白，用"金卷"来形容在颜色上就不符合生活实际了。"增添"和"着厚"的对偶也不工整。"璞""服""福"均是入声字，集中到一首诗中，还是比较显眼的。但需要说明的是，这是一首按普通话声韵的新韵诗，所以仍是合韵的。不过，"福""服"同音，还是应该调整一下的。修改后的颔联由二二三句式变成了三四句式，增添了一些变化，使结构也活泼了一些。改稿如下：

雪

雾雾玉屑卷还舒，岭变仙翁氅长璞。
万鹭添新尼料裓，千鹊着厚羽绒服。
小风催唱红梅曲，大野轻描瑞雪图。
月映银毡温笋梦，日出金卷覆江湖。

67.原稿

怀古

于峰

旭日长江美如虹，穿梭载艇晓烟中。
周郎欠善破曹计，失策邀明东借风。

评点：这首诗是一首怀古诗，类似苏东坡《赤壁怀古》的写法，前半部分描写长江的景色，下半部分抒发对三国人物的感想。但是，苏东坡的上下阕是一个水乳交融的整体，而这首《怀古》诗的前后部分却像水和油的关系，没有有机地融合在一起。前边是优美的景致，后边却又突然是对历史人物的议论，二者之间不是触景生情的关系，而是写景只是写景，议论只是议论，结构上很生硬。修改方法有两个方案：第一个是就景写景，改后边两句议论。第二个是修改前两句空洞的景致描写，为后边两句议论做个有效的铺垫。因不是太熟悉作者"周郎欠善破曹计"的根据，所以改稿还是按第一种方案施行的。另外，诗中有几处格律错误也须改一下。比如"如""破""东"三字平仄，就均不甚妥当。改稿如下：

长江晨眺

旭日长江美似虹，穿梭帆影晓烟中。
洪波尽被丹霞染，洗出斑斓两岸风。

68.原稿

观猎

网上作诗机

昭祥烟瑞气，梦叶最多情。
还跨仙同得，莫疑累更轻。
多惭联左揆，仰视抗前旌。
窜逐时人后，胡兵动远征。

评点：这是一首网上作诗机"做"出来的所谓的诗。全诗平仄和谐，对偶工稳，但是看不出时间地点，没有个人的性格，全无生气，死气沉沉，像是一具木乃伊。我们不妨用王维的一首同名诗来对照阅读一下。王维这首诗的内容不过是一次普通的狩猎活动，却写得神采飞扬，壮怀激烈。全诗前半部分写出猎，后半部分写猎归，开头声势逼人，结尾意蕴深远，中间两联流畅自然，承转自如，气势恢宏。"枯""疾""尽""轻""忽过""还归"，等字千锤百炼，妙手偶得，非常美妙。诗中刻画了栩栩如生的将军英姿，实际上也抒发了作者自己渴望效命疆场、建功立业的豪情。附王维诗如下：

观猎

王维

风劲角弓鸣，将军猎渭城。
草枯鹰眼疾，雪尽马蹄轻。
忽过新丰市，还归细柳营。
回看射雕处，千里暮云平。

69.原稿

临洞庭

网上作诗机

题诗今尚在，可以慰馀生。
千首山川小，一壶剑佩轻。
枳花邀客赏，楸叶促歌声。
用老真无事，欢期此夕明。

评点：这是一首网上作诗机"做"出来的诗。表面看也有些诗人的感慨，但仔细分析，就会发现这种感慨没有个性，而且意象混乱，言不及义。"题诗今尚在，可以慰馀生"的开头很有情韵，但是可惜后面的文气没有接上来。这也从一个侧面证明，机器虽然在拓展思路、核对格律等方面提供不少帮助，但是机器再精妙，也无法代替人脑的思考。附录一首孟浩然的同名诗，供读者对读品味。

临洞庭

孟浩然

八月湖水平，涵虚混太清。
气蒸云梦泽，波撼岳阳城。
欲济无舟楫，端居耻圣明。
坐观垂钓者，徒有羡鱼情。

70.原稿

登楼

网上作诗机

松关绝岭闻清音，即是朝元在己寻。
法藏桃花流涧水，经文山水照松林。
收兵天乐应悬榻，纵宴春风独抱琴。
日日江头新妇石，连台醉倒世人心。

评点： 这是一首网上作诗机"做"出来的诗。实际上现在诗坛上也有不少这类自以为很典雅的假古董。全首诗拉拉杂杂写了不少，那么和题目"登楼"有什么关系呢？看不出来。我们可以和杜甫的同名诗来对读。选"诗圣"的作品来对读，是不是有点"欺负"作诗机？不是。这不是打擂，而只是切磋诗艺。让二者对比鲜明些，也可以从中更好体悟到一些诗歌创作的个中滋味。杜甫的《登楼》是一首感时抚事的诗。作者写登楼望见无边春色，想到万方多难，浮云变幻，以及引起的伤心感喟，抒发了自己的政治抱负和济世情怀。首句的"近"字和末句的"暮"字在构思上非常见功力。"花近高楼"是近景，而"锦江""玉垒""祠庙"是远景，而"日暮"则从空间的描述回到时间的记叙，侧面点明登楼的时间之长久。时间和空间相互交错，远景近景互相配合，增强了诗的意境的立体感。全诗即景抒怀，景中含情，情中蕴理，互相包容和渗透，使诗的境界阔大雄浑，极富感染力。

登楼

杜甫

花近高楼伤客心，万方多难此登临。
锦江春色来天地，玉垒浮云变古今。
北极朝廷终不改，西山寇盗莫相侵。
可怜后主还祠庙，日暮聊为《梁父吟》。

71. 原稿

大林寺桃花

网上作诗机

袅袅流年为不才，诗云自我二更回。
天真客舍苔生处，戏马东山碣石开。

评点：这是一首网上作诗机"做"出来的诗。这首诗的毛病也是在两个黄鹂鸣翠柳——不知所云，还有就是一行白鹭上青天——离题万里。现在有些诗歌作者的艺术修养达到了很高的境界，出现在他们笔下的句子也很精美，但是，主题、意境、词汇、句式却都给人以似曾相识的印象，总感觉其中少了点什么东西。少了什么东西呢？就是少了作者自己对人生、对社会的体验和思考。这样的诗人，实际上也就像一个网上的作诗机一样，写了很多中规中矩的东西，说的却都是古人的话，没有一首说的是自己的美的发现。我们不妨来对读一下白居易的同题诗。公元817年，白居易游庐山香炉峰顶的大林寺，写下一首平淡自然而又意境深邃的《大林寺桃花》。这首诗没有故弄玄虚的什么"袅袅流年""苔生处""碣石开"等奇怪的意象，而是平铺直叙自己的所见所思。全诗似乎没有什么深奥、瑰丽之处，但仔细阅读，就会发现平淡自然背后的情趣盎然和意境深邃。诗人把桃花当成春天的象征，使抽象的春天有了具体而美丽的形象。而且还用拟人的手法，把春光写成一个顽皮的孩子，居然还会和人玩捉迷藏，自己就躲进深山里来"藏猫猫"了，这是多么新颖的立意和精巧的构思啊。

大林寺桃花
白居易

人间四月芳菲尽，山寺桃花始盛开。
长恨春归无觅处，不知转入此中来。

72. 原稿

夜宿山寺
网上作诗机

霜溪逢越女，感遇识通津。
片石陶真性，云端又一春。

评点："夜宿山寺"是一个平常的题材，这首网上作诗机"做"出来的诗，也可说有些意味。比如"片石陶真性，云端又一春"这样的句子，也是可以反复咀嚼一番的。但是，这样的诗，还只是凡人写的平凡的诗，见解、境界都没有脱出窠臼。我们下面再对读一首谪仙人写的诗，就能体会到仙凡之间的差距了。李白的《夜宿山寺》开头一个"危"字，挺俊峭拔，突兀醒目，把雄视寰宇的气势淋漓尽致地突出了出来了。第二句把想象的情景不动声色地当作亲历亲见的情景一样叙述出来，本已经很夸张了，可是想不到，再接下来的第三、四句更是匪夷所思的天才想象，居然敢打破天地的空间距离，把自己从地上直接写到了天上。诗人用大胆的夸张手法描绘了山寺的高耸，又用丰富的联想创造了壮丽神奇的博大境界。更难得的是诗人全用朴素自然的口语来描述，举重若轻，生动形象，令人有身临其境的感觉。

夜宿山寺

李白

危楼高百尺，手可摘星辰。
不敢高声语，恐惊天上人。

73.原稿

无题

网上作诗机

林梢问到海门回，倚杖吴洲雁鹜哀。
临别江长逢宴赏，后期天半免低徊。
中天忆有无心者，下界曾无此境来。
目极金河殊未晓，层岩隐映夹城开。

评点：这是一首网上作诗机"做"出来的诗。这类无题诗，妙在朦胧迷离，似真似幻，似懂非懂，似有寄托又似无甚寄托，别有一番风味。可以说，网上作诗机的这首诗，也大致能够说得过去了。我们可以与李商隐的一首同韵无题诗来对读一下，细心分析一下二者的特点和差异。

无题

李商隐

飒飒东风细雨来，芙蓉塘外有轻雷。
金蟾啮锁烧香入，玉虎牵丝汲井回。
贾氏窥帘韩掾少，宓妃留枕魏王才。
春心莫共花争发，一寸相思一寸灰。

附

第二届诗词班"北湖九友"诗话
——高昌助理导师对诗词班学员诗词作品的点评

高昌： 接下来我把郑欣淼导师《我理解的好诗人》其中的一小节，给大家念一下。从写作者到一个诗人，这种身份或者心态的转化是需要一个飞跃的过程的，因为每个人从自发的写作者到自觉的写作者，这种自觉的过程需要从量变到质变的积累，需要一定的机缘进行催化和感发。用一个诗人的心态看这个世界，或者用诗歌习作者、爱好者的眼睛来看是不一样的。那么作为一个诗人有一些什么样的大致的标准呢？欣淼先生理解的好诗人，有三点鲜明的标识：一是高品位，要有一个高尚的人格、远大的理想、正直的心声、清洁的精神；二是高格调，要有格调、有情怀；三是高水平，要有深厚的底蕴，坚实的学养、精准的感觉、敏锐的观察。限于时间，只大致给大家介绍这一小段话。提高诗词水平的重要基础有很多，比如要怎样更好继承和发扬优秀民族文化传统，怎样求正融变，怎样反本开新，怎样增加艺术表现力，怎样从高原走向高峰等等，这都是值得我们深入思考的诗学课题。但是最重要的，还是人的问题。欣淼先生关于好诗人的三点标识，希望能给大家带来一些启发。

我很小就开始写诗，很幸运身边很早就有一个浓郁的诗歌氛围。少年时期，我遇到一位著名诗人边国政老师，我当时拿着诗稿向他请教，他说你要跳出语言新不新、稿子发表不发表这些表面的东西，要做到用诗人的眼光看这个世界，要有身份自觉，这样你观察生活的角度会和别人不一样。我 18 岁的时候，发表过一首诗，其中几句就是：

就请大海为我的激情献酒吧，
有个诗人蛮横地向它公开过信念。
我将挽着大海走向飓风海啸，
站在岸边，我这样热切地呼唤船……

写这首诗时，边国政老师带我们在北戴河开诗会。他在我的本子上很仔细地写了八个字："敞开自我，拥抱世界"。我也一直在心里记着。确实，诗人特别容易自我封闭，但是如果不能打开自我，就仅仅是自我欣赏，甚至是坐井观天。打开自我是一个艰难而又必须的过程。要解放天性，要开阔胸襟。要有脱胎换骨的精神觉醒，继而是人的自觉、诗的自觉，这和过去作为一个爱好者、一个文青，会有很大的一个认知变化，我们自己对诗、对人也都会有一些不同的清澈的感觉。

你们的作品我都很认真地看了一下，诸位也都闻名已久，很多人我早就久仰，欣淼会长让我给大家的诗词提一点小的建议，我昨天一天都在看诸位的作品，每个人提供的作品，我都认真看了，下面给大家提一点小的意见，不一定对，我是从读者的角度来看，你们也仅仅是作为参考吧。

大家写的《风生水起看波澜》，这个作品看出大家的水平，能看出每个人的特色或者情趣，都挺好，那个我没有评，觉得都可以，每个人都有每个人的特色，我点评的主要是大家提交的那两首作品。

贺新郎·《丁酉怀澄堂诗草》出版发行蒙鲁徐二先生同牌长调贺余拙作面世今凑句以谢

蔡竞

今为周日，四川大学中华文化研究院于望江校区为余之《丁酉怀澄堂诗草》举办读者分享会。昨晚，四川省政府文史研究馆馆员鲁贵娣、特约馆员徐有忠两位先生特以《贺新郎》词牌赠言贺之勉之。鲁词云："开卷兹心悦。叹先生、寒窗十载，雅操冰雪。一管健毫斟律吕，写尽尘嚣凉热。肯庶瘼、高台击节。夜静更阑人不寐，纵吟笺千叠云天阔。情与意，倍殷切。路行万里何曾歇。但驱车、三清雾障，毕棚寒澈。曲阜杏坛闻教化，合浦探珠未绝。舒望眼、盘江葱郁。溢彩瑶池辉璀璨，赋怀澄诗草平生血。举玉盏，醉明月。"徐词云："把卷从头读。广词章、昊天雅韵，已然惊俗。半世生涯游历久，堪是风流人物。得妙句、犹能相续。自古蜀中多才俊，只怀澄吟草为公独。情不禁，仰高谷。谁家乳燕归华屋。想先生、幼而勤学，早修名福。立雪程门思进取，夜夜挑灯剪烛。弄不尽、书边尺牍。世事从来非容易，望千山万壑烟云逐。诗格老，气蓬勃。"是日下午及晚上，与应邀出席分享会的领导、专家及诗友雅集后，余拖着疲倦之躯，难抑兴奋之情，拟借此词牌凑句以表谢忱。

私事公余后。少清闲、寻章摘句，直教人瘦。独意诗书无所好，似有些儿成就。尝记得、早年孤陋。苦守寒窗期自勉，过中宵总是忘时候。勤补拙，亦能够。

怀澄吟草知纰漏。二先生、新词赠与，愧难消受。学海无涯终不悔，还望多加指谬。西蜀地、人才俊秀。百代骚坛多过客，念今番相识情如旧。音信杳，请宽宥。

二〇一八年十二月二十三日

高昌评点：实际是一封词体的感谢信，有鲜明的自白色彩。情深谊挚，质朴亲切。突出的特点是以文入词，有点李春波《一封家书》的风格，娓娓道来，也是一个特色。

早年孤陋，"早"字按龙谱核，这个地应该是平声，如果改"早"字，可以用"当"字，"当年孤陋"即可。

质朴少文，是一种风格，但有时也有点略输文采。前人言诗庄词媚，期待能在今后创作中添点摇曳多姿，在丈夫气中加点才子气。诗是比较庄重的风格，词稍微有点含蓄蕴藉，适宜加点才子气。

爱妻探望留学纽约之幼子适逢情人节而寄夜语

蔡竞

蓉城羁旅自清寥，折柳中庭露气消。
暑往寒来闻锦水，莺飞草长伫思潮。
妻儿华府离愁久，垂老蜗居别梦遥。
况是心期千劫在，翠微携手上琼瑶。

二〇一九年二月十四日

高昌评点：这首诗写在今年 2 月 14 日，也就是 2019 年情人节。描述的是作者夫人到纽约去探望孩子，自己留在国内，两地分隔，遥相思念，这个情境和杜甫的今夜鄜州月那首诗颇有相似。诗人在这里把情人节这个洋节和纽约这个洋地名引入旧体诗，是很有时代感的，全诗深挚沉婉，以情动人。我很喜欢"莺飞草长伫思潮"这句诗，尤其"伫"字，沉着有力，非常耐咀嚼。全诗个别字句上可再酌，设境上略实了一些。蔡老师的诗我看得比较细，下面提几点小建议：

首联："蓉城羁旅自清寥，折柳中庭露气消。"蓉城羁旅，羁旅可调一下。因为无论是纽约探子，或者在蓉城念妻，都是很温馨的题材，不是那种羁旅苦寒的感觉。再说蓉城也是锦官城，首联用羁旅这个词，好像有点重了。

蔡竞：我的意思是在蓉城之外，我当时是在云南过年。

高昌：这个似乎没有表达出来。从字面没有看出是在云南写的。

蔡竞：我自比蓉城，因为我是蓉城人。

高昌：蓉城是作者自称，这样理解这句诗，就通顺了。不过，下面我还是按照蓉城是地名、作者在蓉城来看，先按字面走，按我原来的阅读理解来说，"羁旅"可以调换成当下的环境描写，或许可用"蓉城花月"。所以这一句建议改成"蓉城花月自清寥"。

第二联："暑往寒来闻锦水，莺飞草长仟思潮。"有了蓉城，再用一个锦水。我以为蓉城写的就是在蓉城这个地方，这样锦水就有点重复了。而且"闻锦水"和"仟思潮"的对仗稍微平实了一点。因为已经出现蓉城，不好再用成都地名，或者把下联梦字衔接过来，用浮梦海来对仟思潮。另外，暑往寒来，可直接"乍暖还寒"，也可以换两个主谓词："情老节新"，感情是很老的，因为老夫老妻了，但是节是洋节，是很新的。即情老节新浮梦海，莺飞草长仟思潮。再另，暑往寒来，莺飞草长，这种四个字开头的句子要想在句式上加点变化，可以把这四个字放在三、四、五、六字处，采用二四一句式，这样出来的效果，给人感觉会更多点陌生化。

第三联："妻儿华府离愁久，垂老蜗居别梦遥。""妻儿"对"垂老"，不太工稳，"离愁"对"别梦"，又太熟了。我想直接更换两个当下的时语词试一下：徘徊华府视频近，辗转蜗居微信遥。一句写纽约，那边在徘徊，也在想念你，她可以用视频和你联系，这样能拉近东西半球距离，这边在蜗居里想纽约，辗转反侧，只能凭借微信向遥远的异域传递相思。当然这些仅仅是供您参考。

尾联："况是心期千劫在，翠微携手上琼瑶。""劫"字，我不了解具体情况，只是个人觉得不吉利，可以修改一下，也可以暂时不动。

蔡竞：那几天正在播放美国对华贸易战的新闻。

吴宝军：可以写千千结，结束的结。

高昌：同心结，可以用"结"。

现在改一稿如下：

> 蓉城花月自清寥，折柳中庭露气消。
> 情老节新浮梦海，莺飞草长伫思潮。
> 徘徊华府视频近，辗转蜗居微信遥。
> 况是心期千结在，翠微携手上琼瑶。

另外，两个遥瑶同音，若有兴趣，也可以调整一下。不愿意调也可不调，杜甫就有例子，《春夜喜雨》"当春乃发生"，"润物细无声"也是同音押韵。

雨霖铃·苏州古状元宅第题壁
李军

苏州白塔西路一百号，系晚清状元洪钧与如夫人赛金花旧居。风尘女子赛金花曾随钦差洪钧出使欧洲四国，铸就一段传奇。后洪钧病逝，赛金花重操旧业，再入勾栏，于京津一带名噪一时。辛丑之变，赛金花与八国联军主帅瓦德西暗通款曲，秽乱宫闱，逸闻颇多。坊间传赛金花曾受清廷秘托从中斡旋，促成辛丑和谈，救民众于水火。此事扑朔迷离、真假莫辨。事见刘半农《赛金花本事》及曾朴话本《孽海花》、樊增祥之前后《彩云曲》。甲午冬月，吾至苏州游历，偶过此状元古宅，如今已成荒居民巷，二百年华屋，破败不堪，唯雕梁尘封、琐窗斑驳，犹藏昔日辉煌。叹此白云苍狗、造化无常，不禁唏嘘。经主人首肯题壁于院墙，以诉茕怀，调寄雨霖铃。

寻常巷陌，怅凄零处，掩映陈迹。当年画栋青琐，朱衣紫诰，几人曾识？折桂何妨折柳，念风华谁敌。叵耐是，鸳梦无凭，辗转参商两疏隔。

红颜往复霜尘色，最堪怜，翠钿当钩戟。姑苏几番秋月，空照彻、燕楼清寂。笑我多情，徒续云章、托付毫墨。纵便有，俊眼垂青，讵可笼纱碧？

高昌评点：这首词是李军到苏州访问洪状元和赛金花故居时候写的，后来得到主人同意，还像古代诗人常做的那样，现场题写到了故居壁上。我对这首词的整体印象是古雅清逸，别蕴苍凉。下面我有三个小建议：第一个建议，"几"字两读，作几人解时，用为仄声。此处词谱似是平声？可以核对一下。

李军：当时是初稿，后来和"几番秋月"也有重字，这个字后来改成"谁人曾识"。

高昌：这样改很好。第二个建议，尾句"讵可"费解些。可能是猜测，又有点反问，不敢判断将来有没有人拿壁上这首词当一回事儿。

李军：我就想着王勃那个典故，当年他也是穷困的时候随便写点。

高昌：这个"讵可"结的弱些，可以再想一下。第三点建议，词序中，"秽乱宫闱"的"宫"字还是要考虑一下，传言赛金花与八国联军主帅瓦德西暗通款曲，因为瓦德西不是皇帝，算不上宫闱。秽乱宫闱，可以改一下。

李军：对，只是在那个地方，他们其实没有身份。

高昌：另外，这个词序写得长了一点，我个人觉得可以再稍微缩短一些，把事说清楚就行，尤其赛金花的相关知识介绍再少一点，也可以。

太平洋观潮
李军

浊浪奔来万马鸣，玄天肆怒发神兵。
分明夜夜传金柝，空说汪洋号太平。

高昌评点：作者这里有自己的发现，后两句确实特别好。不过，"空说汪洋号太平"其实是比较凶险的意象，"浊浪奔来万马鸣"，承接这句可以用一个比较凶险的神的形象，不是玄天这样比较正的神，似可选一个象征不太平的那种形象。"发神兵"，少一种狼虎之师的那种感觉，这一句倘若换那么一两个词，更清晰地表达出实际上是不那么太平和规矩的意思来，就可能将下面两句的氛围更烘托出来。"肆怒"一词虽然有点"凶恶"，但是玄天和神兵还是给人那么一种比较"正义之师"的感觉。

吴宝军："马"字这个地方可酌，因为是海上，用"舰"字怎么样。

高昌：换一个海上的动物也行。

李军：我当时本来是用暗喻的手法，像万马奔腾一样的潮水。

马飞骧：我认为这个"马"字用得好，后面有夜夜传金柝，一定要和战争联系起来，如果用水上的动物体现不出来这个，后面又"太平"了，必然用战马来比喻，我觉得用得好，不适合换水上的。

高昌：那就不用换，要不还真就有点连不起来了，第二句的玄天改个凶险一点的意象即可，同样，神兵的神，雅静了些。这三句都和军队、战争有关系。第一句可以不调，第二句可以再想一想。总体来说，这首诗有一个自己的新的角度和切入点，这是难得的。写绝句就这么四句，能够有两句比较创造性的，一看就能让人记住的，已经很不错了。玄天其实也不是有什么毛病，只是稍欠那么一种凶神恶煞的狠劲儿。

屈杰：神兵来了一般送来太平。

如琴湖行

屈杰

庐山西谷有人工湖，其形如琴，因以名之。原址为大林寺，有桃花林，白乐天于兹咏《大林寺桃花》。一九六一年废寺凿湖。与诸友游之，诗情顿生，乃为之歌曰：

若有水兮曰如琴，如琴湖水碧湛湛。
诸峰翠色流琴上，风摇琴弦发清音。
清音泠泠皆是雪，清音雪色殊清绝。
若春鸟兮鸣空山，若佼人兮弹明月。
余音袅袅忆当年，慈云一片慢流天。

钟磬几声敲觉路，勘破晓露与夕烟。

露烟深处有桃坞，桃花万树零红雨。

红雨霏霏殊可怜，诗人咏花花解语。

弦歌梵呗共花飞，醉里青山尽忘机。

得句恍见花齿启，坐忘不管花雨霏。

劫波几度沧桑换，波上桃花剩几片？

诗人不知何处寻，剩有一湖碧水清且婉。

湖音何以清？应是当年梵呗声；

湖韵何以清？只缘斯境已通灵。

即便出山不沾浊，永抱一璧晶莹在西谷。

高昌评点：这是作者前不久在庐山一个诗词比赛中的获奖作品。整体印象是清丽迷人，清婉动人。

第一个建议，个别字词还可以推敲得更细致些。如"花齿启"的"齿"字，可酌，有点突兀。是花笑得露齿吗？

屈杰：我的想法是，写出那么好的诗句，花知道以后都露出牙齿。白居易当年写出那么好的诗句，也是感觉花都露出牙齿了。

高昌：就是花笑了，可以用更贴近花本身的字。前边已经花雨了，再来一个齿字，感觉有点突兀。第二个建议，劫波几度沧桑换，波上桃花剩几片，后一个波字感觉硬了些。

屈杰：我五月去没有看到桃花，前面"波"和后面"波"不一样，后面波是水花，是现实波的意思。

高昌：这两个"波"离得很近，所以有费解，这个波是指现实的水波还是劫波的波，容易混淆。前面一句你可以再想一个现下的什么词或动作，比如我来寻桃花，桃花不见，只见波上桃花，比这"劫波几度沧桑换"更贴近一些。第三个建议，"湖音何以清？应是当年梵呗声。湖韵何以清？只缘斯境已通灵。""应是""只缘"都是很肯定的语气，如果"许是"当年梵呗声，应也可以。"应是"当然也可以有揣测的语义，但是我也可以理解为"应"就是"应该是"，这样肯定的语气就不如猜测的语气更添加些含蓄的味道。下面"只缘"，也是"一定是"的那种感觉，倘若是推测的语气，或许更多一些味道。

屈杰：对。

高昌："应是"容易理解成是肯定的，我就理解成应该就是当年的梵呗声。

屈杰：对，我的想法就是应该是当年的梵呗声吧。

高昌：是肯定的语气，如果用猜测的语气，"许是"，或许是当年梵呗声，或许是斯境已通灵，这样更柔软一些语气。第四个建议，后句"即便出山不沾浊，永抱一璧晶莹在西谷"，"永"字，不太连贯，永抱有永不出山的坚定的感觉，这样就把前面的"即便"的推测给直接的截住了。前面是"即便出山不沾浊"，和后边的"永"字有点没连上，这个建议再想一想。这里说的也只是我的个人观点。即便出山不沾浊是什么意思？

屈杰：这样的水即便流出山外以后都不会沾浊。

高昌：后面说永抱，是永远不出山。

屈杰：这是两个含义连在一起，一方面是出山不沾浊，在山的时候永抱一璧晶莹在西谷。我这首诗最后一句是著章显志。

高昌：哪怕出山也不沾浊，这个意思我能理解。即便出山不沾浊，是推测的语气，后边这个"永"字很绝对，把出山的推测直接就给否决了。

屈杰：那就"怀抱"。

高昌：这样两个就连上了，怀抱比永抱好，要永抱就是想也不想，根本不出山。

屈杰：你说得很好。

蝶恋花·赏花

屈杰

烂漫山花浓似酒，蝴蝶迷香，于此留连久。如此韶光谁共守？落红几片飞衣袖。

繁华满眼吾何有？小啜芳杯，慢把琴弦奏。 卿在云端闻也否？诗心恐共花魂瘦！

高昌评点：上阕比下阕好，下阕写得实了一点，既然繁华满眼，这个花魂瘦怎么体现出来的，之间要有关联。

屈杰：这个含义应该是这样，上一阕繁华满眼吾何有，满眼的繁华其实我什么都没有，这些我都没有。

高昌：诗心是指谁？

屈杰：诗心是指我。

吴宝军：诗心怎么瘦的，诗心应该肥了。

屈杰：我在这里等了那么久，我思念的人一直没有来，我诗心肯定比花魂瘦。

姚泉名：诗心恐共花魂瘦，是写不出诗来了。

屈杰：花都很少，但都不属于我的，我的那一朵花没有来。

高昌：花自飘零水自流，然后可以说花魂瘦，你现在写的景象是繁华满眼，花魂不瘦，你诗人自己瘦了，你写的是花魂瘦，前面写的风景是繁华满眼，烂漫山花，好像都是花魂"胖"的意象。

刘安定：说明老屈站着时间太长了，等了三个月。

高昌："诗心"改成"诗魂"，诗魂恐共花魂瘦，魂可以瘦，心怎么瘦。

屈杰：这是感觉的问题。 首先描写等了那么久，内心里感到很不好受，后来慢慢感觉诗心和花魂一起瘦了。 这里面卿在云端闻也否，我不知道她在什么地方。

高昌：思念一个人，前后连贯，铺垫这么多风景，都是山花，蝴蝶，都是花魂在"胖"，不是萧瑟的、"花自飘零水自流"那种情景。

屈杰：就是"花魂瘦"与前面语境不对。

高昌：前面都是很凄凉的，后面说花魂瘦可以。

蔡竞：上阕和下阕有前后呼应，问题出在下片第一句繁华满眼。

高昌：下片第一句可以再写点春暮的景象。

屈杰：我觉得这个不要换，本身就是繁华满眼，然后小啜芳杯，喝一杯酒慢把琴弦奏，我是不弹琴的，这是一种想象。

高昌：你表达这个意思我们都知道。建议再想一想，或者最后一句稍微调几个字，境和情要谐。

屈杰：我觉得诗不能说写一首诗仅仅表达这么一种含义，就没有意思了，太确定的诗不是好诗。

登高

吴宝军

登高一啸振衣尘，雾退霾消次第新。
日月还明千里目，乾坤未老万年身。
天将磊落平分我，山把风流尽与人。
莫负芳华无限好，今朝不是等闲春。

高昌评点：优点不说了，建议一，"日月还明千里目"，明是把日月分开，一般认为你在写对联呢，上联拆字，下联也要拆字，结果下联没有跟上来。建议上联把明字也换掉，就别拆了，再换一个字也是可以的。本来上面是拆字，后联没有拆、没跟上来，那么不妨就别拆了，"明"字也干脆换一下。

第二个建议，莫负芳华无限好，今朝不是等闲春。可否"不负芳华无限好，今朝岂是等闲春"。这样使你整个豪放劲儿更加突出一点。把莫负改成不负，"莫"感觉是在和别人商量说着似的，或者是在告诉自己的一个呼告，那还不如不负就是不负，磊落风流，斩钉截铁。

水龙吟·金陵怀想

吴宝军

己亥年梅月未望，旅于金陵。时某项摩擦正起，因以赋。

江山千古风流，几经豪杰经纶手。朝霞轻抹，遥岑淡扫，清波漫抖。落日飞槎，星河游舸，挥之襟袖。把晨昏合上，春秋磨透，秦淮月，三分瘦。

曾照东山弈叟。指枰间、摧枯拉朽。莫沽浮誉，休随楚霸，宜追穷寇。功勒燕然，像悬麟阁，万人翘首。待归来自有，簪花纵马，醮英雄酒。

高昌点评：第一个建议，按《龙谱》，江、拉、楚三字再核对一下平仄。能合上就行。

第二个建议，上阕建议加上点金陵味道。秦淮月有了，别让秦淮月太孤单，比如遥岑、清波、落日、星河等，都可以换个和金陵有关的意象，这个很容易，这样更突出一点金陵的特点。

第三个建议，功勒、像悬、翘首，用词略旧。前面说已经功成了，下边的"待归来自有"，就有点浪费笔墨。"自有"这两个字，因为你功成名就了，肯定都有了，不用说"自有"这两个字。

吴宝军：好不容易弄上这俩字。

高昌：因为要两边连起来，已经有了前边所说的让万人翘首这么大的成就，结果后边的"簪花纵马"，就有点轻了。这里希望实现的梦想，似乎应该是有更大的境界。

三阳川伏羲画封台

马飞骧

八荒空过往，万象此登临。
一画开天地，三阳照古今。
烟云穷变化，世事极浮沉。
悠邈羲皇业，周乎品类心。

高昌评点：确实不错，高古耐读。两联大气工稳。就是"羲皇业"三字，是红尘中的人在说话，少了飘逸之气，这是个人感觉。尤其"业"字，我想着伏羲那种"八荒空过往，万象此登临"的那种襟怀，不一定是着落在"业"字上，一个小建议。

水调歌头·自寿

马飞骧

造物故豪宕，天地几清明。可怜变换风雨，日月与为征。题品云山万卷，鲸吸江河一口，胆气自纵横。蚁视笑鸡鹜，凤举效鲲鹏。

半床书，三尺剑，万年名。回头沧海空阔，万象俱峥嵘。悲莫悲兮滋味，材不材间用舍，坐忘极撄宁。有所畏而止，无所往而行。

高昌评点：哲思深沉，气象悠远。有一个疑问，凤举和鲲鹏，离得有点远，凤凰在学鹏飞吗？中间的联系是什么？请考虑关联度。

马飞骧：并列。就是凤举效鲲鹏。这个是我的两首词之一。

高昌：这不一首词吗？

马飞骧：前面还有一首，前面意思写得比较明确，后面没有写完加了一首。

屈杰：这里面情绪的变化，"回头沧海空阔，万象俱峥嵘"，突然一下子"悲莫悲兮滋味，材不材间用舍"，两者之间变化挺大的。

吴宝军：意象的东西不要连得那么紧密，如果连得那么紧密看，就没有跳跃性了，就没有张力、弹性，像前面的"劫波几度沧桑变"这样的句子就没有一点张力。

蔡竞：字面上可以理解，但是关键是你没有那么沧桑。

高昌：你这是多大时候写的？

马飞骧：今年写的。这是个写意象的，并不是和年龄有关。

高昌：你多大？

马飞骧：48。

吴宝军：苏东坡40来岁的时候就自称老夫的。

马飞骧：和稼轩体一样，如果看我的诗会发现我特别老，我刚毕业写诗的时候，很多人就以为我是个老先生，这个不奇怪。

屈杰：我是向你请教，前面写得那么豪气，忽然一下变得有点沧桑的意味了。

马飞骧：沧桑和豪情是一样的，看你怎么看的问题，这个下来我们再仔细聊。

高昌：第二个建议，自寿，没有突出年龄、寿辰的特点，叫自白也可以，叫书怀也可以——抒发自己的情意，不叫自寿也可以，题目这个"寿"字和正文联系不是太密切，没有特别跟你的词贴合在一起。甚至叫无题，或者直接叫水调歌头就可以。

吴宝军：词写得非常好，跑题了。

马飞骧：不跑题吧。全词如下：

水调歌头·四十八岁自寿二则

天地一如是，万物赋流形。古来载育群品，灭灭复生生。禀气吾今为我，逆旅尘劳炊累，无奈苦营营。悲喜世间事，玄宰有神明。

尧舜功，桀跖罪，孔颜名。问余智计奚似，爝火未如萤。四十无闻有八，八九希能知二，风雨枉多情。日月去何速，鹈鴂已先鸣。

造物故豪宕，天地几清明。可怜变换风雨，日月与为征。题品云山万卷，鲸吸江河一口，胆气自纵横。蚁视笑鸡鹜，凤举效鲲鹏。

半床书，三尺剑，万年名。回头沧海空阔，万象俱峥嵘。悲莫悲分滋味，材不材间用舍，坐忘极撄宁。有所畏而止，无所往而行。

瞻马当要塞

姚泉名

故垒登临宁不悲，断崖如骥扼江湄。
草埋阵地伤心老，风挟枪声割面吹。
耻以太平精美日，怜于国破望旌麾。
炮台残迹真萧瑟，关塞无言警省谁。

高昌评点：尾句的"警省"，直白了些，前面悲凉气，到这一句没接上。前面是诗人的那种感觉，后面的"警省"有点老干部的想法。"精美日"，时语入诗，算是一个尝试，挺新鲜。

酹江月·谒文丞相祠和苏

姚泉名

枣枝如拜，拜南天碧海，崖山人物。古巷牢愁祠永在，夕照摩挲寒壁。塑像存仪，题词表德，只是仇难雪。幽燕风冷，阿谁思做人杰。

忆昔关路旌旗，萧萧秋色，铁马军初发。百战胡沙怜未死，叵耐金瓯残灭。惶恐零丁，南冠为客，此恨长如髪。丹心千载，一腔正气凌月。

高昌评点：第一点建议，"壁"字核韵，查查这个韵。

屈杰：确实不是在这个韵里面，是苏东坡这首词原来用的。

高昌：啊，和苏，用苏东坡的原韵。那就不改啦。

姚泉名：一般"和苏"是常用的说法。

高昌：第二点建议，"金瓯残灭"，"灭"字酌。金瓯可以残破，残毁，但不是红烛，不好说"灭"。

蔡竞：崖山之战，"灭"字可以。

高昌：好的。我这里只是提供旁观者的思路，给大家另外的一个视角。

丙申清明，拜曾国藩墓，
公祭曾文正公大典现场口占

刘安定

二百年来大道穷，一生信服是曾公。
桐阴飞入清明雨，烛泪凋零国士风。
总有情怀求学问，略无妄念作英雄。
知音隔代犹怜我，冢畔山花血样红。

高昌评点：可能你是现场写的，桐阴和烛泪比较乱。桐阴怎么飞？我觉得"飘"可能更好。

屈杰："桐阴飞入清明雨"是雨飞入桐阴。

高昌：倒装句可以理解。

蔡竞：曾国藩墓我去过，桐阴可以，有几棵青桐树，青皮似的桐树，高大乔木。

刘安定：不过我这首诗是写曾国藩墓，在长沙近郊坪塘，我们每年清明都会组织去那里公祭曾文正。曾国藩墓前有个桐溪寺，墓地也确实有很多桐花。再说桐花是清明节气之花，清明节的政治仪式、宴乐游春、祭祀思念等社会习俗构成了桐花的文化意象。写清明之诗，常有此典。我这诗是现场口占的，当时下着雨，我真的是站在桐阴下，但桐阴下还是飘进了清明之雨，当时在祭祀，点了烛，我在雨中望着烛泪流淌，才会有这句诗出来。

高昌：这么解释倒也可以理解。

卜算子·丙申三月，抵高邮，与诸师友同谒文游台，相期分韵怀古，得"草"字，遂填词一阕

刘安定

微雨洗高台，难见纤云巧。旧壁残碑怅望时，愁染青青草。
莫诵少游诗，莫共东坡老。我亦飘零海内人，怕说江南好。

高昌点评：词挺好的。问一句，为什么少游和东坡并举？

刘安定：因为他们两个在那里。这首词也是当时在现场作的。文游台在江苏高邮，是因为苏东坡过高邮与本地乡贤秦观秦少游等人集会于此，饮酒论文而得名。当然，主要还是为纪念秦少游。

高昌：莫共东坡老什么意思？

刘安定：苏东坡是老人。苏东坡与秦少游是师徒关系，秦是苏门四子之一。这是秦少游的家乡，在秦少游这里，当然写莫共东坡老了。

高昌：为什么莫共东坡老，他老有什么缺点？

蔡竞：他的晚年活得不是太好。

刘安定：是的，他的晚年都是在外面漂泊的。也可以说，苏东坡一辈子都在漂泊，他有一首这样的诗，概括了自己的一生："心似已灰之木，身如不系之舟。闻汝平生功业，黄州惠州儋州。"这样的情形，当然不能希望像他一样了。不过，苏东坡倒是挺豁达的。

扶桑抒怀

金中

海外淹留漫寂寥，和洋翰典伴昏朝。
方知学凳三年冷，欲计归程万里遥。
国思青春多血热，乡愁赤子总魂招。
明宵又做江南梦：细雨荷花润石桥。

高昌评点：热和冷，二字离得挺近，都在句尾，但不是在一联里相对。下面的血热和魂招对仗，"热"字可否换一个词？这个我也没有完全想好，或许可用"赤子乡愁还泪染，青春国思总魂招？"仅仅是一个参考，如果换成"泪染"对"魂招"，招和染两个都是动词，只是现在说国思，不好用泪染，虽然是和下联对上了的。所以把赤子乡愁和青春国思夜上下联调换一下，但是没有原来那种倒装的感觉更顺口些，仅仅供你参考。乡愁赤子，原来那样念着觉得更有味道，现在说赤子乡愁顺是顺了，但是好像少了那么点味道。

鹧鸪天·旧居已随拆迁而不存

金中

故国重回觉物非，来瞻往迹黯心违。未知梁燕迁遥地，但见高楼起数围。

深院落、古柴扉，长廊伙伴戏相随……纸船竹马今何在？载我童年梦里飞！

高昌点评：这首词不错的。因为你是从国外回来，然后又到自己的老地方去，所以说到故国……

蔡竞：故国用得不好。

高昌：从读者角度，用"国"字重了，回到家乡了，再用国字有点大。

蔡竞："故"字也不好，故城是失去了的，不吉祥，有凶煞，最好把"故"字改了。

韩倚云：故国有亡国的意思。

屈杰：故土好一点。

高昌：故土即可。再一个，"深院落、古柴扉"，"古柴扉"有点不实。古时候的柴扉，还是记忆里的古老的柴扉？如果意思是说古老的柴扉，柴扉易损，不会说是从古代留存下来，古楼、古桥都可以保存下来，但是柴扉保存不了那么长时间。

回乡过黄金台遗址

韩倚云

今古大贤谁爱财，君王何必广招徕。

领兵乐毅人何在，行刺荆轲事更哀。

仍抱清风归易水，重开新路过燕台。

若非此地乡音好，堆满黄金我不来。

高昌评点：独出奇声，饶有情味。是一首比较有特色的作品。纯口语，挺有现代感，念着也很流畅，能够在常见题材中翻出来一些新的自己的东西。虽然都是口语风格的氛围，但是"领兵乐毅人何在，行刺荆轲事更哀"，这里的"领兵""行刺"还是有点直白。我想了两个小建议，一是"当年乐毅人何在，一去荆轲事更哀"，二是"东驰乐毅人何在，西赴荆轲事更哀"。我算了一下乐毅先是破齐，往东去，荆轲是刺秦，往西去，可以参考。

蔡竞：第二个好。

屈杰：第一个更好，味道更足一些。

高昌：含蓄一些。

蔡竞：第二个有空间感、历史感。

鹧鸪天·丁酉冬夜

韩倚云

节令曾经露化霜。相思不卸旧时妆。自知才调输江令，俊赏琼花约杜郎。

星灿烂，月清凉，流光闪闪为谁忙？银河路是传情路，画面音频入梦长。

高昌评点：我觉得这个词还是不错的。提一个建议，自知与俊赏，这两联看着也像是对仗的感觉，但是自知与俊赏感觉又好像没有对上，其中俊赏可否用谁道、独赏、孰谓什么的，稍微调一下。

韩倚云：俊赏舍不得改。

屈杰：自知改一下。

高昌：这个对联也没有说完全要求对。第二个建议，画面、音频用了两个现代词。这首词总的氛围是比较清丽的，古雅的，结尾出来两个现代词，稍微突兀了一点，能不能用"梦里缘情似个长"，把上句银河路这样就接下来了，银河也是隔断了牛郎织女的，如果反其意……

韩倚云：我就是反其意。

高昌：下一句再反一下，接上。

蔡竞：我觉得韩老师有自己的情愫在里面。

韩倚云：原来银河是隔断牛郎织女，现在则成为通道。很多人写相思，思念的人见不到，现在思念则很容易，一张机票就解决的，用视频也可以解决了。这种写法也不知道合适不合适，在探索，自己也当作试验。

高昌：一篇作品，你要有和别人不一样的地方，哪怕有明显的缺点，但是总比没有缺点的俗物要好，首先要不俗。

韩倚云：我上面那首黄金台的背景是什么？当年评定科技进步奖，我参加了，还偶尔当过一次评委，科技进步奖奖金逐年增高，一等奖涨到八百（？），当时我就提出重奖之下能不能砸出大科学家？招大科学家肯定是有关方面的意思。我当时只是一个感慨，但是又不能直说，所以借这个题发挥。

马飞骧：高老师辛苦了，给我们费这么大心思。

李军：以热烈的掌声感谢高老师。

马飞骧：从鸡蛋里有骨头很容易挑出来，如果没有骨头不好挑，有好挑，各个风格不太一样，您看这么仔细。

高昌：其实我也是一种享受。

马飞骧：大家水平也都算不错，您在这里挑，难度很大，很辛苦，很不容易。

蔡竞：不容易，感谢您。

马飞骧：您提出来的地方我们都仔细想一想，推敲推敲。

高昌：今天上午就到这儿。

五

平水韵常用字简表

古人写律诗和绝句，都必须遵守一个共同的用韵标准，这就是韵书。不过在隋代以前，还没有这种韵书。从隋代陆法言开始，根据四声，把汉字分为二百零六韵，编成了历史上第一本韵书《切韵》，不过《切韵》把韵部分得太琐碎，写起诗来很不方便。唐初许敬宗等人向皇上奏议，把二百零六韵中邻近的韵合并起来使用。到了南宋时期，刘渊根据唐人用韵情况编写了《壬子新刊礼部韵略》，把二百零六韵合并为一百零七韵。因为刘渊是平水人，所以后人就把他编写的韵书称为"平水韵"。到了金代，王文郁编写了《平水新刊韵略》一书，又把平水韵的一百零七韵改并为一百零六韵，作为官方韵书，供科举考试之用。元、明、清三代，都以《平水韵》作为律诗和绝句押韵时的依据，这就是一直到现在还在诗界通行的"平水韵"。

平水韵的一百零六韵中，分为平声三十韵，其中上平声十五韵，下平声十五韵。所谓上平声、下平声，也就是平声上卷、平声下卷的意思，因为平声字多，就分为两部分。除了平声之外，还有上声二十九韵，去声三十一韵，入声十七韵。

平水韵常用字简表
上平

一东
东同童僮铜桐峒筒瞳中（中间）衷忠盅虫冲终忡崇嵩菘戎绒弓躬宫穹融雄熊穷冯风枫疯丰充隆窿空公功工攻蒙濛朦曚笼胧桃咙聋珑砻泷蓬篷洪荭红虹鸿丛翁嗡匆葱聪骢通棕烘崆

二冬

冬咚彤农侬宗淙锺钟龙茏舂松淞冲容榕蓉溶庸佣慵封胸凶匈汹雍邕痈浓脓重（重复）从（服从）逢缝峰锋丰蜂烽葑纵（纵横）踪茸蛩邛筇跫供（供给）蚣喁

三江

江缸窗邦降（降伏）双泷庞撞豇扛杠腔梆桩幢蛩

四支

支枝肢移簁为（施为）垂吹陂碑奇宜仪皮儿离施知驰池规危夷师姿迟龟眉悲之芝时诗棋旗辞词期祠基疑姬丝司葵医帷思滋持随痴维卮麋墀弥慈遗肌脂雌披嬉尸狸炊湄篱兹差（参差）疲茨卑亏蕤骑（跨马）歧岐谁斯澌私窥熙欺疵赀羁彝髭颐资糜饥衰锥姨夔祇涯伊追缁箕箕治（治国）尼而推匙陲魑锤缡璃骊羸帔罴縻蘼脾芪畸牺羲曦攲漪猗崎崖萎筛狮蛳鸱绥虽粢瓷椎饴嫠痍惟唯机耆逵岿丕毗枇貔楣霉辎蚩嗤媸飔埘莳鲥鹚笞漓怡贻禧噫其琪祺麒嶷螭栀鹂累踟琵嵋栀

五微

微薇晖辉徽挥韦围帏违闱霏菲（芳菲）妃飞非扉肥威祈畿机几（微也、如见几）讥玑稀希衣（衣服）依归饥矶欷诽绯晞葳巍沂圻颀

六鱼

鱼渔初书舒居裾琚车渠蕖余予（我也）誉（动词）舆胥狙锄疏蔬梳虚嘘墟徐猪闾庐驴诸储除滁蜍如畲淤妤苴菹沮徂龉茹榈于祛蘧疽蛆醵纾樗躇欤据（拮据）

七虞

虞愚娱隅无芜巫于衢癯瞿氍儒襦濡须需朱珠株诛朱铢蛛殊俞瑜榆愉逾渝窬谀腴区躯驱岖趋扶符凫芙雏敷麸夫肤纡输枢厨俱驹模谟摹蒲逋胡湖瑚乎壶狐弧孤辜姑觚菰徒途涂荼图屠奴吾梧吴租卢鲈炉芦颅垆蚨孥帑苏酥乌污（污秽）枯粗都茱侏姝禺拘嵎踊桴俘臾萸吁滹瓠糊醐呼沽酤泸舻轳鸬驽匍葡铺（铺盖）菟

诹呜迂盂竽跌毋孺酴鸪骷刳蛄晡蒱葫呱蝴觔姐猢郛孚

八齐

齐黎犁梨妻（夫妻）萋凄堤低题提蹄啼鸡稽兮倪霓西栖犀嘶撕梯鼙赍迷泥溪蹊圭闺携畦秸跻奚脐酰鳌醍鹈奎批砒睽黄篦齑藜猊鲵羝

九佳

佳街鞋牌柴钗差涯阶偕谐骸排乖怀淮豺俳埋霾斋娲蜗娃哇皆喈揩蛙楷槐俳

十灰

灰恢魁隈回徊槐梅枚玫媒煤雷颓崔催摧堆陪杯醅嵬推诙裴培盔偎煨瑰茴追胚徘坯桅傀儡莓

十一真

真因茵辛新薪晨辰臣人仁神亲申身宾滨槟缤邻鳞麟珍瞋尘陈春津秦频苹颦濒银垠筠巾呎民岷泯珉贫纯淳醇纯唇伦轮沦抡匀旬巡驯钧均榛遵循甄宸纶椿鹑嶙辚磷呻伸绅寅姻荀询岣氤恂嫔彬皱娠闽纫湮肫逡菌臻豳

十二文

文闻纹蚊云分（分离）氛纷芬焚坟群裙君军勤斤筋勋熏曛醺芸耘芹欣氲荤汶汾殷雯贲纭昕薰

十三元

元原源沅鼋园袁猿垣烦蕃樊喧萱暄冤言轩藩媛援辕番繁翻幡璠鸳鹓蜿湲爰掀燔圈谖

十四寒

寒韩翰丹单安鞍难（艰难）餐檀坛滩弹残干肝竿阑栏澜兰看刊丸完桓纨端湍酸团攒官观（观看）鸾銮峦冠（衣冠）欢宽盘蟠漫（大水貌）叹邯郸摊玕拦

珊狻舢杆跚姗殚箪瘅谰玃倌棺剜潘拼盘般蹒瘢盘瞒谩馒鳗钻拵邗汗（可汗）

十五删

删潸关弯湾还环鬟寰班斑蛮颜奸攀顽山闲艰间（中间）悭患孱潺擐圜菅般颁鬘疝讪斓娴鹇鳏殷（赤黑色）纶（纶巾）

下平

一先

先前千阡笺天坚肩贤弦烟燕（地名）莲怜连田填巅鬈宣年颠牵妍研（研究）眠渊涓捐娟边编悬泉迁仙鲜（新鲜）钱煎然延筵毡旃蝉缠廛联篇偏绵全镌穿川缘鸢旋船涎鞭专圆员干（乾坤）虔愆权拳椽传焉嫣鞯褰搴铅舷跹鹃筌痊诠悛遄禅婵躔颠燃涟琏便（安也）翩骈癫阗钿沿蜓胭芊鳊胼滇佃畋咽湮狷蠲鹯骞膻扇棉拴荃籼砖挛愆欢璇卷（曲也）扁（扁舟）单（单于）溅（溅溅）犍

二萧

萧箫挑貂刁调雕迢条髫调（调和）蜩枭浇聊辽寥撩寮僚尧宵消霄绡销超朝潮嚣骄娇蕉焦椒饶硝烧（焚烧）遥徭摇谣瑶韶昭招镳瓢苗猫腰桥乔娆妖飘逍潇鸮骁佻鹩鹨缭獠嘹夭（夭夭）幺邀要（要求）姚樵谯憔标飚嫖漂（漂浮）剽佻龆苕岧嘹哓跷侥了（明了）魈峣描钊轺桡铫鹞翘枵侨窑礁

三肴

肴巢交郊茅嘲钞包胶苞梢姣庖匏坳敲胞抛蛟崤鲛鞘抄蛸咆哮凹淆教（使也）跑艄捎爻咬铙茭炮（炮制）泡鲛刨抓

四豪

豪劳毫操（操持）髦绦刀萄猱褒桃糟旄袍挠蒿涛皋号（号呼）陶鳌曹遭羔糕高搔毛艘滔骚韬缫膏牢醪逃濠壕饕洮淘叨嗥篙熬遨翱嗷臊嘈尻鏖螯癸敖牦漕嘈槽掏唠涝捞痨牦

五歌

歌多罗河戈阿和（和平）波科柯陀娥蛾鹅萝荷（荷花）何过（经过）磨
（琢磨）螺禾珂蓑婆坡呵哥轲沱罿拖驼跎佗（他）颇（偏颇）峨俄摩么娑莎迦
疴苛蹉嵯驮箩逻锣哪挪锅诃窠蝌髁倭涡窝讹陂鄱皤魔梭唆骡挼靴瘸搓哦瘥酡

六麻

麻花霞家茶华沙车牙蛇瓜斜邪芽嘉瑕纱鸦遮叉奢涯巴耶嗟遐加笳赊槎差
（差错）蟆骅虾葭袈裟砂衙呀琶耙芭杷笆疤爬葩些（少也）畲鲨查楂渣爹挝咤
拿椰珈跏枷迦痂茄桠丫哑划哗夸胯抓洼呱

七阳

阳扬杨洋羊徉佯芳妨方坊防肪房亡忘望（了望）忙茫芒妆庄装奘香乡湘厢
箱镶芗相（相互）襄骧光昌堂唐糖棠塘章张王常长（长短）裳凉粮量（测量）
梁粱良霜藏（收藏）肠场尝偿床央鸯秧殃郎廊狼榔踉浪（沧浪）浆将（持也送
也）疆僵姜缰觞娘黄皇遑惶徨煌仓苍舱沧伤殇商帮汤创（创伤）疮强（刚强）
墙樯嫱蔷康慷（慷慨）囊狂糠冈刚钢纲匡筐荒慌行（行列）杭航桁翔详祥庠桑
彰璋漳獐猖倡凰邙臧赃昂丧（丧葬）闾羌枪锵抢（突也）蜣跄篁簧璜潢攘瓢亢
吭旁傍（侧也）孀骧当（应当）裆珰铛泱炀蝗隍快肓汪鞅滂螂怆緗琅顽怅螳

八庚

庚更（更改）羹盲横（纵横）觥彭亨英烹平枰京惊荆明盟鸣荣莹兵兄卿生
甥笙牲擎鲸迎行（行走）衡耕萌薨宏闳茎罂莺樱泓橙争筝清情晴精睛菁晶旌盈
楹瀛赢嬴营婴缨贞成盛（盛受）城诚呈程酲声征正（正月）轻名令（使令）并
（并州）倾萦琼峥嵘撑粳坑铿璎鹦黥蘅澎膨棚浜坪苹钲伧橑嘤轰铮狰宁狞瞪绷
怦璎砰氓鲭侦柽蛏莛赪茕赓篁瞠

九青

青经泾形陉亭庭廷霆蜓停丁仃馨星腥醒（醉醒）惺俜灵龄玲铃伶零听冥溟
铭瓶屏萍荧萤荥扃蜻硎苓聆瓴翎娉婷宁暝瞑螟猩垧钉疔厅町泠棂图羚蛉竮邢

十蒸

蒸烝承丞惩澄陵凌绫菱冰膺鹰应（应当）蝇绳升缯凭乘（驾乘，动词）胜（胜任）兴（兴起）仍兢矜征（征求）称（称赞）登灯僧憎增曾矰层能朋鹏肱薨腾藤恒罾崩滕誊崚嶒姮塍冯症簦蕾凝棱楞

十一尤

尤邮优忧流旒留骝榴刘由油游猷悠攸牛修羞秋周州洲舟酬雠柔俦畴筹稠丘邱抽瘳道收鸠搜驺愁休囚求裘仇浮谋牟眸侔矛侯喉猴讴鸥楼陬偷头投钩沟幽纠啾楸蚯踌绸惆勾娄琉疣犹邹兜呦咻貅蜉蝣辀帱阄瘤硫浏麻湫泅酋瓯啁飕鍪篌抠篝诌骰偻沤（水泡，名词）蝼髅搂欧彪掊虬揉蹂抔不（与有韵"否"通）瓿缪（绸缪）

十二侵

侵寻浔临林霖针箴斟沈心琴禽擒衾钦吟今襟（衿）金音阴岑簪壬任（负荷）歆森禁（力所胜任）�暗琛涔骎参（参差）忱淋妊掺参（人参）椹郴芩檎琳蟫愔喑黔嵚

十三覃

覃潭参（参考）骖南楠男谙庵含涵函（包函）岚蚕探贪耽眈龛堪谈甘三酣柑惭蓝担簪谭昙坛婪戡颔痰篮褴蚶憨泔聃邯蟫

十四盐

盐檐廉帘嫌严占（占卜）髯谦佥纤签瞻蟾炎添兼缣沾尖潜阎镰黏淹钳甜恬拈砭詹兼歼黔钤佥觇奄渐鹣腌襜阉

十五咸

咸函（书函）缄岩谗衔帆衫杉监（监察）凡馋芟搀喃嵌掺巉

上声

一董
董懂动孔总笼拢桶捅蓊蠓汞

二肿
肿种（种子）踵宠垅陇拥冗重（轻重）冢捧勇甬踊涌俑蛹恐拱竦悚耸巩怂奉

三讲
讲港棒蚌项耩

四纸
纸只咫是靡彼毁委诡髓累技绮玼此沘蕊徙尔弭婢侈弛豕紫旨指视美否（否泰）痞兕几姊比水轨止征市喜已纪跪妓蚁鄙晷仔梓矢雉死履垒癸趾址以已似秭𥝩史驶耳使（使令）里理李起杞圯跂士仕俟始齿矣耻麂枳峙鲤迤氏玺巳（辰巳）滓苡倚匕迤逦旖旎舣虮秕芷拟你企诔捶屣棰揣豸祉恃子

五尾
尾苇鬼岂卉几（几多）伟斐菲（菲薄）匪篚娓悱榧韪炜虺玮虮

六语
语（语言）圉圄吕侣旅杼伫与（给予）予（赐予）渚煮暑鼠汝茹（食也）黍杵处（居住、处理）贮女许拒炬距所楚础阻俎沮叙绪屿墅巨去（除也）苣举讵淑澼巨醑咀诅苎抒楮

七雨
麌雨宇舞府鼓虎古股贾（商贾）估土吐圃庚户树（种植，动词）煦诩努辅组乳弩补鲁橹睹腐数（动词）簿竖普侮斧聚午伍釜缕部柱矩武五苦取抚浦主杜坞祖愈堵扈父甫禹羽怒腑拊俯呼赌卤姥鹉拄莽栩窭脯妩庑否（是否）麈楼簍偻

酤牡谱怙肚踽虏孥诂瞽牯祜殺沪雇仵缶母某亩蛊琥

八荠

荠礼体米启陛洗邸底抵弟坻柢涕悌济（水名）澧醴诋眯娣递昵睨蠡

九蟹

蟹解洒楷拐矮摆买骇

十贿

贿悔罪馁每块汇（汇合）猥璀磊蕾傀儡腿

十一轸

轸敏允引尹尽忍准隼笋盾闵悯菌蚓牝殒紧蠢陨哂诊疹赈肾蜃膑黾泯窘吮缜

十二吻

吻粉蕴愤隐谨近忿抆刎搵槿瑾恽韫

十三阮

阮远（远近）晚苑返反饭（动词）偃蹇琬沅宛婉畹菀蜿绻蠼挽堰

十四旱

旱暖管管满短馆缓盥碗懒伞伴卵散（散布）伴诞罕瀚（浣）断（断绝）侃算（动词）款但坦袒纂缎拌懑懒莞

十五潸

潸眼简版板阪盏产限绾柬拣撰馔赧皖汕铲孱棟栈

十六铣

铣善（善恶）遣（遣送）浅典转衍犬选冕辇免展茧辨篆勉剪卷显饯践喘藓

软蹇演兖件腆跣缅缱鲜（少也）殄扁匾蚬岘眄燹隽键变泫癣阐颤膳鳝舛娩辗邅脔辫捻

十七小
筱小表鸟了（未了、了得，了望）晓少（多少）扰绕绍杪沼眇矫皎杳窈窕褭挑（挑拨）掉肇缥缈渺猋茑赵兆缴缭夭（夭折）悄舀傃蓼娆硗剿晁藐秒孹

十八巧
巧饱卯狡爪鲍挠（豪韵同）搅绞拗咬炒吵佼姣（肴韵同）昂茆獠

十九皓
皓宝藻早枣老好（好丑）道稻造（造作）脑恼岛倒（跌到）祷捣抱讨考燥扫嫂保鸨稿草昊浩镐杲缟槁堡皂璪媪燠祅懊葆褓芼澡套涝蚤拷栲

二十哿
哿火舸舵我拖娜荷（负荷）可左果裹朵锁琐堕惰妥坐（坐立）裸跛颇（稍也）伙颗祸椏婀逻卵那坷爹簸叵垛哆硪么峨

二十一马
马下（上下）者野雅瓦寡社写泻夏（华夏）也把厦惹冶贾（姓贾）假（真假）且玛姐舍咤赭洒舭剐打耍那

二十二养
养痒象像橡仰朗桨奖蒋敞氅厂枉往颡强（勉强）惘两曩丈杖仗响掌党想鲞榜爽广享向飨幌莽纺长（长幼）网荡上（上升）壤赏仿罔说倘魍魉谎蟒漭嗓盎恍脏（肮脏）吭沆慷襁镪抢肮犷

二十三梗
梗影景井岭领境警请饼永骋逞颖颍顷整静省幸颈郢猛丙炳杏秉耿矿冷靖哽

绠荇艋蜢皿儆悻婧阱狰靓惺打瘿并（合并）犷告憬鲠

二十四迥
迥炯茗挺艇梃醒（青韵同）酩酊并（并行，并且）等鼎顶肯拯謦到溟

二十五有
有酒首口母妇后柳友斗狗久负厚手叟守否右受牖偶走阜九后咎薮吼帚垢舅纽藕朽臼肘韭亩剖诱牡缶酉苟丑糗扣叩某莠寿绶玖授蹂揉溲纣钮扭呕殴纠耦掊瓿拇姆擞绺抖陡蚪篓黝起取

二十六寝
寝饮（饮食）锦品枕（枕衾）审甚廪衽稔凛懔沈（沈阳，姓氏）朕荏婶葚禀噤谂怎恁饪罩

二十七感
感览揽胆澹（淡）啖坎惨敢颔撼毯糁湛菡萏罱槛喊嵌橄榄

二十八琰
俭焰敛险检脸染掩点簟贬冉苒陕谄俨闪剡忝琰奄歉芡崭堑渐罨捡弇黤玷

二十九豏
豏槛范减舰犯湛巉斩黯范

去声

一送
送梦凤洞众瓮贡弄冻痛栋恸仲中（击中）粽讽空（空缺）控哄赣

二宋

宋用颂诵统纵（放纵）讼种（种植）综俸供（供设，名词）从（仆从）缝（缝隙）重（再也）共

三绛

绛降（升降）巷撞戆

四寘

寘置事地意志思（名词）泪吏赐自字义利器位戏至次累（连累）伪寺瑞智记异致备肆翠骑（车骑，名词）使（使者）试类弃饵媚鼻易（容易）辔坠醉议翅避笥帜炽粹峙谊帅厕寄睡忌贰萃穗二臂嗣吹（鼓吹，名词）遂恣四骥季刺驷寐魅积（积蓄）被懿觊冀愧匮恚馈贲篑柜暨庇攱莉腻秘比（近也）骛毖喑示嗜饲伺遗（馈遗）薏崇值惴屉眦罥企渍譬跂挚燧隧悴屎稚雉苤悸肄泌识（记也）侍跸为（因为）

五未

未味气贵费沸尉畏慰蔚魏纬胃汇（字汇）谓渭卉讳毅既衣（着衣，动词）蜚溉翡诽

六御

御处（处所）去虑誉（名词）署据驭曙助絮著（显著）箸豫恕与（参与）遽疏（书疏）庶预语（告也）踞倨蒢淤锯觑狙鬻薯

七遇

遇路辂赂露鹭树（树木）度（制度）渡赋布步固素具务雾鹜数（数量）怒附兔故顾句墓慕暮募注住注驻炷祚裕误悟寤戍库护屦诉妒惧趣娶铸绔傅付谕喻妪芋捕哺互孺寓赴洳吐污（动词）恶（憎恶）晤煦酤诉仆（偃仆）媾驸婺锢蛀飓怖铺（店铺）塑愫蠹溯镀璐雇瓠迂妇负阜副富醋措

八霁

霁制计势世丽岁济（渡也）第艺惠慧币弟滞际涕厉契（契约）敝弊毙帝蔽髻锐戾裔衃系祭卫隶闭逝缀翳替细桂税婿例誓筮蕙诣砺励瘗噬继脆睿毳曳蒂睇妻（以女妻人）递逮蓟蚋薛荔唳掜栎泥（拘泥）媲嬖彗睥睨剂嚏谛缔剃屉悌俪锲贳掣羿棣蟪薤娣说（游说）赘憩鳜虓吃谜挤

九泰

泰太带外盖大濑赖籁蔡害蔼艾丐奈柰汰癞蔼

十卦

卦挂懈隘卖画派债怪坏诫戒界介芥械拜快迈话败稗噫疥澨湃聩惫杀喝解祭蒯喟呗寨

十一队

队内辈佩退碎背秒对废悔诲晦昧配妹喙溃吠肺耒块碓刈悖焙淬敦（盘敦）

十二震

震信印进润阵镇刃顺慎鬓晋骏闰峻衅振俊舜赆吝烬讯仞迅汛趁衬仅觐蔺浚赈龀认殡摈缙躏窀谆瞬韧浚殉馑

十三问

问闻（名誉）运晕韵训粪忿酝郡分（名分）紊愠近（动词）扷拼奋郓捃靳

十四愿

愿怨万饭（名词）献健建宪劝蔓券远（动词）侃键贩畈曼挽（挽联）瑗媛圈（猪圈）

十五翰

翰瀚岸汉难（灾难）断（决断）乱叹观（楼观）干（树干，干练）散（解散）旦算（名词）玩烂贯半案按炭汗赞漫（副词，独用）冠（冠军）灌爨窜幔粲灿璨换焕唤涣悍弹（名词）惮段看判叛绊鹳伴畔锻腕惋馆旰捍疸但罐盥婉缎缦侃蒜钻谰

十六谏

谏雁患涧间（间隔）宦晏慢盼篆栈惯串绽幻瓣苋办谩讪铲绾孪篡裥扮

十七霰

霰霰殿面县变箭战扇煽膳传（传记）见砚院练链燕宴贱馔荐绢彦掾便（便利）眷倦羡奠遍恋啭眩钏倩卞汴片禅（封禅）谴溅饯善（动词）转（以力转动）卷（书卷）甸电咽茜单念（念书）眄淀靛佃钿碹漩拣缮现狷炫绚绽线煎选旋颤擅缘（衣饰）撰唁谚媛忭弁援研（磨研）

十八啸

啸笑照庙窍妙诏召邵要（重要）曜耀调（音调）钓吊叫眺少（老少）诮料疗潦掉峤徼跳嘹漂镣廖尿肖鞘悄峭哨俏醮燎鹩鹞轿骠票铫娆摇哨约嘹裱

十九效

效教（教训）貌校孝闹豹罩棹觉（寤也）较窖爆炮（枪炮）泡刨稍钞拗敲淖

二十号

号（号令）帽报导操（操行）盗噪灶奥告（告诉）诰到蹈傲暴（强暴）好（爱好）劳（慰劳）躁造（造就）冒悼倒（颠倒）燥犒靠懊瑁燠耄糙套纛潦耗

二十一个

个贺佐大饿过（又过失，独用）座和（唱和）挫课唾播破卧货簸轲（轗轲）驮髁磋作做剁磨（磨盘）懦糯缚锉挼些（楚些）

二十二祃

祃驾夜下（降也）谢榭罢夏（春夏）霸暇灞嫁赦籍（凭籍）假（休假）蔗化舍（庐舍）价射骂稼架诈亚麝怕借卸帕坝靶鹧贳炙嘎乍咤诧侘鳢吓娅哑讶迓华（姓华）桦话胯跨衩柘

二十三漾

漾上（上下）望相（卿相）将（将帅）状帐唱让浪（波浪）酿旷壮放向忘仗畅量（数量）葬匠障瘴谤尚涨饷样藏（库藏）舫访贶嶂当（适当）抗桁妄怆宕怅创酱况亮傍（依傍）丧（丧失）恙谅胀凼脏（内脏）吭砀伉圹纩柷挡旺炕（高亢）阆防

二十四敬

敬命正（正直）令（命令）证性政镜盛（茂盛）行（学行）圣咏姓庆映病柄劲竟靓净竞孟净更（更加）并聘硬炳泳迸横（蛮横）摒阱檠迎郑獍

二十五径

径定听胜（胜败）馨罄应（答应）赠乘（名词）佞邓证秤称（相称）莹孕兴（兴趣）剩凭（蒸韵同）迳甑宁胫暝（夜也）钉（动词）订钉锭謦泞瞪蹭蹬亘（亘古）镫（鞍镫）泞凳磴泾

二十六宥

宥候就售寿秀绣宿奏兽漏富陋狩昼寇茂旧胄宙袖岫柚覆复（又也）救厩臭佑右囿豆馊窦瘦漱咒究疚谬皱诟嗅遘溜镂逗透骤又侑幼读（句读）堠仆副锈鹫绉味炙篝酎诟蔻傲构扣购縠戊懋贸袤嗽凑鼬甃沤（动词）

二十七沁

沁饮（使饮）禁（禁令）任（信任）荫浸潛谶枕（动词）噤甚鸩赁喑渗窨妊

二十八勘

勘暗滥啖担憾暂三（再三）绀憨澹瞰淡缆

二十九艳

艳剑念验堑赡店占（占据）敛（聚敛）厌焰垫欠僭酽潋滟俺砭坫

三十陷

陷鉴泛梵忏赚蘸嵌站馅

入声

一屋

屋木竹目服福禄谷熟肉族鹿漉腹菊陆轴逐苜蓿宿（住宿）牧伏凤读（读书）犊渎牍椟黩縠复（恢复）粥肃碌骕鹜育六缩哭幅斛戮仆畜蓄叔淑倏独卜馥沐速祝麓辘镞蹙筑穆睦秃縠覆辐瀑郁（忧郁，郁郁葱葱）舳掬跼蹴局茯袱鹏鹔鸀槲扑匐簌蔟煜复（复杂）蝠菔孰塾矗竺曝鞠鬻谡簏国副

二沃

沃俗玉足曲粟烛属录辱狱绿毒局欲束鹄蜀促触续浴酷躅褥旭欲笃督赎渌纛碡北瞩嘱勖溽缛梏

三觉

觉（知觉）角桷榷岳乐（音乐）捉朔数（频数）卓啄琢剥驳雹璞朴壳确浊擢濯渥幄握学龌龊槊搠镯喔邈荦

四质

质日笔出室实疾术一乙壹吉秩率律逸佚失漆栗毕恤密蜜桔溢瑟膝匹述黜弼跸七叱卒（终也）蛆悉戌嫉帅（动词）蒺侄踬怵蟋筚篥必泌荜秩栉唧怢溧谧昵轶聿诘銍垤捽苤膶鹬窒苾

五物

物佛拂屈郁（馥郁，郁郁乎文哉）乞掘吃（口吃）讫绂弗勿迄不怫绋沸茀厥倔籏崛尉蔚契屹熨绂

六月

月骨发阙越谒没伐罚卒（士卒）竭窟笏钺歇突忽袜曰阀筏鹘厥蹶蕨歿橛掘核蝎勃渤悖孛揭碣粤樾鳜脖饽鹁捽猝惚兀讷（呐）羯凸咄矻

七曷

曷达末阔钵脱夺褐割沫拔（挺拔）葛阆渴拨豁括抹遏挞跋撮泼秣掇聒獭剌喝磕蘖瘌袜活鸹斡怛钹挏

八黠

黠拔（拔擢）八察杀刹轧戛瞎刮刷滑辖铩猾捌叭札扎帕茁鹘揠萨捺

九屑

屑节雪绝列烈结穴说血舌洁别缺裂热决铁灭折拙切悦辙诀泄锲咽（呜咽）轶噎彻澈哲鳖设咥劣玦截窃孽浙孑桔颉拮撷揭褐缬碣挈抉褺薛拽（拉拽）冽暼迭跌阅饕臬垤捏页阕觖谲缺撇暬篾楔惙辍啜缀撤绁杰桀涅霓蜺批

十药

药薄恶（善恶）作乐（哀乐）落阁鹤爵弱约脚雀幕洛壑索郭错跃若酌托削铎凿箔鹊诺萼度（测度）橐钥龠瀹着著虐掠获（收获）泊搏藿嚼勺谑廓绰霍镬莫箨缚貉各略骆寞膜鄂博昨柝格拓荦铄烁灼疟箬芍踱却嚯蘡攫酿踱魄酪络烙珞膊粕簿柞漠摸酢怍涸郝埕谔鳄噩锷颚缴扩椁陌

十一陌

陌石客白泽伯迹宅席策册碧籍（典籍）格役帛戟璧驿麦额柏魄积（积聚）脉夕液尺隙逆画（动词）百辟赤易（变易）革脊翮屐获（猎获）适索厄隔益窄

核鸟掷责坼惜癖僻掖腋释译峄择摘弈奕迫疫昔赫瘠谪亦硕貊跖鹡碛蹐只炙（动词）踯斥穸鬲骼舶珀吓磔拆喀蚱舴剧檗擘栅啧帻箦扼划蜴辟帼蝈刺嵴汐藉螫蓦摭襞虢哑（笑声）绎射（音亦）

十二锡

锡壁历枥击绩绩笛敌滴镝檄激寂觌溺觅狄荻幂戚鹢涤的吃沥雳霹惕剔砾翟籴倜析晰淅蜥劈甓嫡铄栎阒菂踢迪皙裼逖蜺阒汨（汨罗江）

十三职

职国德食（饮食）蚀色力翼墨极殛息熄直值得北黑侧贼饰刻则塞（闭塞）式轼域蜮殖植敕亟棘惑忒默织匿慝亿忆臆薏特勒肋幅仄昃稷识（知识）逼克即唧弋拭陟恻测翊洫啬穑鲫抑或匐

十四缉

缉辑戢立集邑急入泣湿习给十拾袭及级涩楫粒汁蛰执笠隰汲吸絷挹浥悒岌熠葺什芨廿揖熤歙笈圾褶翕

十五合

合塔答纳榻合杂腊匝阖蛤衲沓鸽踏拓拉盍塌咂盒卅搭褡飒磕榼遢蹋蜡溘邋趿

十六叶

叶帖贴牒接猎妾蝶叠箧惬涉鬣捷颊楫聂摄慑镊蹑协侠荚挟铗浃睫厌靥蹀躞燮折辄婕谍堞霎嗫喋碟鲽捻晔躐笈

十七洽

洽狭峡法甲业邺匣压鸭乏怯劫胁插锸押狎夹恰蛱硖掐札袷眨胛呷歃闸霎

六

代跋

旧体诗创作：从复苏走向复兴（代跋）

□ 嘉宾：郑欣淼
□ 主持：高　昌

2006 年 5 月 12 日，记者沐着蒙蒙丝雨踏访北京故宫博物院，就当代旧体诗创作等问题采访了文化部副部长、故宫博物院院长郑欣淼。

高昌（以下简称"高"）： 目前旧体诗创作队伍、作品数量都很可观，形成一种引人注目的文化现象。您也出版过《雪泥集》《陟高集》等受到许多读者赞赏的旧体诗集。我们应该怎样看待当前文化生活中出现的这一旧体诗热潮？

郑欣淼（以下简称"郑"）： 现在的确有一股旧体诗创作热潮。我查了一下资料，仅中华诗词学会的会员就有 1 万多名，除去西藏、台湾，全国其他各省区市和香港、澳门都有诗词学会，再加上一些市县的诗词组织，粗略估算，每年参加诗词活动的不下 100 万人。而从诗词刊物来说，公开与内部发行的有近 600 种。中华诗词学会编辑的《中华诗词》杂志，发行量已达到 2.5 万册，跃居全国所有诗歌报刊的首位。连我的家乡陕西省澄城县也有《澄城诗词》，每年一期，现已坚持出了 10 多期。诗词创作结集出版的也不少，就我所见，已有好几套丛书问世。特别是浙江文艺出版社 1998 年出版的《海岳风华集》（修订本），选收了 52 位中国当代中青年作者的近 1200 首旧体诗词，其中年龄最小的出生于 1975 年，他们有的是空军飞行员，有的是变压器修造厂职工，有的是机场海关职员，其作品的精美、功力的深厚，受到专家们的赞许。此外，还有众多的诗社、词社和诗词网站。特别是诗词网站，全国性、地区性的都有，为旧体诗的普及和繁荣做出了极大的贡献。

中国是一个诗的国度。相传尧时已有"击壤""康衢"等歌，舜时亦有"股肱""元首"及"卿云"等歌。而从"诗三百篇"到有清一代，不同时期留下来大量的诗歌作品，更是绵延不绝，是我们文学遗产最重要的一个方面。在五四新文化运动反对封建主义的斗争中，旧体诗被作为"封建文学"受到批判。出版过我国现代第一部新诗集的胡适，就断言中国古典诗歌已到穷途末路，传统格律已成为绞杀诗情的绳索。他甚至还拿诗词格律与女人裹脚布相提并论，认为它们是"同等的怪现状"。从此旧体诗创作就出现了断裂。当然，这与当时旧体诗创作本身存在的内容空洞、思想陈腐等弊端不无关系，也是当时人们追求民主自由、思想解放的时代大势使然，和当时的社会状况很有关系。不过，因此就绝对化地对旧体诗创作采取否定的态度，我认为是不对的，是形而上学和民族虚无主义的偏颇，是一种简单化的倾向。

由此可见，旧体诗创作的戛然中断，不是艺术规律本身发展的结果，而是人为的结果。旧体诗有着深厚的文化底蕴，有着相当的群众基础，因此虽有人为的阻压，但它的发展仍然不绝如缕。多少年来，写旧体诗的现当代人还是不少。我们最喜欢列举鲁迅、毛泽东，一个代表着中国新文化的方向，一个是新中国的缔造者，他们脍炙人口的旧体诗为人所称颂，一些篇章列入学校的教材。周恩来早年也写过诗。朱德、陈毅、董必武等领导人都善写诗。郭沫若、茅盾、田汉等文学大师的诗词都很出色。还有一个有意思的现象，现代一些著名的旧体诗作家，例如沈祖棻、程千帆、常任侠、陈迩冬等，年轻时都曾是新诗人。有的是既写新诗也写旧体诗，臧克家就说："我是一个两面派，新诗旧诗我都爱。"20世纪60年代，赵朴初、胡乔木的诗词都曾刊登在报刊上，引起很大的反响。但在某些人眼里，旧体诗的创作毕竟是个"另类"，不能进入现当代文学史。诗歌的一统天下是新诗，即自由诗。中国社科院文学所编印的《中国文学年鉴》，当代旧体诗创作一句也不提及，这不是疏忽，而是固有观念的反映。

旧体诗创作在三中全会以来得到复苏，现在正逐步复兴，并出现了上述的热潮。我想，这首先与三中全会以来的思想解放运动有关，它使人们理智地回顾过去，其中包括长期以来对旧体诗人为的简单、粗暴的否定。"诗为心声"。许多诗人为了在新的社会环境下表达心声而选择了旧体诗。几十年来的创作实践，证明这一文学体裁也可随历史前进获得新的生机，它不是凝固的、僵化的，仍然活在中国人的心里。而且能够表达新的社会内容，适应新的读者需要。思想解放了，禁区打破了，人们可以自由地、理直气壮地去创作。这一良好的环境，也为旧体诗创造了蓬勃发展的机遇。

从继承与弘扬中华传统文化来看，旧体诗的复兴有其必然性。汉字是中华民族的伟大创造，是中华传统文化的重要载体。汉字以其特有的声、韵、调，构成特有的韵律美。旧体诗就很好地体现了这种韵律美。例如，对偶是旧体诗的韵律美的一个重要体现。学会对对子，不仅是写好旧体诗的必然条件，也有益于继承与弘扬传统文化。1933年，陈寅恪在致清华大学文学院院长刘叔雅的《论国文试题书》中就说："对对子，能表现中国语文特性之多方面，可以测验应试者之国文程度与思想条理。"他建议高考试题应有这方面的内容。那年清华文科入学考试的试卷中就出现了对对子的内容。有考生用"胡适之"来对"孙行者"，留下一段佳话。无独有偶，2004年元月，北京大学的一场特长生选拔考试的试卷中也出现了对联试题，主联是"九天揽月，华夏英豪驰宇宙"，要求以"神舟五号"发射成功为内容来对下联，好多考生措手不及。对对子对平仄、词性都有严格的要求，分辨平仄、虚词实词，其实是一种综合性考试，也是进行旧体诗创作的一种锻炼方式。

如果再把这股旧体诗热潮放在中国诗歌发展的大背景来看，可以说它是人们对适应新时代诗歌的内容与形式的一种探索。"五四"以来，新诗虽然有了独尊的地位，但其存在的缺陷也是不容讳言的。鲁迅在1934年致窦隐夫的信中就曾说过:"诗歌虽有眼看的和嘴唱的两种,也究以后一种为好,可惜中国的新诗大概是前一种。没有节调,没有韵,它唱不来;唱不来,就记不住;记不住,就不能在人们的脑子里将旧诗挤出,占了它的地位。"过去了70多年,鲁迅所说的问题仍然存在,旧诗仍未被"挤出"。我国古代诗歌源远流长,在漫长的历程中,也不断地发展、变化着。鸦片战争后,随着中国社会性质的逐渐变化,诗歌创作本身也发生着变化,例如,"诗界革命"就曾对旧体诗从内容到形式上进行过革新,包括描写新事物,"我手写我口,古岂能拘牵"(黄遵宪语)。虽然基本上仍然是古代诗歌的体制,但是近代诗人对古代诗歌的观念已经在更新。如最受近人诟病的"同光体",其实其中各派在艺术上也都有不同程度的创新,绝不同于明朝前后七子的模仿盛唐。目前的旧体诗热潮,正是人们这种探索的一个继续。我们说旧体诗可以适应新的生活,并不是说它就不需要变革了,需要变革的还有很多,任务还很艰巨,还要坚持不懈,要敢于尝试,欢迎不同流派的发展,这当然是一个比较长的过程。

新诗旧诗,并存是客观事实。现在留下的都是各自探索的足迹。同时也都面临继续探索的任务。两者不是你死我活的关系,而应互相借鉴学习。没必要融合为一种诗体,可并行不悖、比翼齐飞。

高: 当代旧体诗界也遭到诸如人员老化、内容陈旧、词汇因袭等一些批评。旧体诗创作要健康发展,需解决哪些主要问题?

郑: 人员老化不应该算是问题,因为人总是要老。一些老同志旧学根底很深,对旧体诗创作也有很大的影响。现在写诗词的不仅中老年,有些七十年代出生的人写得也相当棒。不过,从思想认识上说,旧体诗倒是很怕"老化"。这一诗歌体裁是特定时代环境、语境下的产物,与新时代、新的生活内容能不能适应?实践证明是可以适应的,还出现了启功、聂绀弩等很活跃的一批旧体诗人。我坚持认为,在一定程度上讲，掌握格律并不难，难的是要有诗意，要有形象思维，即真正能"带着锁链跳舞"。不然，徒具形式，诗味索然，有形无神，会倒了读者的胃口。这也是当前一些旧体诗受人攻讦的重要原因。

旧体诗创作要健康发展，我认为应该重点解决这么几个问题：

一是应该有一定的诗词创作的基础知识。要写旧体诗，首先当然必须掌握它的格律，知道平仄、用韵等一些基本要求，明白它的多种限制。现在有些人连平仄都不清楚，就大胆写作，并美其名曰"创新"，这是不可取的。词和音乐关系密切，许多词牌适宜抒发特定的感情，比如"满江红"这个词牌就多用入声韵，表达慷慨激昂的悲壮情绪。龙榆生在《唐宋词格律》一书中对此就有说明。诸如此类的知识，都应注意掌握。要多读一些经典性的诗词作品。古人说："熟读唐诗三百首，不会作诗也会吟。"这是有道理的。还要增加一些文史知识的积累。《老子》五千言，却有大智慧。《论语》也不长，是民族文化的精粹。从事诗词创作，就要对这些元文化有所了解，要有知识的积累，当然也包括生活的积累。

二是要有真情实感，要有鲜明的个性。不能无病呻吟，矫揉造作。诗歌是感情不可遏止的抒发。《毛诗序》说："诗者，志之所之也，在心为志，发言为诗。情动于中而形于言，言之不足，故嗟叹之，嗟叹之不足，故永（咏）歌之，永歌之不足，不知手之舞之、足之蹈之也。"就是说，有深厚的感情，压抑不住，所以要表现；表现为言还不够，所以要唱叹，也就是表现为诗的形式。我们所能铭记的古今诗歌的佳作，不管是咏物记事，还是怀人感时，都能从中体会到作者的感受、感情。乾隆皇帝一生写诗4.3万多首，接近《全唐诗》所收有唐一代诗歌作品的总和，但缺乏情致，总体艺术水平不算高，唯怀念结发妻子富察氏（孝贤皇后）的少数诗篇，被人们普遍称为佳作，就是因为直抒胸臆、感情真挚的缘故。

三是要注意创新。毕竟我们面对的生活环境与古代有很大不同。古人说"残灯如豆"，今人用的是电灯。古人说"更漏尽"，现在用的是钟表。古人说"细雨骑驴过剑门"，今人除了我前些年去新疆一些地区见过骑驴的兄弟民族的老人，大多数人出门都是车船飞机，谁还骑驴？当然，我们说创新也不是简单地使用几个新词汇，像"刘郎不敢题糕字"（宋祁《九日食糕》），最重要的是要与现实相通，要有现代意识，创造新的意境。传统诗词用典较多，现在有人反对用典。我认为，在用典上不可绝对化。我们反对"无一字无来历"，反对掉书袋、獭祭鱼，但不是说典故毫无用处。许多典故蕴涵丰富，运用得当，有利于创造启发读者更多联想的意象、意境，增加表现力。毛泽东、鲁迅的作品中，就多活用典故，使读者印象颇深。当然，我们反对用僻典，或者是生造，令人看不懂。鲁迅晚年曾为杨霁云书一直幅，引了晚清"诗界革命"一位诗人用《圣经》中的"典故"写的诗："帝杀黑龙才士隐，书飞赤鸟太平迟。"然后批评说，"故用僻典，令人难解，可恶之至。"

四是要注重推敲修改。这于诗意的强化和诗境的提升很有意义。写时字斟句酌，认真推敲，写好了再做进一步的甚至反复的修改，这是"苦吟"即锤炼的过程。"二句三年得，一吟双泪流"，贾岛的话有些夸张；传为李白赠杜甫的"借问别来太瘦生，总为从前作诗苦"，虽是调侃，但说明写诗不容易，是个苦差事。王安石评张籍的诗："看似寻常最奇崛，成如容易却艰辛。"属于正常情况。因而有些人不仅自己改，还请旁人帮忙改，这方面的佳话很多。毛泽东写诗曾请郭沫若、臧克家推敲，胡乔木写诗曾请钱钟书斧正，还留下了彼此商讨的信札。中华诗词学会最近提出提高诗词质量问题。提高质量需要多方面努力，注重推敲修改不容忽视。现在有些人率尔下笔，只求数量，没有精品意识，这是不好的。

高：现在一些诗词刊物在用韵上大多实行旧韵、新韵并行的"双轨制"，《中华诗词》等刊物最近也发表了一些关于新韵、旧韵的争论。我读到的您的一些旧体诗作品用的是"平水韵"，您怎么看待新韵？

郑：诗韵是诗词界一直关注并热烈争论的问题。中国的古音，分上古、中古、近古三个阶段或三个系统。我们所说的诗词，主要是中古阶段的产物，也是依照中古音系统创作的。中古的韵书，从隋陆法言的《切韵》到经唐人修订的《唐韵》，再到宋人的《广韵》，韵部达到206个，声调为平、上、去、入4种，这么多韵部，在实际应用方面显然不适宜，就容许邻近的韵部"同用"。在此情况下，南宋刘渊编了《壬子新刊礼部韵略》，把韵部减到107个；金王文郁据此编了《新刊平水礼部韵略》，又把韵部减到106个。刘渊是平水人，平水即今山西省临汾市，所以称之为"平水韵"。从宋、金直到现在，106个韵部的"平水韵"，已经运用了800年。现在诗歌创作用韵，大致有三种情况：一是完全恪守"平水韵"；二是用韵较宽，但原属入声今读平声的字仍做仄声用而不派入平声；三是完全用新韵，没有了入声（所谓"入派三声"），平仄按照今天普通话的读音。

我的诗词属于以上第二种情况。约在1965年，我买过一本上海中华书局出的《诗韵新编》，后来写诗用韵就按这本书，但我对原是入声今读平声的字，仍做仄声用。毛泽东、鲁迅也是坚持保留了入声，但在用韵上并未完全遵守"平水韵"。例如，毛泽东的七律《长征》《和柳亚子先生》分别为"寒""删"和"江""阳"通用，鲁迅的《无题·故乡黯黯锁玄云》三个叶韵的字分别出自"真""文""元"三个韵部，在当时和今天读来都很顺畅。

诗为什么要押韵？就是为了声调、韵律上的和谐上口。诗歌和音乐联系比较紧，声韵是诗歌音乐美的载体，是诗歌易于流传的艺术要素之一。旧体诗歌以韵律精严著称。我个人认为，写旧体诗歌，平仄一定要遵守，它可使音节协调，产生一种抑扬顿挫、往复回旋的韵律，这是古人创作实践的总结。但在用韵上应注意语音的实际变化。有人主张，既是旧体诗，用韵则必须遵循"平水韵"，例如"十三元"，即使此韵中有的字在现代有多种读音，易与"先""真""文"等韵相混，也还要照用不误。我对此难以苟同。高心夔是清晚期的著名诗人，但他两次考试都因为在"十三元"一韵上出了差错，被摈为四等，"平生双四等，该死十三元"，成了终身的憾恨。难道我们还要今天的作者像当年的高心夔那般犯难？道理很简单，今人的诗是写给今人看的、吟的，随着时代递嬗，语音已经变化，还要坚持800年前的读音，那该多别扭！这不仅影响了人们的欣赏效果，也桎梏了旧体诗歌在今天的发展。

我认为诗韵应该改革，应该放宽，应以今天的实际语音为主。因此我是赞成新韵的。但是新韵宽到什么程度，这是个需要继续探索的问题。现在还有一些人习惯于"平水韵"，大多数诗刊仍是"平水韵"的天下。在这种情况下，我赞成中华诗词学会在《21世纪初期中华诗词发展纲要》中提出的主张，即一方面尊重诗人采用新韵或运用旧韵的创作自由（新韵、旧韵不得混用）；另一方面又要倡导诗词的声韵改革，大力倡导使用以普通话语言声调为审音用韵标准的新声新韵，同时力求懂得、熟悉乃至掌握旧声旧韵。总之，在较长时期内，应为诗词创作营造一个选择不同用韵的宽松范围。

高：我们今天应该怎样看待传统诗歌中的积极因素和消极因素？

郑：积极因素，传统诗歌中总体上很多，在树立社会主义荣辱观的教育中也有现实意义。前天晚上，我刚刚看过陕西创演的秦腔剧《杜甫》。这个戏勾勒了"诗圣"杜甫坎坷跌宕的生命历程，我认为不错。我读高中的时候，语文老师周老师曾送我一本清人仇兆鳌的《杜诗详注》。杜甫的1400多首诗歌，绝大部分我都读过，这对我的诗词创作起了直接的推动作用，也使我对杜甫十分敬仰。

杜甫是个伟大的诗人，他的诗歌很有代表性，可以说是中国古代诗歌中积极向上、忧国忧民的优良传统的典型体现。他对国家命运的关注，对民生疾苦的呼吁，"新松恨不高千尺，恶竹应须斩万竿"，对美与丑、善与恶的强烈鲜明的态度，千百年来影响深远。中国传统知识分子向往理想人格，追求大丈夫的浩然之气，这在诗歌中有着充分的反映，也成为激励今人的精神财富。例如，屈原的"路漫漫其修远兮，吾将上下而求索"，文天祥的"人生自古谁无死，留取丹心照汗青"，林则徐的"苟利国家生死以，岂因祸福趋避之"等等，都成了广为传颂的名言佳句。对祖国山河的热爱，对田园风光的向往，抒发了诗人的美好情感，也都是有积极意义的。还有许多诗作，或表现人类共有的情感，或反映对事理的体悟，都有其不朽的价值。无论是浪漫主义还是现实主义，中国传统诗歌中都浸润着很多儒家思想，关心现实，强调自我道德的修养与完善，洋溢着爱国主义精神，体现了对社会的责任。

至于消极因素，传统诗歌中当然也不少，比如无病呻吟，"为赋新词强说愁"，囿于个人生活小圈子里的清高孤傲，幽怨怅恨，等等。传统诗词的积极因素又往往与消极因素结合在一起，不好截然分开。例如，屈原、杜甫的爱国主义就与他们的忠君思想分不开。这就需要坚持历史唯物主义，进行具体的分析，防止"摘句"带来的片面性。

高：传统文化形式（如国画、京剧、旧体诗词等）的继承和创新在社会主义文化建设中的作用？

郑：国画、京剧、旧体诗词等传统文化形式，是民族文化的典型体现，反映了我们民族的一些特有的审美观念、思维方式和价值观，已深深地扎在国人的魂魄里。在今天，它对于我们坚持自己的文化传统，保持自己的文化身份、民族特性，提高国民文化素质，都发挥着积极作用。尤其是在当前经济全球化、市场一体化的进程中，忽略了这些传统文化形式的继承和创新，就容易迷失自我。

传统诗词创作目前实际已成了群众文化活动中的一个重要项目，成为民族精神和时代心声的重要载体。继承传统文化，有发展和弘扬的问题，但不能与当代文化割裂来看。首先要继承，然后才能看清不足，推陈出新，有所发展。继承的过程实际也是研究的过程。不能非此即彼。

　　高：旧体诗歌在政治、外交和日常交际中是否有独特的作用？

　　郑：这是一个有趣的问题。旧体诗歌精练含蓄，形象生动，在政治、外交和日常交际中加以巧妙运用，能收到普通语言达不到的效果。舜说："诗言志。"（《尚书·舜典》）舜说的"诗"，属于泛指。孔子说："不学诗，无以言。"（《论语·季氏》）孔子说的"诗"，指的是《诗经》。古代常见"献诗陈志""赋诗言志"。《诗经》在外交和日常交际中发挥着表情达意的工具作用。当时贵族子弟学习"诗"，就是为了在政治活动和社交场合中陈志、言志。《左传》襄公八年记晋国范宣子出使鲁国，意欲鲁国帮助晋国讨伐郑国，但不便直接言明，同时也想探探鲁国对伐郑的态度。于是就吟了一段《诗经·召南·摽有梅》里的诗句："摽有梅，其实七分。求我庶士，迨其吉兮。"他用这段话作为外交辞令，表达了不要错过用兵时机的意思，显得婉转含蓄，也留有回旋的余地。

　　写出诗歌"藏之名山"，被看成是很神圣的事情，也是一种文化素养的体现。因此作诗诵诗，就成为中国政要的一个传统和特色。历史上许多帝王，从刘邦、项羽到唐太宗，都有诗篇传世；朱元璋文化程度并不高，相传也吟出过"大将南征胆气豪，腰悬秋水吕虔刀"这样的诗句。民国时期，孙中山、黄兴和其他同盟会领袖多有诗词传世，北洋政府也有涉猎风雅的人。袁世凯能诗，徐世昌诗、书、画俱工，连段祺瑞也有《正道居诗》。如前所说，我们共产党的一些领导人也能作诗，毛泽东的词尤为人称道。如前所说，既然"诗言志"，那么，政余事诗，以志其怀，自然成为政治家的时尚。为什么我们一些退下来的老同志喜欢作诗？我想大概与这种传统有关。

诗词酬唱自古以来即是文人间的雅事，《全唐诗》《全宋词》里这类事例已经很多。毛泽东与柳亚子的唱和，更成为一段佳话。在国家政治外交活动中引用旧体诗词等民族文化瑰宝，可以很简练地表达很丰富的内容，不仅有历史感，也显示出中国文化的源远流长。这是我们的一个特色。去年布什访华，国务院总理温家宝引用北宋改革家王安石的著名诗句："不畏浮云遮望眼，只缘身在最高层。"（《登飞来峰》）来比喻中美关系应该高屋建瓴，高瞻远瞩，妥善处理分歧，在海内外颇有反响。

总之，中国是一个诗的国度，中华民族是一个诗的民族，从历史长河看，这里的"诗"，指的都是包括古体诗在内的旧体诗。这种旧体诗，虽然曾在短时间内由于种种原因沉寂或不振，但至今仍然受到人们广泛的喜爱，并且从复苏走向复兴，已经证明它确实有着强大的生命力。我相信：旧体诗作为当代文艺百花中的一花，只要进行一些必要的改革，一定会更加繁荣昌盛！

　　此文写作于 2006 年，原载《中国文化报》，转载于《中华诗词》《新华文摘》《中国诗词年鉴》《文化月刊诗词版》等。

获取本书配套服务
高效学习古诗词

建 议 配 合 二 维 码 一 起 使 用 本 书

扫码后，您可以获得
以下线上服务

01 本书立享服务

★ 诗词学习方法指导
★ 诗词学习名师课程
★ 诗词学习特训营

02 每周专享服务

★ 诗词学习相关的
好书推荐

03 长期尊享权益

★ 推荐同城/省会/邻近直辖市
优质线下活动